Arturo Pérez-Reverte

Das Geheimnis der schwarzen Dame

Roman

Deutsch von
Gerhard Horstmann

Rowohlt

Die Originalausgabe erschien 1990 unter dem Titel
‹La tabla de Flandes›
bei Alfaguara Hispanica, Madrid

1. Auflage September 1994

Übersetzung der Zeilen
aus «Ajedrez» («Schach»)
von Jorge Luis Borges (S. 9 u. 210):
Karl August Horst
(bearb. v. Gisbert Haegs)

Umschlaggestaltung Barbara Hanke
Gesetzt aus der Garamond auf Linotronic 500
Gesamtherstellung Clausen & Bosse, Leck
Printed in Germany
ISBN 3 498 05283 7

Inhalt

Für Julio und Rosa,
Advokaten des Teufels.
Und für Cristiane Sánchez Azevedo.

I. Die Geheimnisse des Meisters Van Huys

Gott rückt den Spieler, dieser die Figur. Welcher Gott jenseits Gottes eröffnet das Spiel?

J. L. Borges

Ein verschlossener Umschlag ist ein Geheimnis, das andere Geheimnisse birgt. Dieser Umschlag hier war groß, dick, aus festem Papier, mit dem aufgeprägten Siegel des Labors in der linken unteren Ecke. Julia wog das Kuvert in der Hand, bevor sie es öffnete, suchte dabei einen Brieföffner zwischen all den Pinseln und Fläschchen mit Farbe und Firnis, weit entfernt davon zu ahnen, in welchem Maße dies alles ihr Leben verändern sollte.

Eigentlich wußte sie bereits, was sich in dem Umschlag befand. Oder glaubte es zu wissen, wie sie später erfahren mußte. Vielleicht spürte sie deshalb keine besondere Regung, bis sie die Filme hervorzog und dann auf dem Tisch ausbreitete. Nun aber schaute sie doch irgendwie verwirrt und hielt den Atem an. Sie begriff, *Die Schachpartie* würde mehr werden als nur ein Routineauftrag. In ihrem Beruf, ob bei Gemälden, Möbelstücken oder Einbänden alter Bücher, waren die unverhofften Entdeckungen nicht selten. Sechs Jahre hatte sie Originalkunstwerke restauriert, das bedeutete viel Erfahrung mit Pinselstrichen, Korrekturen, Retuschen und Übermalungen; und Fälschungen. Doch bis zu diesem Tag war sie noch nie auf einen unter den Farbschichten eines Bildes verborgenen Text gestoßen. Hier aber hatten Röntgenstrahlen eine aus drei Wörtern bestehende Inschrift enthüllt.

Sie griff nach dem zerknitterten Päckchen filterloser Zigaretten, steckte sich eine an und betrachtete gebannt die Röntgenfilme. Es war wirklich alles zu sehen auf diesen Positiven in der Größe 30 × 40. Die Untermalung dieses flämischen Tafelbilds des fünfzehnten Jahrhunderts, in all ihren Einzelheiten erkennbar, mit *verdaccio*, ebenso die Holzmaserung und die Fugen der drei Eichenbretter, aus denen die Tafel bestand, als Träger für die Grundierung der Farbschichten und die Lasuren, die der Künstler aufgetragen hatte, bis das Werk vollendet gewesen war. Und unten auf dem Bild war da nun jener verborgene Satz, den Röntgenstrahlen fünf Jahrhunderte später an den Tag gebracht hatten. Gotische Lettern hoben sich von dem Weiß und dem Schwarz der Folie klar ab. Zu lesen stand da:

QUIS NECAVIT EQUITEM

Julia, die in Latein recht beschlagen war, konnte den Text auch ohne Wörterbuch übersetzen. Quis war ein Fragepronomen und hieß *Wer*; necavit, von necare, *töten*; und equitem der Akkusativ Singular von eques, *Reiter*. Also: Wer tötete den Ritter. Eine Frage, eindeutig erkennbar am quis, und das nun verlieh dem Satz etwas Geheimnisvolles:

WER TÖTETE DEN RITTER?

Gelinde gesagt ein verwirrender Satz. Julia nahm einen langen Zug, hielt die Zigarette zwischen den Fingern der rechten Hand, während sie mit der linken die Folien auf dem Tisch zurechtlegte. Irgendwer, vielleicht der Maler selbst, hatte dem Bild eine Art Rätsel beigegeben und es mit einer Farbschicht übermalt. Oder jemand anders, später. Der Zeitpunkt lag in einer Spannweite von fünfhundert Jahren, und beim Gedanken daran mußte Julia insgeheim lächeln. Die Ermittlung würde ihr nicht allzugroße Schwierigkeit bereiten. Immerhin gehörte so etwas zu ihrem Handwerk.

Sie nahm die Filme und stand auf. Graues Licht, durch die große Dachluke in den Mansardenraum gefiltert, erhellte das Ölbild auf der Staffelei: *Die Schachpartie*, von Pieter Van Huys im Jahre 1471 auf Holz gemalt. Julia bieb vor dem Bild stehen, versenkte sich für eine Weile darin. Es stellte eine häusliche Szene dar, im minutiösen Realismus des Quattrocento; es war eines jener Interieurs, mit denen die großen flämischen Meister, neue Techniken anwendend, die Grundlagen der neuzeitlichen Malerei schufen. Hauptmotiv waren zwei Ritter mittleren Alters und von edlem Aussehen, die sich, in eine Partie vertieft, an einem Schachbrett gegenübersaßen. Etwas im Hintergrund, zur Rechten, vor einem gotischen Fenster, das ein Stück Landschaft einrahmte, saß eine schwarz gekleidete Dame und las in einem Buch, das in ihrem Schoß ruhte. Die Szene war abgerundet durch gewissenhaft ausgeführte Details, wie sie für die flämische Schule typisch waren, festgehalten mit einer ans Manische grenzenden Perfektion: die Möbel und Verzierungen, der Fußboden aus weißen und scharzen Fliesen, die Musterung des Teppichs, hier und da sogar ein unscheinbarer Riß in der Wand oder der Schatten eines winzigen Nagels an einem der Deckenbalken. Ebenso minutiös dargestellt waren die Figuren auf dem Schachbrett und nicht minder die Gesichtszüge der Personen, ihre Hände und die Bekleidung; all das war erstaunlich realistisch und in auffallend kräftigen Farben gemalt, auch wenn der ursprüngliche Firnis mit der Zeit etwas gedunkelt war.

Wer hat den Ritter getötet? Julia musterte die Röntgenaufnahme in ihrer Hand und dann das Bild, auf dem man mit dem bloßen Auge von der verborgenen Inschrift nichts sehen konnte. Selbst eingehende Prüfung mit der siebenfach vergrößernden binokularen Lupe brachte nichts zutage. Julia ließ die große Jalousie des Dachfensters herunter, verdunkelte den Raum, stellte eine auf einen Dreifuß montierte Quarzlampe vor die Staffelei: Fielen deren ultraviolette, unsichtbare Strahlen auf ein Bild, brachten sie die älteren Farbschichten und Firnisse zum Fluoreszieren, während neuere Schichten dunkel oder schwarz blieben; so wurden Übermalungen oder nachträgliche Korrekturen erkennbar. Hier aber sah man nur eine fluoreszierende Oberfläche, die sich gleichmäßig über die verdeckte Schrift zog. Sie stammte also vom Künstler selbst, war auf jeden Fall unmittelbar nach Ausführung des Bildes aufgetragen worden.

Julia knipste die Lampe aus, zog die Jalousie des Dachfensters auf, und das stahlgraue Licht des Herbstmorgens fiel wieder auf die Staffelei, füllte den Raum, in dem man lauter Bücher sah und Regale mit Farben, Pinseln, Firnissen, Lösungsmitteln, außerdem Schreinerwerkzeug und Waagen, alte Skulpturen, Bronzen, Rahmen und Gemälde, die mit dem Gesicht zur Wand lehnten, auf einem mit Farbe bekleckstem kostbaren Perserteppich. In einer Ecke, auf einer Louis-Quinze-Kommode, stand eine Stereoanlage, und daneben stapelweise Platten: Don Cherry, Mozart, Miles Davis, Satie, Lester Bowie, Michael Edges, Vivaldi. Von der Wand warf ein golden gerahmter, stellenweise blinder venezianischer Spiegel Julia ihr Bild zurück. Sie trug das Haar schulterlang, und um die noch ungeschminkten großen dunklen Augen lagen leichte Schatten. Schön wie ein Modell des Leonardo, pflegte César zu sagen, wenn der Spiegel wie jetzt ihr Gesicht einrahmte, *ma più bella*. Obwohl César in Jünglingen ein besserer Kenner war als in Madonnen, konnte sich Julia auf die Trefflichkeit seiner Versicherung fest verlassen. Sie selber betrachtete sich gern in diesem goldgerahmten Spiegel, denn es war ihr dann, als befände sie sich auf der anderen Seite einer magischen Pforte, die, über Zeit und Raum hinweg, ihr Bildnis in der Verkörperung einer italienischen Renaissanceschönheit wiedergab.

Beim Gedanken an César mußte sie lächeln. Das war seit jeher so, seit ihren Mädchenjahren – ein inniges Lächeln, manchmal schelmisch und komplizenhaft. Sie legte die Röntgenfilme auf den Tisch, drückte die Zigarette in einem schweren Benlliure-Bronzeaschenbecher aus, setzte sich vor die Schreibmaschine und tippte:

«Die Schachpartie»:
Öl auf Holz. Flämische Schule. Datierung: 1471.

Maler: Pieter Van Huys (1415–1481).

Bildträger: Drei feste Eichenbretter, verleimt, durch Schwalbenschwänze mangelhaft verstärkt.

Größe: 60 × 87 cm (drei gleichgroße Bretter à 20 × 87 cm). Dicke 4 cm.

Zustand des Bildträgers: Begradigung nicht erforderlich. Keine Spuren von Holzschädlingen.

Erhaltung der Farbschicht: gute Haftung. Keine Farbveränderungen. Alte Kratzer feststellbar; keine Blasen oder Schollenbildung.

Firnis: keine Schäden durch Feuchtigkeit feststellbar. Firnis auffallend gedunkelt und blind. Es muß nachgefirnist werden.

In der Küche fauchte die Kaffeemaschine. Julia erhob sich, ging hinüber und goß sich eine große Tasse Kaffee ein, ohne Milch und Zucker. Sie trug die Tasse in der einen Hand und trocknete sich die andere Hand an dem weiten Männerpullover ab, den sie über dem Pyjama trug. Ein leichter Druck mit der Kuppe des Zeigefingers, und im Raum ertönten die Klänge von Vivaldis Konzert für Laute und Viola d'amore, schwangen durch das graue Licht des Morgens. Julia schlürfte von dem starken, bitteren Kaffee, der ihr die Zungenspitze verbrühte. Barfuß ging sie über den Teppich, zurück zur Maschine, um ihren Bericht weiterzutippen:

Prüfung mittels UV- und Röntgenstrahlen:
Gravierende Eingriffe, Korrekturen oder nachträgliche Retuschen nicht feststellbar. Die Röntgenstrahlen enthüllen eine Inschrift aus der Entstehungszeit der Malerei, in gotischen Lettern, erkennbar auf den Röntgenfilmen. Mit dem bloßen Auge ist die Schrift nicht zu sehen. Die Übermalung kann ohne Schaden für das Gemälde entfernt und so die Schrift freigelegt werden.

Julia zog das Blatt aus der Maschine und steckte es mit zwei Röntgenbildern in einen Umschlag. Im Sitzen trank sie den noch warmen Rest Kaffee und steckte sich eine weitere Zigarette an. Ihr gegenüber, auf der Staffelei, saßen vor der am Fenster in ein Buch vertieften Dame die beiden Spieler über ihrer Schachpartie, die nun schon fünf Jahrhunderte dauerte, von Pieter Van Huys so kühn und wunderbar dargestellt, daß man hätte meinen können, die Figuren befänden sich außerhalb des Bildes und seien dreidimensional, wie auch die anderen dort abgebildeten Gegenstände. Es war so verblüffend realistisch, daß die von den alten flämischen Meistern beabsichtigte Wirkung voll erreicht wurde: Der Betrachter war in das malerische Ensemble einbezogen, glaubte, zum Bild zu gehören, das Teil der Wirklichkeit war, oder die Wirklichkeit ein Teil des Gemäldes. Diesen Anschein vermittelte auch das Fenster rechts im Bild, das den Blick in eine Landschaft *jenseits* der Szenerie bot, und außerdem ein runder Spiegel an der Wand zur Linken, der schemenhaft die zwei Spieler und das Schachbrett wiedergab, vom Betrachter aus gesehen perspektivisch verzerrt, gleichsam *diesseits* der Szene, mit dem verblüffenden Effekt, daß sich hier drei Ebenen – Fenster, Zimmer und Spiegel – in eins fügten. Als sähe sich der Betrachter, so dachte Julia, zwischen den zwei Spielern im Bild gespiegelt.

Sie erhob sich, trat vor das Bild und stand mit verschränkten Armen da, reglos, vertieft in die Betrachtung des Bildes. Sie zog nur hin und wieder an der Zigarette und kniff wegen des Rauchs die Augen halb zu. Den Spieler zur Linken mochte man auf fünfunddreißig schätzen. Nach der Mode jener Zeiten war sein kastanienfarbenes Haar in Höhe der Ohren gestutzt; die Nase war kräftig und adlerhaft, das Gesicht ernst und konzentriert. Er trug einen wamsartigen Rock, dessen Zinnoberrot den Jahrhunderten wundervoll widerstanden hatte. Seine Brust zierte das Goldene Vlies, und über der rechten Schulter prangte eine kunstvoll gestaltete Spange, deren filigrane Feinheiten bis ins kleinste Detail herausgearbeitet waren, sogar die winzigen Lichtreflexe der Edelsteine. Der Mann stützte den linken Ellenbogen und die rechte Hand auf den Tischrand vor dem Spielbrett. In den Fingern hielt er eine Schachfigur, einen wohl soeben geschlagenen weißen Springer. Neben seinem Haupt wies ihn in gotischen Lettern eine Inschrift aus: FERDINANDUS OST. D.

Der andere, schlankere Spieler mochte um die Vierzig sein. Er hatte eine hohe Stirn und fast schwarzes Haar, das an den Schläfen angegraut war, dargestellt durch feinste bleiweiße Striche. Dies sowie sein Gesichtsausdruck und die Körperhaltung ließ ihn vorzeitig gereift erscheinen. Gefaßt und würdevoll schaute er drein, doch statt kostbarer höfischer Kleidung trug er einen leichten Brustharnisch und über den Schultern, rings um den Hals, einen Kragen von glänzendem Stahl, der ihm etwas unverkennbar Martialisches gab. Er saß noch tiefer über das Schachbrett gebeugt als sein Gegner, in der Haltung dessen, der das Spiel studiert, dem Anschein nach unaufmerksam für alles rings um ihn, die Arme auf der Tischkante verschränkt. Das Ausmaß seiner Konzentration war erkennbar an den senkrechten Furchen über der gewölbten Braue. Er starrte die Figuren an, als böten sie ein schwieriges Problem, zu dessen Lösung er selbst den letzten seiner Gedanken aufbieten müsse. Die Inschrift für ihn lautete RUTGIER AR. PREUX.

Die Dame saß am Fenster, räumlich abgesetzt von den beiden Spielern. Der schwarze Samt ihres Gewandes, dem eine geschickte Beimengung an weißer und grauer Lasur in den Falten Volumen gab, schien in den Vordergrund zu drängen. Ihre wirklichkeitsgetreue Darstellung stand im Wettstreit mit der gewissenhaften Zeichnung des Teppichfadens, mit der so makellos genauen Hervorhebung der Verfugungen und Maserungen des Deckengebälks sowie den Feinheiten der Fliesen des Fußbodens. Julia beugte sich über das Bild, um es besser in Augenschein zu nehmen. Sie erschauerte vor Bewunderung. Nur ein Meister vom Range des Van Huys hatte aus dem Schwarz eines Gewandes so viel machen können: Farbe aus Nichtfarbe, das hätten nur ganz wenige so hinbekommen, bei ihm aber sah alles so echt und so wahr aus, daß man das Scheuern des Samtes auf dem mit Kissen aus gepunztem Leder bedeckten Schemel zu hören meinte.

Sie betrachtete das Gesicht der Frau. Schön war diese Dame und sehr blaß, nach dem Geschmack von damals, mit einer Haube aus weißer Gaze, unter der sie ihre an den Schläfen zurückgekämmte Haarpracht zusammenhielt. Aus den weiten Ärmeln des Gewandes ragten die von hellgrauem Damast bedeckten Arme, mit langen feinen Händen, die ein Stundenbuch hielten. Das Licht von draußen verlieh dem geöffneten Buchverschluß ebensolchen metallischen Glanz wie dem goldenen Ring, der einzigen Zierde ihrer Hände. Sie hatte die Augen gesenkt, die bestimmt blaue waren, mit einem Ausdruck von Bescheidenheit und gefaßter Tugend, wie es für die Frauenbildnisse jener Zeit typisch war. Das Licht – von draußen und aus dem Spiegel – hüllte die Frau in die gleiche Atmosphäre wie die Schachspieler, hielt sie aber diskret beiseite, hob die perspektivischen Verkürzungen und die Schatten bei ihr stärker hervor. Die ihr geltende Inschrift lautete BEATRIX BURG. OST. D.

Julia trat zwei Schritte zurück und faßte das Bild als Ganzes ins Auge. Ein Meisterwerk, ohne jeden Zweifel, das bestätigten die beglaubigten Expertisen. Das bedeutete einen hohen Ausgangspreis bei der Versteigerung bei Claymore im kommenden Januar. Vielleicht würde die verborgene Inschrift bei entsprechender historischer Dokumentation ihn noch kräftig in die Höhe treiben. Zehn Prozent des Erlöses für Claymore, fünf Prozent für Menchu Roch, den Rest für den jetzigen Besitzer des Bildes. Abzüglich des einen Prozents für Versicherung und inbegriffen die Honorare für Restaurierung und Reinigung.

Julia zog sich aus und stellte sich unter die Dusche, bei geöffneter Tür, von Vivaldis Klängen in den Wasserdampf begleitet. Die Restaurierung der *Schachpartie* könnte ihr einen ordentlichen Gewinn bringen. Wenige Jahre nach ihrem Studium genoß sie unter den Restauratoren, die von Museen und Antiquitätenhändlern am meisten begehrt waren, bereits einen sehr guten Ruf. Sie arbeitete methodisch und gewissenhaft, legte außerdem auch als Malerin einiges Talent an den Tag, und man wußte, daß sie jedem Original mit Hochachtung begegnete, mit einer geradezu ethischen Haltung, die ihre Kollegen nicht immer teilten. In jener schwierigen und heiklen inneren Beziehung zwischen einem Restaurator und *seinem* Werk, wenn es in rauhem Kampf zu entscheiden gilt, ob man eher konservieren oder erneuern soll, hielt sich die junge Frau stets an die Grundauffassung: Ein Kunstwerk läßt sich nie ohne erhebliche Verluste in den Zustand von einst zurückversetzen. Die Alterung, die Patina, auch gewisse Veränderungen in den Farben und Firnissen, leichte Beschädigungen, Übermalungen und Retuschen, sie waren, fand Julia, etwas Substantielles, sie gehörten zum Werk. Vielleicht war das der Grund dafür, daß die von ihr bearbeiteten Gemälde nicht mit vorgeblich originären ungewöhnlichen Farben und Lichteffekten prangten – *neu kolorierte Hofdamen* nannte César sie –, sondern in aller Feinheit die erlittenen Spuren der Zeit bargen.

In einen Bademantel gehüllt, trat sie aus dem Bad, wobei ihr das Wasser aus den Haaren auf die Schultern tropfte. Sie zündete die fünfte Zigarette dieses Tages und zog sich dann vor dem Gemälde an: kastanienfarbener Faltenrock, Lederjacke, flache Schuhe. Sie musterte sich zufrieden im venezianischen Spiegel, wandte den Blick dann wieder auf die ernst dreinschauenden Schachspieler, zwinkerte ihnen herausfordernd zu, doch die verzogen keine Miene. *Wer tötete den Ritter?* Dieser Satz ging ihr, während sie den Bericht zum Gemälde und die Röntgenaufnahmen in ihrer Tasche verstaute, wie ein Rätsel im Kopf herum. Beim Verlassen der Wohnung schaltete sie die Alarmanlage ein und drehte den Schlüssel zweimal im Schloß. *Quis necavit equitem.* Wie auch immer, das hatte irgendeine Bedeutung. Während sie die Treppen hinabstieg, mit den Fingern über das messingbeschlagene Geländer streichend, wiederholte sie leise die drei Wörter. Sie war in der Tat ganz gebannt von dem Gemälde und der verborgenen Inschrift; doch das war nicht alles. Da war außerdem irgendeine

Furcht; wie einst, als das kleine Mädchen, das am obersten Absatz der Treppe stand, Mut aufbringen mußte, um den Kopf durch die Tür in den finsteren Dachboden hineinzustecken.

«Gib's zu, er ist wirklich eine Schönheit. Reines *Quattrocento*!»

Menchu Roch meinte nicht eines der Bilder in ihrer Galerie. Ihre klaren, stark geschminkten Augen waren auf den breitschultrigen Max gerichtet, der sich an der Bar des Cafés mit einem Bekannten unterhielt. Max, ein Meter fünfundachtzig, das Kreuz eines Schwimmers unter einem Jackett von edlem Schnitt, hatte sich sein langes Haar im Nacken mit einem dunklen Seidenband zum Zopf zusammengebunden. Seine Bewegungen waren gemessen und geschmeidig. Menchu, bevor sie sich die Lippen am beschlagenen Rand ihres Martiniglases befeuchtete, ließ ihren Blick über Max gleiten, schätzend, mit Besitzerstolz. Er war ihr neuester Liebhaber.

«Reines *Quattrocento*», wiederholte sie und schien diese Worte ebenso zu genießen wie ihren Drink. «Sieht er nicht aus wie eines dieser wundervollen italienischen Bronzestandbilder?»

Julia stimmte mißmutig zu. Sie waren seit Ewigkeiten Freundinnen, doch immer wieder überraschte Menchu sie mit ihrer Oberflächlichkeit, durch die alles, was sie über Kunst sagte, irgendwie falsch klang.

«Sämtliche dieser Bronzen, ich meine die Originale, kämen dich billiger.»

Menchu lachte hämisch auf.

«Billiger als Max ... Ganz ohne Zweifel.» Sie tat einen langen Seufzer, während sie an der Olive aus ihrem Martini knabberte. «O ja, Michelangelo ließ seine Skulpturen nackt, er brauchte sie nicht erst mit American Express einzukleiden.»

«Niemand zwingt dich, seine Rechnungen zu bezahlen.»

«Das ist ja das Schreckliche, meine Liebe.» Die Galeristin klimperte schmachtend und theatralisch mit den Lidern. «Niemand zwingt mich. Oder?»

Sie leerte ihr Glas, wobei sie kokett den kleinen Finger abspreizte. Menchu, den Fünfzig näher als den Vierzig, war der Auffassung, jeder kleine Winkel berge pulsierende Sexualität, selbst die feinsten Schattierungen eines Kunstwerkes. Vielleicht trat sie den Männern deshalb so berechnend und gierig entgegen, als ob es den Verkaufswert eines Gemäldes abzuschätzen gälte. Die Besitzerin der Galerie Roch war in ihrem Freundeskreis dafür bekannt, daß sie keine Gelegenheit ausließ, sich in den Besitz eines Bildes, eines Mannes oder einer Dosis Kokain zu bringen. Noch war sie attraktiv, auch wenn gewisse «ästhetische Anachronismen», wie César es bissig zu formulieren pflegte, nicht zu übersehen waren. Menchu konnte sich nicht damit abfinden, daß sie alt wurde, grundsätzlich nicht. Sie bot sich mit berechnender Vulgarität die Stirn, übertrieb es in der Wahl ihres Make-ups, ihrer Kleidung, ihrer Liebschaften. Um ihre Auffassung, Kunst- und Antiquitätenhändler seien lediglich bessere Lumpensammler, zu bestätigen, kehrte sie eine nicht gerade professionelle Unkultur hervor: Sie ließ vereinbarte Treffs platzen, mokierte sich offen über die mehr oder weniger illustren Kreise, in denen sie sich bewegte. Sie kokettierte damit ebenso dreist, wie sie prahlerisch behauptete, den fulminantesten Orgasmus ihres Lebens beim Masturbieren vor einer katalogisierten und numerierten Reproduktion von Donatellos David gehabt zu haben; eine Episode, die César in seiner fast weiblichen raffinierten Grausamkeit das einzige bißchen authentisch guten Geschmacks nannte, das Menchu Roch in ihrem Leben je offenbart hatte.

«Was unternehmen wir in Sachen Van Huys?» fragte Julia.

Menchu schaute nochmals auf die Röntgenfilme zwischen ihrem Glas und der Kaffeetasse ihrer Freundin. Sie hatte blauen Lidschatten aufgelegt und trug ein extrem kurzes Kostüm. Ohne Böswilligkeit überlegte Julia, daß Menchu zwanzig Jahre zuvor in Blau sicherlich sehr hübsch ausgesehen hatte.

«Keine Ahnung», sagte die Galeristin. «Bei Claymore wollen sie das Bild so versteigern, wie es ist... Man sollte mal prüfen, ob diese Inschrift den Wert steigert.»

«Meinst du?»

«Aber ja! Wie auch immer, du hast hier wirklich einen großen Fang gemacht.»

«Besprich das doch mal mit dem Besitzer des Bildes.»

Menchu steckte die Filme in den Umschlag zurück und schlug ein Bein über das andere. Zwei junge Männer, die am Nebentisch Aperitifs tranken, musterten verstohlen ihre gebräunten Schenkel. Julia rutschte etwas unruhig auf ihrem Stuhl hin und her. Normalerweise belustigte es sie, wenn sich Menchu vor den Männern zur Schau stellte, manchmal aber fand sie es doch übertrieben. Sie schaute auf die rechteckige Omega, die sie auf der Innenseite des linken Handgelenks trug. Dies war wirklich nicht der rechte Zeitpunkt, feine Unterwäsche zu präsentieren.

«Der Besitzer macht keine Schwierigkeiten», sagte Menchu. «Ein reizender kleiner alter Mann im Rollstuhl. Und wenn wir mit der Inschrift seinen Gewinn erhöhen, wird ihm das nur recht sein... Allerdings hat er eine Nichte – sie und ihr Ehemann sind wie die Blutegel.»

Max stand noch immer am Tresen und plauderte. Aber er war sich seiner Pflicht bewußt und schaute in regelmäßigen Abständen herüber, um die zwei Frauen mit einem strahlenden Lächeln zu bedenken. Apropos Blutegel, dachte Julia, verkniff es sich aber, eine Bemerkung zu machen. Im übrigen hätte es Menchu wenig ausgemacht. Wenn es um Männer ging, legte sie selbst einen erstaunlichen Zynismus an den Tag. Julia dagegen, ausgesprochen taktvoll, trieb es nie auf die Spitze.

«Noch zwei Monate bis zur Versteigerung», sagte Julia und ignorierte Max einfach. «Das ist zu knapp, wenn ich den Firnis entfernen, die Inschrift freilegen, die nötige Dokumentation zu dem Bild und seinen Figuren besorgen und dann noch den Bericht abfassen soll. Das dauert. Ich brauche möglichst bald die Zustimmung des Besitzers.»

Menchu stimmte zu. Alles Berufliche blieb von ihrer Frivolität unbehelligt; da verhielt sie sich so schlau wie eine kluge Rättin. Bei der anstehenden Transaktion war sie Vermittlerin, weil sich der Eigentümer des Van Huys auf dem Markt nicht so gut auskannte. Sie war es, die mit der Niederlassung von Claymore in Madrid die Versteigerung aushandelte.

«Ich rufe ihn gleich heute an. Don Manuel heißt er, er ist siebzig und sagt, daß es ihn entzückt, mit einem hübschen Mädchen zu tun zu haben, das so gut verhandeln kann.»

Julia sprach noch einen weiteren Punkt an. Sollte die Inschrift auf die Geschichte der abgebildeten Personen Bezug nehmen, würde Claymore dies ausschlachten und den Preis erhöhen. Vielleicht könnte Menchu einiges mehr an Material auftreiben.

«Nicht viel.» Die Galeristin verzog den Mund und überlegte. «Wir haben nur das Bild, also los, Mädchen. Ran ans Werk!»

Julia kramte lange in ihrer Tasche, zog endlich eine Zigarette hervor und schaute ihre Freundin an.

«Wir könnten Álvaro hinzuziehen», erwog sie.

Menchu wölbte die Brauen. Nun sei sie aber wie versteinert, rief sie prompt, versteinert wie das Eheweib Noas, oder Lots, oder wer auch immer jener Trottel gewesen war, der sich in Sodom gelangweilt hatte. Oder zur Salzsäule erstarrt war. Oder wie auch immer.

«Jedenfalls mußt du mir erzählen.» Ihre Stimme wurde heiser vor lüsterner Neugierde, denn sie ahnte heftige Gefühlsregungen. «Álvaro und du, ihr hattet schließlich mal...»

Sie ließ den Satz unvollendet, mit einem Ausdruck jähen und übertriebenen Kummers, wie immer, wenn sie vermutete, daß andere Leute wehrlose Opfer irgendwelcher Gefühle wurden. Julia widerstand eisern ihrem Blick.

«Er ist der beste Kunsthistoriker, den wir kennen... Und hier geht es nicht um mich, sondern um das Bild.»

Menchu tat, als denke sie ernsthaft nach; dann nickte sie. Es war Julias Angelegenheit, klar. Eine intime Angelegenheit, in der Art Mein liebes Tagebuch, so etwas eben. Aber sie an Julias Stelle würde das nicht tun. *In dubio pro reo*, wie dieser pedantische César immer sagte, die alte Glucke. Oder hieß es *in pluvio*?

«Wirklich, über Álvaro bin ich hinweg.»

«Es gibt Leiden, meine Hübsche, die lassen sich nicht kurieren. Und ein Jahr ist da nichts, Schätzchen.»

Julia konnte sich ein hämisches Grinsen nicht verkneifen. Vor über einem Jahr hatten Álvaro und sie eine lange Liaison beendet, und die Galeristin wußte davon. Irgendwann hatte sie sogar ohne es zu wissen ausgesprochen, was letztlich zur Trennung geführt hatte. Mädchen, ein verheirateter Mann entscheidet sich, wenn es darauf ankommt, immer für die Angetraute, denn er befürchtet, daß es mit Geburten und Windelwaschen wieder von vorne losgeht. «So sind sie nun mal», hatte Menchu geschlußfolgert, die Nase über dem feinen weißen Pulverstreifen, zwischen zwei Sniffs, «ekelhaft treu im Grunde. Schnief. Diese Hurensöhne!»

Julia stieß eine dicke Rauchwolke hervor, dann trank sie gemächlich ihren Kaffee aus, bemüht, keinen Tropfen zu verschütten. Ein sehr bitteres Ende war das damals gewesen, nach den letzten Worten und dem lauten Türknall. Und noch war es nicht verwunden, das wurde ihr immer wieder bewußt, wenn sie daran dachte. Und sie hatte es auch bei den späteren drei oder vier zufälligen Begegnungen gemerkt, auf Konferenzen oder in Museen, obwohl beide sich mustergültig benommen hatten. «Siehst prächtig aus, laß es dir gutgehen», irgend so etwas hatte er gesagt. Immerhin hielten sie sich für zivilisierte Menschen, und abgesehen von einem Stückchen gemeinsamer Vergangenheit waren sie durch ihren Beruf verbunden: durch die Kunst. Sie waren, kurz gesagt, Leute von Welt. Und erwachsen.

Julia spürte, daß Menchu sie lüstern interessiert beäugte, sich schon auf neuerliche Techtelmechtel freute, bei denen sie als taktische Beraterin fungieren würde. Klagte doch die Galeristin, daß Julias sporadische Liebschaften nach dem Bruch mit Álvaro kaum noch einen Kommentar wert waren: «Du wirst prüde, meine Liebe», sagte sie immer wieder zu ihrer Freundin, «und das ist gräßlich langweilig. Kehr um, du brauchst die Leidenschaft, den Strudel...» So besehen stellte bereits die Erwähnung von Álvaro interessante Möglichkeiten in Aussicht.

Julia merkte das alles, ließ sich aber nicht aus der Fassung bringen. Menchu war eben Menchu, und sie war immer so gewesen. Freunde wählt man sich nicht aus, sie erwählen einen. Entweder man weist sie ab, oder man akzeptiert sie ohne Einschränkung. Das hatte sie auch bei César erfahren.

Die Zigarette war fast aufgeraucht, und sie drückte sie im Aschenbecher aus. Dann sagte sie mit einem müden Lächeln: «Álvaro ist mir egal. Mich interessiert der Van Huys.» Sie hielt einen Moment inne, suchte nach Worten und bemühte sich, ihre Gedanken zu ordnen. «An diesem Bild ist irgend etwas Besonderes.»

Menchu hob die Schultern, sie schien mit den Gedanken ganz woanders zu sein.

«Nimm es ruhig und gelassen, Mädchen. Ein Bild ist doch nichts weiter als Leinwand, Holz, Farbe, Firnis... Das einzige, was zählt, ist, was es dir in die Tasche bringt, wenn es den Besitzer wechselt.» Sie starrte auf Max' breite Schultern und zwinkerte verschmitzt. «Der Rest, das sind alberne Geschichten.»

Während jener Zeit mit Álvaro hatte Julia ihn immer als typischen Vertreter seines Berufsstandes gesehen, in seinem Auftreten ebenso wie in der Kleidung: freundlich, um die Vierzig, englische Tweedjacketts, gepunktete Krawatten. Außerdem rauchte er Pfeife, was sie vollends schwach machte – all das begeisterte sie in einem Maße, daß sie damals, in der ersten Vorlesung – *Die Kunst und der Mensch* war an jenem Tag sein Thema gewesen – eine gute viertel Stunde kein Ohr für seine Worte gehabt hatte, baff darüber, daß ein noch so jung aussehender Mann Professor sein konnte, ein richtiger Professor. Nach der Vorlesung, als er sich bis zur nächsten Woche verabschiedete und alle auf den Gang hinausdrängten, war sie zwanglos natürlich an ihn herangetreten, im vollen Bewußtsein dessen, was geschehen würde: Es war die ewig sich wiederholende, wenig originelle Geschichte, das klassische Techtelmechtel zwischen Lehrer und Schülerin, schon angebahnt bevor Álvaro in der Nähe der Tür auf den Hacken eine halbe Drehung machte und Julia erstmals zulächelte. In alledem – das zumindest fand die junge Studentin, als sie das Für und Wider der Sache abwog – war etwas Unvermeidbares, die Anzeichen eines köstlichen klassischen *Fatums*, es waren schicksalhaft vorgezeichnete Wege, ein Standpunkt, dem sie leidenschaftlich zugetan war, seit sie auf dem Gymnasium die glanzvollen familiären Verwicklungen jenes genialen Griechen übersetzt hatte, des Sophokles. Erst später hatte sie beschlossen, César von der Sache zu erzählen, dem Antiquitätenhändler, der ihr seit Jahren – beim ersten Mal hatte Julia noch Söckchen getragen und Zöpfe gehabt – in Liebesdingen der Vertraute und Tröster war. César hatte in diesem Falle lediglich die Achseln gezuckt und in bewußt unbeschwertem Ton auf die geringe Originalität ihrer Geschichte hingewiesen, «die, meine Beste, in dreihundert Romanen und ebensovielen Filmen widerlich kitschig abgehandelt wurde, vor allem», und hier verzog er abschätzig den Mund, «in französischen und amerikanischen, was, da wirst du mir recht geben, Prinzessin, die Sache in ein wahrhaft gräßliches Licht setzt.» Mehr hatte César nicht gesagt. Von ihm kamen weder ernste Vorhaltungen noch väterliche Ermahnungen, die im übrigen, das wußten beide, ohnehin nicht fruchten würden. César hatte keine Kinder und würde sie nie haben, doch er besaß die besondere Gabe, Situationen wie diese richtig einzuschätzen. Irgendwann im Leben hatte der Antiquitätenhändler die Gewißheit erlangt, daß der Mensch nur durch eigenen Schaden klug wird, also tat er das einzige, was dem Beschirmer – und das war er – möglich und angemessen war: Er setzte sich zu seinem Schützling, ergriff dessen Hand und hörte sich unendlich gütig die Geschichte an, den Verlauf der Liebe und der Schmerzen, während die Natur ihren unvermeidbaren klugen Lauf nahm.

«In Liebesdingen, Prinzeßchen», pflegte César zu sagen, «soll man nie mit Ratschlägen oder Lösungen kommen, allenfalls mit einem sauberen Taschentuch im rechten Augenblick.»

Und eben das tat er, als alles zu Ende war, an jenem Abend, als sie wie eine Mondsüchtige zu ihm kam, das Haar noch feucht, und dann auf seinen Knien einschlief. Dies aber war lange nach jener ersten Begegnung auf dem Korridor der Fakultät, wo es bedeutsame Abweichungen vom vorgeschriebenen Drehbuch nicht gegeben hatte. Das Ritual nahm danach seinen Fortgang auf festgetretenen und voraussagbaren, jedoch unverhofft zufriedenstellenden Pfaden. Julia hatte schon manches Liebesabenteuer hinter sich, aber bis zu dem Nachmittag, als sie dann mit Álvaro erstmals im schmalen Bett eines Hotels lag, hatte sie nie den Drang verspürt, innerlich so zerrissen und voll Schmerz *Ich liebe dich* zu sagen, sich glücklich verdutzt Worte stammeln zu hören, die ihr zuvor nie über die Lippen gekommen waren, und dies in einem ihr unbekannten Ton, der sich sehr nach Gestöhn und Klage anhörte. Eines Morgens, als sie mit dem Kopf an Álvaros Brust erwachte, strich sie sanft ihr Haar von seinem Gesicht, betrachtete den Schlafenden lange, horchte auf das leise Herzpochen unter ihrer Wange, bis er die Augen aufschlug und ihr zulächelte. Da war sich Julia absolut sicher, daß sie ihn liebte. Sie wußte, daß sie später andere Geliebte haben würde, jedoch für keinen das würde empfinden können, was sie für Álvaro empfand. Es vergingen achtundzwanzig Monate, die sie fast Tag für Tag bewußt durchlebte, dann kam der Moment des schmerzlichen Erwachens, sie mußte César bitten, sein berühmtes Taschentuch hervorzuziehen. «Dieses schreckliche Tuch», hatte er wie immer theatralisch gesagt, halb im Scherz, aber hellsichtig wie eine Kassandra, «dieses Tuch, das wir schwenken, wenn wir einander für immer Lebewohl sagen.» Das, im wesentlichen, war jene Geschichte gewesen.

Ein Jahr hatte gelangt, um die Wunden vernarben zu lassen, nicht aber um die Erinnerungen auszulöschen. Erinnerungen, auf die Julia allerdings auch nicht verzichten mochte. Sie war recht schnell gereift, und dieser moralische Prozeß hatte auch ihre anstandslos aus Césars Lehren entnommene Überzeugung geformt, das Leben sei wie eine teure Gaststätte, in der einem am Ende stets die Rechnung präsentiert wird, was aber kein Grund sei, dem glücklich und voller Wonne Genossenen abzuschwören. Über all dies sinnierte Julia, während Álvaro über den Tisch gebeugt Bücher aufschlug und sich Notizen auf weiße Kärtchen machte. Äußerlich schien er fast unverändert, bis auf ein paar graue Fäden im Haar. Der Blick war wie immer gefaßt und klug. Diese Augen und die feingliedrigen langen Hände mit den runden, glänzenden Nägeln hatte sie damals besonders gemocht. Sie betrachtete diese Hände, während die Finger die Seiten glätteten oder den Füller führten, und sehr gegen ihren Willen vernahm sie ein fernes Raunen aus Melancholie, was, so befand sie nach kurzem Nachdenken, nur zu verständlich war. Schon flammten in ihr nicht mehr die Gefühle von einst auf; diese Hände aber hatten ihren Körper liebkost, noch spürte sie bis ins Feinste deren Berührung und Wärme auf der Haut. Folgende Liebschaften hatten ihre Spur nicht auslöschen können.

Sie versuchte, ihre stürmischen Gefühle zu bändigen. Sie wollte auf keinen Fall der verführerischen Erinnerung erliegen. Aber das alles war ohnehin zweitrangig, sie war nicht gekommen, um Sehnsüchte aufzufrischen, also konzentrierte sie sich auf die Worte ihres einstigen Geliebten, und nicht auf ihn selbst. Nach den ersten Momenten der Verlegenheit hatte Álvaro sie nachdenklich gemustert und gefragt, welch wichtige Angelegenheit sie nach so langer Zeit zu ihm führte. Er lächelte freundlich, wie ein alter Freund oder einstiger Kommilitone, gelöst und aufmerksam, gab sich zuvorkommend, gefaßt und effektiv, erfüllt von Schweigen und von leise vorgebrachten gewissenhaften Überlegungen, die ihr an ihm so vertraut waren. Nach der anfänglichen Überraschtheit hatte er erst wieder verwirrt ausgesehen, als Julia ihm mit den Fragen zu dem Gemälde kam; von der verborgenen Inschrift allerdings, das hatte sie mit Menchu verabredet, erwähnte sie nichts. Ja, er kenne den Maler, dessen Werk und dessen Zeit genau, hatte Álvaro bestätigt, wußte aber nichts von der geplanten Versteigerung, und auch nicht, daß Julia die Restaurierung übernommen hatte. Ihre Farbfotos von dem Gemälde brauchte er nicht; er schien gut vertraut mit jener Zeit und den dargestellten Figuren. Im Augenblick suchte er ein Datum, sein Zeigefinger folgte den

Zeilen eines alten Kompendiums mittelalterlicher Geschichte, er war ganz vertieft und dachte, so schien es, nicht im geringsten an die gemeinsame Vergangenheit, die Julia zwischen ihnen schweben spürte wie das Grabtuch eines Gespenstes. Vielleicht ergeht es ihm wie mir, dachte sie. Vielleicht hatte Álvaro ja wiederum von ihr den Eindruck, daß sie jenen Dingen ebenfalls fern und gleichgültig gegenüberstand.

«Da ist er», sagte er jetzt, und Julia klammerte sich an den Klang seiner Worte wie eine Schiffbrüchige an eine Planke, stellte aber erleichtert fest, daß sie nicht beides zugleich konnte: in der Stimme von jetzt den Mann von einst hören. Ohne Schmerz spürte sie, daß die Nostalgie zurückblieb, von ihr abfiel, und die Erleichterung hierüber mochte so offenkundig sein, daß er sie überrascht anschaute, bevor er sich wieder der aufgeschlagenen Buchseite widmete. Mit einem einzigen Blick las Julia die Überschrift: *Die Schweiz, Burgund und die Niederlande im 14. und 15. Jahrhundert.*

«Da!» Álvaro wies auf einen Namen im Text. Dann zeigte sein Finger auf Julias Foto von dem Gemälde. «FERDINANDUS OST. D. lautet die Beschriftung zum Spieler der linken Seite, dem im roten Gewand. Van Huys malte die *Schachpartie* 1471, also besteht nicht der geringste Zweifel: Es handelt sich um Ferdinand Altenhoffen, Herzog von Ostenburg, *Ostenburgensis Dux*, geboren 1435, gestorben... ja, hier steht es, gestorben 1474. Etwa fünfundreißig Jahre alt mag er gewesen sein, als er für den Maler posierte.»

Julia hatte sich ein Kärtchen vom Tisch genommen und notierte die Daten.

«Wo lag dieses Ostenburg? In Deutschland?»

Álvaro schüttelte den Kopf. Er schlug einen historischen Atlas auf und zeigte auf eine Landkarte.

«Ostenburg war ein Herzogtum, das etwa so groß war wie die Rodovingia Karls des Großen... Es war hier, an den Grenzen zu Frankreich und Deutschland, zwischen Luxemburg und Flandern. Im fünfzehnten und sechzehnten Jahrhundert kämpften die ostenburgischen Herzöge um ihre Unabhängigkeit, wurden dann aber geschluckt, zunächst von Burgund, dann von Österreichs Maximilian. Die Linie der Altenhoffen erlosch eben mit diesem Ferdinand, dem letzten Herzog von Ostenburg, der auf diesem Gemälde Schach spielt ... Soll ich dir hiervon Kopien machen?»

«Da wäre ich dir sehr dankbar.»

«Kein Problem.» Álvaro lehnte sich in seinem Stuhl zurück, holte aus einer Schreibtischschublade eine Dose Tabak und stopfte sich die Pfeife. «Logischerweise kann die Dame am Fenster mit der Beschriftung BEATRIX BURG. OST nur die Herzogin Beatrix von Burgund sein, seine Ehefrau. Hier steht es ... Beatrix von Burgund heiratete Ferdinand Altenhoffen 1464, im Alter von dreiundzwanzig Jahren.»

«Aus Liebe?» fragte Julia, wobei sie mit einem undefinierbaren Lächeln das Foto betrachtete. Auch Álvaro lächelte, wenn auch etwas gezwungen.

«Du weißt, wenige dieser Ehen wurden aus Liebe geschlossen ... Die Heirat kam auf Betreiben des Onkels von Beatrix zustande, also Philipps des Guten, des Herzogs von Burgund; ein Zweckbündnis mit Ostenburg, und zwar gegen Frankreich, das sich beide Herzogtümer einverleiben wollte.» Nun vertiefte auch er sich in das Foto, seine Pfeife zwischen den Zähnen. «Ferdinand von Ostenburg», fuhr er fort, «hatte Glück, Beatrix war schön. So zumindest steht es in den *Burgundischen Annalen* von Nicolas Flavin, dem wichtigsten Chronisten jener Zeit. Dein Van Huys scheint der gleichen Meinung gewesen zu sein. Offenbar hat er sie schon vorher gemalt, denn Pijoan zitiert ein Dokument, dem zufolge Van Huys eine gewisse Zeit Hofmaler in Ostenburg war ... 1463 spricht Ferdinand Altenhoffen ihm eine Pension von jährlich einhundert Pfund zu, zahlbar je zur Hälfte an Johannis und Weihnachten. Im selben Dokument wird er beauftragt, Beatrix, damals noch die Verlobte des Herzogs, zu malen, *bien au vif*.»

«Gibt es weitere Hinweise?»

«Sehr viele. Van Huys wurde eine bedeutende Persönlichkeit.» Álvaro zog eine Mappe mit Karteikarten aus einem Aktenschrank hervor. «Jean Lemaire, in seiner *Couronne Margaridique*, die er zu Ehren der Margarethe von Österreich verfaßte, der Statthalterin der Niederlande, stellt einen Pierre de Brugge (Van Huys) sowie Hughes von Gent (Van der Goes) und Dieric von Löwen (Dieric Bouts) neben jenen Maler, den er als den König der flämischen Maler bezeichnet, und zwar Johannes (Van Eyck). In dem Poem heißt es wörtlich *Pierre de Brugge, qui tant eut les traits utez*, also ‹der die Striche so sauber zog›... Dies wurde fünfundzwanzig Jahre nach dem Tod des Van Huys geschrieben.» Álvaro sichtete aufmerksam weitere Unterlagen. «Hier sind noch ältere Verweise. Zum Beispiel ist in den Inventarien des Königreiches Aragón festgehalten, daß Alfons V., der Großmütige, Werke von Van Huys, Van Eyck und weiteren abendländischen Meistern besaß, die allesamt verloren gingen... 1454 erwähnt ihn außerdem Bartolomeo Fazio, ein enger Vertrauter von Alfons V., in seinem Buch *De viribus illustris*, und nennt ihn *Pietrus Huyus insignis Pictor*. Andere Verfasser, vor allem Italiener, bezeichnen ihn als *Magistro Piero Van Hus, pictori in Bruggia*. Da ist auch ein Zitat von 1470, in dem Guido Rasofalco ein in seinem Besitz befindliches Gemälde nennt, das ebenfalls verlorenging, eine Kreuzigung. Er vermerkt: *Opera buona di mano di un chiamato Piero di Juys pictor famoso in Fiandra*. Ein weiterer, nicht namentlich genannter italienischer Autor bezieht sich auf ein Bild des Van Huys, das erhalten blieb, und zwar *Ritter und Teufel*. Er vermerkt: *A magistro Pietrus Juisus magno et famoso flandesco fuit depictum*... Du kannst hinzufügen, daß im sechzehnten Jahrhundert Guicciardini und Van Mander ihn erwähnen und im neunzehnten Jahrhundert James Weale in seinen Büchern über die großen flämischen Maler.» Er sammelte die Karten zusammen, steckte sie achtsam in die Mappe und legte diese wieder in den Aktenschrank. Dann lehnte er sich in seinem Stuhl zurück und schaute Julia lächelnd an. «Zufrieden?»

«Sehr.» Die junge Frau hatte alles aufgeschrieben und prüfte noch einmal ihre Notizen. Dann hob sie den Blick, strich sich die Haare aus dem Gesicht und schaute Álvaro überrascht an.

«Man könnte meinen, du hättest die Lektion vorbereitet; ich bin geradezu geblendet», sagte sie.

Das Lächeln in seinem Gesicht verblaßte, er wich ihrem Blick aus, starrte auf den Tisch, als hätte eine der dort ausgebreiteten Karteikarten plötzlich seine Aufmerksamkeit erregt.

«Das gehört zu meinem Metier», bemerkte er. Es klang zerstreut oder wie eine Ausflucht. Ohne daß sie genau wußte, warum, war ihr plötzlich unwohl.

«Ja, du bist einfach ein ausgezeichneter Kunsthistoriker...», sie musterte ihn einige Sekunden lang neugierig und vertiefte sich dann wieder in ihre Notizen. «Wir haben viele Verweise auf den Maler und auf zwei der Figuren...», sie beugte sich über das Foto vom Gemälde und wies mit dem Finger auf den zweiten Spieler. «Aber über den hier wissen wir nichts.»

Álvaro, im Begriff, seine Pfeife anzuzünden, zögerte mit der Antwort. Falten lagen auf seiner Stirn.

«Es ist schwierig, eine verläßliche Aussage über ihn zu machen.» Er stieß eine Rauchwolke hervor. «Die Inschrift ist vage, aber man könnte schon gewisse Schlüsse ziehen – RUTGIER AR. PREUX», er machte eine Pause und betrachtete den Pfeifenkopf, als hoffte er, darin die Bestätigung für seinen Gedanken zu finden. «Rutgier kann Roger, Rogelio oder Rugiero heißen, je nach dem, es gibt mindestens zehn Varianten dieses damals sehr verbreiteten Namens... Preux könnte ein Beiname oder der Familienname sein, dann allerdings befänden wir uns in einer Sackgasse, denn es ist kein Preux vermerkt, dessen Taten Aufnahme in die Chroniken gerechtfertigt hätten. Allerdings wurde der Begriff *preux* im späten Mittelalter auch als ehrende Bezeichnung verwendet, sogar substantivisch, in der Bedeutung von Tapferer, Ritterlicher. Lanzelot und Roland, um dir nur zwei berühmte Beispiele zu nennen, trugen diesen Beinamen... Wenn man in Frankreich und England einem Ritter die Rüstung anlegte, ermahnte man ihn *soyez preux*, seid mutig und treu. Eine Titulierung also, die der Blüte der Ritterschaft vorbehalten war.»

Ohne es zu merken, hatte Álvaro, weil es nun mal zu seinem Beruf gehörte, einen belehrenden, fast dozierenden Ton angenommen, was früher oder später immer geschah, wenn es um ein Thema seines Fachs ging. Julia registrierte das etwas verwirrt; es rührte alte Erinnerungen auf, noch warme Asche einer Zuneigung, die in Zeit und Raum ihren Platz gehabt hatte, ihren Charakter zu dem gemacht hatte, was er jetzt war. Reste eines anderen Lebens und anderer Gefühle, inzwischen verschlissen, wie ein Buch in ein Regal gestellt, auf daß sich Staub darauf lege, ohne die Aussicht, je wieder aufgeschlagen zu werden, aber trotzdem gegenwärtig.

In solchen Situationen, das wußte Julia, half nur Verdrängen, sie mußte ihre Sinne auf das Unmittelbare lenken. Reden, nach Einzelheiten fragen, auch wenn sie noch so belanglos waren. Sich über den Tisch beugen, sich auf die Notizen konzentrieren. Sich einreden, sie säße hier vor einem gewandelten Álvaro, was gewiß auch zutraf. Sich einreden, es habe alles in ferner Zeit stattgefunden, an fernem Ort. So handeln und fühlen, als gehörten die Erinnerungen nicht ihnen beiden, sondern anderen Personen, von denen sie hatten erzählen hören und deren Schicksal sie kalt ließ.

Eine Lösung war eine Zigarette. Julia zündete sich eine an. Der Rauch, der ihre Lungen füllte, versöhnte sie mit sich, gab ihr ein bißchen von ihrem Gleichmut zurück. Sie inhalierte genüßlich, gab sich mit jenen ritushaften Gesten Beruhigung. Dann schaute sie Álvaro an, bereit, weiterzumachen.

«Was steckt also dahinter?» fragte sie. Ihre Stimme war nun gefaßt, und sie wurde wieder ruhiger. «Also, wenn Preux nicht ein Beiname ist, dann bietet vielleicht die Abkürzung AR den Schlüssel.»

Álvaro stimmte zu. Mit seinen vom Pfeifenrauch umflorten Augen suchte er in den Seiten eines anderen Buchs, bis er dort auf einen bestimmten Namen stieß.

«Hör dir das an. Roger von Arras, geboren 1431, im selben Jahr, in dem die Engländer in Rouen Jeanne d'Arc verbrennen. Seine Familie ist verschwägert mit den Valois, die Frankreich regieren. Er wurde auf Schloß Bellesang geboren, nahe dem Herzogtum Ostenburg.»

«Könnte er der zweite Spieler sein?»

«Gut möglich. AR wäre dann in der Tat die Abkürzung für Arras. Und Roger d'Arras, der ist nun wirklich in sämtlichen Chroniken jener Zeit vertreten. Während des Hundertjährigen Krieges kämpft er an der Seite des französischen Königs Karls VII. Siehst du... Er ist bei der Eroberung der Normandie und der Guyenne dabei. 1450 kämpft er in der Schlacht von Formigny und drei Jahre später in der von Castillon. Hier, schau dir dieses Bild an. Er könnte einer von diesen Kriegern sein, vielleicht der mit dem geschlossenen Visier, der mitten im Gefecht dem König von Frankreich sein Pferd anbietet, weil dessen Pferd getötet wurde, und der zu Fuß weiterkämpft...»

«Ich bin verblüfft, Professor!» Sie verhehlte ihre Überraschung nicht. «Dieses hübsche Bild vom Krieger in der Schlacht... Du hast doch immer gesagt, die Phantasie sei der Krebs der historischen Strenge.»

Álvaro lachte herzhaft.

«Betrachte dies als kathederfernes Opfer, dir zuliebe. Deine Neigung, von den baren Fakten abzuschweifen, werde ich nie vergessen. Ich weiß noch, als wir beide, du und ich...»

Er brach ab, unsicher geworden, denn Julia schaute auf einmal sehr ernst. Heute waren Erinnerungen fehl am Platz. Álvaro merkte das.

«Entschuldige», sagte er leise.

«Vergiß es.» Julia drückte energisch ihre Zigarette aus und verbrannte sich dabei an der Glut die Finger. «Es ist meine Schuld.» Sie schaute ihn gefaßt an. «Also, was ist jetzt mit unserem Krieger?»

Álvaro, sichtlich erleichtert, nahm den Faden wieder auf. Roger von Arras, erklärte er, sei nicht lediglich Krieger gewesen, sondern vielerlei mehr. Zum Beispiel ein mustergültiger Ritter. Geradezu ein Exempel eines mittelalterlichen Edelmanns. In seinen freien Stunden auch Dichter und Musiker. Sehr geschätzt am Hofe seiner Vettern, der Valois. Der Beiname Preux sei ihm höchst angemessen, er habe ihm gepaßt wie ein Handschuh.

«Hatte er irgendeine Beziehung zum Schachspiel?»

«Davon ist nichts bekannt.»

Julia machte sich weitere Notizen, völlig begeistert von der Geschichte. Plötzlich hielt sie inne und schaute Álvaro an.

«Eins verstehe ich nicht», sie biß auf den Knopf ihres Kugelschreibers, «warum sollte besagter Roger von Arras in einem Bild des Van Huys beim Schachspiel mit dem Herzog von Ostenburg festgehalten sein?»

Álvaro rutschte auf seinem Stuhl hin und her, verlegen, wie von einem plötzlichen Zweifel befallen. Er zog stumm an seiner Pfeife, starrte die Wand hinter Julia an, als fechte er einen inneren Kampf aus. Dann verzog er den Mund zu einem vorsichtigen Lächeln.

«Was er, außer um Schach zu spielen, im Bild zu suchen hat, weiß ich nicht.»

Er hob die Hände und gab so zu verstehen, daß er mit seiner Weisheit am Ende war. Julia spürte jedoch, daß er sie mit ungewöhnlicher Vorsicht ansah, als beschäftige ihn ein Gedanke, den er nicht auszusprechen wagte. «Allerdings», fügte er hinzu, «weiß ich, weil es ebenfalls in den Büchern steht, daß Roger von Arras nicht in Frankreich starb, sondern in Ostenburg.» Nach kurzem Zögern wies er auf das Foto von dem Gemälde. «Ist dir an dem Datum irgendwas aufgefallen?»

«1471. Was ist daran besonders?» fragte sie neugierig.

Álvaro blies gemächlich den Rauch aus, wobei er ein trockenes Pfeifen von sich gab, das klang wie ein kurzer Lacher. Nun musterte er Julia, als suchte er in ihren Augen die Erwiderung auf eine Frage, die er nicht einmal sich selbst zu stellen wagte.

«Irgend etwas stimmt hier nicht», sagte er endlich. «Entweder ist das Datum falsch, oder die zeitgenössischen Chronisten lügen, oder dieser Ritter ist nicht der auf dem Bild ausgewiesene *Rutgier Ar. Preux…*» Er griff zu einem weiteren Buch, der *Chronik der Herzöge von Ostenburg*, blätterte kurz und legte es dann vor Julia hin. «Dies hat Ende des fünfzehnten

Jahrhunderts Guichard de Hainaut geschrieben, ein Franzose und Zeitgenosse der hier festgehaltenen Vorkommnisse... Hainaut zufolge starb unser Mann am Dreikönigstag des Jahres 1469, zwei Jahre bevor Pieter Van Huys die *Schachpartie* malte. Verstehst du?... Roger von Arras konnte für dieses Bild nicht posieren. Als es gemalt wurde, war er bereits tot.»

Er begleitete sie bis zum Parkplatz der Fakultät und übergab ihr die Mappe mit den Kopien. Da sei fast alles drin, sagte er: historische Referenzen, ein auf den neuesten Stand gebrachter Katalog der Werke von Van Huys, Bibliographisches... Er versprach ihr, auch noch einen chronologischen Abriß sowie weiteres Material zu schicken, sobald er dafür etwas Zeit hätte. Dann, die Pfeife im Mund und die Hände in den Jackettaschen, musterte er sie, als gälte es noch etwas zu sagen und als schwankte er, ob er es tun solle. Er hoffe, ihr geholfen haben zu können, fügte er nach kurzem Zögern hinzu.

Julia bejahte mit einem Kopfnicken, allerdings sichtlich verwirrt. Die soeben vernommenen Einzelheiten wollten ihr nicht aus dem Kopf gehen. Und da war noch ein weiterer Punkt.

«Ich bin wirklich beeindruckt, Professor... In weniger als einer Stunde hast du das Leben der Figuren auf einem Gemälde rekonstruiert, mit dem du dich vorher nie beschäftigt hast.»

Álvaro wandte kurz den Blick ab und ließ ihn über das Universitätsgelände schweifen. Dann machte er eine wegwerfende Handbewegung.

«Das Bild war mir nicht völlig unbekannt.» Sie meinte, in seiner Stimme einen Zweifel herauszuhören, und das beunruhigte sie. Darum lauschte sie seinen Worten nun besonders aufmerksam. «Unter anderem», fuhr er fort, «gibt es davon ein Foto im Prado-Katalog von 1917... Da hing die *Schachpartie* nämlich ungefähr zwanzig Jahre. 1923 forderten die Erben das Bild zurück.»

«Das wußte ich nicht.»

«Jetzt weißt du es.» Er konzentrierte sich auf die Pfeife, die offenbar auszugehen drohte. Julia musterte ihr Gegenüber argwöhnisch. Sie kannte ihn einfach zu gut und wußte, daß ihn irgend etwas Wichtiges beunruhigte. Etwas, das er nicht laut auszusprechen wagte.

«Du hast mit etwas vorenthalten, Álvaro. Was ist es?»

Reglos und gedankenverloren zog er an der Pfeife. Dann wandte er sich ihr langsam zu.

«Ich weiß nicht, wovon du sprichst.»

«Ich meine, jedes Detail, das dieses Bild betrifft, ist wichtig für mich.» Sie musterte ihn ernst. «Ich setze in dieser Sache viel aufs Spiel.»

Sie sah Álvaro nervös am Mundstück der Pfeife kauen, dann machte er ausweichende Gesten.

«Du bringst mich in Verlegenheit. Dein Van Huys scheint seit neuestem in Mode zu sein.»

«In Mode?» Sie platzte schier vor Neugierde, und mit einemmal war ihr, als wanke der Boden unter ihren Füßen. «Du willst sagen, es hat dich vor mir schon jemand in dieser Sache angesprochen?»

Álvaro lächelte nun vage, als bereue er es, zuviel gesagt zu haben.

«Gut möglich.»

«Wer?»

«Das ist es ja. Ich darf es dir nicht sagen.»

«Sei nicht albern.»

«Nein, es geht nicht. Wirklich nicht.» Er schaute sie mit einem um Nachsicht bittenden Blick an.

Julia atmete tief ein, sie wollte die seltsame Leere, die sie im Innersten spürte, auffüllen. Irgendwo vernahm sie da drinnen ein Alarmsignal. Doch nun sprach Álvaro wieder, sie lauschte, lauerte auf ein Indiz. Er würde sich das Bild selber gern mal kurz anschauen... falls sie nichts dagegen habe.

«Und überhaupt, ich kann dir alles erklären... zu gegebener Zeit», schloß er.

Vielleicht war das alles ein Trick, überlegte die junge Frau, eine Finte, um sie wiederzusehen. Sie biß sich auf die Unterlippe. Die alten Gefühle und die Erinnerungen beschäftigten sie in einem Maße, das in keinem Verhältnis stand zu dem, was sie eigentlich hergeführt hatte.

«Wie geht es deiner Frau?» fragte sie wie beiläufig, einem verborgenen Drang folgend. Schelmisch hob sie etwas den Blick, um zu sehen, ob er erstarrte, ob es ihm peinlich war.

«Danke, gut», antwortete er trocken. Die Pfeife zwischen den Fingern schien seine Aufmerksamkeit sehr in Anspruch zu nehmen. Er musterte sie wie einen ihm gänzlich fremden Gegenstand. «Sie ist zur Zeit in New York, bereitet da eine Ausstellung vor.»

Ein flüchtiges Bild tauchte in Julias Erinnerung auf: eine attraktive Blondine in einem maßgeschneiderten kastanienbraunen Kostüm, die aus einem Auto stieg. Kaum fünfzehn Sekunden eines mühevoll behaltenen, in der Erinnerung fast schon verblaßten Films. Doch diese hatten so scharf wie ein Seziermesser das Ende ihrer Jugend und den Rest ihres Lebens markiert. Álvaros Frau war wohl in der Öffentlichkeitsarbeit tätig, bei einer Kulturbehörde, befaßt mit Ausstellungen. Eine Zeitlang hatten ihre vielen Reisen die Dinge erleichtert. Álvaro erwähnte sie nie, Julia ebensowenig, doch für beide war die andere immer präsent, gleichsam ein Gespenst. Und das Phantom, als flüchtiges Gesicht irgendwann für fünfzehn Sekunden zufällig in Erscheinung getreten, hatte die Partie gewonnen.

«Ich hoffe, es steht gut mit euch.»

«Schlecht jedenfalls nicht. Ich meine, ganz und gar nicht schlecht.»

«Ah ja.»

Sie gingen einige Schritte, stumm und ohne einander anzuschauen. Julia schnalzte mit der Zunge, neigte den Kopf, lächelte ins Leere.

«Na ja, spielt ja auch keine große Rolle mehr...» Sie pflanzte sich unvermittelt vor ihm auf, die Fäuste in die Hüften gestemmt, und fragte mit schelmischer Miene: «Wie gefalle ich dir denn jetzt?»

Er musterte sie von Kopf bis Fuß, unsicher, mit leicht verkniffenen Augen.

«Du siehst gut aus. Ehrlich.»

«Und du, wie fühlst du dich?»

«Ein bißchen verwirrt...» Er lächelte melancholisch, mit etwas zerknirschter Miene. «Ich frage mich, ob ich vor einem Jahr die richtige Entscheidung getroffen habe.»

«Das wirst du nie erfahren.»

«Wer weiß.»

Er gefällt mir noch, bemerkte Julia. Beklemmung und Verwirrung wühlten sie auf. Sie schaute auf seine Hände, dann ihm in die Augen und wußte, daß sie am Rande von etwas wandelte, das sie anwiderte und zugleich anzog.

«Das Gemälde ist bei mir zu Hause», sagte sie, bemüht, sich auf nichts festzulegen und ihre Gedanken zu ordnen; sie wollte ihre so schmerzhaft erworbene Festigkeit prüfen, ahnte zugleich aber die Gefahren, spürte die Notwendigkeit, auf der Hut zu sein vor ihren Gefühlen und ihren Erinnerungen. Und außerdem, was das wichtigste war, gab es da den Van Huys.

Diese Überlegung schuf ein wenig Klarheit. Also drückte sie die ihr entgegengestreckte Hand, fühlte sich allerdings bei der Berührung, als würde sie wackeligen Boden betreten. Das belebte sie, insgeheim frohlockte sie und empfand Schadenfreude. Spontan und zugleich überlegt – als Vorschuß, *à fonds perdu*, um Vertrauen einzuflößen – gab sie ihm einen flüchtigen Kuß auf den Mund, bevor sie die Tür ihres kleinen weißen Fiat aufschloß und sich hineinsetzte.

«Wenn du das Bild sehen willst, komm doch mal vorbei», sagte sie mit gespielter Souveränität und startete den Motor. «Morgen nachmittag. Und danke.»

Das dürfte genügt haben. Sie sah im Rückspiegel, wie er ein wenig verloren dastand, nachdenklich und verwirrt winkte er ihr nach, den Campus und das Backsteingebäude der Fakultät als Hintergrund. Sie lächelte in sich hinein, als sie bei Rot über eine Ampel fuhr. Wirst schon anbeißen, Professor, dachte sie. Ich weiß nicht warum, aber irgendwo ist da jemand, der Böses im Schilde führt, und du wirst mir sagen wer, oder ich will nicht mehr Julia heißen...

Auf dem Tischchen vor Julia stand der Aschenbecher voller Kippen. Sie lag auf dem Sofa, im Licht der kleinen Lampe, und las bis tief in die Nacht. Ganz allmählich bekamen die Geschichte des Bildes, der Maler und seine Figuren Konturen. Begierig las sie, es drängte sie, mehr zu erfahren; gespannt und mit wachem Sinn verfolgte sie selbst die geringsten Hinweise, forschte nach dem Schlüssel für jene geheimnisvolle Schachpartie vor ihr auf der Staffelei, im Halbdunkel des Arbeitszimmers. Sie las:

«...Im Jahre 1453 aus der Vasallenschaft Frankreichs getreten, bemühten sich die Herzöge von Ostenburg in schwierigem Unterfangen, das Gleichgewicht zwischen Frankreich, Deutschland und dem Burgund zu wahren. Ostenburgs Politik weckte den Argwohn Karls VII. von Frankreich, der fürchtete, das vorwärts drängende Burgund, das ein selbständiges Königreich zu werden trachtete, könnte sich das Herzogtum einverleiben. Im Strudel der Palastintrigen, politischen Allianzen und geheimen Pakte verschärften sich Frankreichs Befürchtungen, als 1464 Ferdinand, der Sohn und Erbfolger des Herzogs Wilhelmus von Ostenburg, Beatrix von Burgund heiratete, die Nichte Philipps des Guten und Cousine des künftigen Burgunder Herzogs Karl des Kühnen.

So formierten sich in jenen für Europas künftige Geschicke so entscheidenden Jahren am ostenburgischen Hof zwei in ihren Haltungen unvereinbare, verfeindete Fraktionen: die der Einverleibung Ostenburgs zugetane burgunderfreundliche Partei und auf der anderen Seite die eine Wiedervereinigung mit Frankreich anstrebenden Konspiratoren. Der heftige Streit dieser beiden Kräfte bestimmte die turbulente Regierungszeit Ferdinands von Ostenburg bis zu seinem Tod im Jahre 1474...»

Sie legte die Unterlagenmappe auf den Fußboden, setzte sich mit angezogenen Beinen auf das Sofa, die Arme um die Knie gelegt. Es war totenstill im Raum. So saß sie eine Weile da, dann erhob sie sich und trat vor das Gemälde. *Quis necavit equitem.* Sie fuhr, ohne den Lack zu berühren, mit dem Finger über jene Stelle, wo sich unter mehreren Schichten grünen Pigments, mit dem Van Huys das den Tisch bedeckende Tuch gemalt hatte, die verborgene Inschrift befand. Wer tötete den Ritter? Durch die von Álvaro gelieferten Daten hatte die geheime Botschaft auf diesem jetzt nur von der kleinen Lampe erhellten Bild plötzlich etwas Unheilvolles. Julia beugte sich vor, ging so nahe wie möglich heran an jenen RUTGIER AR. PREUX, Roger von Arras oder nicht, und sie war überzeugt: Die Inschrift bezog sich auf ihn. Ohne Zweifel eine Rätselfrage, und in alledem verwirrte sie besonders die Rolle des Schachspiels. Ein Spiel? Vielleicht war es ja wirklich nur ein Spiel.

Sie war so aufgeregt, wie wenn es galt, eine widerspenstige Firnisschicht mit dem Seziermesser zu entfernen. Sie verschränkte die Hände im Nacken, schloß die Augen, öffnete sie wieder, hatte wieder das Antlitz des unbekannten Ritters vor sich, der über der Partie brütete, mit gerunzelter Braue, konzentriert. Er sah gut aus, bestimmt war er ein attraktiver Mann gewesen. Seine Züge waren edel, er hatte etwas Würdevolles, was der Künstler durch den Hintergrund des Bildes geschickt hervorgehoben hatte. Sein Haupt stand überdies trefflichst in Beziehung zu den sich kreuzenden Linien, die den Goldenen Schnitt markieren und in den der Malerei eigenen Gesetzen das Figurenensemble des Bildes in ein ausgewogenes Verhältnis zueinander bringen – so hielten es die klassischen Maler seit Vitruvius...

Die Entdeckung ließ sie erschauern. Hätte Van Huys Herzog Ferdinand von Ostenburg hervorheben wollen, dem ja dem Range nach dieser Ehrenplatz zweifelsohne zustand, dann hätte er ihn in den goldenen Schnittpunkt gesetzt, und nicht auf die linke Seite des Bildes. Dasselbe galt für Beatrix von Burgund, die hier sogar einen Hintergrundplatz einnahm, am Fenster und rechter Hand. Man durfte also schließen, daß nicht das herzogliche Paar das Hauptmotiv dieses geheimnisvollen

Schachspiels war, sondern RUTGIER AR. PREUX, bei dem es sich möglicherweise um Roger von Arras handelte. Doch Roger von Arras war zu dieser Zeit bereits tot.

Julia schritt vor eines der von Büchern überquellenden Regale. Sie spähte über die Schulter auf das Gemälde, gebannt, als befürchte sie, daß sich da irgend jemand bewegen könnte. Pieter Van Huys, verfluchter Kerl! dachte sie und sagte es fast laut, du wartest hier mit Rätseln auf, die einem noch fünfhundert Jahre später den Schlaf rauben. Sie griff nach Amparo Ibáñez' *Geschichte der Kunst*, der die flämische Malerei behandelt und setzte sich wieder auf das Sofa zurück, das Buch auf dem Schoß. Van Huys, Pieter. Brüssel 1415–Gent 1481... Sie zündete sich die wer weiß wievielte Zigarette an.

«... Obwohl Van Huys die Stickerei, den Schmuck und den Marmor als Motive der höfischen Malerei nicht scheut, ist er im Wesen bürgerlich, das ist erkennbar am familiären Ambiente seiner Szenen und an seinem zuverlässigen Auge, dem nichts entgeht. Beeinflußt von Jan Van Eyck, vor allem aber von seinem Lehrer Robert Campin, deren Stile er geschickt verbindet, ist seine Weltsicht eine geruhsam flämische, bei heiterer Darstellung des Wirklichen. Dabei ist er stets auch dem Symbolhaften zugetan, für seine Bilder gibt es oft mehrere Interpretationsmöglichkeiten (die verschlossene Karaffe oder die Wandtür in Jungfrau in der Gebetskapelle *suggerieren Marias Jungfräulichkeit; das Spiel der verschmelzenden Schatten im Heim der* Familie des Lukas Bremer, *etc.). Die Meisterschaft des Van Huys manifestiert sich in den mit scharfen Umrissen gezeichneten Personen und Gegenständen sowie in seiner regen Beschäftigung mit den drängendsten Problemen der Malerei jener Zeit, etwa dem plastischen Aufbau der Szenerie, dem ungebrochenen Kontrast zwischen häuslichem Halbdunkel und Taghelle, oder den Schatten, die immer anders sind, je nach dem Gegenstand, auf den sie fallen.*

Erhaltene Werke: Bildnis des Goldschmieds Wilhelm

Walhuus *(1448), Metropolitan Museum, New York*. Die Familie des Lukas Bremer *(1452), Uffizien, Florenz*. Jungfrau in der Gebetskapelle *(ca. 1455), Museo del Prado, Madrid*. Der Geldwechsler von Leuwen *(1457), Privatsammlung, New York*. Bildnis des Kaufmanns Matteo Conzini und Gemahlin *(1458), Privatsammlung, Zürich*. Das Retabel von Antwerpen *(ca. 1461), Wiener Pinakothek*. Ritter und Teufel *(1462), Rijksmuseum Amsterdam*. Die Schachpartie *(1471), Privatsammlung, Madrid*. Die Kreuzabnahme von Gent *(ca. 1478), Kathedrale Sankt Bavon, Gent*.»

Um vier Uhr morgens, mit rauhem Geschmack im Mund, vom Kaffee und den vielen Zigaretten, hörte Julia auf zu lesen. Endlich nun wurden die Geschichte des Malers, das Gemälde und dessen Figuren lebendig. Jetzt waren es nicht mehr nur einfach Abbildungen auf einer Eichenholztafel, sondern leibhaftige Wesen, die irgendwann eine Zeit und einen Raum mit Leben ausgefüllt hatten, bis zu ihrem Tod. Der Maler Pieter Van Huys. Ferdinand Altenhoffen und dessen Ehefrau Beatrix von Burgund. Und Roger von Arras. Denn Julia hatte die Bestätigung gefunden, daß jener Ritter auf dem Bild, der die Position der Steine auf dem Brett so aufmerksam und in sich gekehrt studierte, als stünde das eigene Leben auf dem Spiel, in der Tat Roger von Arras war, geboren 1431, und gestorben 1469 in Ostenburg. Da hegte sie nicht mehr den geringsten Zweifel, und ebensowenig daran, daß dieses Bild, zwei Jahre nach seinem Tod entstanden, ihn – geheimnisvoll – zu den beiden anderen Personen und dem Maler selbst in Beziehung setzte. Die eingehende Beschreibung seines Todes hatte sie jetzt vor sich auf den Knien, es war eine Fotokopie aus der *Chronik* des Guichard de Hainaut. Da hieß es:

«…So geschah es zur Epiphanie der Heiligen Drei Könige im Jahre 1469, daß als micer *Ruggier von Arras bei Einbruch der Nacht wie üblich am Festungsgraben nächst dem Osttor seinen Spaziergang machte, ein dort Wache haltender Arke-*

busier ihm die Brust mit einem Bolzen durchschoß. Daselbst sank Herr von Arras zu Boden, er flehte laut um die Sterbebeichte, doch ehe Hilfe kam, hatte er die Seele durch die große Einschußwunde ausgehaucht. Schmerzlichst empfunden wurde der Tod dieses beispielhaften Ritters und vollendeten Edelmannes besonders im Lager von Ostenburgs Frankreichanhängern, denen er dem Vernehmen nach nahegestanden. Der beklagliche Fall erregte Vorwürfe, das Verbrechen wurde den Anhängern des Hauses Burgund angelastet. Andere hielten dafür, daß Liebeshändel, denen der verunglückte Herr von Arras sehr zugetan gewesen, das schändliche Verbrechen bewirkt hatten. Es hieß gar, Herzog Ferdinand sei der geheime Anstifter dieser Untat gewesen, weil micer *Ruggier es gewagt, mit Herzogin Beatrix zarte Bande zu knüpfen. Dieser so üble Verdacht blieb am Herzog haften bis zu seinem Tod. Der traurige Fall hatte sein Bewenden, ohne daß die Mörder gefunden wurden. Gerüchteweise und lügnerisch hieß es, ein machtvoller Arm habe diese gedeckt und entwischen lassen. So erfuhr die Aburteilung Vertagung, ging in Gottes Hand.* Micer *Ruggier war schön von Gestalt und Antlitz, und wohlgesehen, obwohl er für Frankreichs Krone gefochten, ehe er sich in den Dienst des Herzogs von Ostenburg verfügte, mit dem er einst, in seinen jungen Jahren, aufgezogen worden war. Viele Damen beweinten seinen Tod. Er starb im Alter von achtunddreißig Jahren in voller Manneskraft …»*

Julia knipste die Lampe aus, saß im Finstern da, den Kopf auf die Sofalehne gelegt, den Blick auf die Glut der Zigarette in ihrer Hand geheftet. Das Gemälde vor ihr war nun nicht mehr zu sehen, doch das war auch nicht nötig. Auf ihren Netzhäuten und im Hirn hafteten die kleinsten Einzelheiten dieser flämischen Tafel. Selbst im Stockfinstern meinte sie alles genauestens zu sehen.

Sie gähnte und rieb sich das Gesicht. Sie verspürte eine Mischung aus Müdigkeit und Euphorie, ein seltsames Gefühl von zwar unvollkommenem aber erregendem Triumph, wie wenn man in einem langen Wettrennen ahnt, daß man bald die Ziellinie erreichen wird. Es war ihr geglückt, einen Zipfel des Schleiers zu heben, doch noch galt es, viele Dinge zu erkunden. Eines allerdings war so klar wie das Licht: Dieses Bild war nicht von Launen oder Zufällen bestimmt, es war die sorgsame Ausführung eines wohldurchdachten Plans, einer Zielsetzung, die die verborgene Frage *Wer tötete den Ritter?* zusammenfaßte. Irgend jemand hatte die Frage aus Berechnung oder Angst verdeckt oder verdecken lassen. Wie auch immer, Julia wollte es herausfinden. Während sie da im Finstern rauchte, vor Übermüdung wie betäubt, den Kopf voll von Bildern des Mittelalters, von Pinselstrichen, unter denen nächtens hinterrücks abgeschossene Armbrustbolzen durch die Gegend pfiffen, drängte es sie nicht mehr so sehr, das Gemälde zu restaurieren, sondern dessen Geheimnis zu ergründen. Ist schon ein bißchen seltsam, sann sie, kurz vor dem Einschlafen, alle Figuren dieser Geschichte sind längst in ihren Gräbern zu Staub zerfallen, ich aber will die Antwort auf eine Frage finden, die ein flämischer Maler namens Pieter Van Huys uns stellt, als herausforderndes Rätsel, durch ein Schweigen von fünfhundert Jahren.

II. Lucinda, Octavio, Scaramouche

«Das ist ja wie ein Schachbrett aufgeteilt!» sagte Alice schließlich.

L.Carroll

Die Glocke über der Tür bimmelte, als Julia den Antiquitätenladen betrat. Nur wenige Schritte durch den Raum, und schon fühlte sie sich wohlig aufgenommen, von häuslichem Frieden umfangen. Ihre Erinnerungen an einst mischten sich in das sanfte goldige Licht zwischen den Stilmöbeln, den barocken Skulpturen und Säulen, den schweren Schreibtischen aus Nußbaum, den Elfenbeinobjekten, Teppichen und dem Porzellan, jenes Licht, das auch auf den gedunkelten Bildern lag, von denen trauergewandete ernste Gestalten – Jahre her – ihr bei ihren Kinderspielen zugeschaut hatten. Viele Dinge waren seit damals verkauft worden, und anderes hatte ihren Platz eingenommen, doch die Wirkung der vollgestopften Räume, der helle Glanz der in geordnetem Durcheinander ausgestellten Altertümer, war die gleiche geblieben. Dies galt auch für die von Bustelli geschaffene bunte Figurengruppe *La Commedia dell'Arte*: eine Lucinda, ein Octavio und ein Scaramouche, die Césars ganzer Stolz waren und einst auch das kleine Mädchen Julia so entzückt hatten. Vielleicht hatte sich der Antiquitätenhändler deswegen nie von ihnen trennen wollen; er verwahrte sie in einem Wandschrank, nahe dem bleigerahmten Fenster, das zum Innenhof des Ladens hinausging, wo César zu lesen pflegte, Stendhal, Mann, Sabatini, Dumas, Conrad – in Erwartung, daß die Klingel über der Tür einen Kunden ankündigte.

«Hola, César.»

«Hola, Prinzeßchen.»

César war über fünfzig Jahre alt – sein genaues Alter hatte er

Julia nie verraten wollen –, er hatte schalkhaft lächelnde blaue Augen, wie ein spitzbübischer Junge, der gern Schabernack trieb mit jener Welt, in der er zu leben genötigt war. Sein Haar war weiß, sorgsam gewellt und, so ihr Verdacht, sicherlich seit Jahren gefärbt. Seine gute Figur hatte er sich bewahrt, an den Hüften war er vielleicht etwas fülliger geworden, doch das ließ sich mit Anzügen von erlesenem Schnitt kaschieren, denen man allenfalls vorwerfen konnte, daß sie für sein Alter etwas zu gewagt waren. Er trug nie eine Krawatte, selbst bei vornehmen Festen nicht, sondern wundervolle italienische Tücher in dem am Hals aufgeknöpften Hemd, das stets aus Seide war und unter dem Herzen, mit blauem oder weißem Faden gestickt, seine Initialen trug. Julia war selten einem so kultivierten und belesenen Menschen begegnet, und niemand bestätigte wie er die Auffassung, daß übertriebene Höflichkeit bei feinen Leuten oft nichts als verkappte Arroganz ist. Im Umkreis dieses Mannes, und vielleicht ließ es sich auf die ganze Menschheit ausdehnen, war Julia die einzige, die diese Zuvorkommenheit genoß und sicher sein konnte, daß er nicht auf sie herabschaute. Seit sie sich erinnern konnte, war César für sie eine seltsame Mischung aus Vater, Vertrautem, Freund und Beichtvater gewesen, ohne eigentlich jedes im einzelnen zu sein.

«César, ich habe ein Problem.»

«Entschuldige: *Wir* haben ein Problem. Also erzähl. Und zwar alles.»

Und Julia erzählte. Nichts ließ sie aus, sprach auch von der verborgenen Inschrift, was der Antiquitätenhändler mit einem schlichten Stirnrunzeln zur Kenntnis nahm. Sie saßen neben dem in Blei gefaßten Fenster, und César lauschte ihr, den Kopf geneigt, das rechte Bein über das linke geschlagen, die eine Hand, an der ein in Gold gefaßter Topas prangte, lässig über der Patek-Philippe-Uhr am Gelenk der anderen. Er nahm diese vornehme Sitzhaltung nicht bewußt ein, jedenfalls nicht mehr, gleichwohl wirkte seine Haltung sehr beeindruckend auf unruhevolle, dem Raffinement zugetane jugendliche Geister, auf moussierende Maler, Bildhauer und sonstige Künstler, denen

César hingebungsvoll und beständig Schirmvater war, und zwar, das sei anerkannt, länger als seine nie lang anhaltende Gefühlsbeziehung währte.

«Kurz ist das Leben, Prinzeßchen, und die Schönheit flüchtig.» Spöttisch melancholisch klang es, wenn César in diesem gehauchten, fast geständnishaften Ton sprach. «Und ungerecht wäre es, wenn man sie für immer behielte. Schön ist es, einem jungen Sperling das Fliegen beizubringen, denn seine Freiheit birgt zugleich den eigenen Verzicht... Kapierst du das Heikle dieser Parabel?»

Julia – und das hatte sie ihm auch schon einmal gesagt, als er ihr, zwischen Geschmeichel und Neckerei, Eifersucht unterstellt hatte – empfand was diese kleinen Spatzen betraf, die César umflatterten, eine unerklärbare Verwirrung, und nur ihre Zuneigung für diesen Mann und die vernünftige Überlegung, daß er ein Recht hatte, ganz nach seiner Art zu leben, hinderten sie daran, ausfällig zu werden. Menchu hatte es in der ihr eigenen Direktheit auf den Punkt gebracht: «Du hast einen Elektrakomplex, der sich als Ödipuskomplex verkleidet hat – oder umgekehrt.» Anders als César, war Menchu mit ihren Sprüchen bedrohlich direkt.

Nachdem Julia ihre Geschichte zu dem Gemälde beendet hatte, verharrte César still und wog alles ab. Dann nickte er zustimmend. Er schien wenig beeindruckt; in Dingen der Kunst, selbst in diesen hohen Sphären, warf ihn kaum noch etwas um, doch der spöttische Glanz in seinen Augen war einem Funken Aufmerksamkeit gewichen.

«Faszinierend», bemerkte er. Und Julia wußte gleich, daß sie auf ihn zählen konnte. Faszinierend! Seit ihrer Kindheit war dieser Ausdruck stets die Anstiftung zu Verschwörung und zum abenteuerhaften Forschen auf den Spuren irgendeines Geheimnisses gewesen: nach einem in jener isabellinischen Truhe versteckten Piratenschatz, die er schließlich an das Romantische Museum verkauft hatte. Oder die ersponnene Geschichte von der in Spitzen gekleideten und Ingres zugeschriebenen Dame, deren Geliebter, ein Husarenoffizier, mitten im Galopp der Kavalkade ihren Namen rufend, bei Waterloo gefallen war... So, von César an der Hand geführt, hatte Julia hundert Abenteuer in hundert verschiedenen Leben erlebt; und in allem und jedem hatte sie gelernt, die Schönheit zu schätzen, die Aufopferung, das Zartgefühl, und auch das delikate und lebhafte Ergötzen am betrachteten Kunstwerk, etwa an der durchscheinenden Textur eines Porzellangegenstandes, am bescheidenen Widerschein eines auf die Wand fallenden Sonnenstrahls, den der reine Kristall in das schöne Bündel seiner Farben spaltet.

«Zuerst schauen wir das Bild mal gründlich an», sagte César. «Ich könnte morgen abend gegen acht bei dir vorbeikommen.»

«Einverstanden.» Sie schaute ihn vorsichtig an. «Es könnte sein, daß Álvaro auch da ist.»

Sofern César überrascht war, sagte er es nicht. Er verzog lediglich die Lippen zu einer bissigen Grimasse.

«Na köstlich! Das Dreckschwein habe ich ja lange nicht mehr gesehen. Wird mir ein Vergnügen sein, es mit in liebliche Reden gehüllten Giftpfeilen zu beschießen.»

«Ich bitte dich, César!»

«Keine Angst, meine Liebe. Ich werde brav sein, der Umstände wegen. Meine Hand wird verletzen, das auf jeden Fall, aber ohne deinen Perserteppich mit Blut zu besudeln, dem eine Reinigung allerdings ganz gut tun würde.»

Sie schaute ihn gerührt an, legte ihre Hände auf seine und sagte: «Ich mag dich, César.»

«Weiß ich. Ist ja auch normal. So geht's fast allen.»

«Warum haßt du Álvaro so?»

Dumme Frage! Er musterte sie sanft vorwurfsvoll.

«Weil du seinetwegen gelitten hast», antwortete er ernst. «Wenn du mich nur ließest, ich wäre imstande, ihm die Augen auszukratzen und sie den Hunden hinzuwerfen, auf den staubigen Wegen von Theben. Alles sehr klassisch. Du könntest den Chor abgeben, würdest bestimmt wunderschön aussehen, wenn du in einem Peplos die nackten Arme gegen den Olymp höbest, und dort oben würden, total betrunken, die Götter schnarchen.»

«Heirate mich. Auf der Stelle.»

César nahm ihre Hand, streifte sie mit den Lippen, küßte sie. «Wenn du erwachsen bist, Prinzeßchen.»

«Bin ich doch schon.»

«Noch nicht. Aber wenn du es mal bist, Hoheit, werde ich es wagen, dir zu gestehen, daß ich dich liebte. Und daß die Götter, als sie erwachten, mir nicht alles raubten. Nur eben mein Königreich.» Er schien zu überlegen. «Was aber genau genommen auch nur eine Bagatelle ist.»

Es war ein intimer Dialog, voll von Erinnerungen, von gemeinsamen Schlüsselerlebnissen, so alt wie ihre Freundschaft. Sie saßen stumm da, zu hören war nur das Ticktack der jahrhundertealten Uhren, die, auf einen Käufer harrend, die Zeit abspulten.

«Also – wenn ich das richtig sehe, gilt es, einen Mord aufzuklären», fuhr César nach einer Weile fort.

Julia musterte ihn überrascht.

«Merkwürdig, daß du das sagst.»

«Wieso? Darum genau geht es doch. Daß er im fünfzehnten Jahrhundert geschah, ändert an der Sache nichts...»

«Schon. Aber das Wort Mord läßt alles in einem noch düstereren Licht erscheinen.» Sie lächelte beunruhigt. «Vielleicht war ich gestern abend zu müde, um es so zu sehen. Bisher habe ich dies alles für ein Spiel gehalten, als gälte es, eine Hieroglyphe zu enträtseln... eine Art persönliche Angelegenheit, einfach etwas, an dem ich mich beweisen kann.»

«Und?»

«Nun kommst du und behauptest einfach so, daß es einen *echten* Mord aufzudecken gilt, und ich fange an, zu verstehen...» Sie unterbrach sich, den Mund halb geöffnet, als starrte sie in einen Abgrund. «Das muß man sich mal vorstellen! Jemand tötete Roger von Arras am Dreikönigstag des Jahres 1471 – oder ließ ihn töten. Und die Identität des Mörders verbirgt sich verschlüsselt in diesem Bild.» Sie war so aufgeregt, daß sie von ihrem Stuhl aufsprang. «Wir könnten ein fünfhundert Jahre altes Geheimnis aufdecken... vielleicht herausfinden, warum ein kleines Stückchen europäischer Geschichte so und nicht anders verlief... Stell dir vor, was die *Schachpartie* bei der Versteigerung einbringt, falls es uns gelingt, all das zu belegen!»

Da stand sie, stützte sich mit den Händen auf der rosafarbenen Platte eines Marmortischchens ab. César, überrascht und verwundert, pflichtete ihr bei.

«Millionen, meine Liebe», bestätigte er und seufzte angesichts dieser Gewißheit. «Jawohl, viele Millionen», überlegte er laut. «Wenn Claymore entsprechende Werbung macht, kann er den Ausgangspreis der Versteigerung glatt verdreifachen oder vervierfachen... Ein wahrer Schatz, dein Bild. In der Tat.»

«Wir müssen mit Menchu reden, und zwar schnell.»

César winkte unwirsch ab.

«Auf gar keinen Fall, meine Liebe! Das kommt nicht in Frage! Mit deiner Menchu will ich nichts zu tun haben. Da verkrieche ich mich und spiele höchstens noch die Rolle des Degenknechts.»

«Red keinen Quatsch. Ich brauche dich.»

«Ich stehe dir zu Diensten, meine Liebe! Aber zwing mich nicht, Umgang mit dieser restaurierten Nofretete und ihren jeweiligen Kupplern, diesen Zuhältern, zu pflegen. Von dieser Freundin bekomme ich Migräne. Hier, hier spüre ich's!» Er legte sich den Finger an die Schläfe.

«César...»

«Na gut, ich füge mich. *Vae victis.* Ich bin bereit, mich mit deiner Menchu zu treffen.»

Er bekam je einen lauten Schmatz auf seine gut rasierten Wangen, die nach Myrrhe rochen. Seine Parfums kaufte César in Paris, die Seidenschals in Rom.

«Ich mag dich, César. Sehr!»

«Schmeicheleien, nichts als Schmeicheleien! Und das mir, in meinem Alter!»

Auch Menchu kaufte ihre Parfums in Paris, diese waren allerdings nicht so unaufdringlich wie die von César. Hektisch eilte sie in das Foyer des Palace, eine Wolke *Rumba* von Balenciaga eilte ihr wie ein Herold voraus. Max war nicht dabei.

«Ich habe Neuigkeiten!»

Bevor sie sich setzte, berührte sie mit einem Finger ihre Nasenspitze und schniefte kurz. Aus «technischen» Gründen hatte sie auf der Toilette kurze Zwischenstation eingelegt; auf der Oberlippe war noch ein wenig von dem weißen Pulver zu sehen. Julia wußte, warum sie so aufgekratzt und überdreht war.

«Don Manuel erwartet uns bei sich zu Hause, um alles auszuhandeln.»

«Don Manuel?» fragte Julia.

«Der Besitzer des Bildes! Du bist ja ganz durcheinander. Du weißt schon, mein reizender kleiner Alter.»

Sie bestellten Cocktails, und Julia unterrichtete ihre Freundin über die Ergebnisse der Nachforschungen. Menchu riß die Augen riesig weit auf und überschlug die Prozente.

«Das ändert die Dinge.» Sie zählte, tippte dabei mit ihren knallrot lackierten Fingernägeln in schnellem Rhythmus auf die Leinentischdecke. «Meine fünf Prozent, das ist zu wenig, ich werde den Claymores eins draufpacken: von den fünfzehn Prozent Kommission vom Versteigerungserlös siebeneinhalb für sie und siebeneinhalb für mich.»

«Darauf werden die sich nicht einlassen. Das liegt weit unter ihrem üblichen Gewinn.»

Menchu, den Rand ihres Glases zwischen den Zähnen, lachte auf. «Das oder gar nichts! Sotheby und Christie's hätten da bestimmt auch Interesse, die würden sich vor Wonne die Finger lecken, wenn sie den Van Huys bekämen. Friß, Vogel, oder laß es bleiben.»

«Und der Besitzer? Dein kleiner Alter hat schließlich auch noch ein Wörtchen mitzureden. Stell dir vor, er beschließt, direkt mit Claymore zu verhandeln. Oder mit anderen.»

Menchu grinste durchtrieben.

«Kann er nicht. Er hat ein Papierchen unterschrieben. Und außerdem», sie wies auf ihren kurzen Rock, der ihre Beine, die in dunklen Strümpfen steckten, freigebig zur Schau stellte, «ich komme, wie du siehst, in Kriegsmontur. Wenn mein Don Manuel da nicht drauf anspringt, gehe ich ins Kloster.» Den männlichen Gästen des Lokals zu Ehren schlug sie ein Bein über das andere, und zwar gleich mehrere Male, als wolle sie sich der Wirkung ganz sicher sein. Dann wandte sie sich voller Genugtuung ihrem Cocktailglas zu. «Und was dich betrifft...»

«Ich will anderthalb Prozent von deinen siebeneinhalb.»

Menchu schrie auf. Das sei viel Geld, eiferte sie. Das Vier- oder Fünffache der für die Restaurierung vereinbarten Summe. Julia ließ sie schimpfen, holte aus ihrer Tasche eine Packung Chesterfield und steckte sich eine Zigarette an.

«Du hast mich nicht verstanden», sagte Julia und stieß eine Rauchwolke aus. «Mein Honorar wird deinem Don Manuel direkt von der Summe abgezogen, die das Bild bei der Versteigerung erzielt... Der Rest kommt noch dazu, geht also von deinem Gewinn ab. Wird das Bild für einhundert Millionen verkauft, gehen siebeneinhalb an Claymore, sechs an dich und eineinhalb an mich.»

«Sieh einer an!» Menchu schüttelte ungläubig den Kopf. «Und du hast auf mich so einen gesitteten Eindruck gemacht mit deinen Pinselchen und deinem Firnis. Du wirktest so harmlos.»

«Da kannst du mal sehen – Gott sprach von Brüdern, nicht von Vettern.»

«Du machst mir richtig angst, ehrlich. Ich habe eine Schlange an meinem linken Busen genährt, wie Aida. Oder war es Kleopatra? Hätte ich nicht gedacht, daß du dich mit Prozenten so gut auskennst.»

«Versetz dich in meine Lage. Immerhin habe ich die Sache aufgedeckt.» Sie fuchtelte ihrer Freundin vor der Nase herum. «Mit diesen Händchen.»

«Du mißbrauchst mein weiches Herz, kleine Natter.»

«Ja, das ist in der Tat weich wie Stein!»

Menchu seufzte melodramatisch. Dies hieße, ihrem Max die Butter vom Brot nehmen, aber man könne sich ja noch einigen. Freundschaft sei immer noch Freundschaft, unter anderem. Sie schaute zur Tür der Bar und verzog verdrossen das Gesicht.

«Aber wenn man vom Teufel spricht...»

«Von Max?»

«Sei nicht gemein! Max ist ein Engel!» Mit einem Zwinkern forderte Menchu ihre Freundin auf, sich nichts anmerken zu lassen. «Eben ist Paco Montegrifo hereingekommen. Er hat uns gesehen.»

Montegrifo war der Chef der Madrider Filiale von Claymore. Ein stattlicher, gutaussehender Vierziger, elegant gekleidet wie ein italienischer Fürst. Sein Scheitel war so korrekt wie seine Krawatte, und beim Lächeln entblößte er zwei geradezu unwirklich perfekte Zahnreihen.

«Guten Tag, meine Damen. Welch glücklicher Zufall.»

Da stand er, während Menchu ihn und Julia einander vorstellte.

«Oh, ich kenne einige Ihrer Arbeiten», sagte er zu Julia, als er hörte, daß sie mit dem Van Huys betraut war. «Mit einem Wort: Perfekt!»

«Danke.»

«Bitte sehr. Ich bin sicher, *Die Schachpartie* wird genauso vollkommen.» Wieder lächelte er professionell und zeigte seine blanken Zahnreihen. «Wir setzen hohe Erwartungen in das Bild.»

«Wir auch», sagte Menchu, «mehr als Sie ahnen.»

Montegrifo hörte offensichtlich einen Unterton heraus, denn seine kastanienbraunen Augen blitzten plötzlich hellwach. Dumm ist er nicht, dachte Julia, während der Auktionator auf einen leeren Stuhl vor sich wies und sagte, er werde zwar erwartet, doch die Leute könnten sich ruhig noch ein paar Minuten gedulden.

«Sie erlauben?»

Den nahenden Kellner wehrte er mit einem Kopfschütteln ab. Er setzte sich Menchu gegenüber, tat charmant, doch er schien irgendwie angespannt, als lauere er auf einen von fern hallenden Mißton.

«Gibt es ein Problem?» fragte er ruhig.

Die Galeristin verneinte mit einem Kopfschütteln. Im Prinzip nicht. Kein Grund zur Beunruhigung. Aber Montegrifo schien auch gar nicht beunruhigt zu sein, sondern nur höflich interessiert.

«Es könnte sein», brachte Menchu nach einigem Zaudern hervor, «daß wir die Bedingungen unserer Vereinbarung neu aushandeln müssen.»

Peinliches Schweigen. Montegrifo musterte sie wie einen Kunden, der während einer Versteigerung die Beherrschung verliert.

«Meine Dame, Claymore ist ein äußerst seriöses Haus.»

«Das bezweifle ich nicht», entgegnete Menchu gefaßt. «Aber Nachforschungen über den Van Huys haben wichtige Fakten an den Tag gebracht, die das Gemälde aufwerten.»

«Wir haben nichts dergleichen entdeckt.»

«Die Untersuchung fand erst statt, als Ihr Sachverständigengutachten bereits vorlag. Was wir gefunden haben...» Wieder zögerte Menchu, was Montegrifo nicht entging. «Was wir gefunden haben, ist nicht sofort zu sehen.»

Montegrifo wandte sich fragend an Julia, mit eisigem Blick.

«Was haben Sie gefunden?» fragte er, behutsam wie ein Beichtvater, der zur Erleichterung des Gewissens einlädt.

Julia schaute verunsichert Menchu an.

«Ich fürchte, ich muß...»

«Wir sind nicht autorisiert, uns hierzu zu äußern», fuhr Menchu dazwischen. «Heute jedenfalls noch nicht. Wir erwarten noch Anweisungen von meinem Kunden.»

Montegrifo nickte bedächtig. Er erhob sich souverän, ein Mann von Welt, und sagte:

«Die Pflicht ruft. Sie entschuldigen mich.»

Er schien etwas hinzufügen zu wollen, beschränkte sich aber darauf, Julia forschend anzuschauen. Er schien noch immer nicht ernstlich beunruhigt, und erst bei der Verabschiedung –

den Blick auf die junge Frau, obwohl seine Worte an Menchu gerichtet waren – sprach er die Erwartung aus, daß es trotz Entdeckung, oder was auch immer, bei der erfolgten Vereinbarung bliebe. Dann schritt er zum anderen Ende des Saales, zu einem Tisch, an dem ein fremdländisch aussehendes Paar saß.

Menchu starrte zerknirscht in ihr Glas.

«Ich habe zuviel ausgeplaudert.»

«Wieso? Früher oder später wird er es ja doch erfahren.»

«Ja, aber du kennst Paco Montegrifo nicht.» Sie trank einen Schluck von ihrem Cocktail und betrachtete den Auktionator über den Rand ihres Glases hinweg. «So wie du ihn da sitzen siehst, so gesittet und elegant würde er sofort zu Don Manuel laufen, wenn er von ihm wüßte, um ihn zu befragen und uns auszustechen.»

«Meinst du?»

Menchu lachte hämisch. Sie kannte Paco Montegrifo durch und durch.

«Der nimmt kein Blatt vor den Mund und hat Klasse, er ist skrupellos und riecht ein Geschäft auf vierzig Kilometer.» Sie schnalzte bewundernd mit der Zunge. «Außerdem geht das Gerücht um, daß er Kunstwerke ins Ausland schmuggelt und ein Meister im Bestechen von Landpfarrern ist.»

«Wie auch immer, er macht einen guten Eindruck.»

«Das ist seine Stärke. Guten Eindruck machen.»

«Wenn du das alles weißt, warum hast du dir keinen anderen Auktionator ausgesucht?»

Die Galeristin zuckte die Achseln. Daß sie sein Leben und seine Geheimnisse kannte, tat nichts zur Sache. Claymore war ein durch und durch seriöses Unternehmen.

«Hast du mit ihm geschlafen?»

«Mit Montegrifo?» Sie lachte schallend. «Nein, meine Liebe. Der ist nun wirklich nicht mein Typ.»

«Ich finde ihn attraktiv.»

«Du bist ja auch noch so jung, mein Schatz. Ich ziehe ungehobelte Jungs vor, wie Max, bei denen man immer das Gefühl hat, daß sie einen gleich ohrfeigen... im Bett sind die besser, und auf Dauer kommen sie einen viel billiger.»

«Sie sind doch viel zu jung.»

Sie tranken an einem chinesischen Lacktischchen Kaffee, vor einem Balkon voller ausladender Pflanzen. Von einem alten Grammophon ertönte *Das musikalische Opfer* von Bach. Hin und wieder verstummte Manuel Belmonte, wenn eine Passage seine besondere Aufmerksamkeit erregte, und nach kurzem Lauschen trommelten seine Finger im Takt auf die verchromte Armstütze seines Rollstuhls. Auf seiner Stirn und den Handrücken waren Altersflecken. An den Handgelenken und am Hals traten ihm dicke blaue Adern hervor.

«Es war, glaube ich, zu Beginn der vierziger Jahre oder etwas später...», fuhr der Alte fort, und seine trockenen, verrunzelten Lippen lächelten traurig. «Harte Zeiten damals, wir mußten fast all unsere Bilder verkaufen. Ich erinnere mich besonders gut an einen Muñoz Degrain und einen Murillo. Meine arme Ana, Gott hab sie selig, hat den Murillo nie verwunden. Eine kostbare kleine Muttergottes, sah der im Prado ähnlich...» Er verdrehte die Augen, als suchte er jenes Gemälde zwischen seinen Erinnerungen. «Ein Offizier, der später Minister wurde, hat sie gekauft... García Pontejos, wenn ich mich recht entsinne. Der gerissene Kerl hat die Situation so richtig ausgenutzt, hat uns das Bild für einen Appel und ein Ei abgekauft.»

«Es war bestimmt nicht leicht für Sie, sich davon zu trennen», sagte Menchu in angemessen mitleidigem Ton. Sie saß Belmonte gegenüber und bot generös ihre Beine dar. Der Versehrte nickte resigniert, so wie er es seit Jahren tat, eine Gebärde, die man nur im Tausch gegen Illusionen erwirbt.

«Es mußte sein. Sogar unsere Freunde und die Verwandten meiner Frau schnitten uns nach dem Krieg, nachdem ich meine Kapellmeisterstelle am Orchester von Madrid verloren hatte. Es war die Zeit, in der man entweder für oder gegen jemanden war... Und ich war nicht auf ihrer Seite.»

Er unterbrach sich kurz, schien der Musik zuzuhören, die aus einer Ecke des Raumes kam, zwischen Stapeln alter Platten hervor, über denen, in Doppelglasrahmen, Stiche von Schubert, Verdi, Beethoven und Mozart hingen. Und wieder wandte er sich Julia und Menchu zu, mit überraschtem Zwinkern, als käme er von weither und erinnere sich erst jetzt, daß sie immer noch hier saßen.

«Dann hatte ich meine Thrombose, und es wurde alles noch schwieriger. Glücklicherweise hatten wir noch das Erbe meiner Frau, das ihr niemand streitig machen konnte. So konnten wir wenigstens dieses Haus, ein paar Möbelstücke und zwei oder drei gute Gemälde behalten, darunter *Die Schachpartie*.» Traurig starrte er auf den leeren Fleck an der Hauptwand des Wohnzimmers, auf den leeren Nagel und die Spuren des rechteckigen Bildrahmens auf der Tapete. Er strich sich über das Kinn, auf dem einige dem Rasiermesser entgangene weiße Haare standen. «Das war mein Lieblingsbild.»

«Von wem haben Sie es geerbt?»

«Von einer Seitenlinie, den Moncadas, einem Großonkel. Ana war mütterlicherseits eine Moncada. Einer ihrer Vorfahren, ein gewisser Luis Moncada, war der Verwalter von Alessandro Farnese, irgendwann im sechzehnten Jahrhundert, und außerdem offenbar ein großer Kunstliebhaber.»

Julia schaute in die Dokumentation, die neben den Kaffeetassen auf dem Tischchen lag.

«*Erworben 1585*, steht hier, *wahrscheinlich in Antwerpen, zur Zeit der Kapitulation Flanderns und Brabants*...»

Der Alte nickte zustimmend und schaute, als würde er sich erinnern, als wäre er Zeuge des Vorgangs gewesen.

«Ja. Möglicherweise Kriegsbeute bei der Plünderung der Stadt. Die Trupps, bei denen der Vorfahre meiner Frau seinen Verwaltungsposten hatte, gehörten nicht zu den Leuten, die höflich an die Tür klopfen und dann den Empfangsschein unterschreiben.»

Julia blätterte in den Unterlagen.

«Hinweise auf die Zeit vor jenem Jahr sind nicht vorhanden», bemerkte sie. «Erinnern Sie sich vielleicht an irgendeine Familiengeschichte im Zusammenhang mit dem Bild? Eine mündliche Überlieferung oder ähnliches? Für uns ist wirklich jede Spur wichtig.»

Belmonte schüttelte den Kopf.

«Nicht, daß ich wüßte. Im Falle der *Schachpartie* sprach die Familie meiner Frau stets vom *flämischen Tafelbild* oder dem Farnese-Bild, sicherlich, damit die Herkunft nicht in Vergessenheit geriet. Und unter diesem Namen wurde es dann auch während der knapp zwei Jahrzehnte seines Zwischenaufenthalts im Prado-Museum geführt, bis der Vater meiner Frau es 1923, nach Vermittlung durch Primo de Rivera, einen Freund der Familie, wieder zu sich nahm... Mein Schwiegervater hielt den Van Huys stets hoch in Ehren, er war nämlich Schachliebhaber. Nicht zuletzt deswegen wollte ich das Bild nie verkaufen, nachdem es an seine Tochter übergegangen war.»

«Und jetzt?» forschte Menchu.

Der Alte starrte stumm auf seine Tasse, so als hätte er die Frage nicht gehört.

«Heute liegen die Dinge anders», fuhr er fort und schaute mit seinen hellen wachen Augen zunächst Menchu und dann Julia an. Er schien sich über sich selbst lustig zu machen, klopfte mit den Handflächen auf die halb gelähmten Beine und bemerkte: «Heute bin ich altes Gerümpel. Sieht man auf den ersten Blick. Meine Nichte Lola und ihr Mann kümmern sich um mich, und da muß ich mich doch irgendwie erkenntlich zeigen. Meinen Sie nicht?»

Menchu murmelte eine Entschuldigung. Sie habe nicht neugierig sein wollen. Dies seien natürlich Familiendinge.

«Ach, kein Grund, sich zu entschuldigen.» Belmonte hob beschwichtigend die Hand und streckte zwei Finger aus, als erteilte er Absolution. «Eine ganz normale Sache. Dieses Bild ist Geld wert, und wenn es im Haus herumhängt, hat man nichts davon. Meine Nichte und ihr Mann sagen, ein kleiner Obolus käme ihnen ganz gelegen. Lola hat die Pension ihres Vaters, aber ihr Mann, Alfonso...», er schaute auf Menchu und machte eine Verständnis heischende Geste. «Sie kennen ihn ja, sein Lebtag hat er nicht gearbeitet. Und was mich betrifft...» Das spöttische Lächeln kehrte auf seine Lippen zurück. «Wenn ich Ihnen sagte, was ich Jahr für Jahr an das Finanzamt abführe, weil ich dieses Haus bewohne, überkäme Sie das Zittern.»

«Es ist ein gutes Wohnviertel», bemerkte Julia. «Und ein schönes Haus.»

«Aber meine Pension ist lächerlich gering. Darum mußte ich nach und nach meine kleinen Erinnerungsstücke verkaufen. Durch den Erlös von dem Gemälde kann ich ein bißchen aufatmen.»

Er wiegte nachdenklich den Kopf, schien aber nicht wirklich niedergeschlagen. Es wirkte eher, als amüsierte er sich, als wäre an der Situation etwas Komisches, das nur er zu würdigen wußte. Julia bemerkte sein Grinsen, als sie ihrem Päckchen eine Zigarette entnahm. Es sah so aus, als würde seine skrupellose Verwandtschaft ihn gnadenlos ausnutzen, aber für ihn selbst war es vielleicht ein Experiment, der Versuch, herauszufinden, wie raffgierig seine Leute tatsächlich waren: Onkel hier und Onkel da, du hältst uns wie Sklaven, und deine Pension langt gerade, um die nötigsten Kosten zu decken; du wärst besser in einem Altenheim aufgehoben, unter deinesgleichen; ein Jammer, diese vielen unnütz an der Wand hängenden Bilder. Nun aber, mit dem Lockvogel Van Huys, fühlte Belmonte sich vielleicht gerettet; nach den langen Jahren der Demütigung ergriff er jetzt sogar noch die Initiative. Mit der *Schachpartie* konnte er Nichte und Ehemann nun üppig auszahlen.

Julia hielt ihm das Päckchen hin. Er zögerte und dankte dann mit einem Lächeln.

«Sollte ich nicht tun», sagte er. «Lola erlaubt mir tagtäglich nur einen Milchkaffee und eine Zigarette.»

«Soll sich Lola zum Teufel scheren», platzte es zu ihrer eigenen Überraschung aus Julia heraus. Menchu schaute sie entgeistert an; doch den Alten schien es nicht aus der Fassung zu bringen. Im Gegenteil, er bedachte sie mit einem Blick, in dem sie einen Funken Einverständnis zu erkennen meinte, und seine knochigen Finger griffen nach einer Zigarette.

«Was das Bild betrifft», sagte Julia, über das Tischchen vorgebeugt, um Belmonte Feuer zu geben, «so gibt es da gewisse unverhoffte Neuigkeiten...»

Der Alte nahm einen genüßlichen Zug, hielt den Rauch möglichst lange in den Lungen und schaute sie mit leicht verkniffenen Augen an.

«Gute oder schlechte?»

«Gute. Unter den Farbschichten haben wir eine Inschrift entdeckt. Wenn man sie freilegte, würde der Wert des Bildes steigen.» Julia lehnte sich im Sessel zurück. «Aber das müssen Sie entscheiden.»

Belmonte musterte Menchu und dann Julia, so als stellte er insgeheim einen Vergleich an oder müsse sich zwischen den beiden entscheiden. Dann hatte er offensichtlich einen Beschluß gefaßt. Er zog erneut an seiner Zigarette, stützte zufrieden die Hände auf die Knie und sagte zu Julia:

«Sie sind nicht nur schön, sondern offensichtlich auch sehr klug. Ich bin sicher, daß Sie auch noch Bach mögen.»

«Und wie!»

«Dann erklären Sie mir mal, worum es geht.»

Und Julia erklärte es.

«Sieh einer an.» Belmonte wiegte nach einem langen ungläubigen Schweigen den Kopf. «So viele Jahre hatte ich dieses Bild tagtäglich vor Augen, und die ganze Zeit hatte ich keine Ahnung...» Er warf einen flüchtigen Blick auf das leere Rechteck an der Wand, das vom Van Huys geblieben war, schloß die Lider halb und lächelte entzückt. «Jener Maler hatte also etwas für Rätsel übrig...»

«So will es scheinen», sagte Julia.

Belmonte wies auf das in der Ecke tönende Grammophon.

«Er ist nicht der einzige», sagte er. «Früher waren viele Kunstwerke mit Spielereien und verschlüsselten Botschaften versehen. Da ist zum Beispiel Bach. Die zehn Kanons seines *Musikalischen Opfers* sind das Vollkommenste, was er schuf, und dennoch hat er keinen von Anfang bis Ende durchkomponiert. Er tat das ganz bewußt, so als wollte er dem preußischen König Friedrich Rätselfragen stellen, ein in der Musik jener Zeit gängiger Kunstkniff. Ein Thema wurde entworfen, begleitet von mehr oder weniger geheimnishaften Maßgaben, und ein anderer Musiker oder Ausführender hatte den auf diesem Thema gründenden Kanon herauszufinden, eben ein Spiel, das ein anderer Spieler weiterspielte.»

«Sehr interessant», bemerkte Menchu.

«Sie ahnen nicht, was für ein Schlitzohr Bach war, wie so viele Künstler. Immerzu wandte er Tricks an, um seine Zuhörer hinters Licht zu führen. Kleine Tücken aus Noten und Buchstaben, einfallsreiche Variationen, ungewöhnliche Fugen und vor allem hatte er viel Sinn für Humor... Zum Beispiel mogelte er in eine seiner sechsstimmigen Kompositionen den eigenen Namen ein, verteilt auf zwei der oberen Stimmen. Doch so etwas gibt es nicht nur in der Musik. Lewis Carroll, Mathematiker, Schriftsteller und außerdem leidenschaftlicher Schachspieler, streute in seine Gedichte hier und da ein Akrostichon ein. Es gibt die raffiniertesten Wege, um in der Musik, der Poesie und der Malerei Dinge zu verbergen.»

«Das stimmt», antwortete Julia. «Die Kunst ist voll von Symbolen und Geheimnissen, besonders die moderne Kunst. Aber leider fehlt uns oft der Schlüssel, um diese Botschaften zu verstehen, vor allem die alten.» Nun war sie es, die nachdenklich auf den leeren Wandfleck starrte. «Doch bei der *Schachpartie* haben wir einige Anhaltspunkte. Wir können loslegen.»

Belmonte lehnte sich im Rollstuhl zurück, heftete seine schelmischen Augen auf Julia und nickte.

«Halten Sie mich auf dem laufenden», sagte er. «Ich versichere Ihnen, nichts wird mir größeres Vergnügen bereiten.»

Man war gerade dabei, sich im Foyer zu verabschieden, als die Nichte und ihr Mann eintrafen. Lola, eine dünne, fast magere Frau von Ende Dreißig, hatte rötliches Haar und kleine gierige Augen. Sie trug einen Ledermantel und hatte sich am lin-/ken Arm ihres Mannes eingehakt, der ein dunkler Typ war, schlank und etwas jünger als sie, aber mit vorzeitiger, von kräftiger Bräune gemilderter Glatze. Auch ohne Belmontes Andeutung, daß dieser junge Mann im Leben nie einen Finger gerührt hatte, hätte Julia auf Anhieb erkannt: Er war einer von denen, die sich ungern überanstrengten. Durch die leichten Hängesäcke unter den Augen wirkte er, als führte er ein ausschweifendes Leben. Er hatte einen Hauch von Verschlagenheit und Zynismus, den der fast füchsische, ausdrucksvoll große Mund noch hervorhob. Er trug einen blauen Blazer mit Goldknöpfen, aber keine Krawatte, und er war zweifellos einer jener Männer, die einen beträchtlichen Teil ihrer Freizeit in Luxuscafés und angesagten Nachtbars verbrachten und für die Roulette und Kartenspiel keine Fremdwörter waren.

«Meine Nichte Lola und ihr Mann», stellte Belmonte sie vor. Die Nichte blieb sehr kühl, beobachtete aber sehr genau, daß ihr Mann Julias Hand lange festhielt und sie von Kopf bis Fuß musterte. Sodann wandte er sich Menchu zu, die er mit ihrem Namen ansprach, offenbar kannten die beiden sich schon lange.

«Die beiden sind wegen des Bildes da», sagte der Alte.

Der junge Mann schnalzte mit der Zunge.

«Das Bild, genau. Dein berühmtes Gemälde!»

Sie wurden über die Umstände unterrichtet. Alfonso, die Hände in den Taschen, schaute Julia an und lächelte.

«Daß sich der Wert des Bildes erhöht, oder was auch immer, höre ich gern! Mit solchen guten Neuigkeiten, Señorita, sind Sie hier gerne gesehen. Solche Überraschungen mögen wir.»

Die Nichte schien die freudige Genugtuung ihres Mannes nicht zu teilen.

«Das müssen wir erst noch besprechen», sagte sie abweisend. «Wer garantiert uns, daß Sie das Bild dabei nicht beschädigen?»

«Das wäre unverzeihlich», sagte Alfonso, ohne den Blick von Julia abzuwenden. «Aber das tut die Señorita bestimmt nicht.»

Lola Belmonte warf ihrem Mann einen strafenden Blick zu.

«Misch dich da nicht ein. Das ist ganz allein meine Sache.»

«Du täuschst dich, Schatz!» Alfonsos Lächeln wurde breiter. «Wir haben Gütergemeinschaft.»

«Misch dich nicht ein, habe ich gesagt.»

Alfonso wandte sich bedächtig seiner Frau zu. Der füchsische Ausdruck in seinem Gesicht war nun noch stärker, die Züge verhärtet. Sein Lächeln war scharf wie ein Messerstich, und Julia dachte: Der ist nicht so harmlos, wie man zunächst denkt. Mit einem Typen, der so lächelt, ist nicht gut Kirschen essen.

«Mach dich nicht lächerlich, Liebling!» sagte er zu seiner Frau.

Das Wort «Liebling» sprach er alles andere als zärtlich aus, und Lola Belmonte schien das ganz genau zu spüren; man merkte, daß ihr die Verbitterung über diese Demütigung zu schaffen machte. Menchu tat einen Schritt vor, um die Gemüter zu beruhigen.

«Wir haben die Sache schon mit Don Manuel besprochen. Er ist einverstanden.»

Das nun ist schon wieder eine andere Frage, dachte Julia, für die eine Überraschung auf die andere folgte, denn der Alte in seinem Rollstuhl, die Hände im Schoß gefaltet, hatte den Zank wie ein nicht betroffener Zuschauer verfolgt, allerdings mit der gerissenen Aufmerksamkeit eines Voyeurs.

Merkwürdige Leute, dachte Julia, eine seltsame Familie.

«Ja, ich bin einverstanden», sagte der Alte in die Runde. «Ich bin einverstanden. Im Prinzip.»

Die Nichte rang die Hände, wobei ihre Armreifen heftig klimperten. Sie schien nervös oder zornig zu sein. Vielleicht beides.

«Aber Onkel, das muß man bereden. Ich zweifle ja nicht an der guten Absicht dieser Señoras...»

«Señoritas», verbesserte der Ehemann und lächelte Julia unverwandt zu.

«Señoritas, oder was auch immer», stammelte Lola. «Jedenfalls hätten Sie uns auch fragen müssen.»

«Meinen Segen haben Sie, voll und ganz», sagte der Ehemann.

Menchu musterte Alfonso dreist und offen. Sie schien ihm etwas sagen zu wollen, wandte sich dann aber der Nichte zu.

«Sie haben gehört, was Ihr Mann gesagt hat.»

«Das ist mir egal. Die Erbin bin ich.»

Belmonte in seinem Rollstuhl hob eine seiner fleischlosen Hände, als wollte er um Erlaubnis bitten, auch mal ein Wort zu sagen.

«Noch lebe ich, Lolita», bemerkte er. «Erben wirst du erst, wenn es soweit ist.»

«Amen», sagte Alfonso.

Die Nichte streckte Menchu ihr knochiges Kinn entgegen. Einen Augenblick fürchtete Julia, jene könnte über sie herfallen. Gefährlich bei den langen Fingernägeln und ihrer raubvogelartigen Angriffshaltung. Julia wappnete sich schon, ihr Herz pumpte Adrenalin; sie war nicht gerade kräftig, aber von César hatte sie als Kind einige gemeine Handgriffe gelernt, sehr nützliche zum Töten von Piraten. Das Wüten der Nichte beschränkte sich glücklicherweise auf einen bösen Blick und einen theatralischen Abgang.

«Sie werden noch von mir hören!» Mit zornigem Absatzklappern entschwand Lola durch das Foyer.

Alfonso, die Hände in den Taschen, war heiter und gelöst. Lächelnd sagte er: «Nehmen Sie es ihr nicht übel.» Und dann zu Belmonte: «Stimmt's Onkel? Im Grunde ist Lolita ein Goldstück, sanft wie ein Engel.»

Der Alte im Rollstuhl nickte zerstreut; er schien mit den Gedanken ganz woanders zu sein. Er sah das leere Rechteck an der Wand, und ihm war, als tauchten da geheimnisvolle Zeichen auf, die nur er mit seinen müden Augen zu enträtseln vermochte.

«Du kanntest den Ehemann der Nichte also schon», sagte Julia zu Menchu, als sie wieder auf der Straße waren.

Menchu starrte in ein Schaufenster und nickte.

«Schon eine ganze Weile. Drei oder vier Jahre, glaube ich.» Sie beugte sich vor, um das Preisschild neben einem Paar Schuhe besser sehen zu können.

Julia: «Jetzt wird mir einiges klar. Nicht der Alte hat dir das Geschäft vorgeschlagen, sondern er.»

Menchu grinste.

«Eins zu Null für dich, meine Liebe. Wir hatten miteinander das, was du ganz züchtig eine ‹Liaison› nennen würdest. Ist schon eine Weile her, aber als ihm das mit dem Van Huys einfiel, hatte er die Güte, an mich zu denken.»

«Und warum hat er nicht selbst und direkt verhandelt?»

«Weil ihm niemand über den Weg traut, auch Don Manuel nicht.» Sie lachte kurz auf. «Alfonsito Lapeña, bekannt als ‹der Zocker›, schuldet sogar dem Schuhputzer auf der Straße Geld. Vor einigen Monaten wäre er um ein Haar im Gefängnis gelandet. Ungedeckte Schecks.»

«Wovon lebt er?»

«Von seiner Frau, von dem, was er sich bei irgendwelchen Leichtsinnigen leiht, und von seinem Mangel an Scham.»

«Und nun glaubt er, der Van Huys wird seinen Geldsorgen ein Ende machen?»

«Ja. Er kann es kaum abwarten, das alles in Häufchen von Chips umzumünzen.»

«Scheint ja wirklich ein Schlitzohr zu sein.»

«In der Tat. Aber ich habe eine Schwäche für Gauner, und Alfonso gefällt mir.» Sie blieb einen Augenblick nachdenklich stehen. «Obwohl er, soweit ich mich erinnere, auch in seinen technischen Fertigkeiten nicht gerade ein As ist. Er hat... wie soll ich sagen... nicht sehr viel Phantasie, du verstehst? Kein

Vergleich mit Max. Langweilig. Du weißt schon, von der Sorte Guten-Tag-und-auf-Wiedersehen. Aber man lacht viel mit ihm, er erzählt so herrliche dreckige Witze.»

«Weiß seine Frau Bescheid?»

«Nehme ich an. Dumm ist sie ja nicht. Darum auch macht sie so ein Gesicht. Blöde Ziege!»

III. Ein Schachproblem

Das edle Spiel hat seine Abgründe, in denen schon manche edle Seele verschwand.

Ein alter deutscher Meister

«Ich glaube, es handelt sich hier um ein Schachproblem», sagte der Antiquitätenhändler.

Seit einer halben Stunde tauschten sie vor dem Gemälde ihre Eindrücke aus. César, gegen die Wand gelehnt, hielt ein Glas mit Gin und Zitrone elegant zwischen Daumen und Zeigefinger. Menchu saß lasziv im Sofa, Julia hockte auf dem Teppich, den Aschenbecher zwischen den Beinen. Die drei starrten das Gemälde an, als säßen sie vor dem Fernseher. Die Farben des Van Huys wurden vor ihren Augen dunkler, in dem Maße, wie oben im Dachfenster das letzte Licht des Tages schwand.

«Kann nicht mal jemand eine Lampe anmachen? Mir ist, als würde ich allmählich blind», sagte Menchu.

César drückte auf den Schalter hinter seinem Rücken, und ein indirektes Licht, von den Wänden reflektiert, verlieh Roger von Arras und dem Herzogspaar wieder Leben und Farbe. Unmittelbar darauf schlug die Wanduhr achtmal, taktgleich mit dem langen Pendel aus Goldblech. Julia wandte den Kopf, lauschte aufmerksam nach Schritten im Treppenhaus, doch es war nichts zu hören.

«Álvaro kommt zu spät», sagte sie und sah, wie César das Gesicht verzog.

«Wie spät auch immer, der Kerl kommt immer ungelegen», murmelte der Antiquitätenhändler.

Julia warf ihm einen strafenden Blick zu.

«Du wolltest dich zusammenreißen. Vergiß das nicht.»

«Vergesse ich nicht, Prinzeßchen. Ich werde meine Mordgelüste unterdrücken, einzig weil ich dich vergöttere.»

«Ich werde dir ewig dankbar sein.»

«Das will ich hoffen.» Der Antiquitätenhändler schaute auf seine Armbanduhr, als traute er der Wanduhr nicht, die er ihr vor langer Zeit geschenkt hatte. «Aber dieses Schwein ist wirklich immer unpünktlich.»

«César!»

«Ist schon gut, Liebste. Ich schweige.»

«Nein, rede nur weiter.» Julia wies auf das Bild. «Du sagtest eben, es handele sich hier um ein Schachproblem...»

César nickte. Er legte eine Kunstpause ein, benetzte die Lippen und betupfte sie dann mit einem makellos weißen Tüchlein, das er aus der Tasche gezogen hatte.

«Du wirst sehen...» Er schaute Menchu an und seufzte leise. «Ihr werdet sehen. Da ist etwas mit der Inschrift, das uns, oder zumindest mir, bisher entgangen ist. *Quis necavit equitem* übersetzt man in der Tat mit der Frage *Wer tötete den Ritter?* Dies läßt sich unseren Kenntnissen nach als eine Rätselfrage verstehen, die sich auf den Mord an Roger von Arras bezieht. Allerdings...», César stand da wie ein Zauberkünstler, der gleich eine Überraschung aus dem Zylinder hervorholt, «dieser Satz läßt sich auch anders übersetzen. Soviel ich weiß, hieß die Figur, die wir Springer nennen, im Mittelalter Ritter. Und Ritter heißt sie auch noch heute in manchen Sprachen Europas. Im Englischen sagt man zum Beispiel *knight*.» Er starrte nachdenklich auf das Bild und sinnierte, ob seine Überlegungen wirklich schlüssig waren. «Vielleicht lautet die Frage also eher: Wer tötete das Pferd? Oder in der Schachsprache ausgedrückt: Wer schlug den Springer?»

Sie überlegten schweigend. Schließlich sagte Menchu:

«Schade, unsere Milchmädchenrechnung geht nicht auf.» Sie verzog enttäuscht das Gesicht. «Diese ganze Geschichte basiert auf einer Albernheit...»

Julia sah César fest in die Augen und schüttelte den Kopf.

«Mitnichten! Das Geheimnis besteht fort. Hab ich recht, César?... Roger von Arras wurde vor Entstehung dieses Gemäldes umgebracht.» Sie stand auf und zeigte auf das Bild.

«Da! Hier steht das Datum: *Petrus Van Huys fecit me, anno MCDLXXI*... Das Bild wurde also zwei Jahre nach der Ermordung des Roger von Arras gemalt, und Van Huys trieb ein geistreiches Spiel mit Worten, auf einem Gemälde, das sowohl Opfer als auch Täter festhält und...», ihr kam ein neuer Gedanke, «und möglicherweise das Motiv des Verbrechens: Beatrix von Burgund.»

Menchu war verwirrt und aufgeregt. Sie war bis zur Kante des Sofas vorgerutscht und starrte mit weit aufgerissenen Augen das Bild an, als sähe sie es zum ersten Mal.

«Das mußt du genauer erklären. Mein Gott, ist das spannend.»

«Wie wir wissen, gab es etliche Gründe, Roger von Arras umzubringen, etwa seine vermutete Romanze mit der Herzogin Beatrix, der schwarz gekleideten Frau, die am Fenster sitzt und liest.»

«Du willst sagen, der Herzog hat ihn aus Eifersucht getötet?»

Julia machte eine ausweichende Geste.

«Nichts will ich sagen. Ich überlege nur.» Sie wies auf den Stapel Bücher, Fotokopien und sonstiger Unterlagen, die auf dem Tisch lagen. «Vielleicht wollte der Maler wirklich auf ein Verbrechen aufmerksam machen; und dies war für ihn der Grund, das Bild zu malen, oder jemand hat ihn dazu beauftragt.» Sie zuckte die Achseln. «Wir werden es wohl nie erfahren, aber eines ist sicher: Dieses Bild verrät das Geheimnis, wer Roger von Arras tötete. Der Beweis ist die Inschrift.»

«Die übermalt ist», präzisierte César.

«Was meine Vermutung nur bestätigt.»

«Vielleicht fürchtete der Maler ja, daß er zu deutlich geworden ist», erwog Menchu, «denn selbst im fünfzehnten Jahrhundert konnte man ja wohl anderen Leuten nicht so mir nichts dir nichts etwas unterstellen.»

Julia betrachtete das Bild.

«Vielleicht hatte Van Huys Angst, weil er die Sache so klar gesagt hatte.»

«Oder irgend jemand anders, später», überlegte Menchu.

«Nein. Das habe ich erst auch gedacht, aber außer der Durchleuchtung mit UV-Strahlen habe ich auch eine Schichtenanalyse vorgenommen, ich habe mit dem Seziermesser eine Probe herausgelöst und sie mir unter dem Mikroskop genauer angesehen...»

Sie nahm vom Tisch ein Blatt Papier auf. «Hier habt ihr es, in aufeinanderfolgenden Schichten: Träger aus Eichenholz, ein sehr dünn aufgetragenes Gemisch aus Kalziumkarbonat und tierischem Leim, sodann Bleiweiß und Öl als Grundierung, darüber drei Schichten aus Bleiweiß, Zinnober und Elfenbeinschwarz, Bleiweiß und Kupferresinat, Firnis und so weiter. Es entspricht alles dem Rest des Bildes: dieselbe Mischung, dieselben Pigmente. Van Huys selbst hat die Inschrift übermalt, kurz nachdem er sie niedergeschrieben hatte. Da besteht kein Zweifel.»

«Und was bedeutet das?»

«Wir tanzen auf einem Seil, das vor fünfhundert Jahren gespannt wurde, aber ich schließe mich Césars Meinung an. Es ist sehr gut möglich, daß der Schlüssel in der Schachpartie verborgen liegt. Und was das Schlagen des Springers betrifft, darauf bin ich wirklich nicht gekommen... Was sagst denn du dazu, César?»

Dieser löste sich von der Wand und setzte sich neben Menchu, in die andere Ecke des Sofas. Er trank einen kleinen Schluck und schlug die Beine übereinander.

«Ich bin ganz deiner Meinung, meine Liebe», hob er an. «Ich glaube, der Maler will unsere Aufmerksamkeit vom Reiter auf den Springer lenken, um uns die Hauptfährte zu zeigen.» Er leerte genüßlich das Glas und stellte es, wobei die Eiswürfel klimperten, auf das Tischchen an seiner Seite. «Indem er fragt, wer den Springer schlug, legt er uns nahe, uns mit der Partie zu befassen. Dieser Van Huys, den ich allmählich für einen Menschen von einzigartigem Humor halte, lädt uns zum Schachspielen ein.»

Julias Augen leuchteten auf.

«Spielen wir also!» rief sie und wandte sich dem Bild zu. Worauf der Antiquitätenhändler erneut seufzte.

«Würde ich gerne. Aber ich kann nicht gut genug Schach spielen.»

«Ach, komm, César. Die Regeln wirst du ja wohl kennen.»

«Eine voreilige Behauptung, mein Schatz. Hast du mich jemals spielen sehen?»

«Nie. Aber jeder kennt doch wenigstens die Grundregeln.»

«Es gehört mehr dazu, als zu wissen, wie die einzelnen Figuren gesetzt werden... Sieh mal, die Positionen sind sehr kompliziert.» Er lehnte sich theatralisch im Sofa zurück und sagte niedergeschlagen: «Sogar ich gelange leider manchmal an meine Grenzen, mein Schatz. Kein Mensch ist vollkommen.»

In diesem Augenblick klopfte es an der Wohnungstür.

«Álvaro», sagte Julia und eilte hin, um zu öffnen.

Es war nicht Álvaro. Sie kam mit einem Umschlag, den ein Bote gebracht hatte, zurück. Darin waren einige Fotokopien und eine getippte Zeittafel.

«Guckt mal. Offenbar kommt Álvaro nicht, aber dafür schickt er dies.»

«Der hat einfach kein Benehmen», murmelte César abfällig. «Hätte sich wenigstens telefonisch entschuldigen können, dieser ungehobelte Klotz.» Er zuckte die Achseln. «Im Grunde amüsiert es mich... Was schickt uns der unverschämte Kerl denn?»

«Jetzt laß ihn in Ruhe», tadelte Julia. «Er hat ganz schön arbeiten müssen, um das alles zusammenzustellen und zu ordnen.»

Und sie begann laut zu lesen.

PIETER VAN HUYS UND DIE FIGUREN DER «SCHACHPARTIE». BIOGRAFISCHER ABRISS:

1415: Pieter Van Huys in Brügge (Flandern) geboren. Heute Belgien.

1431: Roger von Arras auf Schloß Bellesang, Ostenburg, geboren. Sein Vater, Fulco von Arras, ist Vasall des Königs von Frankreich und verschwägert mit der Herrscherdynastie der Valois. Die Mutter, eine Altenhoffen, deren Vorname nicht überliefert ist, entstammt einer ostenburgischen Herzogsfamilie.

1435: Burgund und Ostenburg lösen sich aus der Vasallenabhängigkeit von Frankreich. Geburt von Ferdinand Altenhoffen, dem künftigen Herzog von Ostenburg.

1437: Roger von Arras, Spiel- und Studiengefährte des künftigen Herzogs Ferdinand am Hofe von Ostenburg, zieht sechzehnjährig mit seinem Vater Fulco in den Krieg Karls VII. von Frankreich gegen England.

1441: Geburt von Beatrix, der Nichte Philipps des Guten, des Herzogs von Burgund.

1442: Vermutlich um diese Zeit malt Pieter Van Huys seine ersten Gemälde, nachdem er in Brügge mit den Brüdern Van Eyck und in Tournai mit Robert Campin, seinen Lehrmeistern, Beziehung aufgenommen hat . Aus dieser Phase ist keines seiner Werke erhalten.

1448: Van Huys malt das Bildnis des Goldschmieds Wilhelm Walhuus, *das erste erhaltene Werk des Künstlers.*

1449: Roger von Arras tut sich bei der Eroberung der Normandie und der Guyenne im Kampf gegen die Engländer hervor.

1450: Roger von Arras kämpft in der Schlacht bei Formigny.

1452: Van Huys malt Die Familie des Lukas Bremer, *das beste unter seinen bekannten Bildern.*

1453: Roger von Arras kämpft in der Schlacht von Castillon. In Nürnberg wird sein Poem von der Rose und dem Ritter *gedruckt (ein Exemplar erhalten; in der Nationalbibliothek Paris).*

1455: Van Huys malt seine Jungfrau in der Gebetskapelle *(undatiert; aber die Experten gehen davon aus, daß es in diesem Jahr entstand).*

1457: Tod des Regenten Wilhelmus Altenhoffen, Herzog von Ostenburg. Nachfolger: sein Sohn Ferdinand, 22 Jahre alt. Dieser ruft als eine seiner ersten Amtshandlungen

Roger von Arras zu sich. Wahrscheinlich aber bleibt jener, durch Treuegelöbnis an König Karl VII. gebunden, weiterhin an Frankreichs Hof.

1457: Van Huys malt Der Geldwechsler von Löwen.

1458: Van Huys malt das Bildnis des Kaufmanns Matteo Conzini mit Gemahlin.

1461: Tod des französischen Königs Karl VII. Roger von Arras, offenbar seiner Verpflichtung gegenüber Frankreichs Krone entbunden, kehrt nach Ostenburg zurück. Um diese Zeit beendet Pieter Van Huys das Retabel von Antwerpen *und kommt an den Hof von Ostenburg.*

1462: Van Huys malt Ritter und Teufel. *Aus Fotografien des Originals (Rijksmuseum Amsterdam) ist zu schließen, daß Roger von Arras für den Ritter posierte, wobei die Ähnlichkeit zwischen dieser und der entsprechenden Figur in der* Schachpartie *nicht groß ist.*

1463: Heiratsvertrag zwischen Ferdinand von Ostenburg und Beatrix von Burgund. Zu der an Burgunds Hof gesandten Abordnung zählen auch Roger von Arras und Pieter Van Huys. Letzterer soll das Porträt der Beatrix malen, was noch in diesem Jahr geschieht (das in der Vermählungschronik und auch in einem Inventar von 1474 genannte Bild ist nicht erhalten).

1464: Herzogliche Hochzeit. Roger von Arras ist Anführer des Gefolges, das die Braut von Burgund nach Ostenburg begleitet.

1467: Tod Philipps des Guten. Sein Nachfolger ist Karl der Kühne, ein Vetter der Beatrix. Druck von seiten Frankreichs und Burgunds läßt die Intrigen am Ostenburgischen Hof neu aufleben. Ferdinand Altenhoffen verfolgt eine ausgleichende Politik, was nicht leicht ist. Die Franzosenpartei hält sich an Roger von Arras, der auf Ferdinand großen Einfluß hat. Für die Partei der Burgunder macht Herzogin Beatrix ihren Einfluß geltend.

1469: Mord an Roger von Arras, dem man anlastet, mit den Burgundern gemeinsame Sache gemacht zu haben. An-

dere Gerüchte kreisen um eine vermeintliche Liebschaft zwischen Roger von Arras und Beatrix von Burgund. Eine Verwicklung Ferdinand von Ostenburgs in den Mord läßt sich nicht belegen.

1471: *Zwei Jahre nach der Ermordung des Roger von Arras malt Van Huys* Die Schachpartie. *Es ist nicht bekannt, ob der Maler zu dieser Zeit noch in Ostenburg lebte.*

1474: *Ferdinand Altenhoffen stirbt ohne Nachkommen. Ludwig XI. von Frankreich versucht, alte Erbansprüche auf das Herzogtum geltend zu machen. Die Konflikte zwischen Frankreich und Burgund verschärfen sich. Der Vetter der verwitweten Herzogin Beatrix, Karl der Kühne, besetzt das Herzogtum und schlägt die Franzosen bei Looven. Burgund nimmt Ostenburg ein.*

1477: *Karl der Kühne fällt in der Schlacht von Nancy. Maximilian I. von Österreich erbt Burgund, das er an seinen Enkel Karl (den künftigen Kaiser Karl V.) weitergibt; fortan gehört Ostenburg zur spanischen Monarchie der Habsburger.*

1481: *Pieter Van Huys stirbt in Gent während der Arbeit an einem Triptychon – einer* Kreuzabnahme *– für die Kathedrale Sankt Bavon.*

1495: *Beatrix von Ostenburg stirbt in einem Kloster zu Lüttich.*

Eine Weile herrschte Schweigen, keiner wagte ein Wort. Die Blicke wanderten von einem zum anderen und dann zum Gemälde. César wiegte den Kopf und sagte schließlich mit tonloser Stimme:

«Ich gebe zu, ich bin beeindruckt.»

«Das sind wir wohl alle!» sagte Menchu.

Julia legte die Blätter hin und stützte sich auf den Tisch.

«Van Huys kannte Roger von Arras also gut. Vielleicht waren sie sogar Freunde.»

«Und er rächte sich an seinen Mördern, indem er das Bild malte», ergänzte César. «Paßt alles zusammen.»

Julia trat vor ihre Bibliothek: Zwei Wände voller Regale, deren Bretter sich unter der Last der ungeordneten Buchreihen bogen. Sie stemmte die Hände in die Hüften und zog schließlich einen dicken Bildband hervor. Sie blätterte hastig, bis sie gefunden hatte, was sie suchte, kam zum Sofa zurück, setzte sich zwischen Menchu und César, den Band *Das Rijksmuseum von Amsterdam* aufgeschlagen auf dem Schoß. Die Reproduktion des gesuchten Bildes war nicht sonderlich groß, aber der geharnischte barhäuptige Ritter am Hang eines Hügels, den eine mauerbewehrte Stadt krönte, war deutlich zu sehen, neben ihm auf einem schwarzen Klepper der Teufel, freundlich mit ihm plaudernd und mit der rechten Hand auf die Stadt zeigend, auf die sie offenbar zuritten.

«Das könnte er sein», bemerkte Menchu, nachdem sie die Gesichtszüge des Reiters im Buch mit denen des Schachspielers auf dem Gemälde verglichen hatte.

«Oder auch nicht, wobei da schon eine gewisse Ähnlichkeit festzustellen ist», sagte César und fragte Julia: «Wann wurde dieses Bild gemalt?»

«1462.»

César überschlug rasch.

«Also neun Jahre vor der *Schachpartie*. Das könnte die Erklärung sein. Der Ritter hier wirkt jünger als der Schachspieler.»

Julia sagte nichts. Sie studierte das Foto in dem Buch. César musterte sie besorgt.

«Was ist los?»

Sie wiegte langsam und bedächtig den Kopf, als fürchtete sie, eine jähe Bewegung könnte schreckhafte Geister verscheuchen, die man nur unter Mühen hatte beschwören können.

«Ja», sagte sie im Tone dessen, der sich in das Offenkundige fügen muß, «das ist weit mehr als nur ein Zufall.» Sie zeigte auf das Foto.

«Ich kann nichts Besonderes erkennen», sagte Menchu.

«Wirklich nicht?» Julia lächelte. «Schau dir den Schild des Ritters genau an... Im Mittelalter schmückte jeder Edelmann sein Schild mit seinem Wappen... César, was siehst du auf diesem Schild?»

Der Antiquitätenhändler seufzte und fuhr sich mit der Hand über die Stirn. Er war so überrascht wie Julia.

«Eindeutig ein Schachbrett», sagte er. «Weiße und schwarze Felder.» Er hob den Blick zum flämischen Gemälde und die Stimme schien ihm zu versagen. «Wie die Felder eines Schachbretts!»

Julia erhob sich und legte das offene Buch auf das Sofa.

«Das kann kein Zufall sein.» Sie nahm die große Lupe und trat vor das Gemälde. «Sollte der vom Teufel begleitete Ritter wirklich Roger von Arras sein, wählte der Maler also neun Jahre später dessen Schild zum Hauptschlüssel eines Gemäldes, in dem er vermutlich auf dessen Tod anspielt. Sogar der Fußboden des Raumes, in dem sich die Figuren befinden, ist schwarzweiß gekachelt und sieht aus wie ein Schachbrett. Abgesehen von der Symbolik des Bildes bestätigt dies, daß der Spieler in der Mitte Roger von Arras ist... Alles auf dem Bild hat irgendwie mit Schach zu tun.»

Nun kniete sie vor dem Bild und studierte mit der Lupe jede einzelne der Schachfiguren auf dem Spielbrett und auf der Tischplatte. Ebenso aufmerksam musterte sie den runden Spiegel in der oberen linken Ecke des Bildes, in dem, perspektivisch verzerrt, das Schachbrett und die beiden Spieler zu sehen waren.

«César.»

«Sprich, mein Schatz.»

«Wie viele Steine gehören zum Schachspiel?»

«Hm... Zweimal acht, also sechzehn für jede Farbe. Insgesamt zweiunddreißig, wenn ich mich nicht irre.»

Julia zählte, nahm dabei die Finger zu Hilfe.

«Alle zweiunddreißig sind da. Bestens zu unterscheiden: Bauern, Könige, Springer. Ob noch im Spiel oder schon draußen.»

«Das da sind die geschlagenen Figuren.» César hatte sich neben sie gekniet und zeigte auf die Figur, die Ferdinand von

Ostenburg zwischen den Fingern hielt. «Ein Springer geschlagen, ein einziger. Ein weißer. Die anderen drei, also ein weißer und zwei schwarze, sind noch im Spiel. Die Frage *Quis necavit equitem* kann sich also nur auf diesen Springer beziehen.»

«Wer hat ihn geschlagen?»

César schnitt eine Grimasse.

«Eben dies ist das *quid* der Frage, mein Schatz.» Er lächelte wie einst, als das Kind noch auf seinen Knien saß. «Wir haben schon viel herausgefunden. Wer das Hühnchen gerupft und wer es gebraten hat... Aber noch wissen wir nicht, welcher Bösewicht es verspeist hat.»

«Du hast meine Frage noch nicht beantwortet.»

«Ich kann doch nicht unentwegt Antworten aus dem Ärmel schütteln.»

«Früher konntest du das.»

«Früher konnte ich flunkern.» Er schaute sie zärtlich an. «Jetzt bist du erwachsen, jetzt kann man dich nicht mehr so leicht hinters Licht führen.»

Julia legte ihm die Hand auf die Schulter, wie damals, vor fünfzehn Jahren, wenn sie ihn bat, ihr zu einem Bild oder einer Porzellanfigur eine Geschichte zu erfinden. In ihrer Stimme war noch ein Echo ihres fernen kindlichen Flehens.

«Ich muß es aber wissen, César.»

«Die Versteigerung ist in zwei Monaten, wir haben nicht viel Zeit», sagte Menchu hinter seinem Rücken.

«Zum Teufel mit der Versteigerung», rief Julia. Sie starrte César an, als hielte er die Lösung in den Händen. Wieder seufzte dieser leise, schüttelte den Teppich ein bißchen auf, bevor er darauf Platz nahm und die Hände über den Knien verschränkte. Er runzelte nachdenklich die Stirn und biß sich auf die Zungenspitze.

«Wir haben Schlüssel, mit denen wir beginnen können», sagte er nach einer Weile. «Aber Schlüssel zu haben langt nicht, man muß sie auch zu gebrauchen wissen.» Er musterte noch einmal den Spiegel, in dem die Spieler und das Brett zu sehen waren. «Wir halten Spiegelbilder normalerweise für Kopien des Originals, aber ganz so einfach ist das nicht.» Er wies mit dem Finger auf den gemalten Spiegel. «Seht ihr, schon bei simplem Hinschauen erkennen wir, daß dieses Abbild seitenverkehrt ist, die Schachpartie eingeschlossen.»

«In meinem Kopf dreht sich alles», stöhnte Menchu. «Was ihr da von euch gebt, ist zu kompliziert für mein einfaches Hirn, da genehmige ich mir lieber einen Schnaps.» Sie ging zu Julias Hausbar und schenkte sich großzügig vom Wodka ein. Doch bevor sie das Glas ansetzte, holte sie einen geschliffenen Onyx, ein silbernes Röhrchen und ein Schächtelchen aus ihrer Tasche und bereitete sich eine feine Linie aus Kokain vor. «Die Apotheke ist geöffnet, will noch jemand?»

Niemand ging darauf ein. César war vertieft in das Bild und schien nichts anderes wahrzunehmen. Julia runzelte lediglich vorwurfsvoll die Braue. Menchu beugte sich vor und atmete – eins, zwei – flink und gekonnt das Kokain ein. Dann richtete sie sich auf und lächelte; das Blau ihrer Augen war nun noch leuchtender und entrückter.

César war dicht vor den Van Huys getreten, er nahm Julia beim Arm, als wollte er ihr raten, sich jetzt nicht um Menchu zu scheren.

«Schon allein der Gedanke, auf dem Bild könnte manches real sein und anderes vielleicht nicht, führt uns in die Falle», sagte er, als seien sie allein. «Die Figuren und das Schachbrett sind im Bild zweimal enthalten, und eines ist irgendwie *weniger wirklich* als das andere. Verstehst du? Wenn wir dies annehmen, heißt es, daß wir uns zwangsläufig in den Raum des Bildes versetzen, und die Grenzen zwischen dem Realen und dem Gemalten vermischen sich... Die einzige Möglichkeit, dies zu vermeiden, wäre, wir entfernten uns so weit, daß wir nur noch Farbflecke sähen und Schachfiguren. Doch es gibt dazwischen zu viele Verkehrungen.»

Julia betrachtete das Bild, dann wandte sie sich um, wies auf den venezianischen Spiegel an der Wand, auf der anderen Seite des Arbeitsraumes.

«Ich habe eine Idee», sagte sie. «Vielleicht können wir das

Originalbild rekonstruieren, wenn wir das Gemälde in einem anderen Spiegel betrachten.»

César musterte sie lange und sagte dann mit einem Lächeln:

«Ganz ohne Zweifel, doch ich fürchte, Prinzessin, daß Bilder und Spiegel neue Bilder schaffen, die nur geringen Bestand haben und durchaus unterhaltsam sind, wenn man sie nur betrachtet, die aber äußerst beunruhigend sind, wenn man sich in ihrem Innern bewegen muß. Für unseren Fall benötigen wir einen Spezialisten, jemanden, der das Bild ganz anders zu sehen vermag als wir... Und ich glaube, ich weiß auch schon, wo ich ihn finden kann.»

Am folgenden Morgen rief Julia bei Álvaro an, doch es meldete sich niemand, weder im Institut noch bei ihm zu Hause. Also legte sie Lester Bowie auf, machte sich in der Küche einen Kaffee, duschte lange und rauchte anschließend etliche Zigaretten. Das Haar noch feucht und den alten Pullover über den nackten Schenkeln, trank sie Kaffee, dann begann sie am Bild zu arbeiten.

Zuerst mußte sie die oberste Firnisschicht entfernen. Der Maler hatte sein Werk offenbar vor der Feuchtigkeit der kalten nördlichen Winter schützen wollen und eine in Leinöl gelöste dicke Schicht aufgetragen. Doch Meister Pieter Van Huys hatte nicht verhindern können, daß der fettige Firnis über fünfhundert Jahre hinweg vergilbte und die ursprünglich lebhaften Farben ihre Leuchtkraft einbüßten.

In einer Ecke des Bildes hatte Julia unterschiedliche Lösungsmittel ausprobiert, dann eine Mixtur aus Azeton, Alkohol, Wasser und Ammoniak zubereitet, und nun löste sie mit Hilfe von Wattetampons und einer Pinzette den Firnis auf. Sie begann mit den am meisten verhärteten Stellen, äußerst behutsam, und sparte die helleren und dünneren Flächen bis zuletzt aus. Wieder hielt sie inne, musterte die Bäusche, vergewisserte sich, daß keine Farbe abging, daß sie mit dem Firnis nicht auch eine der Schichten darunter fortwischte. Den ganzen Vormittag war sie am Werk, und in ihrem Benlliure-Aschenbecher sammelten sich immer mehr Kippen. Nur ab und zu hielt sie inne und begutachtete ihre Arbeit. Und ganz allmählich, während der alte Firnis verschwand, gewannen die ursprünglichen Pigmente ihre Magie zurück, boten sich so dar, wie der alte flämische Meister sie einst auf seiner Palette gemischt hatte: Siena, Kupfergrün, Bleiweiß, Ultramarin. Mit ehrfurchtsvollem Respekt sah Julia unter ihren Fingern jenes Wunder wiedererstehen, als enthüllte sich vor ihren Augen das innerste Geheimnis der Kunst und des Lebens.

Am Mittag rief César an, und sie verabredeten sich für den Abend. Julia nutzte die Unterbrechung, um sich eine Pizza in den Ofen zu schieben. Sie machte sich noch einen Kaffee und verzehrte ihr karges Mahl auf dem Sofa. Aufmerksam musterte sie die von der Alterung, der Lichteinwirkung und dem Arbeiten der Holzunterlage herrührenden Haarrisse in der Farbschicht... Auf der Haut der Figuren, im Gesicht und an den Händen, sowie bei bestimmten Farben, so dem Bleiweiß, waren sie besonders deutlich, weniger bei den dunkleren Tönen und an den schwarzen Stellen des Bildes. Das Gewand der Beatrix von Burgund mit seinen Falten war so perfekt, daß man beim Darüberstreichen die samtene Weiche zu spüren meinte.

Merkwürdig, überlegte Julia, daß neuere Bilder so schnell Sprünge und Risse aufwiesen. Vielleicht lag es an den modernen Materialien oder daran, daß sie oft künstlich getrocknet wurden, während die Werke der alten Meister, die ihre handwerklichen Techniken bis zur Besessenheit gepflegt hatten, die Jahrhunderte so viel würdevoller und schöner überdauerten. Julia empfand plötzlich lebhafte Sympathie für den alten gewissenhaften Pieter Van Huys. Sie stellte sich vor, wie er auf der Suche nach genau dem richtigen Farbton in seinem mittelalterlichen Atelier verschiedene Arten von Sand mischte und mit Ölen experimentierte, bemüht, seinem Werk den Stempel der Ewigkeit aufzuprägen, ihm Bestand zu geben über den eigenen Tod hinaus und über den jener, die er mit seinem Pinsel auf ein schlichtes Eichenbrett gebannt hatte.

Nach dem Essen entfernte sie den Firnis des unteren Teils,

wo sich die verborgene Inschrift befand. Sie war äußerst vorsichtig, befürchtete, das Kupfergrün zu beschädigen, das Van Huys mit Harz vermengt hatte, damit es nicht nachdunkelte. Der Meister hatte die Falten des kupfergrünen Tischtuches später im selben Farbton verlängert, um so die lateinische Inschrift zu verbergen. Julia war klar, daß sie, abgesehen von den üblichen technischen Schwierigkeiten, vor einem moralischen Problem stand: War es legitim, eine Inschrift freizulegen, die der Urheber selbst ganz bewußt übermalt hatte, wenn man den Geist eines Gemäldes wahren wollte? Bis zu welchem Punkt darf ein Restaurator den Intentionen des Künstlers zuwiderhandeln, der dem Werk eine so würdevolle Verfügung beigeschlossen hat, als handelte es sich um ein testamentarisches Vermächtnis?... Es war fraglich, ob – nachdem die Inschrift per Röntgenaufnahme gefunden und alsdann publik gemacht worden war – der Schätzwert bei bedeckt bleibender Botschaft oder aber bei deren Zurschaustellung höher ausfiel.

Glücklicherweise hatte sie hier nur ihre Arbeit zu tun. Diese grundlegenden Entscheidungen oblagen anderen; dem Besitzer des Bildes, Menchu und dem Typen von Claymore, Paco Montegrifo. Sie selbst erfüllte nur ihren Auftrag. Ginge es nach ihr, sie würde alles so belassen, wie es war: Inschrift vorhanden, Wortlaut bekannt, Klärung nicht nötig. Und die Farbschicht, die die Inschrift seit einem halben Jahrtausend bedeckte, gehörte einfach zur Geschichte dieses Bildes.

Die Klänge des Saxophons erfüllten den Raum, und Julia war weit weg von allem. Mit dem getränkten Tampon strich sie behutsam rings um die Figur des Roger von Arras, fuhr ihm über Nase und Mund und begeisterte sich einmal mehr an den gesenkten Lidern, an den feinen Zügen, den leichten Runzeln rings um die Augen, an dem in die Partie versunkenen Blick. Die junge Frau ließ ihre Phantasie schweifen, sie folgte dem Echo der Gedanken des glücklosen Ritters. Liebe und Tod schwangen da mit, gleichsam Schritte des Schicksals in dem geheimnishaften Ballett, das die weißen und die schwarzen Figuren auf den Feldern des Schachbretts vollführten, auf Rogers eigenem Wappenschild, das von einem Armbrustgeschoß durchbohrt wurde. Und im Halbdunkel schillerte die Träne einer Frau, die sich dem Anschein nach ins Stundenbuch vertiefte – oder war es das *Poem von der Rose und dem Ritter*? –; ein stummer Schatten, der am Fenster Tage des Lichts und der Jugend wachrief, poliertes Metall, Teppiche und das Hallen energischer Schritte über die Böden des Burgunder Hofes; jenen Krieger, den Helm unter dem Arm und die Stirn erhoben, auf dem Gipfel seiner Manneskraft und seines Ruhms, stolzer Botschafter jenes anderen, den sie aus politischen Gründen heiraten sollte. Und das Gewisper der Damen und das ernste Antlitz der Höflinge, und die Schamröte im eigenen gefaßten, heiteren Antlitz, als sie seine Stimme vernahm, dem, in Schlachten geschmiedet, jene einzigartige Gefaßtheit eigen war, die nur haben kann, wer jemals mit dem Namen des Herrgotts, seines Königs oder seiner Dame auf den Lippen gegen den Feind anritt. Und das Geheimnis ihres Herzens in den Jahren, die da folgten. Und die schweigende Freundin, die letzte Gefährtin, ihre Sense schärfend, die Armbrust spannend am Festungsgraben beim Osttor.

Die Farben, das Bild, das Arbeitszimmer, die getragenen Saxophonklänge, all das schien um Julia zu kreisen. Irgendwann unterbrach sie die Arbeit kurz, schloß verwirrt die Augen, atmete tief und gleichmäßig, wollte die Angst abschütteln, die sie plötzlich überkommen hatte, während sie, eine Wirkung der Bildperspektive, plötzlich meinte, mitten *drin* im Bild zu sein, die Spieler nun unverhofft zu ihrer Linken. Es war, als würde sie selbst durch das auf dem Gemälde einsehbare Zimmer eilen, hin ans geöffnete Fenster, vor dem Beatrix von Burgund in ihrem Buch las. Als langte es, sich über die Brüstung hinauszubeugen, und man sähe, was sich dort unten, am Fuße der Mauer, befand: der Graben am Osttor, wo das Geschoß aus der Armbrust Roger von Arras tötete.

Es dauerte eine Weile, bis sie sich wieder gefaßt hatte. Und erst als sie eine Zigarette im Mund hatte und das Streichholz zündete, beruhigte sie sich ein wenig. Ihre Hand zitterte, als habe sie soeben das Antlitz des Todes berührt.

«Es ist ein Schachklub, weiter nichts», sagte César, als sie die Treppe hinaufstiegen. «Der Capablanca-Club.»

«Capablanca?» Skeptisch schaute Julia durch die offenstehende Tür. Hinten im Raum saßen Männer, über Tische gebeugt und von Zuschauern umringt.

«José Raúl Capablanca» sagte, den Spazierstock unter dem Arm, der Antiquitätenhändler, während er den Hut abnahm und die Handschuhe abstreifte. «Der beste Schachspieler aller Zeiten, heißt es. Weltweit gibt es massenweise Klubs und Turniere, die nach ihm benannt sind.»

Sie traten ein. Das Lokal bestand aus drei großen Räumen mit einem Dutzend Tischen. An fast allen Tischen wurde gespielt. Die Geräusche waren einzigartig, es herrschte weder Lärm noch Stille, sondern sanftes, verhaltenes Gemurmel. Es war irgendwie feierlich, wie bei einem Gottesdienst. Einige Spieler und Zuschauer musterten Julia befremdet oder abweisend. Hier waren die Männer unter sich. Es roch nach Tabakqualm und altem Holz.

«Spielen Frauen nicht Schach?» fragte Julia.

César, der ihr beim Eintreten den Arm angeboten hatte, überlegte.

«Ich muß gestehen, ich habe noch nie darüber nachgedacht», sagte er. «Hier jedenfalls nicht, vielleicht in ihren eigenen vier Wänden, zwischen Strickzeug und Kochtopf.»

«Chauvinist!»

«Ein hartes Wort, meine Liebe. Sei doch nicht so gehässig!»

Im Flur empfing sie ein freundlicher, redseliger Herr mittleren Alters mit imposanter Glatze und sorgsamst gestutztem Schnurrbart. César stellte ihn Julia vor: Señor Cifuentes, Leiter des Schachvereins José Raúl Capablanca.

«Fünfhundert fest eingeschriebene Mitglieder», brüstete sich dieser und wies auf die Trophäen, Urkunden und Fotos, die die Wände zierten. «Wir veranstalten auch nationale Turniere...» Er blieb vor einer Vitrine stehen, in der mehrere alte Schachspiele ausgestellt waren. «Schön, nicht wahr? Wir benutzen hier natürlich ausschließlich das Modell Staunton.»

Er hatte sich César zugewandt, als erwarte er dessen Zustimmung, und der Antiquitätenhändler machte eine entsprechende Geste.

«Holz, hab ich recht?» fragte er. «Kein Plastik.»

«Das fehlte noch!»

Cifuentes schaute vergnügt in die Runde der Schachspieler, wie eine Glucke, die ihre Kükenschar zählt. «Sie sollten unseren Klub mal am Samstagabend erleben», sagte er zu Julia. «Heute ist es ganz normal: Schachbegeisterte, die zwischen Dienstschluß und dem Abendessen auf ein Spiel herkommen, und Pensionäre, die den ganzen Nachmittag hier verbringen... Eine sehr angenehme Atmosphäre, wie Sie sehen. Sehr...»

«Erbaulich», sagte Julia ein bißchen aufs Geratewohl.

Cifuentes stimmte zu. «Jawohl, erbaulich. Und wie Sie sehen, erfreulich viele junge Leute. Der da fällt schon etwas aus dem Rahmen. Neunzehn Jahre alt, und hat bereits eine hundert Seiten lange Studie über die vier Linien der Nimzo-Indischen Eröffnung verfaßt.»

«Tatsächlich? Nimzo-Indisch! Das klingt nach...», Julia suchte krampfhaft ein Wort, «...nach endgültig.»

«Naja, endgültig direkt nicht», gestand Cifuentes, «aber immerhin bedeutsam.»

Julia schaute César hilfesuchend an. Der hob lediglich die Brauen, tat höflich interessiert. Die Hände mit Stock und Hut im Rücken verschränkt, beugte er sich Cifuentes zu und schien sich köstlich zu amüsieren.

«Ich selbst», der Schachspezialist wies mit dem Daumen auf seinen obersten Jackenknopf, «habe übrigens vor Jahren auch einen kleinen Beitrag geleistet.»

«Was Sie nicht sagen!» rief César, und Julia musterte ihn beunruhigt.

«Ja, ganz recht.» Der Mann lächelte erzwungen bescheiden. «Eine Untervariante der Caro-Kann-Eröffnung, mit dem System der zwei Springer. Sie wissen ja: Springer, drei Läufer, Dame... Die Cifuentes-Variante...» Er schaute César erwartungsvoll an. «Vielleicht haben Sie davon gehört?»

«Und ob!» erwiderte der Antiquitätenhändler, ohne mit der Wimper zu zucken.

Cifuentes lächelte dankbar.

«Und ich glaube, ich übertreibe nicht, wenn ich sage, in diesem Klub oder Verein, wenn Sie ihn so nennen wollen, kommen die besten Schachspieler Madrids, vielleicht sogar ganz Spaniens zusammen...» Er überlegte. «Und ich glaube, ich habe den Mann gefunden, den Sie benötigen.» Er schaute suchend in die Runde. Sein Gesicht hellte sich auf. «Ja, da ist er. Folgen Sie mir.»

Die zwei folgten ihm in einen der Säle, zu den Tischen im Hintergrund.

«Es war gar nicht so einfach», erklärte Cifuentes, «ich habe den ganzen Tag darüber nachgedacht. Immerhin», er wandte sich zu César um und machte eine entschuldigende Geste, «Sie wollten ja den besten empfohlen haben.»

Sie blieben vor einem Tisch stehen, an dem, von einem halben Dutzend Zuschauer umringt, zwei Männer bei einer Partie saßen. Der eine Spieler trommelte mit den Fingern sanft auf die Tischplatte; nach vorn gebeugt saß er da, mit so ernster Miene wie die Schachspieler auf dem Van Huys, fand Julia. Sein Gegenüber, den das Getrommel nicht im geringsten zu stören schien, saß reglos da, leger in den hölzernen Stuhl zurückgelehnt, die Hände in den Hosentaschen und das Kinn auf die Krawatte gesenkt. Unmöglich zu erkennen, ob seine starr auf das Brett gerichteten Augen das Spiel studierten, oder ob er in Gedanken fern und abwesend war.

Die Zuschauer wahrten achtungsvolle Stille, als ginge es um Leben und Tod. Es waren nur noch wenige Figuren im Spiel, und sie standen so, daß nicht gleich festzustellen war, wer Weiß und wer Schwarz setzte. Nach etlichen Minuten ergriff die Trommelhand einen weißen Läufer und setzte ihn zwischen den eigenen König und einen schwarzen Turm. Nach diesem Zug bedachte der Mann sein Gegenüber mit einem kurzen Blick, starrte dann wieder auf das Brett und trommelte sanft weiter.

Ein Raunen ging durch die Gruppe der Zuschauer. Julia trat näher und erblickte den anderen, der seine Sitzhaltung nicht geändert hatte und den dazwischengesetzten Läufer musterte. Nach einer Weile dann senkte er seine Hand so langsam auf das Brett, daß bis zuletzt offenblieb, welche Figur er nehmen würde. Dann versetzte er einen schwarzen Springer.

«Schach», sagte er und saß wieder regungslos da, unempfänglich für das zustimmende Gemurmel ringsum.

Julia war sicher, daß dies der von César gewünschte und von Cifuentes auserkorene Mann war. Sie schaute ihn sich genauer an. Er mochte knapp über Vierzig sein, war sehr schlank und von mittlerer Statur. Das Haar war ungescheitelt nach hinten gekämmt, und er hatte Geheimratsecken. Die Ohren waren groß, die Nase leicht krumm, die dunklen Augen lagen tief in den Höhlen und betrachteten die Welt voll Mißtrauen. Er strahlte beileibe nicht jene Intelligenz aus, die Julia bei einem Schachspieler für unabdingbar hielt; eher wirkte er teilnahmslos, apathisch, irgendwie innerlich müde und ohne Interesse für das, was um ihn vorging. Er wirkte, als würde er vom Leben nicht viel mehr erwarten als interessante Schachpartien.

Vielleicht gerade weil er so unerschütterlich gelangweilt wirkte, trat nun, als sein Gegner den König ein Feld zurücksetzte und er die rechte Hand ganz langsam vorreckte, absolute Stille ein. Julia, die noch nicht genau verstand, was da geschah, bemerkte überrascht, daß die Zuschauer diesem Spieler nicht gewogen waren, ihm jedenfalls nicht mit Sympathie begegneten. Ihre Mienen verrieten, daß sie seine Überlegenheit nur widerstrebend hinnahmen, als Liebhaber und Kenner dieses Sports allerdings zugestehen mußten, daß er beim langsamen Ablauf der Dinge auf den schwarzen und weißen Feldern sinnvolle, gnadenlose Züge machte. Im Grunde, und dessen war sich die junge Frau nun rätselhaft sicher, wünschten sie sich nichts sehnlicher, als daß er an den richtigen Gegner geriet und einen Fehler beging, der ihm eine zerschmetternde Niederlage bescherte.

«Schach», wiederholte der Mann. Es war ein scheinbar schlichter Zug gewesen: Er hatte nur einen Bauern ein Feld vorgerückt. Doch sein Gegner hörte auf zu trommeln, legte die Finger an die Stirn, wie um dort ein störendes Pochen zu besänftigen. Er machte noch einen Zug mit seinem weißen König. Drei Felder hatten sich angeboten, und aus Julia nicht durchschaubarem Grund hatte er dieses da gewählt. Ein Raunen der Bewunderung schien ihn in seiner Taktik zu bestätigen, doch der andere zeigte keine Regung.

«Fast wäre es Matt gewesen», bemerkte letzterer sachlich, weder Triumph noch Bedauern in der Stimme. Er sagte es, ohne einen Stein zu bewegen, als brauchte er den praktischen Beweis nicht zu erbringen. Dann aber, fast widerwillig und ohne sich um den zweifelnden Blick des Gegenübers und einiger der Zuschauer zu scheren, setzte er, wie von fern her, einen Läufer über die lange weiße Diagonale in die Nähe des feindlichen Königs, ohne ihn unmittelbar zu bedrohen. Aus der Runde rings um den Tisch kamen die verschiedensten Kommentare, und Julia warf einen verwirrten Blick auf das Brett; von Schach hatte sie nicht viel Ahnung, nur elementare Kenntnisse, aber natürlich wußte sie, daß Schachmatt sich auf den König bezog. Der weiße König indes schien nicht bedroht. Fragend schaute sie erst César und dann Cifuentes an. Der lächelte gütig und nickte verzückt.

«Ja, in drei Zügen wäre er matt gewesen», bestätigte er Julia. «Wie auch immer, es hätte für den weißen König kein Entrinnen gegeben.»

«Ich verstehe überhaupt nichts mehr. Was ist denn geschehen?» fragte Julia.

Cifuentes tat einen verhaltenen kleinen Lacher.

«Dieser schwarze Läufer hätte den Gnadenstoß versetzen können, und vor dem Zug hat keiner das erkannt... Dieser Herr hat allerdings, obwohl er das genau wußte, anders gesetzt. Er hat den Läufer gezogen, um uns die korrekte Kombination anzuzeigen, hat ihn aber absichtlich auf ein falsches Feld gestellt, wo dieser Stein keine Bedrohung ist.»

«Ich verstehe immer noch nicht. Will er das Spiel denn nicht gewinnen?» fragte Julia.

Der Leiter des Capablanca-Clubs hob die Schultern.

«Das ist ja das Merkwürdige... Seit fünf Jahren kommt er her, er ist der beste Spieler, den ich kenne, aber ich habe ihn noch keine einzige Partie gewinnen sehen.»

Gerade eben schaute der Mann zu Julia auf; ihre Blicke trafen sich. Seine Sicherheit und seine im Spiel gezeigte Souveränität schienen dahin. Als hätte er in dem Moment, da die Partie zu Ende war und er die Augen wieder für die Welt öffnete, all das eingebüßt, was ihm vorübergehend den Neid und die Achtung der anderen beschert hatte. Jetzt erst sah Julia, daß er keine Krawatte trug, daß sein kastanienfarbenes Jackett zerknittert und an den Ellenbogen ausgebeult war. Am Kinn sprossen bläulich die Stoppeln eines Bartes nach, den der Mann zwischen fünf und sechs Uhr morgens, bevor er die U-Bahn oder den Bus zur Arbeit genommen hatte, rasiert haben mochte. Sogar seine Augen waren jetzt ausdruckslos, erloschen, matt, grau.

«Darf ich vorstellen», sagte Cifuentes, «Señor Muñoz, Schachspieler.»

IV. Der dritte Spieler

«Nun, Watson», sagte Holmes, «ist es nicht merkwürdig: Manchmal muß man die Zukunft kennen, bevor man die Vergangenheit erfassen kann.»
R. Smullyan

«Eine königliche Partie», urteilte Muñoz. «Etwas ungewöhnlich, aber logisch. Schwarz war am Zug.»

«Sind Sie sicher?» fragte Julia.

«Absolut.»

«Woher wissen Sie das?»

«Ich weiß es eben.»

Sie befanden sich in Julias Arbeitszimmer, vor dem mit allen verfügbaren Lichtquellen erhellten Gemälde. César saß auf dem Sofa, Julia am Tisch, und Muñoz stand unmittelbar vor dem Van Huys, etwas verwirrt.

«Möchten Sie einen Drink?»

«Nein.»

«Eine Zigarette?»

«Danke, nein. Ich rauche nicht.»

Es herrschte eine gewisse Verlegenheit. Der Schachspieler schien sich unwohl zu fühlen, stand in einem zerknitterten, zugeknöpften Trenchcoat da, als behielte er es sich vor, jederzeit und ohne Erklärung zu gehen. Er schaute scheu und mißtrauisch, sie hatten Mühe gehabt, ihn hierherzubewegen. Anfangs, als César und Julia ihm ihr Problem darlegten, hatte er unmißverständlich das Gesicht verzogen: Er hielt die zwei für übergeschnappt. Er war skeptisch und äußerst reserviert. Diese Geschichte von einem Mord im Mittelalter und einer gemalten Schachpartie, das sei doch einfach verrückt. Und selbst wenn es zutraf, was sie ihm da erzählten, verstünde er nicht recht, was er da machen solle. «Ich bin schließlich nur ein Buchhalter, ein Büromensch,» sagte er, als könnte er so für die gebührende Distanz sorgen.

«Aber Sie spielen Schach», hatte César eingewendet und sein schmeichlerischstes Lächeln aufgesetzt. Sie waren in eine Bar auf der anderen Straßenseite hinübergewechselt und saßen neben einem Spielautomaten, der sie mit seinem monotonen Geklimper immer wieder aus dem Gespräch riß.

«Ja und?» hatte Muñoz gefragt, nicht herausfordernd, sondern eher gleichgültig. «Viele Leute spielen Schach. Warum soll ausgerechnet ich...»

«Man hält Sie für den besten...»

Der Mann musterte César mit einem vieldeutigen Blick. Vielleicht bin ich es wirklich, glaubte Julia darin zu lesen, aber was tut das zur Sache? Der Beste zu sein, bedeutet nichts; wer rote Haare oder Plattfüße hat, muß ja auch nicht gleich damit hausieren gehen.

«Wenn das so wäre, würde ich an Turnieren teilnehmen und dergleichen, tue ich aber nicht», sagte der Mann.

«Warum eigentlich nicht?»

Muñoz, in seine leere Kaffeetasse starrend, zuckte die Achseln.

«Ja, warum? Keine Lust. Ich habe keine Lust zu gewinnen...» Er schaute sie an, als zweifelte er, ob sie ihn verstünden. «Mir ist das egal.»

«Ein Theoretiker also», bemerkte César ernst und mit einem ironischen Unterton, der Julia nicht entging.

Muñoz hielt dem Blick des Antiquitätenhändlers stand und suchte nach der treffenden Antwort.

«Mag sein», sagte er schließlich. «Und deswegen kann ich Ihnen wohl kaum nützlich sein.»

Er wollte schon aufstehen, aber Julia legte ihm die Hand auf den Unterarm, eine kurze Berührung, die César später, eine Braue hochgezogen, mit den Worten «typisch Frau, meine Liebe», quittierte: Die Hilfe erbittende Dame hindert den Vogel am Fortfliegen, ohne sich im Reden zu verausgaben. Er, César, hätte das nicht besser vermocht, hätte lediglich einen der Situation angemessenen kleinen Aufschrei hervorgebracht. So aber schaute Muñoz kurz auf Julias Hand herab, die sich bereits zurückzog, er blieb sitzen, sein Blick glitt über die Tischplatte, verhielt dann in der Betrachtung seiner Hände, die, mit nicht sehr sauberen Nägeln, zu beiden Seiten der Tasse ruhten.

«Wir brauchen Ihre Hilfe», sagte Julia leise. «Wirklich, es ist wichtig. Wichtig für mich und für meine Arbeit.»

Der Schachspieler neigte den Kopf etwas zur Seite und starrte dann auf ihr Kinn, als fürchtete er, ein Blick in ihre Augen könnte ihn zu etwas verpflichten, worauf er sich nicht einlassen wollte.

«Ich glaube, es interessiert mich nicht», erwiderte er schließlich.

Julia beugte sich über das Tischchen vor.

«Betrachten Sie es als eine Schachpartie, die völlig anders ist als alle, die Sie je gespielt haben... eine, die es zu gewinnen lohnt.»

«Warum sollte diese anders sein? Im Grunde ist es immer dieselbe.»

César spielte nervös mit dem Topasring an seiner rechten Hand. «Lieber Freund, Ihr Desinteresse ist mir etwas rätselhaft. Warum spielen Sie dann überhaupt?»

Muñoz überlegte. Wieder glitt sein Blick über die Tischplatte. Dann schaute er César fest in die Augen.

«Vielleicht aus demselben Grund, der auch Ihre Homosexualität erklärt», entgegnete er ruhig.

Es war, als wehte ein eisiger Hauch über den Tisch. Julia steckte sich nervös eine Zigarette an, schockiert über diese Ungehörigkeit, die Muñoz gelassen und ohne jede Feindseligkeit hervorgebracht hatte, im Gegenteil, er musterte César irgendwie aufmerksam und höflich, so als sei dies ein ganz normales Gespräch und als warte er auf die Antwort eines respektierten Partners. Sein Blick, fand Julia, war frei von Groll. Muñoz wirkte geradezu unschuldig, wie ein Reisender, der aus Unwissen fremde Sitten verletzt.

César neigte sich Muñoz nur eben ein kleines bißchen zu, mit aufgeweckter Miene und einem erheiterten Lächeln um den feinen blassen Mund.

«Lieber Freund», sagte er sanft, «so wie Sie reden und sich geben, haben Sie nichts gegen das, was ich, bescheiden, in dieser oder jener Weise verkörpern könnte... so wenig wie wohl gegen den weißen König oder Ihren Kontrahenten im Klub. Habe ich recht?»

«Im Grunde schon.»

César wandte sich an Julia:

«Siehst du, Prinzessin, alles in Ordnung. Kein Grund zur Beunruhigung... Dieser herzensgute Mensch wollte lediglich andeuten, daß er Schach spielt, weil es eben seine Natur ist.» Césars Lächeln wurde breiter, gefälliger. «Dieses Spiel verbindet sich in ihm auf *schreckliche* Weise mit Problemen, Kombinationen, Träumen... Was ist im Vergleich dazu schon ein prosaisches Schachmatt?» César lehnte sich in seinem Stuhl zurück und sagte zu Muñoz: «Ich will es Ihnen sagen. Es setzt nichts voraus und hat nichts zur Folge.» Er drehte die Hände nach außen, als lade er Julia und den Schachspieler ein, sich von der Wahrheit seiner Worte zu überzeugen. «Hab ich recht, mein Freund?... Das Schachmatt ist lediglich ein enttäuschender Endpunkt, eine erzwungene Rückkehr in die Realität.» Er rümpfte die Nase. «Zum wirklichen Leben, zum Alltag, zur Routine.»

Muñoz schwieg. Er senkte die Lider, und ein Lächeln huschte ihm über die Lippen. «Hört sich gut an», sagte er. «Ja, so ist es wohl. Es ist das erste Mal, daß es jemand so klar formuliert hat.»

«Mir ein Vergnügen, Sie in diese Materie einzuführen», sagte César mit einem kleinen Lacher, der ihm Julias mißbilligenden Blick eintrug.

Der Schachspieler hatte einiges von seiner Selbstsicherheit eingebüßt. Nun wirkte er etwas verwirrt.

«Spielen Sie auch Schach?»

Wieder ein kurzer Lacher von César. Heute ist er widerlich theatralisch, fand Julia; wie immer, wenn er das entsprechende Publikum hat.

«Ich kenne die Regeln, wie viele andere auch. Aber das Spiel begeistert mich nicht im geringsten ...» Er musterte Muñoz unvermittelt ernst. «Mein Spiel, bester Freund, besteht darin, auszuweichen, wenn das Leben mir jeden Tag erneut Schach bietet, und damit habe ich genug zu tun.» Er machte eine leicht resignierte Handbewegung, die beide einbezog. «Und wie Sie, mein Lieber, wie jeder Mensch, habe auch ich meine kleinen Tricks, die mir weiterhelfen.»

Muñoz schaute zur Eingangstür, noch verwirrt. Durch das Licht im Zimmer sah er müde aus. Mit seinen großen Ohren, die über dem Mantelkragen hervorlugten, mit der langen Nase und dem knochigen Gesicht sah er aus wie ein dürrer, verwahrloster Köter.

«Also gut, zeigen Sie mir das Bild», befahl er.

Da standen sie nun und warteten auf Muñoz' Urteil. Der war zunächst verlegen, weil er sich mit einer hübschen jungen Frau, einem Antiquitätenhändler mit zweifelhaften Neigungen und einem dubiosen Gemälde in einer fremden Wohnung befand, aber er verlor seine Scheu in dem Maße, wie ihn die Schachpartie auf dem Bild zu fesseln begann. Während der ersten Minuten hatte er reglos und stumm dagestanden, in die Partie vertieft, in einigem Abstand und die Hände auf dem Rücken, nicht anders als die Neugierigen im Capablanca-Club, bemerkte Julia. Sie schwiegen eine Weile. Dann bat Muñoz um Bleistift und Papier, überlegte noch einmal kurz, beugte sich dann über den Tisch und notierte das Spiel, wobei er in Abständen aufschaute und die Positionen der Figuren verglich.

«Aus welchem Jahrhundert ist das Bild?» fragte er. Schon hatte er ein Quadrat gezeichnet und es mit horizontalen und vertikalen Strichen in vierundsechzig Felder geteilt.

«Ende fünfzehntes» antwortete Julia.

Muñoz runzelte die Stirn.

«Das Datum ist wichtig. Zu jener Zeit galten schon fast dieselben Schachregeln wie heute. Davor wurden einige Figuren anders gezogen. Die Dame zum Beispiel durfte lediglich diagonal und nur um ein Feld verrückt werden, später durften es drei Felder sein. Und die Rochade mit dem König gibt es erst seit dem Mittelalter.» Erneut vertiefte er sich in das Gemälde. «Falls diese Partie nach den heutigen Regeln gespielt wurde, können wir sie vielleicht aufschlüsseln. Anderenfalls wird es schwierig.»

«Es wurde im heutigen Belgien gemalt, um 1470», präzisierte César.

«Dann gibt es wahrscheinlich kein Problem. Zumindest kein unlösbares.»

Julia erhob sich von ihrem Platz am Tisch, trat vor das Bild und sah sich die Positionen der gemalten Figuren an.

«Woher wissen Sie, daß Schwarz zuletzt am Zug war?»

«Das ist offensichtlich, man braucht sich nur den Figurenstand anzuschauen. Oder die Spieler.» Muñoz wies auf Ferdinand von Ostenburg. «Der linke hier wirkt gelöster, fast abgelenkt, wie wenn er sich statt dem Brett den Zuschauern zuwendet…» Er wies auf Roger von Arras: «Der andere überdenkt zweifellos den letzten Zug des Gegners. Sehen Sie, wie er sich konzentriert?» Er schaute auf seine Skizze. «Läßt sich auch mit einer anderen Methode ermitteln, und mit der werden wir arbeiten: die retrospektive Analyse.»

«Was für eine Analyse?»

«Die retrospektive. Von einer bestimmten Position aus wird die Partie rückläufig rekonstruiert, um nachher die Folgerichtigkeit dieser Position zu bestätigen. Eine Art verkehrtes Schach, rückwärts, von den Ergebnissen zu den Ursachen.»

«Wie Sherlock Holmes», kommentierte César fasziniert.

«Könnte man sagen.»

Julia hatte sich Muñoz zugewandt und musterte ihn ungläubig. Bisher war Schach für sie ein Spiel gewesen, mit etwas komplizierteren Regeln als denen von Tricktrack oder Domino, es setzte einfach ein bißchen mehr Konzentration und Intelligenz voraus. Deswegen beeindruckte sie Muñoz' Herangehensweise an den Van Huys so sehr. Der dreigeteilte Raum – Spiegel, Zimmer, Fenster –, der für den von Pieter Van Huys wahrgenommenen Augenblick den Rahmen bildete und der sie selbst aufgrund der geschickten künstlerischen Umsetzung und der optischen Wirkung in einen solchen Schwindel versetzt hatte, war für Muñoz offensichtlich etwas ganz Normales, ein vertrauter Raum am Rande der Zeit und der Personen, ein Raum, in dem Muñoz sich nach Belieben frei hin und her zu bewegen schien, imstande, den Rest zu ignorieren und stets unmittelbar die Positionen der Schachfiguren einzunehmen, sich verblüffend natürlich ins Spiel hineinzuversetzen. Und je mehr sich Muñoz auf *Die Schachpartie* konzentrierte, desto mehr legte er seine anfängliche Verwirrung ab, die in der Bar an den Tag gelegte defensive Scheu, plötzlich, so schien es, war er wieder der gleichmütige, selbstsichere Spieler, wie sie ihn im Capablanca-Club erlebt hatte. Es erforderte offenbar nur ein Schachbrett, und der schüchterne, unentschieden graue Mann war wieder die Gefaßtheit und Selbstsicherheit in Person.

«Sie meinen, es ist möglich, die Partie dieses Gemäldes bis an den Anfang zurückzuspielen?»

Muñoz machte wieder eine ausweichende Geste.

«Ob bis zum Anfang, weiß ich nicht... Aber einige Züge zu rekonstruieren, das wird uns wohl gelingen.» Er betrachtete das Bild, als sähe er es in ganz neuem Licht. «Und ich glaube, das genau bezweckte der Maler», sagte er zu César.

«Und genau das sollen Sie herausfinden», erwiderte der Antiquitätenhändler. «Die Frage lautet: Wer hat da einen Springer geschlagen?»

«Den weißen. Es befindet sich nur einer außerhalb des Spiels», präzisierte Muñoz.

«Wie wahr, lieber Watson», sagte César mit einem Lächeln.

Der Schachspieler hörte den Scherz nicht, oder aber er überhörte ihn. Er schien keinen Sinn für Humor zu haben. Julia trat ans Sofa, setzte sich neben César, fasziniert wie ein junges Mädchen bei einem aufregenden Schauspiel. Muñoz hatte die Skizze nun fertig und zeigte sie.

«Dies», so erklärte er, «ist die Position der einzelnen Figuren»:

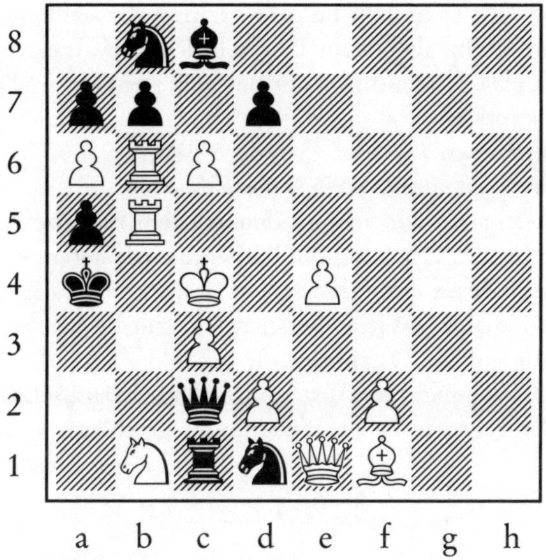

«Wie Sie sehen, habe ich jedem Kästchen Koordinaten gegeben, um Ihnen die Ortung der einzelnen Steine zu erleichtern. So sieht es aus der Perspektive des rechten Spielers aus...»

«Roger von Arras», sagte Julia.

«Roger von Arras, oder wie auch immer er heißt. Aus seiner Perspektive jedenfalls numerieren wir die Felder senkrecht von 1–8, versehen sie waagerecht mit den Buchstaben a bis h.» Er zeigte mit dem Bleistift auf die Zeichen. «Es gibt noch andere, technisch bessere Notierungen, doch das würde Sie vielleicht verwirren.»

«Und jedes Zeichen da entspricht einer Figur?»

«Ja. Es sind konventionelle Zeichen, schwarz die einen und weiß die anderen. Hier habe ich die Symbole für die verschiedenen Figuren hingezeichnet.»

«…So läßt sich auch bei nur geringen Schachkenntnissen leicht ermitteln, daß, zum Beispiel, der schwarze König auf Feld a4 steht. Und auf f1, zum Beispiel, steht ein weißer Läufer… Sie verstehen?»

«Vollkommen.»

Muñoz zeigte ihnen noch weitere Zeichen.

«Bisher haben wir uns mit den auf dem Brett befindlichen Figuren befaßt. Doch um die Partie zu analysieren, muß man auch die anderen einbeziehen. Die geschlagenen.» Er schaute auf das Gemälde. «Wie heißt der Spieler zur Linken?»

«Ferdinand von Ostenburg.»

«Also, Ferdinand von Ostenburg, der Schwarz setzt, hat die folgenden gegnerischen weißen Figuren geschlagen»:

♗ ♘ ♙ ♙

«…also einen Läufer, einen Springer und zwei Bauern. Roger von Arras hingegen hat seinem Gegner folgende Figuren weggenommen»:

♟ ♟ ♟ ♟ ♜ ♝

«Vier Bauern, einen Turm und einen Läufer.» Muñoz betrachtete nachdenklich seine Skizze. «Wenn man sich die Partie so anschaut, ist Weiß also im Vorteil, er hat Turm, Bauern und so weiter geschlagen. Aber wenn ich recht verstehe, ist das nicht die Frage, sondern: Wer schlug den Springer? Natürlich war es ein schwarzer Stein, was wie eine Binsenweisheit klingt, aber hier muß man wirklich Schritt für Schritt vorgehen, von Anfang an.» Er schaute César und Julia entschuldigend an. «Nichts ist trügerischer als das Offensichtliche. Dies ist ein auf das Schachspiel anwendbares logisches Prinzip. Was offenkundig scheint, muß nicht immer auch geschehen sein, oder im Begriff sein zu passieren… Zusammengefaßt: Wir haben herauszufinden, welcher im Spiel befindliche oder geschlagene schwarze Stein den weißen Springer geschlagen hat.»

«Beziehungsweise den Ritter getötet», sagte Julia.

Muñoz machte eine ausweichende Geste.

«Das ist nicht mehr mein Fall, Señorita.»

«Sie können mich Julia nennen.»

«Nun, das ist nicht mehr meine Sache, Julia...» Er starrte auf seine Skizze, als wäre da der Wortlaut eines Dialogs verzeichnet, von dem er den Faden verloren hatte, und fuhr dann fort: «Ich meine, Sie haben mich kommen lassen, damit ich Ihnen sage, welche Figur den Springer geschlagen hat. Wenn Sie bei dieser Ermittlung auch noch zu anderen Schlüssen gelangen oder Hieroglyphen entziffern, um so besser.» Nun schaute er die zwei gefaßter an, wie meistens nach einer Feststellung technischer Art, als gäben ihm seine zunehmenden Erkenntnisse Selbstvertrauen. «Jedenfalls ist das dann Ihre Angelegenheit. Ich bin hier zu Besuch, bin lediglich der Schachspieler.»

César fand seine Überlegungen vernünftig.

«Nichts dagegen einzuwenden», bemerkte er und sagte dann zu Julia: «Er tut die Schritte, und wir interpretieren sie... Teamarbeit, meine Beste.»

Julia steckte sich eine weitere Zigarette an, nahm einen Zug und nickte zustimmend. Sie war zu gespannt, als daß sie sich bei Einzelheiten aufgehalten hätte. Sie legte ihre Hand auf Césars Hand, spürte dabei den sanften, regelmäßigen Puls unter der Haut der Handwurzel. Dann schlug sie die Beine übereinander.

«Wie lange es wohl dauert, bis das Rätsel gelöst ist?»

Muñoz kratzte sich das schlecht rasierte Kinn.

«Weiß ich nicht. Eine halbe Stunde, eine Woche... kommt ganz darauf an.»

«Worauf?»

«Auf viele Dinge. Ob ich mich konzentrieren kann. Hängt auch von glücklichen Zufällen ab.»

«Und können Sie jetzt gleich loslegen?»

«Aber ja. Ich bin schon dabei.»

«Also los!»

Doch in diesem Augenblick klingelte das Telefon. Die Schachpartie mußte vertagt werden.

Viel später versicherte Julia, sie habe geahnt, was passiert war; doch gab sie auch zu, daß es im nachhinein leicht ist, das zu behaupten. Auch sei ihr, versicherte sie, schon in jenem Augenblick bewußt gewesen, auf wie schlimme Weise sich alles komplizieren würde. Im Grunde, das merkte sie bald, hatten die Komplikationen schon weit früher begonnen, auch wenn zu jenem Zeitpunkt noch nicht offensichtlich war, daß sie irreversibel waren. Recht besehen, konnte man sagen, daß sie im Jahre 1469 angefangen hatten, als jener Söldner, eine der Nachwelt nicht überlieferte niedere Charge, die gefettete Sehne seiner Schußwaffe spannte, sich am Festungsgraben des Schlosses von Ostenburg auf die Lauer legte und mit der Geduld eines Jägers auf jenen wartete, für dessen Haut er die in seiner Tasche hell klingenden Goldstücke erhalten hatte.

Anfangs wirkte der Polizist nicht allzu unsympathisch, sofern man die Umstände bedenkt und daß er eben ein Polizist war; allerdings hob ihn der Tatbestand, daß er der Abteilung Kunstkriminalität angehörte, von seinen sonstigen Amtskollegen nicht sonderlich ab. Bestenfalls hatte der berufsbedingte Umgang in kultivierterem Milieu dazu geführt, daß er in gepflegterem Ton «Guten Tag» oder «Nehmen Sie bitte Platz» sagte, außerdem bewies er ein bißchen mehr Geschmack mit seinen Krawatten. Auch redete er äußerst langsam, verausgabte sich nicht übermäßig, und er nickte oft und an unpassender Stelle, doch Julia kam nicht dahinter, ob er mit diesem Tick nicht vielleicht das Vertrauen seiner Befragten gewinnen wollte und seine Tattrigkeit nur gespielt war. Im übrigen war er klein und dick, trug einen braunen Anzug und hatte einen auffälligen mexikanischen Schnauzer. Und was die Kunst an sich betraf, da hielt sich Hauptkommissar Feijoo bescheiden für einen dilettierenden Kenner: Er sammelte alte Messer.

All das beobachtete Julia auf einem Polizeirevier des Paseo del Prado, in den fünf Minuten nach Feijoos bruchstückhaftem Bericht, auf wie makabere Weise Álvaro zu Tode gekommen war. Daß Professor Ortega beim Duschen in der Badewanne ausgeglitten war und man ihn dort mit zertrümmertem Schädel aufgefunden hatte, war in der Tat tragisch. Den Inspektor schien der Fall nicht weniger zu bekümmern als Julia, während er im einzelnen erzählte, wie Álvaros Putzfrau diesen aufgefunden hatte. Jedoch – und hier hatte Feijoo nach den rechten Worten gesucht und die junge Frau betroffen angeschaut, als gehöre so etwas eben zum traurigen Schicksal des Menschen – die Gerichtsmedizin sei da leider auf gewisse beunruhigende Indizien gestoßen: Es ließ sich nicht eindeutig feststellen, ob es sich tatsächlich um einen Unfall handelte. In anderen Worten, es bestand die Möglichkeit, die *Möglichkeit*, hatte der Kommissar wiederholt, daß der Schädelbruch nicht vom Aufschlag herrührte, sondern von einem harten Gegenstand.

Julia hatte sich ungläubig auf dem Tisch abgestützt. «Wollen Sie damit sagen, es hat ihn vielleicht jemand umgebracht?»

Der Beamte versuchte sie zu beschwichtigen: «Ich habe lediglich von einer Möglichkeit gesprochen. Die Ergebnisse der ersten Untersuchungen und der ersten Autopsie sprechen generell für einen Unfall.»

«Generell? Wovon reden Sie überhaupt?»

«Von den Dingen, wie sie sind. Es gibt da Details, etwa die Form der Fraktur, die Lage, in der die Leiche aufgefunden wurde... technische Einzelheiten, die ich Ihnen lieber erspare, die uns aber zu denken geben, die Anlaß bieten zu berechtigten Zweifeln.»

«Das ist doch lächerlich!»

«Ich würde Ihnen nur zu gerne zustimmen...» Der mexikanische Schnurrbart verzog sich zu einer bekümmerten schrägen Linie. «Anderenfalls aber würde alles ganz anders aussehen: Professor Ortega wurde mit einem Schlag auf den Hinterkopf getötet, anschließend entkleidet und nackt unter die Dusche gelegt, um einen Unfall vorzutäuschen... Im Augenblick läuft eine zweite gerichtsmedizinische Untersuchung, die klären soll, ob der Verstorbene eventuell nicht nur einen, sondern zwei Schläge erlitt; einen, der ihn niederstreckte, und dann noch einen, der sicherstellen sollte, daß er auch wirklich tot war.» Der Kommissar hatte sich in seinen Stuhl zurückgelehnt, die Hände im Schoß, er hatte die junge Frau genüßlich angeschaut und hinzugefügt: «Freilich sind das nur Hypothesen.»

Julia starrte ihr Gegenüber an, als fühlte sie sich durch einen üblen Scherz auf den Arm genommen. Sie konnte einfach nicht glauben, was sie da gehört hatte, war außerstande, einen Bezug zwischen Álvaro und dem Bericht Feijoos herzustellen. Eine Stimme in ihrem Innern raunte ihr zu, es müsse sich um eine Verwechslung handeln. Absurd die Vorstellung, daß ihr Freund Álvaro wie ein Karnickel durch einen Schlag auf den Hinterkopf zu Tode gekommen sein sollte. Und daß er nackt dagelegen haben sollte, mit offenen Augen unter dem eiskalten Wasserstrahl. Barer Unsinn. Ob Álvaro selber Zeit gehabt hatte, sich das Groteske von alldem zu vergegenwärtigen, fragte sie sich.

«Gesetzt, es war kein Unfall», sagte sie nach kurzem Überlegen, «wer könnte Grund gehabt haben, ihn umzubringen?»

«Das ist, wie man im Film so sagt, eine gute Frage.» Der Beamte biß sich auf die Unterlippe – eine Gebärde, in der sich berufliche Vorsicht ausdrückte. «Ehrlich gesagt, ich habe nicht die geringste Ahnung.» Es klang zu überschwenglich, als daß man es ihm hätte glauben können; offensichtlich legte er die Karten nicht offen auf den Tisch. «Im Grunde baue ich auf Ihre Hilfe bei der Aufklärung des Falles», fügte er nach einer Pause hinzu.

«Auf meine Hilfe? Wieso?»

Der Kommissar musterte Julia vom Scheitel bis zu den Zehenspitzen, und sein Blick war nun nicht mehr freundlich und zuvorkommend, sondern anbiedernd, als wolle er einen dubiosen Pakt mit ihr schließen.

«Sie hatten mit dem Verstorbenen eine Beziehung ... Sie verzeihen, aber das gehört zu meinem Job.» So genüßlich er jetzt unter dem Schnurrbart hervorgrinste, schien ihm diese Aufgabe aber durchaus Freude zu machen. Julia holte eine Zigarette hervor, worauf er übertrieben galant eine Streichholzschachtel mit dem Namen eines Viersternerestaurants zückte und ihr Feuer gab. «Ich meine eine ... Geschichte. Habe ich recht?»

«Sie haben recht.» Julia blies den Rauch aus und kniff dabei die

Augen etwas zusammen. Eine Geschichte, hatte der Polizist gesagt und mit diesem Begriff ein ganzes Stück ihres Lebens zusammengefaßt, das eine noch nicht verheilte Wunde war. Und bestimmt weidete sich dieser gemeine Fettwanst mit seinem lächerlichen Schnauzer innerlich, während er sie abschätzte wie ein Stück Vieh. Nicht übel, die kleine Freundin des Toten, würde er seinen Kollegen in der Bar bei der Polizeiwache beim Bier versichern. Der würde ich gerne mal einen Gefallen tun.

Doch andere Aspekte ihrer eigenen Situation machten ihr größere Sorgen. Álvaro tot! Vielleicht ermordet. Absurd oder nicht, sie befand sich auf einer Polizeiwache, und da waren zu viele dunkle Punkte, die sie nicht verstand. Gewisse Dinge nicht zu verstehen, konnte aber gefährlich sein.

Ihr ganzer Körper war angespannt, konzentriert, auf Verteidigung eingestellt. Und Feijoo war nun nicht mehr mitfühlend und gütig. Alles Taktik, sagte sie sich. Aber viel Anstand konnte sie von ihm wohl auch nicht erwarten. Er war eben nur ein Polizist, dumm und vulgär wie alle anderen Polizisten auch. Und sah man die Dinge einmal mit seinen Augen, war sie das einzige, was er von dem Opfer zur Hand hatte, sie, die Exfreundin des Toten. Der einzige Faden, an dem er ziehen konnte.

«Aber diese Geschichte liegt weit zurück», sagte sie und aschte in den makellos sauberen Aschenbecher Feijoos, der voller Büroklammern war. «Es ist über ein Jahr her. Aber das wissen Sie sicher auch schon.»

Der Kommissar stützte sich mit den Ellenbogen auf den Tisch und neigte sich zu ihr vor.

«Ja», sagte er mit geradezu vertraulichem Ton, als wollte er signalisieren, daß sie auf dieser Höhe des Geschehens schon so etwas wie alte Verbündete waren und er ganz auf ihrer Seite stand. Dann lächelte er, als dächte er an ein Geheimnis, das er eifersüchtigst wahren wolle: «Aber Sie haben ihn noch vor drei Tagen gesprochen.»

Julia überspielte ihre Überraschung und schaute den Polizisten an, als habe sie soeben einen ausgesprochenen Blödsinn vernommen. Natürlich hatte Feijoo an der Universität nachgeforscht. Ob die Sekretärin oder der Hausmeister, jeder konnte es ihm erzählt haben. Was wäre da auch zu verheimlichen gewesen?

«Ich habe ihn gebeten, mir bei einem Gemälde zu helfen, das ich zur Zeit restauriere», sagte sie und wunderte sich, daß der Beamte keine Notizen machte. Das gehörte wohl zu seiner Methode: Die Leute reden ungezwungener, wenn sie glauben, ihre Worte verhallen in der Luft. «Wir haben uns etwa eine Stunde lang in seinem Büro unterhalten, was Sie aber offensichtlich sowieso schon wissen. Wir waren sogar für später verabredet, doch dazu ist es nicht gekommen.»

Feijoo drehte die Streichholzschachtel zwischen seinen Fingern.

«Worüber haben Sie mit ihm gesprochen? Verzeihung, ich will wirklich nicht indiskret sein. Aber ich brauche Ihre Hilfe. Entschuldigen Sie diese sozusagen persönlichen Fragen. Ich versichere Ihnen, es ist reine Routine.»

Julia zog an ihrer Zigarette und musterte ihn schweigend. Dann schüttelte sie bedächtig den Kopf.

«Sie halten mich wohl für vollkommen bescheuert.»

Der Polizist kniff die Augen zusammen und richtete sich in seinem Stuhl etwas auf.

«Verzeihung, ich weiß nicht, was Sie meinen.»

«Das will ich Ihnen gern sagen!» Sie drückte die Zigarette energisch in den kleinen Klammerhaufen und ignorierte den mürrischen Blick, mit dem der Polizist die Geste verfolgte. «Ich bin sehr wohl bereit, auf Ihre Fragen zu antworten. Aber bevor wir weitermachen, möchte ich von Ihnen wissen, ob Álvaro gegen den Wannenrand gefallen ist oder nicht.»

«Eigentlich fehlen die Beweise», erwiderte Feijoo, der sich nun ein wenig in die Ecke getrieben fühlte.

«Dann ist diese Unterhaltung überflüssig. Falls Sie aber davon ausgehen, daß an Álvaros Tod etwas faul ist, und nun aus mir was herausbekommen wollen, dann sagen Sie mir auf der

Stelle, ob Sie mich hier als Verdächtige verhören. Sollte das so sein, gibt es zwei Möglichkeiten: Entweder ich gehe auf der Stelle, oder ich verlange einen Anwalt.»

Der Polizist hob besänftigend die Hände.

«Jetzt mal immer mit der Ruhe.» Er lächelte gequält, rutschte auf seinem Stuhl hin und her und suchte nach den passenden Worten. «Als offizielle Version gilt bisher, daß Professor Ortega verunglückt ist.»

«Und wenn Ihre großartigen Gerichtsmediziner sich am Ende für die andere Version entscheiden?»

«Dann...» Feijoo machte eine vage Handbewegung, «dann würden Sie nicht mehr und nicht weniger verdächtigt als jede andere Person, die mit dem Verstorbenen in Verbindung gestanden hat. Stellen Sie sich die Liste der Kandidaten mal vor!»

«Das genau ist das Problem. Ich kann mir nicht vorstellen, daß irgendwer es fertiggebracht haben könnte, Álvaro zu töten.»

«Nun, das ist Ihre Auffassung. Ich sehe es anders: durchgefallene Studenten, neidische Kollegen, verzweifelte Geliebte, rasende Ehemänner...» Als die Finger einer Hand nicht mehr ausreichten, ließ er vom Zählen ab. «Nein, Tatsache ist, Sie sind für uns eine äußerst wichtige Zeugin!»

«Warum? Stehe ich für Sie in der Rubrik der verzweifelten Geliebten?»

«So weit gehe ich nicht, Señorita. Aber immerhin haben Sie sich wenige Stunden vor dem Unfall... oder dem Mord ... mit ihm getroffen.»

«Stunden?» Jetzt war Julia ernstlich verwirrt. «Stunden? Wann genau ist er gestorben?»

«Vor drei Tagen. Am Mittwoch, zwischen zwei Uhr nachmittags und zwei Uhr nachts.»

«Das kann nicht sein! Da muß ein Irrtum vorliegen.»

«Irrtum?» Der Kommissar musterte Julia nun mit offenem Argwohn. «Irrtum ausgeschlossen. So lautet das Ergebnis der Gerichtsmediziner.»

«Aber das kann nicht sein. Da fehlen vierundzwanzig Stunden.»

«Wie kommen Sie darauf?»

«Noch am Donnerstagabend, einen Tag nach meinem Treffen mit ihm, hat er mir in meine Wohnung Unterlagen geschickt, um die ich ihn gebeten hatte.»

«Was für Unterlagen?»

«Material zu dem Gemälde, an dem ich gerade arbeite.»

«Kamen die Unterlagen per Post?»

«Ein Bote hat sie am Donnerstagabend gebracht.»

«Erinnern Sie sich, von welcher Firma?»

«Ja, Urbexpress. Es war gegen acht Uhr abends... Wie ist das bloß möglich?»

Der Polizist seufzte skeptisch.

«Keine Ahnung. Zu dem Zeitpunkt war Álvaro Ortega schon vierundzwanzig Stunden tot, also kam das Paket nicht von ihm. Irgend jemand...» Feijoo unterbrach sich kurz, um Julia nicht zu überrumpeln. «Jemand hat es für ihn erledigt.»

«Jemand? Aber wer?»

«Der, der ihn umgebracht hat, falls er denn umgebracht wurde. Der vermeintliche Mörder. Oder die Mörderin...» Der Polizist schaute Julia forschend an. «Merkwürdig, daß man bei Verbrechen immer gleich an einen männlichen Täter denkt...» Ihm schien etwas einzufallen. «Lag dieser angeblich von Álvaro Ortega geschickten Sendung irgendein Brief oder eine Notiz bei?»

«Es war nur das Material. Aber warum sollte die Sendung nicht von ihm stammen? Ich bin sicher, hier liegt ein Irrtum vor.»

«Kein Irrtum. Ortega ist am Mittwoch gestorben und Sie haben die Unterlagen am Donnerstag bekommen. Oder aber der Kurierdienst hat sich verspätet...»

«Auf keinen Fall. Das Datum war das vom Donnerstag.»

«War jemand bei Ihnen an jenem Abend? Ich meine, jemand, der es bezeugen könnte?»

«Ja, Menchu Roch und César Ortiz de Pozas.»

Der Polizist starrte sie an. Diesmal war er offenbar wirklich überrascht.

«Don César? Der Antiquitätenhändler aus der Prado-Straße?»

«Genau der. Sie kennen ihn?»

Feijoo zögerte, dann bejahte er. Er kenne ihn, beruflich. Doch er habe nicht gewußt, daß sie mit ihm befreundet sei.

«Da können Sie mal sehen.»

«Ja, ich sehe.»

Der Polizist klopfte mit dem Kugelschreiber auf die Tischplatte. Ihm schien plötzlich gar nicht mehr so wohl in seiner Haut zu sein, und das hatte seine Gründe. Tags darauf erfuhr Julia von César, daß Hauptkommissar Casimiro Feijoo keineswegs ein vorbildlicher Beamter war. Der berufliche Umgang mit der kleinen Welt der Kunst und der Antiquitäten ermöglichte es ihm, sein Monatsgehalt durch Extraeinnahmen aufzurunden. Wenn er gestohlene Gegenstände wiederfand, verschwand hin und wieder ein Stück durch die falsche Tür. Verläßliche Mittler hatten ihre Hände im Spiel und gaben Prozente vom Gewinn ab. Und wie es das Leben so wollte, César war einer von ihnen.

«Und dennoch, zwei Zeugen, das beweist noch gar nichts. Ich könnte mir die Unterlagen ja selbst geschickt haben», sagte Julia, die über Feijoos Machenschaften noch nicht im Bilde war.

Feijoo nickte wortlos, nun aber offenkundig mit aufmerksamerem Blick, zuvorkommender, was allerdings – so begriff Julia später – ganz bestimmte Gründe hatte.

«Jedenfalls ist die ganze Geschichte äußerst merkwürdig», schloß er.

Julia starrte ins Leere, für sie war das nicht mehr nur merkwürdig, sondern eine Katastrophe.

«Ich verstehe nicht, wer so sehr daran interessiert gewesen sein könnte, daß ich die Unterlagen bekam.»

Feijoo biß sich auf die Unterlippe und holte aus einem Schubfach einen Notizblock hervor. Er strich sich über den

Schnurrbart und grübelte. Augenscheinlich war es ihm eher lästig, sich in dieses Durcheinander hineingezogen zu sehen.

«Auch dies, Señorita», murmelte er und machte lustlos erste Notizen, «auch dies ist eine gute Frage.»

Sie blieb im Portal stehen und fühlte sich von den Wachen beobachtet. Dort drüben, hinter den Bäumen der Avenida, war die klassizistische Fassade des Museums zu sehen, angestrahlt von den Scheinwerfern aus der nahen Parkanlage, die zwischen Bänken, Statuen und den steinumsäumten Fontänen installiert waren. Es nieselte, und auf dem Asphalt spiegelten sich die Lichter und der gebieterische Wechsel vom Grün, Gelb und Rot der Ampeln.

Julia schlug den Kragen ihrer Lederjacke hoch, setzte den Weg auf dem Gehsteig fort, vernahm in den leeren Hauseingängen das sich brechende Echo ihrer Schritte. Es herrschte kaum Verkehr, nur ab und zu strahlte ein Auto sie von hinten an und ihr Körper warf einen langen schmalen Schatten, der bebend schrumpfte und seitwärts verschwand, während das Motorgeräusch in ihrem Rücken schwoll, dann an ihr vorbeibrauste, den ohnmächtigen Schatten gegen die Wand klatschte, und dann, als sich der Wagen die Straße hinauf entfernte, waren zwei rote Leuchten zu sehen, und auf dem nassen Asphalt zwillingshaft weitere zwei.

Sie blieb an einer Ampel stehen, und während sie auf Grün wartete, sah sie im Dunkeln weitere grüne Lichter, die Lämpchen der Taxis, weitere Ampeln, die die Avenida säumten, eine ferne Neonreklame, blau und gelb, auf einem gläsernen Hochhaus, in dessen erhelltem obersten Stock jemand saubermachte oder zu dieser späten Stunde noch arbeitete. Es wurde grün, Julia überquerte die Straße und suchte nun nach roten Lichtern, die in der Großstadtnacht auffällig häufiger vertreten waren. Doch nun mischte sich das blaue Blinken eines Polizeiautos dazwischen, fern und wie ein stummes Bild; Julia hörte keine Sirene. Autorot, Ampelgrün, Neonblau, Blinkblau, dies waren, so überlegte sie, die geeigneten Farben, um diese seltsame

Landschaft zu malen, die erforderliche Palette zur Ausführung eines Gemäldes, das man ironisch *Nocturno* nennen und in der Galerie Roch ausstellen könnte, doch müßte man Menchu den Titel sicher erst erklären. Und das alles müßte mit Schwarztönen kombiniert werden: Dunkelschwarz, Schummerschwarz, Angstschwarz, Einsamkeitsschwarz.

Hatte sie wirklich Angst? Normalerweise wäre diese Frage Anlaß zu philosophischen Diskussionen gewesen, in trautem Freundeskreis, in irgendeinem gemütlichen, wohlbeheizten Zimmer, am Kamin bei halb geleerter Flasche. Die Angst als unvorhersehbarer Faktor, als Anlaß erschütternder Erkenntnis: daß man die Wirklichkeit plötzlich ganz bewußt wahrnimmt, obwohl sie auch sonst gegenwärtig ist. Die Angst als Zerstörung der Unschuld, als Ende eines Zustandes der Gnade. Die Angst als Sünde.

Aber während Julia jetzt durch die Farben der Nacht wandelte, war das, was sie empfand, alles andere als eine philosophische Frage. In geringerem Maße hatte sie freilich schon öfter Angst verspürt: das Gefühl, wenn der Tacho eine Geschwindigkeit anzeigt, die die vernünftige Grenze überschreitet, während die Landschaft rechts und links vorbeirauscht und die durchbrochene Trennlinie auf dem Asphalt zu einer Folge von Leuchtspurgeschossen wird wie in Kriegsfilmen, geschluckt vom gefräßigen Bauch der Autos. Oder das Gefühl von Leere, von unauslotbarer Tiefe und Bläue, wenn man sich von einem Boot ins Meer fallen läßt und dann spürt, wie das Wasser über die nackte Haut gleitet und einen plötzlich der Gedanke durchzuckt, daß man vielleicht nie wieder festen Boden unter die Füße bekommen wird. Und dazu jene anderen vagen Schrecken, die einen in den Träumen befallen, launige Gefechte zwischen Imagination und Vernunft, wobei fast immer schon ein Willensakt ausreicht, sie in die Erinnerung zu verbannen oder sie zu vergessen, kaum daß man die Augen aufschlägt und in die vertrauten Schatten des Schlafzimmers schaut.

Doch die Angst, die Julia hier soeben entdeckt hatte, war ganz anderer Natur: neu, ungewöhnlich, unbekannt, gewürzt vom Schatten des Bösen, dem Ursprung von Schmerz und Leiden. Das Böse, eine Kraft, die den Duschhahn über dem Antlitz des Ermordeten aufdrehte. Das Böse, das man nur mit dem Schwarz der Finsternis, des Schummers, der Einsamkeit malen kann.

Álvaro ermordet? Eine Hypothese, weiter nichts, sann sie, den Blick auf ihren Schatten gerichtet. Einer rutscht in der Badewanne aus, poltert die Treppe hinunter oder fährt bei Rot über die Kreuzung – und ist tot. Und auch mit Gerichtsmedizinern und Polizisten geht vielleicht manchmal die Phantasie durch. All das war sicher. Doch irgend jemand hatte ihr Álvaros Bericht zukommen lassen, als dieser bereits vierundzwanzig Stunden tot war. Das war keine Hypothese. Das Material lag bei ihr zu Hause, in einer Schublade. Das war eine Tatsache.

Sie erschauerte und drehte sich um; vielleicht wurde sie ja verfolgt. Und tatsächlich sah sie da jemanden. Schwer zu sagen, ob es wirklich ein Verfolger war. Die Gestalt ging etwa fünfzig Meter hinter ihr und wurde immer wieder kurz beleuchtet, von den Lichtreflexen der Fassade des Museums, die durch die Baumkronen blitzten.

Julia ging schnell weiter, den Blick nach vorn gerichtet. Am liebsten wäre sie gerannt, doch sie bezähmte jeden Muskel, es war wie in Kindertagen, wenn sie in den finsteren Hauseingang tauchte, ehe sie dann mit langen Schritten die Treppe hinaufraste und an die Wohnungstür klopfte. Hier setzte sich die an Normalität gewohnte Vernunft durch. Losrennen, nur weil fünfzig Meter hinter ihr ein anderer in dieselbe Richtung ging, war dumm, geradezu lächerlich. Andererseits, auf nur halbwegs erleuchteter Straße gemütlich schlendern, mit einem möglichen Totschläger im Rücken, wie hypothetisch auch immer, das war nicht nur dumm, sondern selbstmörderisch. Sie schwankte kurz zwischen diesen beiden Überlegungen und unterdrückte dann die Angst. Ihre rege Phantasie spielte ihr manchmal ganz schöne Streiche! Sie atmete tief durch und drehte sich mit etwas Selbstironie noch einmal um. Der Fremde war jetzt um einige Meter näher. Da spürte sie wieder Angst.

Vielleicht war Álvaro wirklich ermordet worden, und der Mörder hatte ihr anschließend das Material zugestellt. Es gab offenbar eine Verbindung zwischen der *Schachpartie*, Álvaro, Julia und dem angeblichen, möglichen oder weiß der Teufel wie zu nennenden Mörder. Ich stecke bis zum Hals in der Sache drin, durchfuhr es sie, und sie fand ihre Befürchtungen nun durchaus berechtigt. Sie schaute sich um, suchte nach irgendeinem Menschen, zu dem sie flüchten, den sie um Hilfe bitten oder bei dem sie sich einfach einhaken könnte und ihn bitten, sie fortzuführen, weit weg von hier. Oder sie kehrte zur Polizeiwache zurück. Aber wie? Der Fremde hier versperrte ihr den Weg. Ein Taxi nehmen? Nirgends ein grünes Lichtlein zu sehen – das Grün der Hoffnung. Ihr Mund war trocken, die Zunge klebte am Gaumen. Ruhe bewahren! Ruhig Blut! schärfte sie sich ein. Reiß dich zusammen, so was Albernes, am Ende bringst du dich in Gefahr. Und sie faßte sich; gerade so weit, daß sie losrannte.

Ein Klagelaut der Trompete, zerrissen und einsam. Miles Davis und die Wohnung im Halbdunkel, erhellt nur von einer auf das Gemälde gerichteten kleinen Bodenleuchte. Die Wanduhr mit ihrem Tick-tack und matten metallischen Reflex, wenn das Pendel den weitesten Ausschlag nach rechts erreichte. Ein Aschenbecher mit aufsteigendem Rauch, ein Glas mit Wein- und Wodkaresten auf dem Teppich neben dem Sofa. Julia saß auf dem Sofa, sie hatte die Beine angewinkelt und diese mit den Armen umschlungen, eine Haarsträhne hing ihr ins Gesicht. Die Augen, mit geweiteten Pupillen, starrten gradaus, auf das Bild, ohne es eigentlich recht wahrzunehmen, sie peilten einen idealen Punkt an zwischen der Oberfläche der Leinwand und der Landschaft im Hintergrund, auf halbem Wege zwischen den beiden Schachspielern und der am Fenster sitzenden Dame.

Sie saß reglos da und hatte jegliches Zeitgefühl verloren, spürte die Musik sanft durch ihr Hirn schweifen, zusammen mit den Wodkanebeln, sie fühlte die Wärme ihrer nackten

Schenkel und Knie gegen die Arme. Mitunter hob sich ein Trompetenton lauter aus den Schatten, und sie wiegte den Kopf im Takt der Musik. Ich liebe dich, Trompete. In dieser Nacht bist du meine einzige Begleiterin, gedämpft und melancholisch wie die Trauer in meiner Seele. Und der Klang glitt durch den dunklen Raum und auch durch jenen anderen, den lichthellen, wo die Spieler bei ihrer Partie saßen, und durch Julias Fenster hinaus, über den Glanz der Laternen unten auf der Straße. Von wo aus vielleicht im Schatten eines Baumes oder eines Portals jemand heraufspähte und ebenfalls dieser Musik lauschte, die sich durch jenes andere Fenster, das gemalte des Bildes, hinausschwang in die Landschaft aus sanftem Grün und Ocker, in der, kaum angedeutet mit feinstem Pinselstrich, die winzige graue Spitze eines fernen Glockenturms aufragte.

V. Das Geheimnis der schwarzen Dame

«Ich wußte, daß ich in das Reich des Bösen getreten war, aber ich kannte noch nicht die Kampfregeln.»
G. Kasparow

Octavio, Lucinda und Scaramouche beobachteten sie mit ihren starren Augen aus bemaltem Porzellan, in respektvollem Schweigen und reglos starr unter der Glasglocke. Das Licht des bleigefaßten Fensters, in farbigen Rhomben, machte Césars Samtjacke harlekinbunt. Nie hatte Julia ihren Freund so still und gefaßt erlebt, nie hatte er den Statuen aus Bronze, Terrakotta oder Marmor, die in seinem Laden zwischen Gemälden, Kristallgläsern und Wandteppichen herumstanden, so ähnlich gesehen. Fast schienen César und Julia selber Teil dieser Dekoration zu sein, die eigentlich eher etwas von der chaotischen Szenerie einer barocken Farce hatte als von der realen Welt, in der sie die meiste Zeit ihres Daseins zubrachten. César wirkte besonders distinguiert – bordeauxrotes Halstuch aus Seide und zwischen den Fingern eine lange elfenbeinerne Zigarettenspitze –, er hatte eine geradezu klassische Pose eingenommen und wirkte im vielfarbigen Gegenlicht fast goethehaft: die Beine übereinandergeschlagen, die Zigarettenspitze lässig in der Hand, das Haar gefärbt vom goldenen, roten und blauen Licht des Bleifensters. Julia trug eine schwarze Bluse mit Spitzenkragen, und ihr venezianisches Profil wurde von einem Wandspiegel reflektiert, der in der Tiefe Mahagonimöbel und perlmuttbesetzte Schatullen stapelte, Gobelins und Stoffe, gewundene Säulen mit gotischen Kapitellen und außerdem die resignierte Miene eines über seinen Waffen liegenden nackten Gladiatoren aus Bronze, der auf einen Ellenbogen gestützt auf seinen Richterspruch wartete, darauf, ob der Daumen eines allmächtigen unsichtbaren Kaisers nach oben oder nach unten zeigen würde.

«Ich bin entsetzt», gestand sie, und César machte mit seiner Hand, auf der man im goldenen Licht feine blaue Adern durchschimmern sah, eine flehende, hilflose Gebärde. Es war ein Zeichen gleichermaßen großmütiger wie nutzloser Solidarität, eine ausdrucksvolle und elegante Anwandlung von Zuneigung, die sich ihrer Grenzen so bewußt war wie die eines Höflings des achtzehnten Jahrhunderts gegenüber einer von ihm verehrten Dame in eben jenem Augenblick, als er am Ende der Straße, über die der Schinderkarren sie beide fährt, die Guillotine erblickt.

«Vielleicht ist es übertrieben, Liebste. Auf jeden Fall zu früh. Noch ist nicht bewiesen, daß Álvaro nicht in der Badewanne ausgerutscht ist.»

«Und die mir zugestellten Unterlagen?»

«Ich gestehe, ich kann mir das nicht erklären.»

Julia neigte den Kopf zur Seite, und die Haarspitzen streiften ihre Schulter. Sie brütete über beunruhigenden Bildern.

«Heute bin ich aufgewacht und habe mir gewünscht, daß es sich nur um irgendeine leidige Verwechslung handelt.»

«Vielleicht tut es das ja auch», sann der Antiquitätenhändler. «Soviel ich weiß, sind Polizisten und Gerichtsmediziner nur im Kino rechtschaffen und unfehlbar. Und, wie ich höre, nicht einmal mehr da.»

Er lächelte resigniert. Julia musterte ihn, ohne sonderlich auf seine Reden zu achten.

«Álvaro ermordet... Mach dir mal klar, was das bedeuten würde!»

«Quäl mich nicht, Prinzessin. Es ist doch nur eine übertriebene Hypothese der Polizei. Und überhaupt, versuch, nicht so viel an ihn zu denken. Er hat sich aus dem Staub gemacht, ist abgehauen... und das schon vorher.»

«Aber das ist doch etwas anderes.»

«Wie auch immer. Er hat sich aus dem Staub gemacht.»

«Es ist einfach entsetzlich.»

«Ja, aber du hast nichts davon, wenn du ewig darüber grübelst.»

«Ach nein? Álvaro stirbt, man verhört mich, ich habe das Gefühl, von jemandem belauert zu werden, der sich für meine Arbeit an der *Schachpartie* interessiert... Und da soll ich nicht ins Grübeln kommen? Was soll ich denn sonst tun?»

«Es ist ganz einfach. Wenn dich das alles so beunruhigt, gibst du das Bild Menchu halt zurück. Und wenn du meinst, daß Álvaros Tod kein Unglücksfall war, dann schließ deine Wohnung für eine Weile und verreise. Wir können für zwei oder drei Wochen nach Paris fahren, ich habe da viel zu erledigen. Hauptsache, du tauchst eine Weile unter, bis alles vorbei ist.»

«Was ist hier eigentlich los?»

«Weiß ich nicht, das ist ja das Schlimme. Wir haben nicht die geringste Ahnung. Mir geht es wie dir; wäre da nicht die Sache mit den Unterlagen, würde ich mir keine Sorgen machen...» Er schaute sie an und lächelte verlegen. «Ich gestehe aber, es beunruhigt mich, schließlich bin ich auch nicht vom Holz eines Helden... Könnte sein, daß einer von uns ohne es zu ahnen eine Pandorabüchse aufgemacht hat...»

«Das Gemälde!» rief Julia zitternd. «Die verdeckte Inschrift.»

«Schon möglich. Offenbar ist das die Ursache für das alles.»

Sie wandte sich dem Spiegel zu, musterte lange ihr Spiegelbild – so als sei jene schwarzhaarige junge Frau ihr völlig fremd, die sie da stumm anschaute, mit großen dunklen Augen, unter denen, auf der blassen Haut der Jochbeine, leichte Ringe zu sehen waren, weil sie nicht geschlafen hatte.

«Vielleicht wollen sie mich umbringen, César.»

Seine Finger umkrampften die Zigarettenspitze.

«Nur über meine Leiche!» sagte César, und sein geziertes Gehabe verwandelte sich jetzt fast in Aggressivität. Er keifte geradezu, seine Stimme war so schrill wie die einer Frau. «Mag ich auch allen Schiß dieser Welt haben, oder sogar noch mehr, solange ich es verhindern kann, wird dir keiner auch nur ein Haar krümmen.»

Julia war tief gerührt und mußte lächeln.

«Was können wir tun?» fragte sie nach einer Pause.

César senkte den Kopf und dachte nach.

«Ich halte es für verfrüht, jetzt etwas zu unternehmen. Noch wissen wir ja gar nicht, ob es ein Unfall war oder nicht.»

«Und die Unterlagen?»

«Ich bin sicher, irgendwer hat irgendwo hierauf eine Antwort. Die Frage ist, ob der Absender Álvaros Mörder ist. Vielleicht hat beides ja auch gar nichts miteinander zu tun.»

«Und wenn sich doch das Schlimmste bestätigt?»

César zögerte mit seiner Antwort.

«Dann sehe ich nur zwei Möglichkeiten. Die beiden klassischen, Prinzeßchen: das Weite suchen oder den Stier bei den Hörnern packen. Ich würde für Flucht plädieren... Du weißt, trotz meiner großen Worte bin ich doch ziemlich feige.»

«Du würdest dich tatsächlich absetzen, noch ehe du weißt, was wirklich vorgeht?»

«O ja. Denn Neugierde ist der Katzen Tod.»

«Als ich noch klein war, hast du mich was anderes gelehrt, weißt du noch?... Nie ein Zimmer verlassen, ohne vorher in die Schubladen zu schauen.»

«Ja, aber damals ist auch niemand in der Badewanne ausgerutscht.»

«Heuchler. Im Grunde bist du doch auch versessen darauf, zu erfahren, was hier gespielt wird, du stirbst doch geradezu vor Neugierde.»

«Mir unter diesen Umständen zu sagen, daß ich sterbe, ist äußerst geschmacklos, meine Liebe», erwiderte César vorwurfsvoll. «Jetzt ist nun wirklich nicht der Moment zu sterben. Bald bin ich ein Greis, aber noch habe ich reizende Lustknaben, die mir meine alten Tage versüßen. Und du sollst auch nicht sterben.»

«Und wenn ich weitermache, bis ich herauskriege, was es mit dem Bild auf sich hat?»

César schürzte die Lippen. Er ließ den Blick schweifen und tat, als habe er diese Möglichkeit noch nicht bedacht.

«Warum solltest du? Nenne mir einen vernünftigen Grund.»

«Wegen Álvaro.»

«Das nehme ich dir nicht ab. So wichtig ist dir Álvaro doch nicht mehr; ich kenne dich doch. Außerdem hast du ja selbst gesagt, daß er sich in dieser Sache nicht gerade loyal verhalten hat.»

«Dann eben wegen mir.» Julia verschränkte herausfordernd die Hände vor der Brust. «Schließlich ist es mein Bild.»

«Hör mal, ich denke, du hast Angst! Hast du das nicht vorhin gesagt?»

«Hab ich. Ich habe wahnsinnigen Schiß.»

«Verstehe.» César stützte das Kinn auf die gefalteten Hände, auf denen der Topas funkelte. «In der Praxis geht es darum, den Schatz zu finden», fuhr er nach kurzem Überlegen fort. «Das meinst du wohl... wie in den alten Zeiten, als du noch ein Trotzköpfchen warst.»

«Wie in den alten Zeiten.»

«Schrecklich. Du und ich?»

«Du und ich.»

«Vergiß Muñoz nicht. Wir haben ihn mit an Bord genommen.»

«Du hast recht. Muñoz, du und ich. Natürlich.»

César schnitt eine Grimasse. In seinen Augen blitzte ein listiger Funke auf.

«Dem müssen wir wahrscheinlich erst mal das Piratenlied beibringen. Er kennt es bestimmt nicht.»

«Bestimmt nicht.»

«Wir sind verrückt, mein Mädchen!» César starrte Julia an. «Findest du nicht auch?»

«Na und?»

«Aber das hier ist kein Spiel, meine Liebe. Dieses Mal nicht!»

Sie hielt unerschütterlich seinem Blick stand. Sie war bildschön mit diesem entschlossenen Glanz in ihren dunklen Augen, den das Leuchten des Spiegels noch verstärkte.

«Na und?» wiederholte sie leise.

César wiegte nachsichtig das Haupt. Dann erhob er sich, und ein Schwall leuchtender Rhomben glitt seinen Rücken hinab auf den Fußboden, vor die Füße der jungen Frau. Er verzog sich in den hinteren Teil des Raumes, in seinen Bürowinkel. Dort kramte er eine Minute lang im Wandtresor, der von einem schäbigen alten Gobelin verdeckt war, einer schlechten Kopie der *Dame mit dem Einhorn*. Er kam mit einem Päckchen zurück.

«Da, Prinzessin, für dich. Ein Geschenk.»

«Geschenk?»

«Ja. Alles Gute zum Geburtstag.»

Julia war überrascht. Sie entfernte die Plastikhülle und dann das Papier. Und in der Hand hielt sie einen vernickelten kleinen Revolver mit Perlmuttgriff.

«Ein alter Derringer, du brauchst also keinen Waffenschein. Er ist wie neu. Und man braucht Kugeln vom Kaliber fünfundvierzig. Er ist sehr handlich, du kannst ihn bequem in deiner Tasche unterbringen. Und sollte dir in der nächsten Zeit jemand zu nahe treten oder um dein Haus herumschleichen, dann», er musterte sie, ohne den mindesten Schalk in seinen müden Augen, «tu mir den Gefallen, nimm dieses Ding, so! Und zerschmettere ihm den Schädel wie – weißt du noch? – Käpt'n Hook persönlich.»

Als Julia zu Hause war, wurde sie innerhalb von einer halben Stunde gleich dreimal angerufen. Zuerst von Menchu: Sie hatte in verschiedenen Zeitungen von Álvaros Tod gelesen und war in Sorge. Alle sprächen von einem Unfall, so die Galeristin. Julia war klar, daß Álvaros Tod die Freundin kalt ließ, nicht aber die Befürchtung, es könnten sich Komplikationen ergeben, die irgend etwas an ihrer Absprache mit Belmonte änderten.

Der zweite Anruf überraschte sie. Paco Montegrifo lud sie für den Abend zum Essen ein, um Geschäftliches mit ihr zu bereden. Julia sagte zu, und sie verabredeten sich für neun Uhr bei Sabatini. Als sie den Hörer aufgelegt hatte, saß sie eine Weile nachdenklich da und rätselte über Montegrifos plötzliches Interesse an ihr. Wenn es um den Van Huys ging, wäre es korrekter, er spräche mit Menchu oder bestellte sie beide. Das hatte sie ihm dann auch gesagt; er aber gab klar zu verstehen, daß die Angelegenheit nur sie beträfe.

Sie zog sich um, steckte sich eine Zigarette an und setzte sich dann vor das Gemälde, um die alte Firnisschicht weiter zu entfernen. Gerade drückte sie den ersten Wattebausch auf, da klingelte das auf dem Teppich stehende Telefon ein drittes Mal.

An der Verlängerungsschnur zog sie den Apparat zu sich heran und hob den Hörer ab. Es meldete sich niemand. «Hallo! sagen Sie doch etwas!» rief sie immer wieder, zunehmend aufgeregt und beklommen, aber vergebens. Fünfzehn oder zwanzig Sekunden lang keine Antwort. Da beschloß sie, ebenfalls zu schweigen, hielt den Atem an, wartete noch etliche Sekunden, legte endlich auf, war nun aber von finsterer, unsinniger Panik erfaßt, die sie wie eine jähe Woge ergriff. Sie starrte das auf dem Teppich ruhende Telefon an wie ein schwarz glänzendes giftiges Reptil, erschauerte, stieß mit dem Ellenbogen versehentlich ein Fläschchen Terpentin um.

Nach diesem Anruf war sie vollkommen aufgelöst. Als es dann auch noch an der Wohnungstür klingelte, blieb sie gebannt in der fernen Ecke des Flurs stehen und starrte auf die verschlossene Tür. Erst beim dritten Klingeln reagierte sie. Seit sie am Vormittag Césars Antiquitätengeschäft verlassen hatte, hatte sie wohl ein Dutzend Mal über sich selbst und die absurde Situation lachen müssen. Nun allerdings war ihr nicht nach Grinsen zumute. Bevor sie öffnete, kramte sie den kleinen Derringer aus der Handtasche, entsicherte, steckte ihn in die Tasche ihrer Jeans. Mich werdet ihr nicht in der Badewanne einweichen!

Muñoz schüttelte sich das Wasser von seinem Trenchcoat und blieb verwirrt auf dem Korridor stehen. Der Regen hatte ihm das Haar an den Schädel geklebt, Tropfen perlten ihm von der Stirn und der Nasenspitze. In der Tasche, umhüllt von einer Plastiktüte eines großen Kaufhauses, brachte er ein klappbares Schachbrett mit.

«Haben Sie die Lösung?» fragte Julia, sobald sie die Tür hinter ihm geschlossen hatte.

Der Spieler zuckte schüchtern und entschuldigend die Achseln. Wieder schien er sich unwohl zu fühlen, weil er sich in einer ihm fremden Umgebung befand, zudem mit einer jungen, attraktiven Frau.

«Noch nicht», gestand er und schaute betreten auf die Pfütze, die sein triefender Mantel verursacht hatte. «Ich komme direkt von der Arbeit. Durch den Regen wäre ich fast zu spät gekommen.» Er trat zwei Schritte vor, blieb stehen, überlegte offensichtlich, ob er es wagen konnte, den Mantel auszuziehen. Julia streckte einen Arm vor, und endlich legte er ab. Dann folgte er ihr ins Arbeitszimmer.

«Gibt es ein Problem?» fragte sie.

«Kein Problem. Im Prinzip.» Muñoz, wie beim vorigen Mal, ließ den Blick ohne Neugierde durch den Raum schweifen; er schien nach einem Orientierungspunkt zu suchen, war unsicher, wie er sich benehmen sollte. «Es ist eine Frage der Überlegung und der Zeit, mehr nicht. Und ich denke an nichts anderes mehr.»

Er stand mitten im Zimmer, sein Schachbrett in der Hand. Julia sah, wie er das Gemälde fixierte; sie brauchte seinem Blick nicht erst zu folgen, um zu wissen, was er anpeilte. Er starrte das Bild gebannt an, wie ein Hypnotiseur, der von den eigenen Augen gefangen in den Spiegel starrt.

Dann legte er das Schachbrett auf den Tisch und trat unmittelbar vor das Bild. Und natürlich interessierte er sich ausschließlich für das Schachbrett und die Figuren; den sie umgebenden Raum sowie die Gestalten beachtete er nicht. Er beugte sich vor und musterte die Schachpartie auf dem Gemälde bei weitem intensiver als am Tag zuvor. Offenbar dachte er tatsächlich an nichts anderes mehr, wollte Julia scheinen. Er musterte die Partie wie einer, der persönlich von der Sache betroffen ist.

Nach langer, eingehender Betrachtung wandte er sich Julia zu.

«Heute früh habe ich die zwei vorausgegangenen Spielzüge rekonstruiert», sagte er bescheiden, als wolle er sich dafür entschuldigen, daß er mit einem allzu mageren Resultat aufwartete. «Da bin ich auf ein Problem gestoßen... es betrifft die Position der Bauern und ist wirklich ungewöhnlich.» Er zeigte auf die Schachfiguren auf dem Gemälde.

«Es ist keine übliche Partie.»

Julia war enttäuscht. Beim Öffnen der Tür, als Muñoz mit seinem eingewickelten Schachbrett da auf der Schwelle stand, hatte sie geglaubt, kurz vor der Lösung zu stehen. Nun, Muñoz wußte nicht, wie dringlich und eilig es ihr war, er ahnte nichts von den Verwicklungen in dieser Geschichte. Aber es war auch nicht an ihr, ihn hierüber aufzuklären. Noch nicht.

«Die restlichen Spielzüge sind mir egal», sagte sie, «es gilt lediglich herauszufinden, welche Figur den weißen Springer geschlagen hat.»

Muñoz nickte.

«Ich widme Ihnen meine ganze Freizeit», stammelte er leise, als sei dies schon fast ein Geständnis. «Die Züge habe ich im Kopf, ich kann sie vor und zurück spielen...» Wieder zögerte er und verzog dann die Lippen zu einem schmerzlichen, fernen Lächeln. «Etwas ist merkwürdig an dieser Partie.»

«Nicht nur an der Partie.» Beide schauten sie nun das Gemälde an. «César und ich können nur feststellen, daß das Schachspiel auf dem Bild dargestellt ist, mehr nicht.» Julia sann über ihren eigenen Gedanken nach und fügte dann hinzu: «Vielleicht ist der Rest des Bildes nur eine Ergänzung zur Partie.»

Muñoz nickte leicht, und Julia hatte den Eindruck, er tat es äußerst langsam. Diese bedächtigen Gesten, für die er mehr Zeit aufwendete als erforderlich, schienen unmittelbar in Beziehung zu stehen zu seiner Denkweise.

«Sie irren sich, wenn Sie sagen, daß Sie sonst nichts sehen. Sie sehen alles, können es nur nicht deuten.» Er wies mit dem Kinn auf das Gemälde, ohne sich vom Fleck zu rühren. «Ich meine, das Problem ist im Kern die Frage nach dem Standpunkt. Hier haben wir Ebenen, die wiederum andere Ebenen beinhalten: Auf dem Gemälde ist ein Fußboden abgebildet, der aussieht wie ein Schachbrett, und darauf sind Personen. Diese Personen sind über ein Schachbrett gebeugt, auf dem wiederum Figuren stehen... Und all das wird reflektiert von diesem ovalen Spiegel zur Linken... Wollte man es auf die Spitze treiben, könnte man noch eine weitere Ebene hinzufügen: unsere, von der aus wir die Szene beziehungsweise die einander bergenden Szenen betrachten. Und um die Sache noch weiter zu verwirren, ist da zusätzlich noch die Ebene, von der aus der Maler sich uns vorstellte, die Betrachter seines Werkes...»

Er hatte leidenschaftslos gesprochen, ohne zu gestikulieren, als lieferte er eine eintönige, eher unwichtige Beschreibung und das lediglich anderen zuliebe. Julia atmete schwer; sie war verwirrt.

«Erstaunlich, wie Sie das sehen.»

Wieder nickte Muñoz ausdruckslos, ohne den Blick vom Bild zu wenden.

«Was verwundert Sie daran? Ich sehe Schach. Und nicht nur eine Partie, sondern mehrere. Die im Grunde aber eine sind.»

«Das ist mir zu hoch.»

«Glaube ich kaum. Jetzt aber bewegen wir uns auf einer Ebene, die uns auf der Ebene der Partie weiterhelfen kann. Haben wir die gelöst, lassen sich die Ergebnisse auf den Rest des Bildes übertragen. Eine schlichte Frage der Logik. Mathematischer Logik.»

«Ich hätte nie gedacht, daß hier sogar Mathematik im Spiel ist.»

«Sie ist überall im Spiel. Jede nur vorstellbare Welt, auch die des Gemäldes, wird von den Regeln der realen Welt regiert.»

«Auch die Welt des Schachs?»

«Die ganz besonders. Doch die Gedankengänge eines geübten Schachspielers vollziehen sich auf einer anderen Ebene als die des Laien. Er sieht in seiner Logik nicht die unangebrachten Züge, weil er sie automatisch ausschaltet. So wie ein echter Mathematiker nie einen falschen Weg zu der von ihm gesuchten

Lösung wählt, wohingegen die weniger begabten Menschen sich von Fehler zu Fehler quälen.»

«Und Sie machen nie Fehler?»

«Im Schach nie!»

Muñoz wandte den Blick vom Bild ab und musterte die junge Frau ernst. Ein Lächeln huschte ihm über die Lippen, aber offensichtlich war es ihm ernst.

«Wie können Sie sich da so sicher sein?»

«Beim Schachspiel ist man mit unendlich vielen möglichen Situationen konfrontiert. Manchmal löst man sie nach einfachen Regeln, manchmal bedarf es erst anderer Regeln, nach denen man entscheiden kann, welche einfache Regel es anzuwenden gilt... Oder es tauchen unbekannte Situationen auf, dann gilt es, neue Regeln zu erfinden, die die schon bestehenden Regeln einschließen oder aber ausschließen... Fehler begeht man nur bei der Wahl der einen oder der anderen Regel, im Moment der Entscheidung. Und ich ziehe erst dann, wenn ich alle untauglichen Regeln ausgeschlossen habe.»

«Soviel Sicherheit erschreckt mich geradezu!»

«Wieso das? Deswegen haben Sie sich doch für mich entschieden.»

Es klingelte an der Wohnungstür. Es war César, mit triefendem Regenschirm und durchweichten Schuhen. Er fluchte auf das Sauwetter:

«Also wirklich, meine Liebe, ich hasse den Herbst! Dieser ewige Nebel, die Nässe und der ganze andere Schweinkram», seufzte er und drückte Muñoz zum Gruß die Hand. «Ab einem gewissen Alter empfindet man gewisse Jahreszeiten als schreckliche Parodie auf das eigene Dasein. Darf ich mir ein Gläslein einschenken? Dumme Frage, natürlich darf ich.»

Er machte sich einen generösen Gin mit Eis und Zitrone. Dann gesellte er sich zu ihnen, und Muñoz klappte sein Schachbrett auf.

«Noch bin ich nicht beim Zug des weißen Springers angelangt, aber ich nehme an, Sie wollen trotzdem wissen, wie weit ich inzwischen bin», sagte Muñoz und rekonstruierte mit den kleinen Holzfiguren die Stellung auf dem Gemälde. Julia bemerkte, daß er dazu weder den Van Huys, noch seine Skizze vom Vorabend konsultierte, die er erst jetzt aus der Tasche zog und neben sein Brett auf den Tisch legte. «Wenn Sie wollen, erkläre ich Ihnen jetzt meine Überlegungen.»

«Die retrospektive Analyse», bemerkte César interessiert und näßte sich die Lippen mit seinem Drink.

«So ist es», sagte Muñoz. «Wir benutzen die Notierung von gestern.» Er beugte sich mit der Skizze zu Julia vor und zeigte auf das Figurendiagramm:

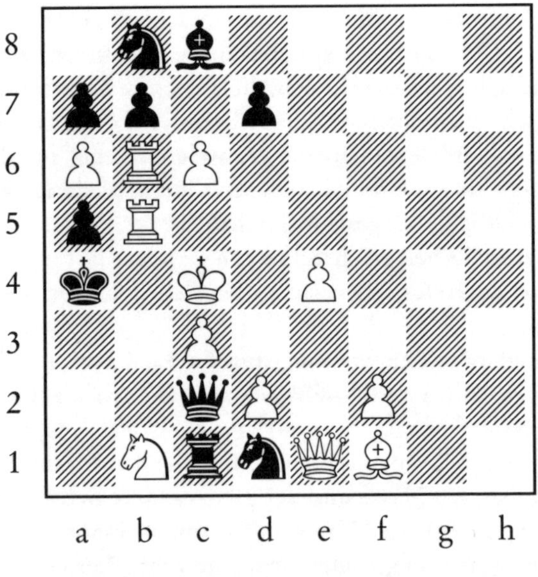

«So wie die Figuren stehen», fuhr Muñoz fort, «und davon ausgehend, daß Schwarz zuletzt am Zug war, gilt es zu ermitteln, welcher schwarze Stein denn gesetzt wurde.» Er wies mit der Bleistiftspitze zum Gemälde, dann auf die Skizze und schließlich auf das echte Schachbrett mit der nachgestellten Situation. «Das geht am besten, wenn man zunächst alle schwarzen Steine ausschließt, die nicht in Betracht kommen, weil sie blockiert oder nicht entsprechend positioniert sind... Offenkundig wurde keiner der schwarzen Bauern auf a7, b7 und d7 bewegt, sie stehen alle noch in der Grundstellung. Der vierte Bauer, auf a5, kann auch nicht bewegt worden sein, denn er sitzt zwischen einem weißen Bauern und dem eigenen schwarzen König fest... Der schwarze Läufer auf c8 scheidet ebenfalls aus: Auch er steht in Grundstellung, denn der Läufer zieht diagonal, und die zwei möglichen Richtungen sind durch Bauern der eigenen Farbe versperrt. Auch der schwarze Springer auf b8 wurde noch nicht gezogen, er hätte lediglich von a6, c6 oder d7 auf seine Position springen können. Diese drei Felder aber sind von anderen Steinen besetzt. Verstehen Sie?»

«Vollkommen», sagte Julia, aufmerksam über die Tischplatte gebeugt. «Mit sechs der schwarzen Steine kann der Zug also auf keinen Fall ausgeführt worden sein.»

«Mehr als sechs. Der schwarze Turm auf c1 kommt auch nicht in Frage, denn der zieht in gerader Linie, und die in Frage kommenden nächstliegenden drei Felder sind alle besetzt. Sieben Figuren also. Und auch den schwarzen Springer auf d1 können wir ausschließen.»

«Wieso?» fragte César. «Er könnte doch von b2 oder e3 kommen...»

«Nein. In beiden Fällen hätte er dem weißen König auf c4 Schach geboten; was wir im retrospektiven Spiel imaginäres Schach nennen könnten... Und kein Springer oder sonst ein Stein, der dem König Schach bietet, tut so, als wäre nichts. Undenkbar! Statt sich wieder zurückzuziehen, hätte er den König geschlagen, und das Spiel wäre gewonnen. Nein, eine solche Situation kann es nie geben, also folgern wir: Auch Springer d1 hat sich nicht vom Fleck gerührt.»

«Bleiben nur noch zwei Steine, hab ich recht?» Julia tippte mit dem Finger drauf: «König und Königin.»

«Stimmt. Der letzte Zug kann nur mit dem König oder der Königin, die wir Schachspieler Dame nennen, erfolgt sein.» Muñoz besah sich die Situation auf dem Brett, dann streckte er die Hand zum König aus, ohne ihn zu berühren. «Analysieren wir zunächst die Position des Königs, der jeweils ein Feld in jede Richtung ziehen kann. Er steht auf a4, also konnte er nur von b4, b3 oder a3 kommen, theoretisch.»

«Von b4 und b3 nicht, das sehe sogar ich», sagte César. «Ein König kann nicht direkt neben dem gegnerischen König stehen. Hab ich recht?»

«So ist es. Auf b4 hätte er im Schach eines Turmes, des Königs und eines Bauern gestanden, und auf b3 in dem von Turm und König. Und das sind unmögliche Positionen.»

«Und könnte er nicht von unten gekommen sein, von a3?»

«Auf keinen Fall, da hätte ihm der Springer von b1 Schach geboten, der nicht erst seit eben dort steht, sondern schon seit etlichen Zügen.» Muñoz schaute sie beide an. «Also ein weiterer Fall von imaginärem Schach, mit der Folgerung: der König hat sich nicht vom Fleck gerührt.»

«Also hat zuletzt die Königin, Verzeihung, die schwarze Dame gezogen», überlegte Julia laut.

Muñoz machte eine ausweichende Geste.

«Davon müssen wir wohl ausgehen», sagte er. «Rein logisch gedacht. Wenn wir alles nicht Mögliche ausschließen, ist das, was übrigbleibt, wie unwahrscheinlich oder schwierig es auch scheinen mag, zwangsläufig das zuverlässig Sichere... Übrigens können wir das hier beweisen.»

Julia musterte den Spieler nun mit einer gewissen Hochachtung.

«Unglaublich. Das ist ja wie ein Krimi!»

César verzerrte die Lippen:

«Ich fürchte, genau das ist es, meine Beste.» Er schaute zu Muñoz auf. «Fahren Sie fort, Holmes», sagte er mit aufmunterndem Lächeln. «Ich muß gestehen, ich bin gespannt wie ein Flitzbogen.»

Muñoz, bierernst, verzog nur höflich den Mundwinkel. Ihn interessierte nichts anderes als das Schachbrett. Seine Augen, die nun noch tiefer zu liegen schienen, glänzten fiebrig: der Gesichtsausdruck eines Mannes, den imaginäre, nur von ihm einsehbare abstrakte Räume bannten.

«Studieren wir die möglichen Züge der schwarzen Dame auf

c2», fuhr Muñoz fort. «Sicherlich wissen Sie, Julia, daß die Dame die stärkste Figur auf dem Schachbrett ist, sie darf beliebig viele Felder in jede Richtung ziehen, in den Bewegungen aller Figuren, ausgenommen der des Springers... Die Dame hier, erkennen wir, kann von vier Feldern kommen: a2, b2, b3 und d3. Theoretisch. Inzwischen wissen wir, warum es b3 eigentlich nicht sein kann.»

Julia runzelte nachdenklich die Braue. «Ja, ich glaube, ich weiß, warum. Weil sie da dem gegnerischen König Schach geboten hätte.»

«Genau! Ein weiterer Fall von imaginärem Schach; b3 also scheidet aus... Und was sagen Sie zu Feld d3? Meinen Sie, die Dame hat sich vielleicht von dort dem ihr von f1 drohenden Läufer entzogen?»

Julia überlegte kurz. Ihre Miene hellte sich auf.

«Konnte sie nicht, aus demselben Grund wie vorhin!» rief sie, freudig überrascht, es selbst herausgefunden zu haben. «Auf d3 hätte die schwarze Dame dem weißen König imaginäres Schach geboten, hab ich recht? Also kann sie nicht von da gekommen sein.» Sie wandte sich César zu. «Ist das nicht großartig? Ich habe noch nie im Leben Schach gespielt...»

Nun wies Muñoz mit dem Bleistift auf Feld a2.

«Auch wenn sich die Dame hier befunden hätte, wäre es imaginäres Schach gewesen. Also fällt auch dieses Feld flach.»

«Klar, sie kann nur von b2 gekommen sein», sagte César.

«Wäre möglich.»

«Was heißt möglich?» Der Antiquitätenhändler war verwirrt und zugleich voller Eifer. «Es ist ganz offensichtlich, würde ich sagen.»

«Im Schach gibt es wenig, was man offensichtlich nennen könnte», erwiderte Muñoz. «Schauen Sie sich die Figuren auf der b-Linie an. Was wäre geschehen, wenn die Dame auf b2 gestanden hätte?»

César kratzte sich nachdenklich das Kinn.

«Der weiße Turm auf b5 hätte sie bedroht... Ohne Zweifel ist sie auf c2 ausgewichen, um dem Turm zu entgehen.»

«Nicht schlecht», räumte Muñoz ein. «Doch das ist nur eine der Möglichkeiten. Aber noch ist der Grund, weshalb sie fortgezogen ist, für uns nicht wichtig... Denken Sie an meine Worte: Wenn wir das Unmögliche ausscheiden, bleibt uns zwangsläufig nur noch das verläßlich Sichere. Ich wiederhole: Wenn Schwarz am Zug war, konnten neun der zehn im Spiel befindlichen Figuren diesen Zug nicht ausgeführt haben, sondern nur die Dame, bei der drei der hypothetischen Züge nicht in Frage kommen... Also hat die Dame den einzig möglichen Zug ausgeführt, von b2 nach c2, und vielleicht entzog sie sich der Bedrohung durch die weißen Türme, die auf den Feldern b5 und b6 stehen... Klar?»

«Vollkommen», versicherte Julia, und auch César stimmte zu.

«Will heißen», fuhr Muñoz fort, «uns ist in diesem Spiel der erste Schritt rückwärts gelungen. Die folgende Position, vielmehr die vorangegangene, da wir uns ja rückläufig bewegen, wäre diese:»

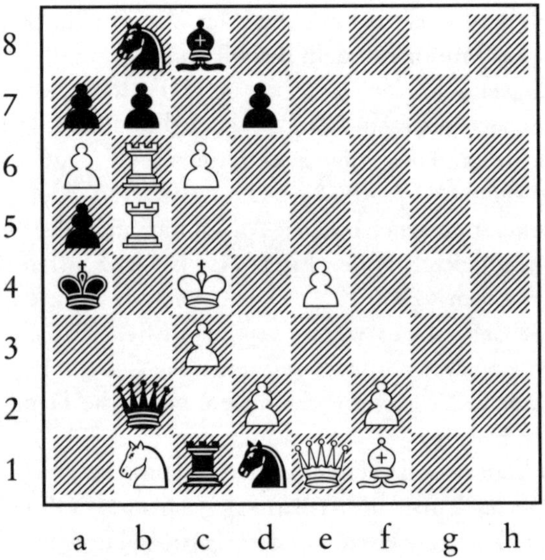

«Sehen Sie... Die schwarze Dame befindet sich noch auf b2, bevor sie nach c2 zieht. Und nun haben wir das Spiel von Weiß zu rekonstruieren, das die Dame zu diesem Zug genötigt hat.»

«Es war natürlich einer der weißen Türme», sagte César. «Der auf b5... Der Bösewicht konnte von einem beliebigen Feld der fünften Reihe kommen.»

«Vielleicht», räumte der Schachspieler ein. «Das rechtfertigt aber noch nicht zwingend die Flucht der Dame.»

César zwinkerte überrascht.

«Warum nicht?» Sein Blick wanderte vom Brett zu Muñoz und wieder zum Brett zurück. «Leuchtet doch ein, daß die Dame vor dem drohenden Turm geflohen ist. Haben Sie doch selber gerade gesagt.»

«Ich sagte ‹vielleicht›, ich habe nicht behauptet, der Zug des weißen Turms nach b5 veranlaßte die Dame zwingend, fortzuziehen.»

«Ich verstehe überhaupt nichts mehr», gestand César.

«Nun, schauen Sie sich die Partie genau an. Es ist nicht von Belang, welchen Zug der jetzt auf b5 stehende Turm gemacht hat, weil ja schon der andere weiße Turm auf b6 die Dame bedroht hätte, sehen Sie?»

César versenkte sich wieder in die Partie, dieses Mal einige Minuten lang.

«Ich strecke die Waffen», sagte er schließlich resigniert. Mittlerweile hatte er seinen Gin mit Zitrone ausgetrunken. Julia saß neben ihnen und rauchte eine Zigarette nach der anderen. «Wurde der weiße Turm nicht auf b5 gezogen, dann bricht die ganze Überlegung zusammen... Wo immer dieser Stein stand, die abscheuliche Dame mußte vorher versetzt werden, weil sie ja längst bedroht war...»

«Nicht unbedingt», wandte Muñoz ein. «Der Turm könnte zum Beispiel einen schwarzen Stein auf b5 geschlagen haben.»

César und Julia, von dieser Möglichkeit beflügelt, studierten das Spiel mit neuem Mut. Minuten später hob der Antiquitätenhändler den Blick vom Brett und schaute Muñoz achtungsvoll an.

«Das ist es!» sagte er staunend. «Guck mal, Julia, eine schwarze Figur auf b5 deckte die Dame, und zwar offenbar schon bevor der weiße Turm auf b6 stand. Nun schlägt der andere Turm diesen Stein, und die Dame ist unmittelbar bedroht.» Wieder schaute er erwartungsvoll Muñoz an. «Das muß es sein … eine andere Möglichkeit gibt es nicht.» Erneut studierte er die Positionen und überlegte noch einmal. «Nein, gibt es nicht, hab ich recht?»

«Weiß ich nicht», gestand der Schachspieler wahrheitsgemäß.

«Großer Gott!» entfuhr es Julia.

«Nun, hier wurde eine Hypothese aufgestellt, und da läuft man schnell Gefahr, die Dinge so hinzubiegen, daß sie sich der Theorie anpassen, anstatt die Theorie nach den Dingen zu richten.»

«Und nun?» fragte César.

«Also: Bisher können wir nur vermuten, daß der weiße Turm eine schwarze Figur auf b5 geschlagen hat. Nun gilt es festzustellen, ob weitere Möglichkeiten vorhanden sind, und dann eine nach der anderen auszuschließen.» Der Glanz in seinen Augen erlosch, er wirkte noch müder und grauer und machte eine Geste, die ebenso Bestätigung wie Zweifel ausdrücken mochte. Die Selbstsicherheit, die er bei der Erklärung der einzelnen Züge hervorgekehrt hatte, war dahin; nun wirkte er wieder schüchtern und tolpatschig. Er mied Julias Blick. «Eben das meinte ich, als ich zu Ihnen sagte, ich sei auf Probleme gestoßen.»

«Und der folgende Zug?» fragte Julia.

Muñoz starrte resigniert auf die Steine.

«Dazu ist wohl ein geduldiges, aufwendiges Studium der sechs bereits geschlagenen Figuren erforderlich … ich will versuchen, herauszufinden, wie und wo jeder einzelne dieser Steine geschlagen wurde.»

«Das kann ja Tage dauern», sagte Julia.

«Oder Minuten, je nachdem. Manchmal hilft einem das Glück oder die Intuition.» Lange schaute er auf das Schachbrett und dann auf das Gemälde des Van Huys. «Aber da ist etwas, das ich nicht im mindesten bezweifele», sagte er nach kurzem Überlegen. «Wer dieses Bild gemalt oder sich das Problem ausgedacht hat, spielte auf ganz besondere Weise Schach.»

«Wie würden Sie ihn definieren?» fragte Julia.

«Wen?»

«Den abwesenden Spieler... von dem Sie eben sprachen.»

Muñoz starrte auf den Teppich, dann auf das Gemälde. In seinen Augen leuchtete ein Funken Bewunderung, bemerkte Julia, vielleicht der instinktive Respekt eines Schachkenners gegenüber einem Meister.

«Ich weiß es nicht», sagte Muñoz ausweichend. «Auf jeden Fall war er äußerst listig... Alle guten Spieler sind das, dieser aber hatte zudem die besondere Fähigkeit, falsche Fährten zu legen, Hinterhalte aller Art... Und er genoß es.»

«Ist das möglich? Läßt sich der Charakter eines Spielers tatsächlich aus der Art und Weise bestimmen, wie er sich am Schachbrett aufführt?» fragte César.

«Ich denke schon», erwiderte Muñoz.

«Und was sagen Sie sonst noch zum Erfinder dieser Partie, wenn man bedenkt, daß er im fünfzehnten Jahrhundert lebte?»

«Ich würde sagen...» Muñoz betrachtete das Bild versunken, «tja, ich würde sagen, seine Art, Schach zu spielen, war diabolisch.»

VI. Von Schachbrettern und Spiegeln

«Und wo das Ende ist, wirst du erfahren, wenn du es erreichst.»

Ballade des Alten von Leningrad

Als Julia zu ihrem Wagen zurückkehrte, hatte Menchu sich ans Steuer gesetzt, denn sie parkten in der zweiten Spur. Julia zog die Tür des kleinen Fiat auf und ließ sich auf den Sitz fallen.

«Was haben sie gesagt?» fragte die Galeristin.

Julia antwortete nicht sofort. Zu viele Dinge gingen ihr im Kopf herum. Sie starrte auf den die Straße hinunterflutenden Verkehr, holte sich eine Zigarette aus der Handtasche und drückte den elektrischen Anzünder am Armaturenbrett hinein.

«Gestern waren zwei Polizisten hier», sagte sie schließlich. «Und sie haben dieselben Fragen gestellt wie ich. Der Bote, so sagt er jedenfalls, hat den Umschlag am besagten Donnerstag bekommen, am frühen Nachmittag.»

Der Anzünder klickte heraus und Julia hielt ihn an die Zigarette. Menchu umklammerte das Lenkrad so heftig, daß sich zwischen ihren funkelnden Ringen die Knöchel weiß abzeichneten.

«Und wer hat den Umschlag gebracht?»

Julia blies langsam den Rauch aus.

«Der Bote sagt, eine Frau.»

«Eine Frau?»

«Ja, hat er gesagt.»

«Was für eine Frau?»

«Mittleren Alters, gut gekleidet, blond. Mit Regenmantel und Sonnenbrille.» Julia wandte sich der Freundin zu. «Das könntest du gewesen sein.»

«Find ich gar nicht witzig!»

«Ist es auch nicht.» Julia stieß einen langen Seufzer aus. «Der

Beschreibung nach kann es wirklich jede beliebige Frau gewesen sein. Sie hat weder Name noch Adresse genannt, sondern nur gesagt, der Absender sei Álvaro. Dann verlangte sie hastig die Quittung und verschwand. Das ist alles.»

Der Wagen tauchte in das Verkehrsgewühl des Boulevards. Wieder drohte ein Regenguß, schon fielen die ersten Tröpfchen gegen die Windschutzscheibe. Menchu wechselte geräuschvoll den Gang und zog besorgt die Nase kraus.

«Wie ein Krimi von Agatha Christie.»

Julia machte ein ernstes Gesicht.

«Sogar mit einer Leiche.» Sie führte die Zigarette zum Mund und stellte sich Álvaro nackt in der Badewanne vor. Schlimmer als der Tod an sich, so sann sie, ist ein so grotesker Tod, mit Leuten, die kommen und einen dann so da liegen sehen. Armer Teufel!

«Armer Teufel!» sagte sie laut.

Sie hielten an einem Fußgängerüberweg. Menchu wandte den Blick von der Ampel weg und musterte ihre Freundin. Es beunruhige sie, Julia in diese Geschichte verwickelt zu sehen, sagte sie. Sie selbst sei ja aber auch nicht recht bei Verstand. Sie habe eines ihrer Prinzipien verletzt; Max würde jetzt bei ihr wohnen, bis die Dinge sich klärten. Und Julia solle dasselbe tun.

«Max zu mir nehmen? Na, besten Dank. Ich ruiniere mich lieber allein.»

«Jetzt geh doch nicht gleich in die Luft, meine Liebe! Sei nicht so schwierig!» Die Ampel wechselte auf Grün, Menchu fuhr an und beschleunigte. «Du weißt genau, was ich meine... und im übrigen ist Max ein Engel.»

«Ein Engel, der gerne Blut leckt.»

«Nicht nur.»

«Sei nicht ordinär.»

«Hört, hört. Schwester Julia vom Allerheiligsten Sakrament!»

«Allerdings!»

«Was immer du von Max halten magst, er sieht so gut aus,

daß mir jedesmal schwindlig wird, wenn ich ihn anschaue. Wie die Butterfly mit ihrem...» Menchu hustete. «Na, wie hieß er noch... Armand Duval?» Sie fluchte auf einen Fußgänger, der unachtsam die Fahrbahn überquerte, weswegen sie, unter lautem Gehupe, zwischen einem Taxi und einem qualmenden Autobus ein heikles Ausweichmanöver bewerkstelligen mußte. «Ganz im Ernst, ich finde es keine gute Idee, daß du weiter alleine wohnst. Wenn da nun wirklich ein Mörder ist, der es auf dich abgesehen hat...»

Julia zuckte abwehrend mit den Achseln.

«Was soll ich machen?»

«Keine Ahnung. Zieh zu irgendwem. Zur Not kann ich mich auch opfern und Max wegschicken, und du kommst zu mir.»

«Und das Bild?»

«Bringst du mit und arbeitest bei mir. Ich habe Konserven, Cola, schweinische Videos und alkoholische Getränke, und wir verschanzen uns wie im Fort Apache, bis wir das Bild wieder los sind. Unter zwei Voraussetzungen. Erstens auf jeden Fall eine höhere Versicherung...»

«Ich bitte dich! Der Van Huys ist gut verwahrt, in meiner Wohnung hinter sieben Schlössern. Vergiß nicht, die neuen Sicherungen haben mich ein Vermögen gekostet. Bei mir ist es so sicher wie bei der Bank von Spanien.»

«Man kann nie wissen.»

Nun regnete es richtig, und Menchu stellte die Scheibenwischer an.

«Und zweitens: Kein Wort zu Don Manuel.»

«Warum?»

«Stell dich nicht so doof an: Am Ende vermasselt mir Nichte Lola noch das Geschäft.»

«Noch hat niemand das Bild mit Álvaro in Verbindung gebracht.»

«Gott behüte! Aber die Polizei hat wenig Takt, die könnten sich mit meinem Kunden in Verbindung gesetzt haben. Oder mit der Füchsin von Nichte... Na ja! Das kann ja noch kompliziert werden! Vielleicht sollte ich das Problem an Claymore weitergeben. Meine Kommission einstreichen, und basta!»

Hinter den regennassen Scheiben schweiften verzerrte graue Bilder vorbei und schafften rings um das Auto eine unwirkliche Landschaft. Julia schaute ihre Freundin an und sagte:

«Heute abend gehe ich jedenfalls mit Montegrifo essen.»

«Wie bitte?»

«Du hast richtig gehört. Er will unbedingt mit mir über Geschäfte reden.»

«Geschäfte?... Der wird nebenbei mit dir Bienen und Blumen spielen wollen.»

«Ich rufe dich an und werde dir alles erzählen.»

«Bis dahin werde ich kein Auge zutun. Der hat bestimmt etwas gerochen. Wetten? Darauf setze ich die Jungfräulichkeit meiner drei nächsten Reinkarnationen.»

«Sei nicht so ordinär.»

«Und du hintergeh mich nicht, Schätzchen. Ich bin deine Freundin, vergiß das nicht. Deine beste Freundin.»

«Trau, schau, wem!»

«Du, ich erdolche dich! Wie Mérimées Carmen!»

«Wir werden sehen. Übrigens war die Ampel eben rot. Und dies ist mein Wagen, und den Strafzettel kriege jetzt ich!»

Sie schaute in den Rückspiegel und sah einen blauen Ford mit getönten Scheiben, der ihnen hinterherpreschte, obwohl die Ampel auf Rot stand; wenige Augenblicke später war er rechts eingebogen und verschwunden. Sie meinte sich zu erinnern, diesen Wagen auf der anderen Straßenseite des Kurierdienstes gesehen zu haben, ebenfalls in der zweiten Spur geparkt. Doch sicher war sie sich nicht, bei diesem Verkehr und dem Regen.

Paco Montegrifo zählte zu jenen Typen, die schwarze Socken Chauffeuren und Kellnern überlassen und dunkles Marineblau für stilvoller halten. Dunkel und makellos war auch sein grauer Maßanzug, der – der unterste Knopf an den Jackenärmeln bedachtvoll offen – einer Modezeitschrift entnommen zu sein schien. Ein Hemd mit Windsor-Kragen, eine Seidenkrawatte und ein diskret aus der Brusttasche lugendes Tüchlein kennzeichneten seine vollkommene Erscheinung, als er sich aus einem Sessel des Foyers erhob und Julia entgegenkam.

«Mein Gott, Sie sehen phantastisch aus!» hauchte er und drückte ihre Hand. Sein blankes Lächeln strahlte, ein angenehmer Kontrast zu seiner gebräunten Haut. «Einfach umwerfend!»

Dieser Auftakt bestimmte den Ton im ersten Teil ihres Gesprächs. Montegrifo bewunderte Julias enganliegendes schwarzes Samtkleid, dann nahmen sie an dem für sie reservierten Tisch vor dem riesigen Fenster Platz. Von hier aus hatten sie einen herrlichen Ausblick auf das nächtliche Panorama rings um den Königspalast. Montegrifo entfaltete sein wirkungsvolles Repertoire an flammenden, wenn nicht sogar dreisten Blicken und lächelte verführerisch. Nach dem Aperitif und während der Kellner die Vorspeise servierte, kam ihr der Direktor von Claymore mit kurzen Fragen, die Gelegenheit gaben zu intelligenten Erwiderungen, denen er, die Hände unterm Kinn gefaltet und den Mund halb geöffnet, besinnlich lauschte, was ihm nebenbei Gelegenheit gab, das Licht der Kerzen auf seinen makellosen Zähnen funkeln zu lassen.

Seine einzige Anspielung auf Van Huys, bis zum Nachtisch, war die sorgsame Wahl eines weißen Burgunders zum Fischgang. «Der Kunst zu Ehren», sagte er und sah sie verschwörerisch an. Dann ließ er sich über französische Weine aus.

«Es ist», erklärte er, während die Kellner um ihren Tisch herumwirbelten, «eine Frage, die, seltsamerweise, mit dem Alter zunehmend an Bedeutung gewinnt. Zunächst verficht man eisern den roten oder weißen Burgunder, der einem bis Fünfunddreißig der beste Begleiter ist. Dann, ohne ihm abzuschwören, wendet man sich dem Bordeaux zu: ein Wein für erwachsene Männer, ernst und sanft. Erst ab Vierzig ist man bereit, für einen Kasten Petrus oder Château d'Yquem ein Vermögen zu opfern.»

Er verkostete den Wein, hob zustimmend die Brauen, und

Julia wußte sein Theater als das zu nehmen, was es war, und beschloß, dieses Spiel ganz natürlich mitzuspielen. Ja, sie genoß das Mahl und das banale Gespräch. Unter anderen Umständen, so überlegte Julia, wäre Montegrifo mit seiner ernsten Stimme, den gebräunten Händen, dem diskreten Duft nach Rasierwasser, Leder und edlem Tabak bestimmt ein äußerst angenehmer Begleiter. Auch wenn er die Gewohnheit hatte, sich mit dem Zeigefinger über die Braue zu streichen und sich ab und an in der Fensterscheibe zu betrachten.

Sie sprachen über alles mögliche, nur nicht über das Gemälde, auch nicht nach dem Verzehr der Lachsschnitte à la Royale und nachdem er sich, ausschließlich die Silbergabel einsetzend, mit einem Seebarsch à la Sabatini befaßt hatte. Ein wirklicher Gentleman, so Montegrifo mit einem Lächeln, das die Feierlichkeit des Kommentars mäßigte, greife nie zum Fischmesser.

«Und wie entfernen Sie die Gräten?» fragte Julia interessiert.

«Lokale, die Fisch mit Gräten servieren, meide ich grundsätzlich.»

Beim Nachtisch, vor dem Kaffee, den er, wie sie, schwarz und richtig stark trank, zog Montegrifo ein silbernes Etui hervor und nahm sorgsam eine englische Zigarette heraus. Dann musterte er Julia, als würde er alles auf sie setzen, neigte sich zu ihr vor und sagte:

«Ich möchte, daß Sie für mich arbeiten.» Er sprach so leise, als fürchtete er, es könnte ihn jemand vom Königspalast aus hören.

Julia steckte eine ihrer Filterlosen zwischen die Lippen, und während er ihr Feuer gab, schaute sie ihm in die kastanienbraunen Augen.

«Wieso?» fragte sie nur, so gelassen, als spräche man über eine dritte Person.

«Aus mehreren Gründen.» Montegrifo hatte das goldene Feuerzeug auf das Zigarettenetui gelegt und rückte daran herum, bis es genau in der Mitte war. «Der wichtigste Grund: Ich habe nur Gutes über Sie gehört.»

«Freut mich, das zu hören.»

«Ich meine es ernst. Wie Sie sich denken können, habe ich mich informiert. Ich kenne Ihre Arbeiten im Prado und in diversen Galerien... Arbeiten Sie noch im Museum?»

«Ja. Drei Tage in der Woche. Momentan bin ich mit einem kürzlich erworbenen Duccio di Buoninsegna beschäftigt.»

«Ich habe von dem Bild gehört. Eine sehr vertrauensvolle Aufgabe. Ich weiß, Sie werden mit wichtigen Dingen betraut.»

«Mitunter.»

«Sogar wir bei Claymore hatten schon die Ehre, das eine oder andere von Ihnen restaurierte Bild zu versteigern. So den Madrazo aus der Sammlung Ochoa... Durch Ihr Zutun konnten wir den Schätzpreis um ein Drittel höher ansetzen. Und da hatten wir noch ein weiteres, im vergangenen Frühjahr. War es nicht *Das Konzert* von López de Ayala?»

«Die *Frau am Piano* von Rogelio Egusquiza.»

«Natürlich, die *Frau am Piano*, Sie entschuldigen. Das Bild hatte unter Feuchtigkeit gelitten, und Sie haben wirklich bewunderswerte Arbeit geleistet.» Er lächelte, und sie stippten fast gleichzeitig die Asche ihrer Zigaretten in den Aschenbecher.

«Läuft's gut bei Ihnen? Ich meine, Ihre Aufträge?» Wieder lächelte er breit und zeigte seine Zähne.

«Ich kann nicht klagen.» Julia kniff die Augen etwas zusammen und studierte ihr Gegenüber durch den Rauch ihrer Zigarette. «Ich habe Freunde, die mir Aufträge verschaffen. Ansonsten bin ich unabhängig.»

Montegrifo schaute sie forschend an.

«In jeder Hinsicht?»

«In jeder.»

«Sie haben also das Glück auf Ihrer Seite.»

«Vielleicht. Aber ich arbeite auch hart.»

«Claymore hätte viele Aufträge, die Ihr fachliches Können voraussetzen... Was meinen Sie?»

«Da könnte man drüber reden.»

«Wunderbar. Sagen wir, in den nächsten Tagen ein ernsthaftes Gespräch?»

«Wie Sie wünschen.» Julia musterte Montegrifo lange. Nun konnte sie sich ein spöttisches Lächeln nicht mehr verkneifen. «Jetzt dürfen Sie endlich von Van Huys reden.»

«Wie bitte?»

Julia drückte die Zigarette aus, verschränkte die Finger unter dem Kinn und beugte sich ein wenig vor, dem Auktionator entgegen.

«Van Huys», wiederholte sie fast so langsam als buchstabiere sie. «Außer Sie beabsichtigen, Ihre Hand auf meine Hand zu legen und mir zu sagen, daß ich das hübscheste Mädchen bin, das Ihnen je begegnet ist, oder etwas ähnlich Bezauberndes.»

Binnen einer Zehntelsekunde hatte Montegrifo sich wieder gefaßt und lächelte souverän.

«Liebend gern, aber vor dem Kaffee kein Wort. Eine Frage der Taktik.»

«Reden wir also von Van Huys.»

«Reden wir.» Er schaute sie lange an, und ihr fiel auf, daß seine kastanienbraunen Augen, anders als die Mundpartie, ernst wirkten, forschend blickten, äußerste Vorsicht ausdrückten. «Mir sind Gerüchte zu Ohren gekommen, Sie wissen ja... unsere kleine Welt ist die reinste Klatschbude; jeder kennt jeden.» Er seufzte, als wolle er sich von der Welt distanzieren. «Sie haben in dem Bild wohl etwas entdeckt. Und wie ich hörte, wertet das das Gemälde tüchtig auf.»

Julia legte ihre Pokermiene auf, obwohl sie wußte, daß das nicht genügen würde, um Montegrifo hinters Licht zu führen.

«Wer hat Ihnen solchen Quatsch erzählt?»

«Ein Vögelchen.» Der Versteigerer strich sich nachdenklich mit dem Finger über die rechte Braue. «Aber das tut nichts zur Sache. Viel interessanter ist, daß Ihre Freundin, Señorita Roch, mich irgendwie erpressen will.»

«Ich weiß nicht, wovon Sie reden.»

«Das würde mich auch wundern.» Montegrifo lächelte unverändert. «Ihre Freundin möchte die Provision von Claymore mindern und die eigene erhöhen.» Er machte eine wegwerfende Handbewegung. «Rein rechtlich ist nichts dagegen einzuwenden, unsere Vereinbarung erfolgte mündlich; sie kann das annullieren und versuchen, bei der Konkurrenz höhere Provision herauszuholen.»

«Freut mich, daß Sie so einsichtig sind.»

«Dennoch muß ich natürlich die Interessen meines Unternehmens im Auge behalten.»

«Das habe ich mir fast gedacht.»

«Ich will Ihnen nicht verschweigen, daß ich den Besitzer des Van Huys ausfindig gemacht habe, einen älteren Herrn. Genauer gesagt, ich habe mit seiner Nichte und deren Mann Verbindung aufgenommen. Ich wollte – auch dies sollen Sie wissen – die Angehörigen dazu veranlassen, von Ihrer Freundin als Vermittlerin Abstand zu nehmen und sich direkt mit mir zu einigen... Sie verstehen?»

«Vollkommen. Sie haben versucht, Menchu auszustechen.»

«So könnte man es auch nennen. Ja, das könnte man wohl.» Ein Schatten huschte über die gebräunte Stirn. Er sah ein wenig verärgert aus, als fühlte er sich zu Unrecht bezichtigt. «Das Dumme ist, Ihre Freundin, wirklich eine vorausschauende junge Dame, ließ sich vom Besitzer eine schriftliche Zusicherung geben, die jedwede Verhandlung meinerseits unnütz und wertlos macht... Was sagen Sie dazu?»

«Sie haben mein Mitgefühl. Neues Spiel, neues Glück!»

«Danke.» Montegrifo zündete sich eine weitere Zigarette an. «Vielleicht ist aber noch nicht alles verloren. Sie sind mit Fräulein Roch eng befreundet. Vielleicht ließe sie sich zu einem Entgegenkommen überreden. Wenn wir alle an einem Strang ziehen, können wir aus diesem Gemälde ein Vermögen herausschlagen, das Ihnen, ihrer Freundin, Claymore und auch mir gutes Geld abwerfen würde. Meinen Sie nicht auch?»

«Durchaus. Aber warum erzählen Sie das mir, anstatt mit Menchu zu reden? Sie hätten sich so die Spesen für ein Abendessen sparen können.»

Montegrifo setzte eine verzweifelte Miene auf.

«Sie gefallen mir, und zwar nicht nur als Restauratorin. Sie gefallen mir sogar sehr, wenn ich ehrlich sein soll. Sie sind intelligent und klug und attraktiv dazu. Von Ihren Mittlerdiensten verspreche ich mir mehr als von einem direkten Gespräch mit ihrer Freundin, die ich, mit Verlaub, für ziemlich schamlos halte.»

«Kurzum, ich soll sie überreden.»

«Das wäre...», er suchte nach dem treffenden Wort, «...wundervoll!»

«Und was habe *ich* davon?»

«Aufträge von meiner Firma. Das versteht sich von selbst. In naher und in ferner Zukunft. Und was Ihr Honorar für diesen Auftrag betrifft – ich frage Sie nicht, welche Summe Sie für den Van Huys bekommen, aber ich garantiere Ihnen das Doppelte. Allerdings betrachte ich es als einen Vorschuß auf die zwei Prozent der Summe, die *Die Schachpartie* bei der Versteigerung erreicht. Außerdem möchte ich Ihnen die Leitung der Restaurierungsabteilung von Claymore in Madrid vertraglich zusichern... Was sagen Sie dazu?»

«Verführerisch... Hoffen Sie wirklich, so viel aus dem Bild herauszuholen?»

«Wir haben bereits Interessenten in London und New York. Mit einer entsprechenden Werbekampagne können wir die Sache zum größten Kunstereignis seit der Versteigerung von Tutenchamuns Sarkophag bei Christie's hochpuschen... Daß Ihre Freundin da für sich ähnliches im Sinn hat, ist – Sie verstehen – dann doch etwas vermessen. Sie hat die Restauratorin engagiert und uns das Bild angeboten. Den Rest besorgen wir.»

Julia dachte über all das nach, ohne eine Regung zu zeigen. Seit ein paar Tagen erlebte sie Dinge, die sie nie für möglich gehalten hatte. Sie sah Montegrifos rechte Hand auf dem Tischtuch und überlegte, um wie viele Zentimeter sie in den letzten fünf Minuten der ihren nähergerückt war. Weit genug, um diesem Dinner ein Ende zu setzen.

«Ich will's versuchen», sagte Julia und griff nach ihrer Handtasche. «Aber ich kann nichts garantieren.»

Montegrifo strich sich erneut über die Braue.

«Versuchen Sie's!» Seine feuchten braunen Augen sahen sie schmachtend an. «Sie werden es nicht bereuen! Ich bin sicher, es wird Ihnen gelingen!»

In seiner Stimme war nicht die Spur einer Drohung. Sein Ton war so flehend, so freundschaftlich und rein, daß man ihm fast glauben mochte. Er griff Julias Hand und berührte sie ganz leicht mit den Lippen.

«Sagte ich es Ihnen schon?» raunte er. «Sie sind eine wunderschöne Frau...»

Sie ließ sich in der Nähe vom Stephan's absetzen und lief noch ein paar Schritte. Das Lokal öffnete um Mitternacht, und die gehobenen Preise und ein äußerst strenger Türsteher sorgten für vornehme Exklusivität. Hier traf sich, was in der Madrider Kunstszene Rang und Namen hatte. Abgesehen von Agenten ausländischer Häuser, die zu einem Kurzbesuch in der Stadt weilten, auf Jagd nach einem Retabel oder einer zum Verkauf anstehenden Privatkollektion, versammelten sich hier Wissenschaftler, Galeristen, Impresarios, Fachjournalisten und namhafte Maler.

Julia gab ihren Mantel an der Garderobe ab, grüßte einige Bekannte, ging dann durch den Gang zum Diwan im hinteren Teil, Césars bevorzugtem Platz. Dort saß er, der Antiquitätenhändler, mit übergeschlagenen Beinen, ein Glas in der Hand, in trautem Gespräch mit einem hübschen blonden Jüngling. Nur zu gut wußte Julia, wie sehr César Schwulenkneipen verabscheute. Für ihn war es eine Frage des guten Geschmacks, daß er das geschlossene, exhibitionistische und oft aggressive Ambiente solcher Treffpunkte mied, wo man, wie er mit spöttischer Miene erzählte, seine Not hat, meine Liebe, sich nicht wie eine alte Glucke im Hühnerstall zu fühlen. César, alles Zwielichtige bis zur akkuraten Grenze der Eleganz geläutert, war ein einsamer Jäger. Er bewegte sich lieber in der Welt der

Heterosexuellen, hatte da ganz selbstverständlich seine Freundschaften, und da machte er auch seine Eroberungen: junge Talente der Kunstszene, die er bei Entdeckung ihrer wahren Sensibilität leitete, meine Prinzessin, auf die diese himmlischen Burschen nicht immer von selbst kommen. César gefiel es, seinen erlesenen Entdeckungen zugleich Maecenas und Sokrates zu sein. Dann, nach angemessen langem Honigmond, mit Venedig, Marrakesch oder Kairo als Kulisse, nahm jede dieser Geschichten ihren natürlichen und eigenen Verlauf. Das intensive Leben Césars hatte sich, das wußte Julia sehr gut, in einer langen Folge von Verzückungen, Enttäuschungen, Verrätereien und auch treuen Freundschaften geformt, von denen sie ihn in geständnishaften Stunden äußerst feinfühlig hatte erzählen hören, in jenem ironischen und etwas distanzierten Ton, mit dem der alte Antiquitätenhändler aus purer Scham seine innersten Sehnsüchte zu überspielen versuchte.

Er lächelte ihr schon von weitem zu. Mein liebstes Mädchen, sagten seine sich lautlos bewegenden Lippen. Er stellte das Glas auf die Tischplatte, schwang das Bein zurück, erhob sich und streckte Julia die Arme entgegen.

«Wie war das Abendessen, Prinzessin?... Gräßlich, nehme ich an, das Sabatini ist auch nicht mehr das, was es mal war.» Er verzog die Lippen, und seine blauen Augen blitzten verächtlich. «Diese Vertreter und Bankfritzen, alles Parvenus. Mit ihren Kreditkarten fressen sie sich auf Kosten ihrer Firmen voll. Einfach eine Schande!... Sergio kennst du doch, oder?»

Julia kannte Sergio und meinte zu spüren, daß er – wie eigentlich alle Freunde von César – verwirrt war, weil er die Beziehung zwischen dem alten Antiquitätenhändler und der schönen selbstsicheren jungen Frau nicht verstand. Aber ein Blick genügte, und sie erkannte, daß zumindest für diesen Abend und was diesen Sergio betraf nichts zu befürchten war. Der junge Mann war offensichtlich sensibel und intelligent und schien nicht eifersüchtig zu sein. Außerdem hatten sie sich schon ein paarmal gesehen. Julias Gegenwart machte ihn einfach nur ein bißchen befangen.

«Montegrifo hat mir ein Angebot gemacht.»

«Sehr aufmerksam von ihm.» Sie setzten sich, und César dachte ernsthaft nach: «Aber gestatte mir, wie der alte Cicero zu fragen: *cui bono* ... Wem ist es von Nutzen?»

«Ihm natürlich. Im Grunde wollte er mich bestechen.»

«Bravo, Montegrifo. Und du hast dich einwickeln lassen?» Er drückte Julia die Fingerspitzen auf den Mund. «Nein, sag es mir noch nicht, Liebste, laß mich diese wundervolle Ungewißheit noch ein klein bißchen auskosten... Ich hoffe, daß sein Angebot wenigstens reell ist.»

«Schlecht ist es nicht. Und er würde auch nicht leer ausgehen.»

César fuhr sich verschmitzt mit der Zunge über die Lippen.

«Typisch für ihn, zwei Fliegen mit einer Klappe schlagen zu wollen... Er war schon immer ein Pragmatiker.» César wandte sich halb seinem blonden Freund zu, als wolle er ihm nahelegen, gegenüber gewissen Mißlichkeiten der Welt die Ohren zu verschließen. Dann schaute er Julia schalkhaft an und bebte fast vor erwartungsvollem Verzücken. «Was hast du ihm geantwortet?»

«Daß ich es mir überlegen werde.»

«Göttlich! Man soll nie alle Brücken hinter sich abbrechen... Merk dir das, mein lieber Sergio, nie!»

Der junge Mann musterte Julia von der Seite und steckte dann die Nase in sein Champagnerglas. Julia stellte ihn sich nackt vor, im Schummerlicht von Césars Schlafzimmer, schön und stumm wie eine Marmorstatue, das blonde Haar in der Stirn, emporgerichtet das, was César mit einer wohl von Cocteau entlehnten Umschreibung das goldene Zepter nannte, bereit, es im *antrum amoris* seines reifen Gegenübers zu besänftigen. Oder nahm das reife Gegenüber das *antrum* des jungen Epheben in Besitz? Julia hatte ihre Vertrautheit mit César nie so weit ausgenutzt, daß sie ihn nach Einzelheiten in diesen Dingen gefragt hätte, die sie zuweilen geradezu rasend neugierig machten. Sie musterte César verstohlen, er wirkte sehr fein und elegant in seinem weißen Leinenhemd und dem rotgepunkteten blauen Seidentuch, das Haar hinter den Ohren und im Nacken leicht gewellt, und einmal mehr fragte sie sich, was an diesem Mann wohl so besonders war, daß er in seinem Alter noch junge Männer wie Sergio verführen konnte. Vielleicht war es der ironische Glanz seiner Augen, seine über fünfzig Jahre hinweg gefeilten Manieren, die Eleganz seiner Bewegungen, die bedächtige, unaufdringliche Weisheit, die man in der Tiefe eines jeden seiner Worte ahnte, eine Weisheit voller Selbstironie, distanziert, tolerant, grenzenlos.

«Du müßtest sein neuestes Bild sehen», sagte César, und Julia, völlig in Gedanken, begriff nicht gleich, daß er Sergio meinte. «Wirklich beachtlich, meine Liebe.» Er streckte die Hand zu Sergio aus, legte sie aber nicht auf seinen Arm. «Das Licht in seiner reinsten Form flutet über die Leinwand. Einfach wunderschön.»

Julia lächelte, sie zweifelte nicht im geringsten an Césars Urteil. Sergio starrte den Antiquitätenhändler an, bewegt und verwirrt. Er schloß die Augen mit den blonden Wimpern halb, wie eine Katze, die gestreichelt wird.

«Talent allein genügt natürlich nicht, um weiterzukommen», fuhr César fort. «Verstehst du, mein Bester? Die großen Kunstformen setzen voraus, daß man das Leben kennt, daß man in menschlichen Beziehungen grundlegende Erfahrungen gesammelt hat. Das gilt für die Kunst, aber nicht unbedingt für jene abstrakten Gebiete, wo Anlage und Talent der Schlüssel sind und die Erfahrung lediglich vervollständigt, also die Musik, die Mathematik ... das Schachspiel.»

«Das Schachspiel», wiederholte Julia. Die beiden schauten einander an, und Sergios Augen wanderten verwirrt vom einen zur anderen. Funken von Eifersucht schienen wie Goldstaub von seinen blonden Wimpern zu sprühen.

«Ja, das Schachspiel.» César neigte sich vor und trank einen großen Schluck. Seine Pupillen waren jetzt ganz klein, er dachte wie besessen an ihr Geheimnis. «Ist dir aufgefallen, Julia, wie Muñoz die *Schachpartie* betrachtet?»

«Ja, er nimmt alles ganz anders wahr.»

«Genau. Ganz anders als du. Oder ich. Muñoz sieht auf dem Brett Dinge, die wir nicht sehen.»

Sergio lauschte stumm und runzelte die Braue, dann streifte er absichtlich Césars Schulter. Er fühlte sich überflüssig, aber der Antiquitätenhändler schaute ihn gütig an.

«Wir reden hier über Dinge, die zu unheimlich für dich sind, Liebster.» Mit dem Zeigefinger fuhr er Julia über die Fingerknöchel. Er hob die Hand etwas, als schwanke er zwischen zwei Neigungen, ließ sie dann aber in den Händen der jungen Frau ruhen. «Erhalte dir deine Unschuld, blonder Freund. Entfalte dein Talent und mach dir nicht unnötig das Leben schwer. Muah!»

Mit gespitzten Lippen warf er Sergio einen Kuß zu. Im selben Moment betrat am anderen Ende des Ganges Menchu die Szene, in einem Nerz, der wirkungsvoll ihre Beine betonte, und in Begleitung von Max. Sie wollte wissen, wie das Gespräch mit Montegrifo verlaufen war.

«Dieses Schwein!» rief sie, als Julia zu Ende erzählt hatte. «Gleich morgen rede ich mit Don Manuel. Wir starten den Gegenangriff.»

Sergio, der schüchterne Blonde, sackte angesichts Menchus Redeschwall in sich zusammen: Sie sprang von Montegrifo zu Van Huys, erzählte erst diese und dann jene Banalität, trank ein zweites und ein drittes Glas, das sie schon weniger fest hielt. Max, der neben ihr aussah wie ein dunkler, gut gekleideter Zuchtbulle, rauchte stumm, César lächelte versonnen, benetzte sich mit seinem Gin die Lippen, tupfte sie dann mit dem Tüchlein ab, das er aus der Brusttasche der Jacke gezogen hatte. Hin und wieder zwinkerte er, als käme er von weit her zurück, und beugte sich zu Julia vor, um zerstreut ihre Hand zu streicheln.

«In diesem Geschäft», sagte Menchu zu Sergio, «gibt es zweierlei Leute, mein Schatz: die malenden und die kassierenden ... Selten ist der, der malt und auch kassiert.» Sie seufzte, berauscht von der Jugend des Burschen. «Und das euch, ihr jungen Künstler, wo ihr so blond seid und alles, ach mein Süßer…» Sie bedachte den Antiquitätenhändler mit einem giftigen Seitenblick. «… so appetitlich!»

César hielt es für geboten, mit den Gedanken wieder in die Realität zurückzukehren.

«Hör nicht hin, junger Freund, diese Stimmen vergiften deinen goldenen Geist», sagte er zu Sergio, langsam und düster, als wäre es kein Ratschlag, sondern eine Beileidsbekundung. «Diese Frau redet mit einer Vipernzunge, wie alle Frauen.» Er schaute Julia an und beugte sich vor, um ihre Hand zu küssen. «Verzeih, fast alle.»

«Na so was!» Menchu verzog das Gesicht. «Da haben wir unseren Sophokles. Oder war es Seneca?… Ich meine den, der zwischen seinen Schlucken aus dem Schierlingsbecher junge Knaben befummelte.»

César musterte die Galeristin, legte schweigend den Kopf gegen die Rückenlehne, schloß theatralisch die Augen und sagte dann:

«Der Weg des Künstlers, und damit meine ich dich, mein junger Alkibiades, oder besser Patroklos, oder vielleicht Sergio. Man muß auf diesem Weg Hindernis um Hindernis bewältigen, bis man in sich schauen kann. Eine schwierige Aufgabe, wenn man keinen Vergil hat, der einen leitet. Du verstehst diese tiefgründige Parabel, junger Mann?… So erfährt der Künstler am Ende die freie Wonne süßesten Genusses. Sein Leben wird zu einem einzigen Schöpfungsakt, auf schnöde Äußerlichkeiten ist er nicht mehr angewiesen. Fern, sehr fern steht er dem Rest seiner erbärmlichen Artgenossen. Und in sich birgt er Raum und Reife.»

Es gab ironischen Applaus. Sergio lächelte verwirrt. Julia lachte laut.

«Nimm es nicht so ernst. Das hat er bestimmt alles irgendwo geklaut. Er war schon immer ein Falschspieler.»

César schlug die Augen auf.

«Ein verdrossener Sokrates bin ich. Und ich muß deinen Vorwurf, daß ich hier plagiiere, entschieden zurückweisen.»

«Im Grunde ist er zum Schreien, was?» sagte Menchu zu

Max, der dies alles mürrisch verfolgt hatte. Sie nahm sich von ihm eine Zigarette. «Gib mir Feuer, bitte. Mein Condottiere!»

Diese Anrede stachelte César zu einer weiteren Tirade an.

«*Cave canem,* junger Mann», sagte er zu Max, und vielleicht war nur Julia bewußt, daß dieses lateinische *canem* maskulin wie feminin sein kann. «Die Geschichte lehrt, daß ein Condottiere jene noch am meisten fürchten muß, denen er dient.» Er schaute Julia an und machte eine burleske Verbeugung, denn auch bei ihm wirkte nun langsam der Alkohol.

«Burckhardt», fügte er hinzu.

«Ruhig Blut, Max», sagte Menchu, obwohl der nicht im mindesten nervös wirkte. «Du siehst, es stammt nicht von ihm. Er schmückt sich mit fremder Petersilie... Oder war es Lorbeer?»

«Bärenklau», sagte Julia und lachte.

César schaute sie zerknirscht an.

«*Et te, bruta*?...», sagte er und dann zu Sergio: «Erfaßt du das Tieftragische der Angelegenheit, Patroklos?» Genüßlich trank er einen Schluck von seinem Gin und schaute dann dramatisch in die Runde, als suchte er das Gesicht eines Freundes. «Was habt ihr gegen fremde Lorbeeren, meine Liebsten?... Im Grunde ist doch in jedem Lorbeer etwas Fremdes. Eine absolut originelle Schöpfung gibt es nicht, tut mir leid, euch diese schlechte Botschaft bringen zu müssen. Wir sind keine Schöpfer, oder ihr, ich ja sowieso nicht... Aber auch du nicht, Menchu, meine Hübsche... vielleicht du, Max, aber schau mich nicht so an, entzückendster *condottiere feroce*, vielleicht bist du hier der einzige, der etwas schafft...» Mit der rechten Hand tat er einen eleganten müden Wink, als wollte er tiefen Überdruß ausdrücken. Auch was das eigene Gerede betraf. Und die Hand landete, wie beiläufig, dicht vor Sergios linkem Knie. «Picasso – und es tut mir leid, hier diesen komödiantischen Schwindler anführen zu müssen – ist Monet, ist Ingres, Zurbarán, Brueghel, ist Pieter Van Huys... Und selbst unser Freund Muñoz, der jetzt bestimmt gerade wieder über einem Schachbrett sitzt und versucht, seine Gespenster zu beschwören und uns gleichzeitig von den unseren zu befreien, ist im Grunde Kasparow und Karpow. Und Fisher, Capablanca, Paul Morphy und jener Meister des Mittelalters, Ruy López... Alles besteht aus Phasen derselben Geschichte, oder aber es handelt sich um eine Geschichte, die sich ständig wiederholt, da bin ich mir schon nicht mehr sicher... Und du, Julia, hast du beim Betrachten unseres Gemäldes jemals bedacht, wo du selbst dich befindest? Ich kenne dich doch, Prinzessin. Und ich weiß, daß du keine Antwort gefunden hast.» Er lachte trocken auf und musterte die Anwesenden einen nach dem anderen. «Im Grunde, meine Kinder, liebe Gemeinde, sind wir schon eine merkwürdige Truppe. Wir besitzen die Unverschämtheit, Geheimnissen auf den Grund zu gehen, die in Wirklichkeit nichts anderes als die Geheimnisse unseres Lebens sind.» Er hob das Glas, ohne jemandem bestimmten zuzuprosten. «Und das ist, recht betrachtet, nicht ohne Risiko. Als zerschlüge man einen Spiegel, um zu sehen, was hinter dem Belag ist. Läuft euch da nicht ein kleiner Schauer über den Rücken, Freunde?»

Es war zwei Uhr, als Julia nach Hause kam. César und Sergio hatten sie bis vor die Tür gebracht und drängten, sie auch noch die drei Stockwerke hinauf zu begleiten. Aber sie wies die beiden ab und verabschiedete sie mit je einem Kuß. Sie ging langsam die Treppe hinauf und schaute sich immer wieder nervös um. Als sie den Schlüssel aus der Tasche holte und mit den Fingern das kalte Metall des Revolvers streifte, war sie beruhigt.

Wie auch immer, sie drehte den Schlüssel im Schloß und wunderte sich selber, wie gefaßt sie war. Ihre Angst war klar und konkret, und um mit ihr umzugehen bedurfte es nicht irgendeines abstrakten Talents, wie es César spöttisch Muñoz zugeschrieben hatte. Diese Angst quälte sie nicht, und sie hatte auch nicht den entwürdigenden Drang zu fliehen. Im Gegenteil, sie war erfüllt von Neugier, empfand die Situation als persönliche Herausforderung. Es war ein Spiel, ein gefährliches, erregendes Spiel. Wie damals, als Julia im Niemalsland Piraten tötete.

Piraten töten. Der Tod war ihr seit Kindertagen etwas Vertrautes. Ihre früheste Erinnerung daran war der Anblick ihres verstorbenen Vaters, der mit geschlossenen Augen regungslos auf der Bettdecke im Schlafzimmer lag, umringt von finsteren, ernsten Gestalten, die leise sprachen, als fürchteten sie, ihn aufzuwecken. Sechs Jahre alt war Julia gewesen, und jenes unbegreifliche und feierliche Schauspiel war für sie seither mit dem Bild ihrer Mutter verbunden, die, in Trauer gekleidet und noch verschlossener als sonst, selbst bei dieser Gelegenheit keine Träne vergossen hatte. Es hatte sich ihr fest ins Gedächtnis gegraben, wie die Mutter sie mit trockener, herrischer Hand gezwungen hatte, dem Toten einen letzten Kuß auf die Stirn zu drücken. César war es gewesen, ein damals um einiges jüngerer César, wie sie sich erinnerte, der sie an der Hand nahm und von der Zeremonie fortführte. Julia saß auf seinen Knien und starrte zur verschlossenen Tür, hinter der die Männer vom Beerdigungsinstitut ihren Vater in den Sarg betteten.

«Er sieht ganz fremd aus», hatte sie mit bebenden Lippen zu César gesagt. Man soll nie Tränen vergießen, pflegte ihre Mutter zu sagen, und soweit Julia zurückdenken konnte, war dies ihre einzige Lektion gewesen. «Papa sieht ganz fremd aus.»

«Ja, er ist nicht mehr, dein Papa ist fort», hatte César erwidert.

«Wohin?»

«Irgendwohin, Prinzessin... Er kommt nicht wieder.»

«Nie mehr?»

«Nie.»

Julia hatte nachdenklich die kindliche Stirn in Falten gelegt.

«Ich mag ihn nicht mehr küssen... Seine Haut ist so kalt.»

Er hatte sie ein Weilchen stumm angeschaut und sie dann heftig an sich gedrückt. Julia erinnerte sich an die wohlige Wärme zwischen jenen Armen, an den feinen Duft seiner Haut und seiner Kleidung.

«Du kannst immer zu mir kommen, dann küßt du halt mich.»

Julia konnte nicht sagen, wann genau sie dahinter gekommen war, daß César homosexuell war. Sie hatte es wohl einfach irgendwann gemerkt, anhand von Einzelheiten, rein intuitiv. Eines Tages, gerade Zwölf geworden, wollte sie nach der Schule César in seinem Antiquitätenladen besuchen und sah, wie er gerade einem jungen Burschen über die Wange strich. Es war eine leichte Berührung mit den Fingerspitzen, mehr nicht. Der junge Mann schritt an Julia vorbei, lächelte ihr zu und ging. César steckte sich eine Zigarette an, musterte Julia eindringlich und zog dann seine Uhren auf.

Tage später – sie spielte gerade mit Bustellis Figuren – fragte sie ihn:

«César, magst du Mädchen?»

Er saß über seinen Büchern am Schreibtisch und schien sie nicht gehört zu haben, doch dann hob er den Kopf, und seine blauen Augen schauten ruhig und klar in Julias Augen.

«Es gibt nur ein einziges Mädchen, das ich mag, und das bist du, kleine Prinzessin.»

«Und die anderen?»

«Welche anderen?»

Das war alles. Doch am Abend, beim Einschlafen, dachte Julia über Césars Worte nach und war glücklich. Niemand konnte ihn ihr wegnehmen. Keine Gefahr. Und nie würde er weit fortgehen, an einen Ort, von dem man nicht zurückkehrt, wie ihr Vater.

Dann kamen andere Zeiten. Im goldenen Licht des Antiquitätenladens erzählte César ihr lange Geschichten von seiner Jugendzeit, von Paris und Rom, und dazu kamen historische Ereignisse, Kunst, Bücher, Abenteuer. Und Märchen und Legenden. Er las ihr *Die Schatzinsel* vor, Kapitel für Kapitel, zwischen alten Truhen und rostbedeckten Rüstungen. Die armen Piraten, die in den mondbeschienenen Nächten der Karibik von Wehmut erfaßt wurden, deren Steinherzen weich wurden, wenn sie an ihre Mütter dachten. Denn auch Piraten haben eine Mutter, sogar ein Erzschurke wie James Hook, der sich in kühnen Taten bewies, schickte seiner alten Dame jeden Monat einige spanische Golddublonen, um ihr die späten Tage zu erleichtern. Und zwischen zwei Geschichten holte César ein altes Säbelpaar aus einem Koffer und zeigte dem Mädchen, wie die Seeräuber fochten: Touché und zurück, das ist etwas anderes als Hälse durchschneiden, und einen Enterhaken, schau her, den wirft man so! Auch den Sextanten kramte er hervor und zeigte ihr, wie man sich nach den Sternen orientierte, und das Stilett mit dem Silbergriff, aus der Werkstatt von Benvenuto Cellini, der nicht nur Goldschmied gewesen war, sondern während der Plünderung Roms den Feldherrn der Bourbonen mit einem Arkebusenschuß getötet hatte. Und der entsetzliche Gnadendolch, lang und unheilvoll, mit dem der Page des Schwarzen Prinzen die bei Crécy aus dem Sattel gehauenen französischen Ritter durch die Sturmhauben abstach.

Es vergingen die Jahre, und nun gewann Julia Leben, und César hatte stumm ihren Geständnissen zu lauschen. Die erste Liebe mit vierzehn Jahren. Der erste Liebhaber mit siebzehn. Der Antiquitätenhändler hörte schweigend zu und fällte niemals ein Urteil. Es kam höchstens vor, daß er am Ende lächelte.

In dieser Nacht wünschte Julia sich sehnlichst jenes Lächeln, das ihr Mut einflößte und die Bedeutung der Dinge auf das ihnen im unabänderbaren Ablauf des Weltgetriebes zukommende Maß beschnitt. Doch César war nicht da, und sie würde sich allein behelfen müssen. Wie der Antiquitätenhändler zu sagen pflegte: Man kann sich seine Gesellschaft und sein Schicksal nicht immer aussuchen.

Sie bereitete sich gemächlich einen Wodka mit Eis, und da im Dunkeln, vor dem Van Huys, mußte sie lächeln. Unglücke schienen nur den anderen zu widerfahren, nie dem Helden, dachte sie, während sie trank und das Eis ihr gegen die Zähne klimperte. Es starben immer die Nebenfiguren wie Álvaro. Sie hatte schon hundert ähnliche Abenteuer durchlebt und war Gott sei Dank stets heil davongekommen. Oder… wie hieß das damals? Gott sei's gelobt!

Sie betrachtete sich im venezianischen Spiegel, sah kaum mehr als einen Schatten zwischen Schatten, der etwas hellere

Fleck war ihr Gesicht, ein verschwommenes Antlitz, große dunkle Augen, Alice hinter den Spiegeln. Und sie betrachtete sich im Van Huys, im gemalten Spiegel, der einen weiteren Spiegel spiegelte, den venezianischen, den reflektierten Reflex des Reflexes. Das Schwindelgefühl von vorher erfaßte sie erneut, – zu dieser Nachtstunde spielten die Spiegel und die Gemälde und die Schachbretter der menschlichen Einbildung wirklich üble Streiche. Zeit und Raum, so überlegte sie, waren so relativ, daß es sich im Grunde um leere Begriffe handelte. Wieder trank sie, wieder klimperte das Eis gegen die Zähne, und sie hatte das Gefühl, wenn sie den Arm ausstreckte, könnte sie das Glas auf den Tisch stellen, auf die grüne Decke, die zwischen der reglosen Hand des Roger von Arras und dem Spielbrett über die verborgene Inschrift fiel.

Sie trat noch näher an das Gemälde. Am Spitzbogenfenster saß, in das auf ihrem Schoß liegende Buch vertieft, Beatrix von Ostenburg, und Julia fühlte sich an die Jungfrauen der ersten flämischen Meister erinnert: straff nach hinten gekämmtes blondes Haar, das eine fast durchsichtige Haube zusammenhielt. Weiße Haut. Feierlich und distanziert unter jenem schwarzen Gewand, das so anders war als die üblichen Umhänge aus karminroter Wolle, dem flämischen Tuch, das kostbarer war als Seide und Brokat. Schwarz – dessen war sich Julia gewiß – stand symbolhaft für Trauer. Und Pieter Van Huys, der geniale Kenner der Symbole und Paradoxe, hatte die Dame nicht wegen ihres Ehemannes, sondern wegen ihres ermordeten Liebhabers in Witwenschwarz gekleidet.

Das Oval ihres Gesichtes war zart und vollkommen. In jeder Schattierung und in jeder Einzelheit glich sie einer Muttergottes der Renaissancezeit. Sie sah nicht aus wie eine Madonna des Italieners Giotto, also nicht wie eine Amme, Kinderfrau und Liebesdienerin, aber auch nicht wie eine französische, also wie eine Mutter und Königin. Vielmehr glich sie jenen nordischen Bürgerjungfrauen, Gemahlinnen oberster Sachwalter oder vornehmer Eigentümer hügeliger Feldfluren mit Schlössern, Bauerngehöften, Wasserläufen und Glockentürmen wie der,

der draußen in der Landschaft durch das Fenster zu sehen war. Etwas eingebildet, unnahbar, gefaßt und kalt, Verkörperung einer nordischen Schönheit *à la maniera ponentina*, die so großen Anklang in den südlichen Ländern, in Spanien und Italien, fand. Und die blauen Augen, blau zumindest stellte man sie sich vor, schauten vom Betrachter fort, waren offenbar ganz ins Buch vertieft, und doch war es ein durchdringender Blick, wie bei allen von Van Huys, Van der Weyden und Van Eyck gemalten Fläminen. Rätselvolle Augen, die nicht verrieten, was jene Damen sahen, zu sehen wünschten, dachten – fühlten.

Julia steckte sich noch eine Zigarette an. Der Rauch und der Wodkageschmack vermischten sich rauh in ihrem Mund. Sie strich das Haar aus der Stirn, näherte die Finger dann der Bildfläche, fuhr zart über die feinen Lippen des Roger von Arras. In der goldenen Helle, die den Ritter wie eine Aura umgab, leuchtete sein stählerner Kragen, es war das matte Blitzen von gut poliertem Metall. Mit dem Daumen der rechten Hand, die ebenfalls von sanftem Licht umspielt wurde, stützte er das Kinn ab, der Blick war auf das sein Leben und seinen Tod symbolisierende Schachbrett geheftet – so saß Roger von Arras da, das Profil wie auf einer antiken Münze und scheinbar ohne irgendeine Beziehung zu der hinter seinem Rücken lesenden Frau. Vielleicht waren die Gedanken aber auch weit weg vom Schachspiel, bei jener Beatrix von Burgund, die er aus Stolz, Vorsicht oder schlicht aus Achtung gegenüber ihrem Gemahl nicht anschaute. So waren dann lediglich seine Gedanken frei, sich ihr zu widmen. Und vielleicht waren ja auch die ihren den Seiten des Buches fern, und ihre Augen weideten sich, ohne daß sie ihn anschauen mußte, am breiten Kreuz des Ritters und an seiner eleganten ruhigen Körperhaltung, vielleicht erinnerte sie sich einfach an seine Hände und seine Haut, oder an das Echo aus fortwährendem Schweigen oder an den melancholischen, hoffnungslosen Blick in den Augen des Verliebten.

Der venezianische und der gemalte Spiegel rahmten Julia in einen irrealen Raum ein und verwischten so die Grenzen zwischen der einen und der anderen Seite der Bildoberfläche. Das goldene Licht umhüllte auch sie, als sie sich, die Hand auf das gemalte grüne Tischtuch gestützt, äußerst behutsam, um die auf dem Schachbrett stehenden Figuren nicht umzuwerfen, Roger von Arras zuneigte und ihn sanft in den kalten Mundwinkel küßte. Und während sie sich umwandte, sah sie den Glanz des Goldenen Vlieses auf dem karminfarbenen Samt der Jacke jenes anderen Spielers, Ferdinands von Altenhoffen, des Herzogs von Ostenburg, der mit dunklen undurchdringbaren Augen starr dreinschaute.

Als die Wanduhr dreimal schlug, war der Aschenbecher voller Kippen. Die Tasse und die Kaffeekanne, zwischen Büchern und anderem Material abgestellt, waren fast leer. Julia lehnte sich im Sessel zurück, schaute zur Decke hoch und versuchte, ihre Gedanken zu ordnen. Sie hatte alle Lampen im Zimmer angeknipst, um die sie umringenden Gespenster zu verscheuchen, und langsam kehrte die Wirklichkeit zurück, fügte sich allmählich wieder in Zeit und Raum.

Es gab, so schloß sie, andere und weitaus praktischere Möglichkeiten, die Frage zu stellen. Es wäre sicher angemessener für Julia, sich statt auf den Standpunkt einer Alice auf den einer erwachsenen Wendy zu stellen. Dann langte es, die Augen zu schließen und sie wieder zu öffnen, den Van Huys also wie ein übliches vor fünfhundert Jahren gemaltes Bild zu betrachten und dann zu Bleistift und Papier zu greifen. Dies tat sie und trank dabei den Rest des kalten Kaffees. Zu dieser Stunde, hellwach und noch am ehesten in Furcht, die Schräge des Irrationalen hinabzugleiten, schien es sinnvoll, die Gedanken im Lichte der letzten Vorkommnisse zu ordnen. Also begann sie und schrieb:

I. *Bilddatierung: 1471. Schachpartie. Geheimnis. Was ist wirklich vorgefallen zwischen Ferdinand Altenhoffen, Beatrix von Burgund und Roger von Arras? Wer befiehlt die Ermordung des Ritters? Was hat das Schachspiel mit alledem zu tun? Weshalb malt Van Huys das*

Bild? Warum übermalt Van Huys anschließend die Aufschrift Quis necavit equitem*? Fürchtet er, ebenfalls umgebracht zu werden?*

II. Ich informiere Menchu über den Fund. Ziehe Álvaro zu Rate. Er ist bereits auf dem laufenden; jemand hat ihn konsultiert, aber wer?

III. Álvaro wird tot aufgefunden. Unfall oder Mord? Offenkundig Zusammenhang zum Bild, oder vielleicht zu meinem Besuch bei ihm und zu meinen Nachforschungen. Möchte irgend jemand, daß irgend etwas nicht bekannt wird? Hat Álvaro etwas Wichtiges herausgefunden, von dem ich nichts weiß?

IV. Eine unbekannte Person (vielleicht der Mörder oder die Mörderin) übermittelt mir die von Álvaro zusammengestellte Dokumentation. Wußte Álvaro Dinge, die für andere gefährlich waren? Was darf ich in den Augen dieser Leute (dieser Einzelperson) wissen bzw. nicht wissen?

V. Eine blonde Frau bringt das Päckchen zu Urbexpress. Irgendeine Verbindung zu Álvaros Tod? Oder ist sie nur Überbringerin?

VI. Álvaro tot, und ich nicht (jedenfalls noch nicht), obwohl wir beide in der Sache forschen. Mir scheint man die Arbeit erleichtern zu wollen oder sie zumindest in eine Richtung zu lenken, die mir noch nicht ganz klar ist. Ist das Bild als Wertobjekt interessant? Interessiert meine Arbeit als Restauratorin? Interessiert die Inschrift? Interessiert die Schachpartie? Will da einer, daß bestimmte historische Daten bekannt werden bzw. nicht bekannt werden? Was verbindet Unbekannte im 20. Jahrhundert mit einem Kriminalfall des 15. Jahrhunderts?

VII. Grundlegende Frage (im Augenblick): Würde der eventuelle Mörder von einem erhöhten Schätzpreis bei der Versteigerung profitieren? Ist mir auf dem Bild noch etwas entgangen?

VIII. *Möglich, daß nicht der Wert des Bildes der Kernpunkt ist, sondern das Geheimnis der dargestellten Schachpartie. Die Arbeit von Muñoz. Schachproblem. Wie kann dies alles fünfhundert Jahre später zu einem Mord führen? Das ist lächerlich und unsinnig (glaube ich).*

IX. *Bin ich in Gefahr? Vielleicht erwarten sie, daß ich noch mehr herausfinde, daß ich für sie arbeite, ohne es zu wissen. Vielleicht bin ich noch am Leben, weil sie mich noch brauchen.*

Sie erinnerte sich an die Dinge, die Muñoz bei seinem ersten Besuch über den Van Huys gesagt hatte, und versuchte, sie auf dem Papier zusammenzubringen. Der Schachspieler hatte von den verschiedenen Ebenen des Bildes gesprochen. Die Analyse jeder einzelnen konnte zum Verständnis des Gesamten beitragen. Sie notierte:

Ebene 1: Die auf dem Bild dargestellte Szene. Fußboden schachbrettartig; darauf die Personen.

Ebene 2: Personen des Gemäldes: Ferdinand, Beatrix, Roger.

Ebene 3: Schachbrett und zwei Personen bei einer Partie.

Ebene 4: Schachfiguren, die diese drei Personen symbolisieren.

Ebene 5: Gemalter Spiegel, der das Spiel und die Personen seitenverkehrt wiedergibt.

Sie las sich alles noch einmal durch, zog Verbindungslinien zwischen den Ebenen, was zu beunruhigenden Zuordnungen führte. Ebene 5 beinhaltete die vier anderen, die erste entsprach der dritten, die zweite der vierten... Ein seltsamer, in sich geschlossener Kreis.

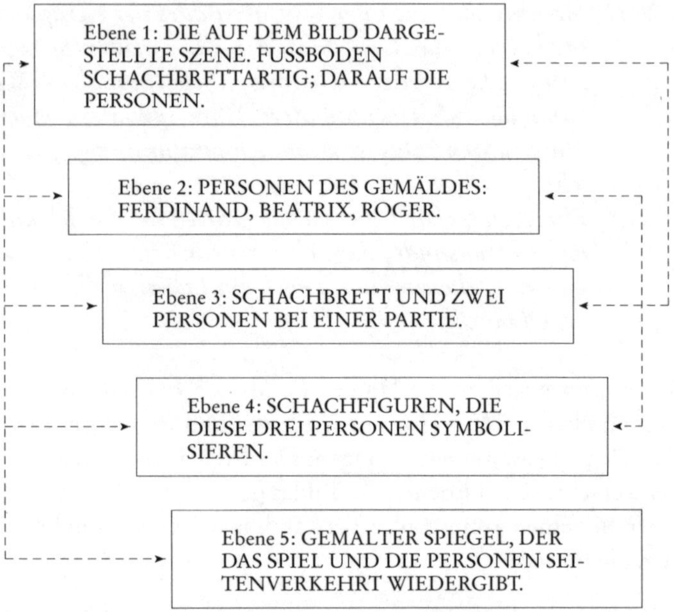

Im Grunde, so dachte sie, während sie das seltsame Diagramm studierte, ist das hier ungeheure Zeitverschwendung. Aus all diesen Bezügen war bestenfalls zu ersehen, was für ein listiger Kopf der Schöpfer jenes Bildes gewesen war. Álvaros Tod war so nicht zu erklären; er war in der Badewanne ausgerutscht, oder man hatte ihn, fünfhundert Jahre nach Erschaffung der *Schachpartie*, ausrutschen lassen. Was auch immer das Ergebnis aus diesen Kästchen und Verbindungslinien sein mochte, weder Álvaro noch sie selbst konnten in dem Gemälde enthalten sein, da der Maler von ihnen ja nichts gewußt haben konnte. Oder doch?… Eine beunruhigende Frage begann in ihrem Kopf zu kreisen. Wenn ein Bild voller Symbole war, so wie dieses, oblag es da nicht dem Betrachter, ihm Bedeutungen zu verleihen, oder waren diese Bedeutungen bereits drin, seit seiner Erschaffung?

Sie war noch dabei, Pfeile zu ziehen und Felder abzugrenzen, als das Telefon klingelte. Sie fuhr zusammen, hob den

Kopf, starrte den Apparat, der vor ihr auf dem Teppich stand, an, wagte nicht, abzuheben. Wer mochte sie morgens um halb vier anrufen? Keine der möglichen Antworten befriedigte sie; noch viermal ließ sie es klingeln, bevor sie sich rührte. Zögernd näherte sie sich und dachte, daß es weitaus schlimmer sein würde, wenn es zu klingeln aufhörte und sie nicht mehr feststellen könnte, wer angerufen hatte. Sie malte sich den Rest der Nacht aus: Sie auf dem Sofa kauernd, verängstigt auf das Telefon starrend, in banger Erwartung, daß es wieder klingelte... Das nur ja nicht! Sie eilte zum Apparat, fast wütend.

«Hallo?»

Ihren Stoßseufzer der Erleichterung mußte auch Muñoz gehört haben; er fragte, ob sie sich wohl fühle. Es tue ihm leid, sie in dieser Herrgottsfrühe anzurufen, fuhr er fort, doch es sei bestimmt gerechtfertigt. Er selber sei etwas aufgeregt und sei deshalb so frei gewesen... Wie? Ja, genau. Es sei noch nicht einmal fünf Minuten her... Das Schachproblem... Hören Sie... Sind Sie noch dran? Er verkündete, er könne ihr nun mit aller Gewißheit verraten, welche Figur den weißen Springer geschlagen habe.

VII. Wer schlug den Springer?

«Die weißen und die schwarzen Figuren schienen manichäische Divisionen von Licht und Finsternis, von Gut und Böse, im Geiste des Menschen selbst.»

G. Kasparow

«Ich konnte nicht einschlafen, die Sache hat mich einfach nicht mehr losgelassen. Plötzlich ist mir aufgegangen, was der einzig mögliche Zug war.» Muñoz legte das klappbare Schachbrett auf den Tisch und daneben eine zerknitterte Skizze, die voller Anmerkungen war. «Doch ich wollte es selber nicht glauben! Eine ganze Stunde habe ich gebraucht, um die Partie noch mal von Anfang bis Ende nachzuspielen!»

Sie saßen in einer Bar, die die ganze Nacht geöffnet hatte, vor einem großen Fenster mit Blick auf die breite, leere Straße. Im Lokal waren kaum Gäste, nur ein paar Schauspieler eines nahen Theaters und ein halbes Dutzend Nachtschwärmer beiderlei Geschlechts. In der Nähe der elektronisch gesicherten Tür stand ein Mann vom Wachdienst und schaute gähnend auf die Uhr.

«Sehen Sie sich das genau an!» Muñoz zeigte auf die Skizze und dann auf das kleine Brett. «Wir haben den letzten Zug der schwarzen Dame rekonstruiert, von b2 nach c2, aber wir wußten nicht, welcher weiße Stein sie dazu gezwungen hatte... Erinnern Sie sich? Als wir die Bedrohung durch die beiden weißen Türme erkannten, überlegten wir, daß der Turm auf b5 von irgendeinem Feld der fünften Reihe hätte kommen können; doch das konnte nicht der Grund für den Rückzug der schwarzen Dame sein, weil der andere weiße Turm auf b6 sie ja schon bedrohte... Wir haben daraus geschlossen, daß der Turm einen schwarzen Stein auf b5 geschlagen hat. Aber welchen? Das war unser Stand der Dinge.»

«Und welcher Stein ist es gewesen?» Julia studierte das Brett.

Das schwarzweiße Würfelmuster war ihr kein fremdes Terrain mehr, sie bewegte sich darauf wie auf häuslichem Boden. «Sie sagten, Sie könnten das herausfinden, indem sie sich die geschlagenen Figuren näher anschauen...»

«Genau das habe ich getan. Ich habe die geschlagenen Steine studiert und bin zu einem verblüffenden Ergebnis gekommen. Hier die Aufstellung:»

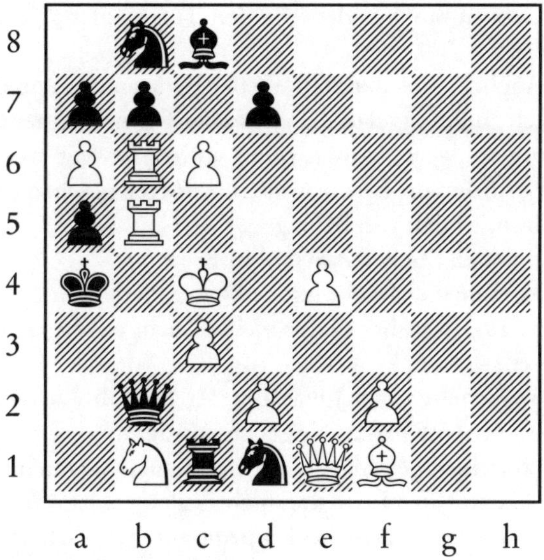

«...Welchen Stein also könnte dieser Turm auf b5 geschlagen haben?» Muñoz fixierte mit seinen müden Augen das Brett, als wüßte er die Antwort wirklich nicht. «Keinen schwarzen Springer, denn die sind beide im Spiel. Auch keinen Läufer, denn Feld b5 ist weiß, und der schwarze Läufer, der sich diagonal auf den weißen Feldern bewegt, befindet sich noch in Grundstellung. Hier steht er, auf c8, blockiert von noch nicht gezogenen Bauern...»

«Vielleicht war es ein schwarzer Bauer», überlegte Julia.

Muñoz winkte ab.

«Ich habe lange gebraucht, um dahinter zu kommen, denn

die Position der Bauern ist wirklich das Konfuseste an dieser Partie. Ein schwarzer Bauer konnte es aber nicht sein, weil der auf a5 von c7 kommt. Sie wissen ja, daß Bauern diagonal schlagen, und dieser hat vermutlich auf b6 und a5 zwei weiße Steine geschlagen... Und was die anderen vier schwarzen Bauern betrifft, so springt ins Auge, daß es sie weit weg von hier erwischt hat. Die konnten nie nach b5 gelangen.»

«Dann kommt nur der geschlagene schwarze Turm in Frage... er müßte von dem weißen Turm auf b5 geschlagen worden sein.»

«Unmöglich. Aus der Stellung der Figuren rings um Feld a8 ergibt sich eindeutig, daß der schwarze Turm in seiner Grundposition geschlagen wurde, ohne vorher bewegt worden zu sein. Er wurde von einem weißen Springer geschlagen, doch das ist für uns nicht von Belang...»

Julia hob den Blick verwirrt vom Brett.

«Ich komme nicht mehr mit... Das schließt ja jeden schwarzen Stein aus. Wen hat dieser weiße Turm auf b5 denn dann geschlagen?»

Muñoz lächelte vage. Julias Frage schien ihn zu erheitern, oder aber die Antwort, die er geben würde.

«Er hat keinen geschlagen. Nein, schauen Sie mich nicht so an. Ihr Maler Van Huys war nicht zuletzt auch ein Meister falscher Fährten... Niemand wurde auf b5 geschlagen.» Er verschränkte die Arme, beugte sich über das kleine Brett und schwieg. Dann schaute er Julia an und legte schließlich seinen Finger auf die schwarze Dame. «Wenn beim letzten Zug von Weiß die schwarze Dame nicht vom weißen Turm bedroht war, muß ein weißer Stein dem weißen Turm die Linie der schwarzen Dame freigemacht haben. Ein weißer Stein, der auf b4 oder b3 stand. Van Huys hat sich vermutlich ordentlich eins ins Fäustchen gelacht, als ihm bewußt wurde, wie sehr er die, die versuchen sollten, dieses Rätsel zu lösen, mit den zwei Türmen zum Narren hielt.»

Julia nickte bedächtig. Ein einziger Satz von Muñoz hatte einen bis dahin scheinbar unwichtigen Ort auf dem Schachbrett mit unendlich vielen Bedeutungen aufgefüllt. Der Mann bewegte sich wie ein Zauberkünstler durch das komplizierte Labyrinth aus Weiß und Schwarz, zu dem er verborgene Schlüssel besaß und durch das er andere Leute führen konnte. Es war, als orientiere er sich mit Hilfe eines Netzes, das unter dem Brett verborgen war, anhand unsichtbarer Verknüpfungen, die unverhoffte, scheinbar unmögliche Kombinationen erlaubten, die man nur nennen mußte, damit sie Gestalt annahmen und an der Oberfläche sichtbar wurden, so daß man sich wunderte, diese Zusammenhänge nicht früher erkannt zu haben.

«Ich kapiere», sagte sie nach kurzem Überlegen. «Dieser weiße Stein schützte die schwarze Dame vor dem Turm. Und als er verschwand, war die schwarze Dame bedroht.»

«Ganz genau.»

«Und welcher Stein war es?»

«Vielleicht kommen Sie ja selber drauf!»

«Ein weißer Bauer?»

«Nein. Der eine wurde auf a5 oder auf b6 geschlagen. Und die anderen sind zu weit weg, die können es nicht gewesen sein.»

«Ich fürchte, das ist mir zu hoch.»

«Sehen Sie sich die Positionen genau an. Ich könnte es Ihnen ja gleich verraten, aber da würde ich Sie um ein Vergnügen bringen, das Sie sich verdient haben, wie ich finde... Schauen Sie in aller Ruhe.» Er zeigte lässig in das Lokal, auf die einsame Straße, auf die Kaffeetassen auf dem Tisch. «Wir haben Zeit.»

Julia versenkte sich in die Aufstellung. Sie zog eine Zigarette hervor, ohne den Blick von den Figuren abzuwenden, und lächelte plötzlich vage.

«Ich glaube, ich habe es», verkündete sie scheu.

«Schießen Sie los!»

«Der auf den weißen Feldern ziehende Läufer befindet sich auf f1, und er hätte keine Zeit gehabt, sich vom einzig möglichen Feld der b-Linie – nämlich b3 – wegzubewegen. Und b4 ist ja ein schwarzes Feld.» Sie schaute Muñoz erwartungsvoll an. «Ich meine, es wären mindestens...», sie zählte mit den Fingern, «drei Züge nötig gewesen, um von b3 auf seine jetzige Position zu gelangen... Also: Der Läufer schützte die Dame nicht. Hab ich recht?»

«Ja, absolut. Fahren Sie fort.»

«Die Dame auf e1 konnte es auch nicht sein. Ebensowenig der weiße König... Während der auf den schwarzen Diagonalen ziehende Läufer, der bereits geschlagen ist, ohnehin nie auf b3 gewesen sein kann.»

«Sehr gut. Und warum nicht?»

«Weil b3 ein weißes Feld ist. Und wäre dieser Läufer von b4 aus auf den schwarzen Feldern gezogen, so wäre er noch im Spiel, aber das ist nicht der Fall. Er wurde bestimmt in einer früheren Phase des Spiels geschlagen.»

«Das stimmt. Und was bleibt uns jetzt noch?»

Julia starrte auf das Brett und fühlte, wie ihr ein sanfter Schauer über Rücken und Arme lief, als striche eine Messerschneide darüber. Es war nur noch ein einziger Stein übrig, den sie nicht erwähnt hatte.

«Es bleibt der Springer», sagte sie schwer schluckend und unversehens leise. «Der weiße Springer.»

Muñoz beugte sich zu ihr herüber.

«Der Springer, genau!...» Nun schaute er nicht mehr auf das Brett, sondern blickte Julia ernst ins Gesicht. «Der weiße Springer zog von b4 nach c2 und gab damit die schwarze Dame frei. Diese schlug den Springer, um sich vor dem weißen Turm in Sicherheit zu bringen und zugleich eine Figur zu gewinnen.» Muñoz schwieg, überlegte, ob er vielleicht etwas Wichtiges vergessen hatte und plötzlich, als würde eine Lampe ausgeknipst, verlosch der Glanz in seinen Augen. Er wandte den Blick von Julia ab, mit der einen Hand sammelte er die Steine ein, die andere klappte das Brett zusammen, als wollte er zeigen, daß er seine Schuldigkeit getan habe.

«Die schwarze Dame!» wiederholte sie aufgeregt und fühlte, ja hörte fast, wie es in ihrem Hirn wild arbeitete.

«Jawohl.» Muñoz hob die Schultern. «Es ist die schwarze

Dame, die den Springer geschlagen hat. Was auch immer das bedeuten mag.»

Julia führte den Rest ihrer Zigarette an den Mund, nahm einen letzten Zug, verbrannte sich dabei die Finger, warf den Stummel zu Boden.

«Das heißt», hauchte sie verwirrt von der Entdeckung, «Ferdinand von Altenhoffen ist unschuldig.» Sie lachte kurz und schaute noch einmal auf die Spielskizze. Ihr Finger zeigte auf Feld c2, den Festungsgraben am Osttor der Zitadelle von Ostenburg, wo Roger von Arras ermordet wurde. «Das bedeutet», fügte sie erschauernd hinzu, «daß Beatrix von Burgund den Ritter töten ließ.»

«Beatrix von Burgund?»

Julia nickte. Plötzlich war alles so klar und eindeutig, sie hätte sich ohrfeigen können, weil sie nicht schon früher und von selbst darauf gekommen war. Alles war da, zum Greifen nahe, in der Partie und auf dem Gemälde. Van Huys hatte es bis ins kleinste Detail festgehalten.

«Es konnte ja gar nicht anders sein», sagte sie. «Natürlich die schwarze Dame, Beatrix von Ostenburg,...» Sie schwankte, suchte den rechten Ausdruck. «Füchsin, verfluchte!»

Und sie sah ihn ganz klar vor sich: den Maler in seinem unaufgeräumten Atelier, wo es nach Öl und Terpentin roch, wie er sich da im Schummerlicht der um das Gemälde aufgestellten Talgkerzen bewegte. Er mischte Kupferpigment mit Harz, um ein beständiges Grün zu erreichen, das der Zeit standhielte. Dann trug er es bedächtig auf, in Schichten, vervollständigte die Falten des Tischtuches, bis die Inschrift *Quis necavit equitem*, die er wenige Wochen zuvor mit Auripigment gemalt hatte, verdeckt war. Es waren wunderschöne gotische Lettern, und es widerstrebte ihm, sie verschwinden zu lassen – und das sicherlich für immer –, doch Herzog Ferdinand hatte recht: «Es ist zu auffällig, Meister Van Huys.»

So ungefähr mochte es gewesen sein, und sicherlich murrte der Alte, während er behutsam die Farbe auf das Bild auftrug.

Vielleicht rieb er sich in eben diesem Augenblick die müden Augen und schüttelte das Haupt. Seine Sehkraft hatte in letzter Zeit nachgelassen, die Jahre gingen nicht spurlos an einem vorüber... Er hatte Schwierigkeiten, sich zu konzentrieren, selbst bei dem einzigen Vergnügen, über dem er während seiner winterlichen Mußestunden die Malerei vergessen konnte, wenn die Tage kurz waren und das Licht zum Pinselschwingen nicht ausreichte – beim Schachspielen. Diese Leidenschaft hatte er mit dem beklagten *micer* Roger geteilt, der ihm Beschützer und Freund gewesen war und sich trotz seines Standes und seiner hohen Stellung nie zu schade gewesen war, sich sein Wams mit Farbe zu bekleckern, wenn er Van Huys zu einer Partie im Atelier aufsuchte, zwischen Ölen, Grundierungen, Pinseln, halbfertigen Gemälden, er fähiger denn jeder andere, den Kampf der Steine mit langen Gesprächen über Kunst, Liebe und Krieg zu unterbrechen. Oder mit seiner so oft wiederholten merkwürdigen Vorstellung, die im nachhinein eine schreckliche Vorahnung zu sein schien: Schach als ideales Spiel für alle, denen es gefällt, voller Übermut durch die teuflischen Schlünde der Hölle zu spazieren.

Nun war das Bild fertig. In jüngeren Jahren hatte Van Huys den letzten Pinselstrich stets mit einem kurzen Gebet begleitet und Gott die glückliche Fertigstellung des neuen Werkes gedankt, doch mit dem Alter waren seine Lippen stumm, die Augen trocken und die Haare grau geworden. So beschränkte er sich denn auf ein leichtes Kopfnicken, stellte den Pinsel in einen Tonbecher mit Lösungsmittel und wischte sich an der abgewetzten Lederschürze die Finger ab. Dann hob er den Kandelaber in die Höhe und trat einen Schritt zurück. Mochte Gott ihm dieses Gefühl von Stolz, das er nicht hatte unterdrücken können, vergeben. *Die Schachpartie* war weit mehr geworden, als sein Herr, der Herzog, ihm aufgetragen hatte. Sein neues Werk barg alles: Leben, Schönheit, Liebe, Tod, Verrat. Dieses Gemälde war ein Kunstwerk, das ihn und alle, die es darstellte, überleben würde. Und der alte flämische Meister spürte in seinem Herzen den warmen Hauch der Unsterblichkeit.

Sie sah Beatrix von Burgund, die Herzogin von Ostenburg, am Fenster in das *Poem von der Rose und dem Ritter* vertieft; ein schräger Sonnenstrahl fiel ihr über die Schulter und erhellte die kleinen Seiten. Ihre elfenbeinfarbene Hand, an einem Finger ein goldener Ring, der das Licht reflektierte, schien leicht zu zittern, wie das Blatt eines Baumes in einer sanften Brise. Vielleicht liebte sie und war unglücklich, und es verletzte ihren Stolz, daß jener Mann sie zurückwies und ihr versagte, was selbst ein Lanzelot vom See der Königin Guenièvre nicht hatte ausschlagen können. Oder hatte der bestochene Armbrustschütze den Gram nach einer erstorbenen Leidenschaft, nach einem letzten Kuß und einem grausamen Abschied gerächt? Im Hintergrund, an Flanderns blauem Himmel, streiften Wolken über die Flure, und die Dame saß da, gebannt vom Buch in ihrem Schoß. Nein, undenkbar. Nicht möglich, daß Ferdinand von Altenhoffen einen Verrat hätte verewigen wollen, noch daß Pieter Van Huys seine Kunst und sein Wissen in ein solches Bild hätte einfließen lassen sollen. Die Vorstellung, daß Beatrix den Blick gesenkt hielt, um eine Träne zu verbergen, war schöner. Der schwarze Samt drückte Trauer um das eigene Herz aus, das eben der Armbrustbolzen durchbohrte, der am Festungsgraben gepfiffen hatte. Ein Herz, das sich der Staatsräson beugte, der chiffrierten Botschaft ihres Vetters, des Herzogs von Burgund, dem Pergament, mehrfach gefaltet und mit aufgebrochenem Lacksiegel, das sie zwischen den kalten Händen zerknüllte, stumm vor Angst, bevor sie es über einer Kerzenflamme verbrannte. Eine geheime Botschaft, von Geheimboten übermittelt. Intrigen und Spinnennetze, rings um das Herzogtum und dessen Zukunft gewebt, die gleichzusetzen war mit der Europas. Franzosenklan, Burgunderklan. Dumpfer Krieg der Kanzleien, gnadenlos wie das grausamste der Schlachtfelder: ohne Helden, dafür mit Henkern in spitzengezierten Gewändern und mit Dolch, Gift und Armbrust als Waffen... Die Stimme des Blutes, die von der Familie eingeforderte Pflicht, sie verlangte nichts, von dem man sich nicht hinterher in der Beichte befreien konnte. Einzig ihre Gegenwart, zu vereinbarter Stunde des vereinbarten Tages, am Fenster des Turms vom Osttor, wo jeden Nachmittag eine Zofe ihr das Haar kämmte. An jenem Fenster, unter dem Roger von Arras tagtäglich zur selben Stunde vorbeischritt, allein, über seine unmögliche Liebe und seine Sehnsüchte sinnend.

Ja. Vielleicht schaute die schwarze Dame nicht in das Buch auf ihrem Schoß, um zu lesen, sondern weil sie weinte. Denkbar aber auch, daß sie nicht wagte, dem Maler in die Augen zu schauen, die den hell leuchtenden Blick der Ewigkeit bargen und, letztlich, der Geschichte.

Sie sah Ferdinand Altenhoffen, den unglücklichen Herzog, umrauscht von den Winden des Ostens und des Westens, in einem Europa, das sich für sein Empfinden zu rasch wandelte. Resigniert und machtlos sah er aus, ein Gefangener seiner selbst und seines Jahrhunderts, der sich mit den Wildlederhandschuhen gegen seine Seidenhose klatschte, bebend vor Zorn und Schmerz, weil er den Mörder des einzigen Freundes, den er in seinem Leben je gehabt hatte, nicht strafen konnte. Er stand da, an eine Säule seines mit Gobelins und Fahnen geschmückten Saals gelehnt, und schien sich an seine Jugendjahre zu erinnern, an gemeinsam durchlebte Träume, in Bewunderung des Knappen, der in den Kampf gezogen und mit Narben und Ruhm bedeckt zurückgekehrt war. Sein Lachen, seine heitere, ruhige Stimme, sein ernstes Flüstern, seine höflichen Komplimente an die Damen, seine resoluten Ratschläge, der warme Hall seiner Freundschaft, all das klang noch im Raum nach... Aber er war nun nicht mehr da, weilte weit weg an einem finsteren Ort.

«Und das Schlimmste, Meister Van Huys, alter Freund, alter Maler, der du ihn fast so sehr mochtest wie ich, das Schlimmste ist, es kann nicht Rache geben, weil sie, wie ich, wie er, nur Spielzeug anderer ist, von noch Mächtigeren; Spielzeug jener, die, weil sie das Geld und die Kraft besitzen, entscheiden, daß die Jahrhunderte Ostenburg aus der Geographie der Kartogra-

phen löschen werden... Kein Haupt, das ich über dem Grab meines Freundes abschlagen könnte; ich brächte es ohnehin nicht fertig. Sie allein wußte es und hat geschwiegen. Mit ihrem Schweigen tötete sie ihn, denn sie ließ ihn – auch ich bezahle gute Spione – wie jeden Abend zum Festungsgraben am Osttor kommen, angelockt vom stummen Gesang der Sirene, die den Mann seinem Unheil zutreibt. Einem Geschick, das, gleichsam in Schlaf oder blind, eines Tages die Augen aufschlägt, uns baß anstarrt... Rache ist, wie du erkennst, nicht möglich, Meister Van Huys. Allein deinen Händen und deinem Genius vertraue ich sie an. Niemand je wird dir reicheren Lohn für ein Bild zahlen als ich es tue. Gerechtigkeit will ich, und sei es allein für mich. Oder damit sie erfahre, daß ich es weiß, und auch daß es außer Gott vielleicht noch irgendwem zur Kenntnis gelangt, wenn wir, wie Roger von Arras, alle längst Asche sind. Darum male dieses Bild, Meister Van Huys. Beim Himmel, male es! Es soll alles enthalten, und es soll dein bestes, dein schrecklichstes Werk sein. Tu es, und möge der Teufel, den du ihm einst an der Seite reiten ließest, uns alle forttragen.»

Und zuletzt sah sie den Ritter, in geschlitztem Wams und purpurner Hose, mit goldener Halskette und einem unnütz an der Seite hängenden Degen, wie er abends am Festungsgraben vor dem Osttor entlang spaziert, allein, ohne den Knappen, damit der ihn nicht aus seinen Gedanken riß. Sie sah ihn den Blick heben, zum Spitzbogenfenster, und lächeln. Ein nur angedeutetes Lächeln, entrückt und melancholisch. Ein Lächeln, in dem Erinnerungen an Liebeshändel und Gefahren durchschienen und auch die Ahnung des eigenen Schicksals. Und vielleicht spürt Roger von Arras, daß sich hinter einer von Krüppelgewächs überwucherten Mauerzacke der Armbrustschütze versteckt und ihm, den Bogen gespannt, auf den Rücken zielt. Und plötzlich wird ihm klar: Sein Leben, der lange Weg, die Kämpfe in der knirschenden Rüstung, heiser und verschwitzt, die Umarmungen mit schönen Frauen, seine achtunddreißig Jahre, die er wie ein lastendes Bündel auf dem Buckel schleppte

– all das sollte hier sein Ende haben, auf diesem Fleck, jetzt! Er wird den Schlag spüren und dann nichts mehr. Und er ist von tiefem Selbstmitleid erfüllt, findet es ungerecht, daß es so enden soll, zwischen Tag und Tag, niedergestreckt wie ein Keiler. Und er hebt eine zarte schöne Männerhand, bei deren Anblick man sich sofort fragt: Welches Schwert hat sie wohl geschwungen, welche Zügel hat sie gepackt, welche Haut hat sie liebkost, welchen Federkiel tauchte sie ins Tintenfaß, um schwungvoll Worte auf ein Pergament zu schreiben... Er hebt die Hand, um sich zu wehren, vergebens, denn er weiß nicht einmal, gegen wen. Am liebsten würde er aufschreien, doch es gilt, die Würde zu wahren. Darum faßt die andere Hand den Degen, denn, so seine Überlegung, mit dem erhobenen Schwert zu sterben, und wenn das auch alles wäre, ziemt einem Ritter eher... Er hört das Schnarren der Sehne, denkt, er müßte aus der Geschoßbahn weichen, doch er weiß, ein Pfeil ist schneller als der Mensch. Und er spürt, daß aus seiner Seele ein bitteres Klagen dringt, während er in der Erinnerung einen Gott sucht, dem er seine Reue anvertrauen will. Aber plötzlich erkennt er, er bereut nichts, zumal ohnehin fraglich ist, ob ihm am Anfang dieser Nacht irgendein Gott das Ohr leihen möchte. Dann der Schuß. Er ist schon oft auf diese Weise getroffen worden, Narben sind davon zurückgeblieben, doch diese Wunde, das weiß er, wird nicht vernarben. Auch schmerzt sie nicht, aber es ist, als entweiche ihm die Seele durch das Einschußloch. Mit einem Mal kommt, unabwendbar, die Nacht, und bevor er hineintaucht, begreift er: Sie wird ewig sein. Und als Roger von Arras aufschreit, vernimmt er seine Stimme schon nicht mehr.

VIII. Der vierte Spieler

Aber die Schachfiguren waren unerbittlich, sie hielten ihn fest und sogen ihn förmlich auf. Darin lag Entsetzen, aber auch die einzig mögliche Harmonie, denn was existierte in der Welt schon außer Schach?

V. Nabokov

Muñoz lächelte, mechanisch und distanziert, als wollte er sich zu nichts verpflichten, noch nicht einmal dazu, Sympathie zu erwecken.

«Also, das war es», sagte er leise und paßte seinen Schritt dem von Julia an.

«Ja.» Sie ging mit gesenktem Kopf, in Gedanken versunken. Dann zog sie eine Hand aus der Jackentasche, um sich das Haar aus der Stirn zu streichen. «Nun kennen Sie die ganze Geschichte... Sie haben ein Recht darauf, denke ich mal. Sie haben es sich verdient.»

«Ja», murmelte er.

Sie gingen dicht nebeneinander, schweigend und langsam. Es war kalt. Die schmaleren und dicht bebauten Straßen lagen noch im Dunkeln, und in Abständen spiegelte sich das Licht der Laternen auf dem nassen Pflaster, so daß es glänzte wie frischer Firnis. Allmählich verschwammen die Schatten der offeneren Winkel, in dem Maße, wie sich am äußeren Ende der Straße, wo die Umrisse der Gebäude im Gegenlicht von Schwarz in Grau wechselten, eine bleierne Helligkeit durchsetzte.

«Und gibt es einen besonderen Grund, daß Sie mir den Rest der Geschichte bisher vorenthalten haben?» fragte Muñoz.

Sie musterte ihn von der Seite, ohne zu antworten. Er schien nicht beleidigt, sondern vage interessiert. Mit leerem Blick starrte er geradeaus in die Straße, die Hände in den Manteltaschen und den Kragen bis zu den Ohren hochgeschlagen.

«Ich wollte Ihnen das Leben nicht unnötig schwer machen.»

«Verstehe.»

Als sie um die Ecke bogen, wurden sie vom Gepolter der Müllautos begrüßt. Muñoz blieb stehen und gab ihr zwischen den leeren Mülltonnen den Vortritt.

«Und was wollen Sie jetzt tun?» fragte er.

«Ich weiß nicht. Ich werde wohl die Restaurierung abschließen. Und einen langen Bericht über die Angelegenheit schreiben. Ihnen habe ich zu verdanken, daß ich ein bißchen berühmt werde.»

Muñoz lauschte zerstreut, als wäre er mit den Gedanken ganz woanders.

«Und diese polizeiliche Untersuchung?»

«Man wird den Mörder schon finden, sofern es ihn gibt. So ist das immer.»

«Haben Sie einen Verdacht?»

Julia lachte auf.

«Mein Gott, natürlich nicht!» Sie verzog nachdenklich das Gesicht. «Jedenfalls wüßte ich nicht...» Sie schaute Muñoz an. «In einem Verbrechen ermitteln, das möglicherweise keines ist, ähnelt wohl sehr dem, was Sie mit dem Bild unternommen haben.»

Muñoz verzog die Lippen erneut zu seinem schüchternen Lächeln:

«Alles eine Frage der Logik, denke ich. Das haben der Schachspieler und der Detektiv wohl gemeinsam...» Er wandte sich ab, und Julia wußte nicht genau, ob er es ernst meinte oder scherzte. «Es heißt, daß Sherlock Holmes auch Schach spielte.»

«Lesen Sie Krimis?»

«Nein. Aber was ich lese, ähnelt dem doch ein bißchen.»

«Zum Beispiel?»

«Schachliteratur natürlich. Und Veröffentlichungen über mathematische Spiele, Probleme der Logik... Solche Dinge halt.»

Sie überquerten eine leere Straße, und Julia musterte ihren

Begleiter ein weiteres Mal aus den Augenwinkeln. Besonders intelligent wirkte er nicht. Außerdem bezweifelte sie, daß er im Leben besonders viel Glück gehabt hatte. Wie er da so lief, mit seinem zerknitterten Hemdkragen und den großen Ohren, die über dem Kragen des alten Trenchcoats hervorlugten, sah er einfach nach dem aus, was er war: ein frustrierter Büromensch, dessen einzige Fluchtmöglichkeit aus der Mittelmäßigkeit die Welt des Schachs mit ihren Kombinationen, mit ihren Problemen und Lösungen war. Er hatte einen merkwürdigen Blick, der erlosch, sobald er sich vom Brett entfernte. Auffällig war auch der zur Seite geneigte Kopf, als lastete ihm irgend etwas auf den Halswirbeln oder als wolle er so die äußere Welt an sich vorbeilassen, ohne daß sie ihn streifte. Er sah aus wie gefangene Soldaten in alten Dokumentarfilmen oder wie ein Krieger, der schon vor der Schlacht besiegt ist, der morgens, wenn er die Augen aufschlägt, bereits verloren hat.

Und da war sicher noch etwas anderes. Wenn Muñoz einen komplizierten Spielverlauf erläuterte, blitzte in seinen Augen etwas Solides, ja geradezu Brillantes auf. Als pulsierte in ihm ein außergewöhnliches mathematisch-logisches Talent oder sonst etwas, das ihm zu sicherem Auftreten und zu unanzweifelbarer Autorität in seinen Worten und Gesten verhalf.

Julia hätte ihn gern besser gekannt. Sie wußte nichts über ihn, außer daß er Schach spielte und Buchhalter war. Doch jetzt war es zu spät. Die Arbeit war vollbracht; es würde wohl kaum einen Anlaß geben, sich noch einmal zu treffen.

«Schon merkwürdig, unsere Beziehung», sagte sie laut.

Muñoz blickte um sich, als suchte er Bestätigung für diese Worte.

«Eine typische Schachbeziehung», erwiderte er. «Sie und ich, vereint für die Dauer einer Partie.» Wieder setzte er sein mysteriöses Lächeln auf. «Melden Sie sich, wenn Sie wieder mal Schach spielen möchten.»

«Sie verwirren mich, ehrlich», sagte sie spontan.

Er blieb stehen und musterte sie überrascht. Jetzt lächelte er nicht mehr.

«Ich verstehe nicht.»

«Ich auch nicht, ehrlich gesagt.» Julia schwankte ein bißchen, das Terrain, auf das sie sich begab, war ihr nicht geheuer. «Sie scheinen aus zwei verschiedenen Personen zu bestehen: Einerseits sind Sie scheu, zurückgezogen und rührend ungeschickt... Aber kaum geht es um Schach, sind Sie die Selbstsicherheit in Person.»

«Ja und?» fragte er ausdruckslos und schien auf den Rest der Erklärung zu warten.

«Nichts weiter», stammelte sie, peinlich berührt, weil sie so indiskret gewesen war. Dann grinste sie über sich selbst. «Ist ja auch absurd, ein solches Gespräch so früh am Morgen. Entschuldigen Sie.»

Da stand er, die Hände in den Taschen seines Mantels; der Adamsapfel war über dem Hemdkragen deutlich zu sehen, er war unrasiert und neigte den Kopf etwas nach links, als dächte er über die soeben vernommenen Worte nach. Allerdings, so schien es, war er jetzt nicht mehr verwirrt.

«Tja», sagte er und streckte das Kinn vor, als sei ihm plötzlich etwas klargeworden. Aber was? fragte sich Julia. Er schaute zurück, als sei da jemand, der ihm ein vergessenes Wort hinterhertrüge. Und dann tat er etwas, woran die junge Frau sich immer lebhaft erinnern sollte. In einem Zug, mit einem halben Dutzend Sätze und so leidenschaftslos und kalt, als spräche er über eine dritte Person, resümierte er ihr sein Leben. Zu ihrer bassen Verwunderung sprach er unvermittelt und so präzise, wie wenn er seine Schachzüge darlegte. Dann verstummte er, und nun erst kehrte das vage Lächeln auf seine Lippen zurück, ein Ausdruck von Selbstironie gegenüber dem Mann, den er Sekunden zuvor beschrieben hatte, und dem Schachspieler, für den er im Grunde weder Mitleid noch Verachtung empfand, sondern eine Art nüchterne und verständnisvolle Solidarität. Julia stand da und wußte lange nicht, was sie sagen sollte. Sie fragte sich nur, wie zum Teufel es diesem eigentlich so wortkargen Mann gelungen war, ihr alles so klar zu sagen. Von einem Jungen hatte sie erfahren, der von seinem

Vater zum Hausarbeiten machen ins Zimmer gesperrt worden war und dort im Geiste Schach gespielt hatte. Auch von Frauen hatte Muñoz gesprochen, die den Männern mit der Geschicklichkeit eines Uhrmachers die Schwungfedern ausbauen konnten. Und von der Einsamkeit, die sich dem Scheitern und der Hoffnungslosigkeit zugesellte. All das hatte Julia vor sich gesehen, ohne auch nur darüber nachdenken zu können, und am Schluß, der fast wie ein Beginn war, wußte sie nicht einmal mit Sicherheit zu sagen, was er ihr erzählt und was sie hinzuphantasiert hatte. Muñoz hatte den Kopf etwas eingezogen und gelächelt, erschöpft wie ein Gladiator, dem es gleichgültig war, ob der Daumen, der über sein Schicksal entschied, nach oben oder nach unten wies. Und als der Schachspieler wieder in Schweigen verfiel und das graue Morgenlicht ihm die eine Gesichtshälfte etwas aufhellte, während die andere im Schatten blieb, erkannte Julia genau, was der kleine Rückzugswinkel mit den vierundsechzig schwarzen und weißen Feldern für diesen Mann bedeutete: ein Miniaturschlachtfeld, auf dem sich das Geheimnis des Lebens, des Erfolgs und des Scheiterns abspielt, jener schrecklichen geheimen Kräfte, die das Schicksal des Menschen bestimmen.

In weniger als einer Minute hatte sie das alles erfahren. Und auch die Bedeutung dieses Lächelns, das niemals ganz von seinen Lippen verschwand. Sie senkte langsam den Kopf, denn sie war klug und hatte begriffen; er aber schaute zum Himmel auf und sagte, es sei sehr kalt. Sie zog ein Päckchen Zigaretten hervor, bot ihm eine an, er bediente sich, und dies war das erste und vorletzte Mal, daß sie Muñoz rauchen sah. Sie gingen weiter, auf Julias Haustür zu. Es war klar, daß der Schachspieler hier aus der Geschichte hinaustreten sollte, und so streckte er die Hand aus, um sich von Julia zu verabschieden. Doch in dem Moment fiel deren Blick auf die Sprechanlage am Eingang. Sie sah ein kleines Kuvert, von der Größe einer Visitenkarte, zusammengefaltet im Gitterdraht neben der Klingel stecken. Sie öffnete es, zog ein Kärtchen hervor und wußte, daß Muñoz noch nicht gehen durfte. Und daß Dinge geschehen würden, und zwar keine guten Dinge, ehe man etwas dagegen tun könnte.

«Gefällt mir nicht», sagte César, und Julia sah, daß seine Finger, die die elfenbeinerne Zigarettenspitze hielten, leicht zitterten. «Gefällt mir gar nicht, daß da ein Irrer frei herumläuft und dir gegenüber den Fantomas spielt.»

Als wäre Césars Bemerkung für die Uhren im Laden das Stichwort, begannen sie fast alle auf einmal zu schlagen, in unterschiedlichsten Tönen, vom sanften Murmeln bis zu den gemessenen Akkorden der schweren Wanduhren, sie schlugen die vier Viertel – und die neun vollen Stunden. Trotz dieses Zufalls lächelte Julia nicht. Sie betrachtete Bustellis Lucinda, die reglos unter der Kristallglocke stand, und fühlte sich ebenso zerbrechlich wie sie.

«Na, mir auch nicht. Ich fürchte nur, wir können nichts machen.»

Ihr Blick schweifte von der Porzellanfigur zum Régencetisch, auf dem Muñoz sein kleines Schachbrett plaziert und erneut die Partie vom Van Huys-Gemälde aufgestellt hatte.

«Wenn ich diesen Kerl zwischen die Finger bekäme!» knurrte César und schielte mißtrauisch auf das Kärtchen, das Muñoz an einer Ecke hielt wie einen Bauern, von dem er nicht wußte, auf welches Feld er ihn setzen sollte.

«Wenn das ein Scherz sein sollte, ist es kein besonders guter!»

«Das ist kein Scherz!« rief Julia. «Hast du den armen Álvaro vergessen?»

«Vergessen?» Der Antiquitätenhändler führte die Zigarettenspitze zum Mund und stieß nervös eine Rauchwolke hervor. «Wenn ich das könnte!»

«Dies hier hat ohne Zweifel einen Sinn», bemerkte Muñoz.

Die beiden anderen starrten ihn an. Die Karte weiterhin zwischen den Fingern, beugte er sich über das Spiel, ohne zu bemerken, was für eine Wirkung seine Worte hatten. Er hatte den Trenchcoat nicht ausgezogen, und das Licht, das durch das

Bleifenster hereinfiel, verlieh seinem unrasierten Kinn einen bläulichen Ton und hob die dunklen Ringe um seine müden Augen hervor.

«Alle Achtung, mein Freund!» sagte César höflich, aber ungläubig und mit einer Art ironischem Respekt. «Alle Achtung, daß Sie in dem hier einen Sinn sehen können.»

Muñoz zuckte die Achseln und sagte nichts. Offenbar konzentrierte er sich auf die neue Problemstellung, auf die Notation auf dem Kärtchen:

Tb3?... Bd7–d5+

Er verglich sie mit der Position der Steine auf dem Brett. Schließlich schaute er erst César und dann Julia an.

«Irgend jemand» – und bei diesen Worten spürte Julia einen Schauer, als hätte einer eine unsichtbare Tür aufgestoßen – «irgend jemand scheint sich für die Partie auf diesem Gemälde zu interessieren.» Er wandte den Blick ab und nickte, als könnte er durch eine dunkle Kraft die Motive des mysteriösen Schachliebhabers nachvollziehen. «Wer es auch sein mag, er kennt den Ablauf der Partie und weiß oder nimmt an, daß wir deren Geheimnis rückläufig aufgedeckt haben. Denn nun schlägt er vor, daß wir vorwärts spielen, ausgehend von der auf dem Bild dargestellten Situation.»

«Sie machen Witze», sagte César.

Muñoz sah den Antiquitätenhändler an. Es herrschte peinliches Schweigen.

«Ich mache nie Witze!» sagte er endlich, als habe er sich reiflich überlegt, ob diese Anmerkung angebracht sei. «Schon gar nicht, wenn es um Schach geht.» Sein Zeigefinger tippte auf die Karte. «Ich versichere Ihnen, er setzt die Partie an dem Punkt fort, wo der Maler aufgehört hat. Schauen Sie sich das Brett an.»

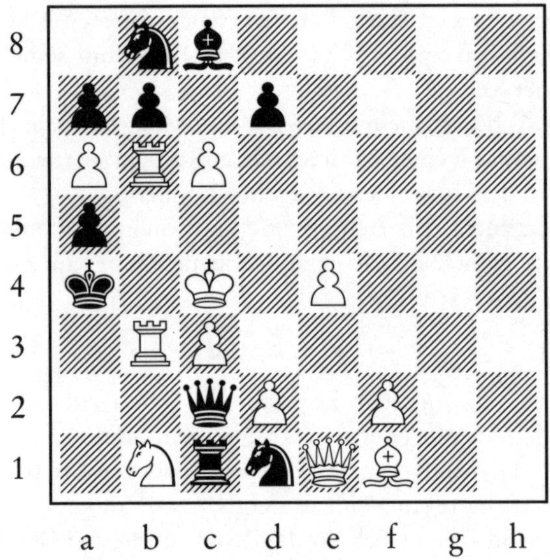

Muñoz wies auf das Kärtchen. «Sehen Sie: Tb3?... Bd7–d5+. Dieses Tb3 heißt, Weiß zieht seinen Turm von b5 nach b3. Dahinter ist ein Fragezeichen, und ich nehme an, damit wird uns dieser Zug vorgeschlagen. Hieraus ist zu schließen, daß wir Weiß spielen und der Gegner Schwarz.»

«Na, das paßt doch», bemerkte César, «das ist ja geradezu unheimlich.»

«Ob unheimlich oder nicht, er tut es jedenfalls. Er sagt: Ich spiele Schwarz und lade euch ein, den weißen Turm nach b3 zu ziehen. Sie verstehen? Wenn wir das Spiel annehmen, haben wir seinem Vorschlag zu folgen, auch wenn wir einen günstigeren Zug machen könnten. Zum Beispiel mit dem weißen Bauern auf a6 den schwarzen Bauern auf b7 schlagen. Oder mit dem weißen Turm auf b6...» Er dachte kurz nach, überprüfte wohl im Geiste die verschiedenen Möglichkeiten, die ihm diese Situation bot. Dann zwinkerte er und überwand sich, zur wirklichen Situation zurückzukehren.

«Unser Gegner geht davon aus, daß wir die Herausforderung annehmen, und wir haben den weißen Turm nach b3 gezogen, um unseren König vor einem möglichen Zug der schwarzen Dame nach a2 zu schützen und um gleichzeitig mit diesem von dem anderen Turm gedeckten Turm und dem weißen Springer dem schwarzen König auf a4 Matt zu drohen. Aus alledem schließe ich: Unser Gegner liebt das Risiko.»

Julia, die seine Ausführungen auf dem Schachbrett nachvollzogen hatte, hob den Blick und schaute Muñoz an. Sie glaubte, in seiner Stimme eine Spur von Achtung gegenüber dem unbekannten Spieler herauszuhören.

«Wie kommen Sie darauf... Wie können Sie wissen, was der liebt und was nicht?»

Muñoz zog den Kopf ein und biß sich auf die Unterlippe.

«Ich weiß nicht», erwiderte er nach einigem Zögern, «jeder spielt dem eigenen Charakter gemäß Schach, das habe ich Ihnen, glaube ich, schon mal gesagt.» Er legte das Kärtchen neben das Schachbrett. «d7–d5+ heißt: Schwarz beschließt, den Bauern auf d7 nach d5 zu ziehen und dem weißen König Schach zu bieten... Das Kreuzchen rechts von der Zahl heißt: Schach! Anders gesagt: Wir sind in Gefahr. Und diese Gefahr wäre abzuwenden, wenn wir besagten Bauern mit dem weißen von e4 schlagen.»

«Ja, was das Spiel betrifft, so ist das einleuchtend», sagte César. «Aber was bedeutet es für uns?... Welche Beziehung gibt es zwischen diesen Zügen und der Wirklichkeit?»

Muñoz zuckte die Achseln, als wollte er sich da lieber heraushalten. Julia fiel auf, daß er ihren Blick zu erhaschen versuchte, dann aber sofort wieder wegschaute.

«Keine Ahnung. Vielleicht ist es eine Mitteilung, eine Warnung. Wer weiß? Doch der nächste und logische Zug von Schwarz, nachdem der Bauer auf d5 geschlagen wurde, wäre, dem weißen König nochmals Schach zu bieten, indem der Springer von d1 nach b2 zieht... Wie die Dinge stehen, hat Weiß nur eine einzige Möglichkeit, das Schach zu parieren und gleichzeitig den schwarzen König weiter gefangen zu halten: Der weiße Turm müßte den schwarzen Springer schlagen – Turm b3 schlägt Springer b2. Und so sieht das auf dem Brett aus.»

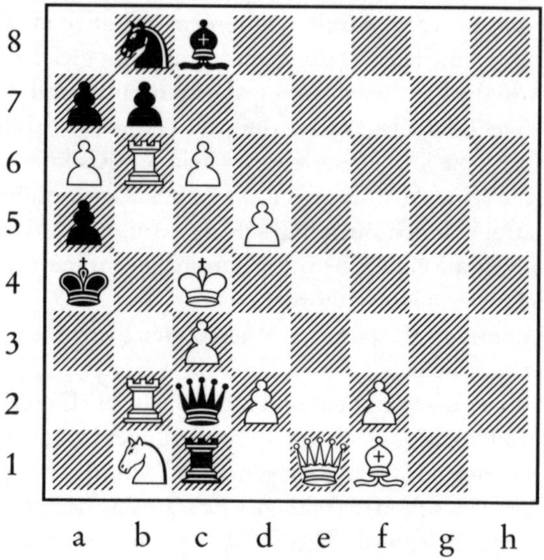

Die drei studierten reglos und stumm die Stellung der einzelnen Figuren. Julia würde später erzählen, daß sie in diesem Augenblick, lange bevor sie den Sinn der geheimnisvollen Zeichen begriff, erahnte, daß dieses Brett nicht mehr nur ein schlichtes Muster von weißen und schwarzen Feldern war, sondern ein Gelände, auf dem sich ihr eigenes Leben darstellte. Als wäre das Schachbrett plötzlich zu einem Spiegel geworden, spürte sie etwas Vertrautes in jener kleinen Holzfigur auf dem Feld e1, der weißen Dame, die äußerst verwundbar in der bedrohlichen Nähe von schwarzen Steinen stand.

Doch César hatte es noch vor ihr gemerkt.

«Mein Gott», sagte er. Und es klang so merkwürdig von seinen agnostischen Lippen, daß Julia ihn besorgt anstarrte.

César schaute gebannt auf das Brett, und die Hand hielt die Zigarettenspitze kurz vor dem Mund, als hätte die plötzliche Erkenntnis ihn mitten im Bewegungsansatz gelähmt.

Auch Julia wandte sich wieder dem Brett zu, spürte das Blut in den Handgelenken und an den Schläfen pochen. Sie sah nur die weiße Dame, spürte die Gefahr wie eine schwere Last auf sich. Hilfesuchend blickte sie zu Muñoz, der nachdenklich den Kopf wiegte, eine tiefe senkrechte Furche auf der Stirn. Dann huschte ihm wieder sein vages Lächeln über die Lippen, eine flüchtige Grimasse mit einem Anflug von Groll, wie bei einem, der seinem Gegner widerwillig Talent zusprechen muß. Julia fühlte dumpfe Angst in sich aufwallen, denn sie sah: Auch Muñoz ließ das Ganze nicht kalt.

«Was ist los?» fragte sie und erkannte die eigene Stimme nicht. Die Felder des Brettes flimmerten vor ihren Augen.

César wechselte mit Muñoz einen ernsten Blick. «Der weiße Turm bedroht jetzt unmittelbar die schwarze Dame. Hab ich recht?»

Muñoz senkte den Kopf.

«Ja», bestätigte er nach kurzer Pause, «die zuvor sicher stehende Dame ist bedroht...» Er zögerte etwas. Auf Wegen, die sich nicht nach Schachregeln richteten, bewegte er sich wirklich verkrampft. «Der unsichtbare Spieler will uns etwas mitteilen: seine Gewißheit, daß das Geheimnis um das Gemälde gelöst ist. Die schwarze Dame...»

«Beatrix von Burgund», murmelte Julia.

«Ja. Beatrix von Burgund. Die schwarze Dame, die offenbar schon einmal tötete.»

Die letzten Worte hatte Muñoz in einer Weise gesagt, als erwartete er keine weiteren Kommentare. César streckte stumm den Arm vor und preßte gefühlvoll die glimmende Zigarette in den Aschenbecher, so gewissenhaft, als müßte er etwas tun, um den Kontakt mit der Wirklichkeit nicht zu verlieren. Dann schaute er sich um, als könnte ihm ein Möbelstück, ein Bild oder sonst irgendein Gegenstand in seinem Antiquitätenladen die Antwort auf die vielen Fragen geben, die im Raum standen.

«Dieser Zufall ist ja absolut unglaublich, meine Lieben», sagte er. «Das kann doch nicht wahr sein.»

Er hob die Hände und ließ sie fassungslos wieder sinken. Muñoz zuckte unter seinem zerknitterten Mantel nur mürrisch die Achseln.

«Hier ist nichts zufällig. Wer dies inszeniert hat, ist ein Meister.»

«Und was passiert mit der weißen Dame?» fragte Julia.

Muñoz hielt ihrem Blick einige Sekunden stand, streckte eine Hand auf das Brett zu, hielt wenige Zentimeter vor der Figur inne, als wagte er nicht, sie zu berühren. Dann zeigte er auf den schwarzen Turm auf c1.

«Sie ist in Gefahr, geschlagen zu werden», sagte er gefaßt.

«Das sehe ich.» Julia war enttäuscht; sie hatte geglaubt, es würde sie stärker aufwühlen, wenn jemand ihre Befürchtungen laut bestätigte. «Wenn ich recht verstehe, drückt sich die Tatsache, daß das Geheimnis des Gemäldes gelüftet wurde, die Dame in Schwarz also tatsächlich schuldig ist, im Zug des Turms nach b2 aus... Und die weiße Dame ist in Gefahr, sie hätte sich auf einen sicheren Fleck zurückziehen sollen, anstatt da herumzustehen und sich das Leben schwer zu machen. Ist das die Moral, Señor Muñoz?»

«Mehr oder weniger.»

«Aber all das war vor fünfhundert Jahren», wandte César ein, «nur das Hirn eines Irren...»

«Vielleicht handelt es sich ja um einen Irren», sagt Muñoz. «Aber er spielte oder spielt unwahrscheinlich gut Schach.»

«Und vielleicht hat er ein zweites Mal getötet», fügte Julia hinzu, «jetzt, vor wenigen Tagen, im zwanzigsten Jahrhundert – Álvaro!»

César hob schockiert eine Hand, als hätte sie einen Fauxpas begangen.

«Halt, Prinzessin. Immer hübsch der Reihe nach. Noch kein Mörder hat fünfhundert Jahre gelebt. Und ein Gemälde kann nicht töten.»

«Je nachdem, wie man es betrachtet.»

«Ich verbiete dir, so ein dummes Zeug zu reden! Hör auf, Dinge zu vermischen, die nicht zusammengehören. Auf der einen Seite ist ein Bild und ein vor fünfhundert Jahren begangenes Verbrechen, auf der anderen Seite haben wir den toten Álvaro...»

«Und den Umschlag mit der Dokumentation.»

«Noch gibt es keine Beweise dafür, daß der Zusteller Álvaros Mörder ist. Es ist nicht ausgeschlossen, daß der Kerl sich das Genick tatsächlich in der Wanne gebrochen hat.» César streckte drei Finger in die Höhe. «Drittens möchte da einer Schach spielen. Das ist alles. Nichts beweist, wie dies alles zusammenhängt.»

«Das Bild.»

«Das ist kein Beweis. Nur ein Anlaß zu Hypothesen.» César schaute Muñoz an. «Hab ich recht?»

Der Schachspieler blieb stumm; er wollte sich lieber heraushalten, und César musterte ihn gereizt. Julia zeigte auf das Kärtchen neben dem Schachbrett.

«Beweise wollt ihr also», sagte sie, denn plötzlich war es ihr wie Schuppen von den Augen gefallen. «Hier ist etwas, das Álvaros Tod direkt mit dem geheimnisvollen Spieler verbindet: Diese Kärtchen kenne ich, Álvaro hat sie für seine Notizen benutzt.» Wer immer ihn tötete, hatte vielleicht eine Handvoll dieser Kärtchen mitgehen lassen, überlegte sie und nahm sich eine Chesterfield aus dem Päckchen in ihrer Jackentasche. Das Gefühl von Panik, das sie Minuten zuvor überfallen hatte, war verflogen. Jetzt empfand sie eine ganz konkrete Angst: Angst vor der Angst, vor dem Undefinierbaren und Dunklen, und Angst davor, ermordet zu werden. Vielleicht war es die plötzliche Erinnerung an Álvaro, an jenen Tod bei hellichtem Tag und geöffneten Wasserhähnen, die sie plötzlich so aufrüttelte und ihren Geist von anderen und überflüssigen Ängsten befreite. Sie trug weiß Gott auch so schon genug mit sich herum.

Sie zündete sich die Zigarette an, in der Hoffnung, den beiden Männern damit ihre Souveränität unter Beweis stellen zu können. Sie blies die erste Rauchwolke aus und schluckte, ihr Hals war unangenehm trocken. Sie brauchte dringend einen Wodka. Oder ein halbes Dutzend. Oder einen Mann, gutaussehend, kräftig, schweigsam, für Sex bis zur Besinnungslosigkeit.

«Und jetzt?» fragte sie so gefaßt wie möglich. César musterte Muñoz, und dieser Julia. Der Blick des Schachspielers war jetzt trüb, leblos, desinteressiert, bis ein neuer Zug seine Aufmerksamkeit erfordern würde.

«Warten», sagte Muñoz und wies auf das Brett. «Jetzt ist Schwarz am Zug.»

Menchu war sehr aufgeregt, allerdings nicht wegen des mysteriösen Spielers. Während Julia ihr berichtete, riß sie die Augen immer weiter auf, man glaubte fast, hinter ihrem Rücken eine Registrierkasse klingeln zu hören, die für sie die Summen zusammenrechnete. Menchu war schon immer geldgierig gewesen. Und jetzt, da sie Gewinne veranschlagte, war sie es um so mehr.

Geldgierig und kalt, fügte Julia in Gedanken hinzu, denn daß es da vielleicht einen schachspielenden Mörder gab, beunruhigte sie kaum. Wie immer, wenn es Probleme gab, tat Menchu auch jetzt, als sei alles in Ordnung. Sie schien keine Lust zu haben, sich zu lange mit einer Sache zu beschäftigen, oder vielleicht war sie auch Max leid, der jetzt bei ihr den Leibwächter spielte und andere Tändeleien erschwerte. Jedenfalls hatte sie eine merkwürdige Position eingenommen: Sie sah alles als eine Serie merkwürdiger Zufälligkeiten, als einen originellen, auf jeden Fall harmlosen Scherz irgendeines absonderlichen Witzboldes, dessen Motive nicht zu durchschauen waren. Diese Version beruhigte noch am ehesten, vor allem wenn dabei viel zu gewinnen war. Und was Álvaros Tod betraf, hatte Julia denn noch nie von Fehlermittlungen der Justiz gehört? Man denke an die Ermordung Zolas durch diesen Typ, Dreyfus, oder war es umgekehrt gewesen? Und der Fall Lee Harvey Oswald und andere Pannen. Und in der Badewanne auszurutschen, das passierte doch jedem mal. Oder fast.

«Und was den Van Huys betrifft, du wirst sehen, damit verdienen wir uns eine goldene Nase.»

«Und was machen wir mit Montegrifo?»

In der Galerie waren nur wenige Besucher; zwei ältere Damen plauderten vor einem riesigen klassischen Ölbild, einer Seelandschaft, und ein dunkel gekleideter Herr blätterte in den

Mappen mit den Stichen. Menchu stützte eine Hand in die Hüfte, als trüge sie dort einen Revolver. Sie zwinkerte theatralisch und flüsterte:

«Der wird schon klein beigeben, meine Beste.»

«Meinst du?»

«Wie gesagt. Entweder er fügt sich, oder wir gehen zur Konkurrenz.» Sie lächelte selbstsicher. «Bei deinem Ruf und dieser wundervollen Story vom Herzog Ostenburg und seiner Angetrauten, diesem Luder, empfängt uns Sotheby's oder Christie's mit offenen Armen. Aber Paco Montegrifo ist ja nicht blöd... Ach ja, heute sind wir mit ihm zum Kaffee verabredet. Mach dich hübsch!»

«Wir?»

«Du und ich. Er hat heute morgen angerufen. Hat mir Honig ums Maul geschmiert. Der hat schon den richtigen Riecher, dieser Hund.»

«Zieh mich da bitte nicht mit rein.»

«Tu ich doch nicht. Er hat drauf bestanden, daß du mitkommst. Ich weiß ja nicht, was er an dir findet. Wo du so mager bist.»

Menchus hohe Absätze – sie trug sündhaft teure maßgeschneiderte Schuhe – waren für ihre Figur zwei Zentimeter zu hoch und hinterließen im beigefarbenen Fußbodenbelag schmerzliche Spuren. In ihrer dezent beleuchteten Galerie gab es vorherrschend Werke *barbarischer Kunst*, wie César sie nannte: Acrylbilder und Gouachen, Collagen, Reliefs aus Sackleinen, rostigen Schlüsseln und Plastikschläuchen, himmelblau gestrichene Lenkräder, nur hier und da, in die hintersten Ecken verbannt, ein Gemälde oder eine gezeichnete Landschaft in konventionellerem Stil, wie geduldete, aber unverzichtbare Gäste, die die Weltläufigkeit der snobistischen Gastgeberin bezeugen sollten. Und kein Zweifel, die Galerie brachte Menchu Geld ein; das erkannte sogar César zähneknirschend an und dachte wehmütig an jene Zeiten, als im Sitzungsraum eines beliebigen Aufsichtsrates unverzichtbar ein respektierliches Gemälde hing, *comme il faut*, mit der nötigen Patina und breitem Goldrahmen, und nicht diese postindustriellen Delirien, die nur zu gut zum Zeitgeist paßten – Plastikgeld, Plastikmöbel, Kunst aus Plastik –, zu der neuen Generation, die jetzt in jenen Sälen sitzt und den neuesten Designertrends niemals hinterherhinkt.

Paradoxe des Lebens: Menchu und Julia standen vor einem eigenartigen Gemisch aus Rot- und Grüntönen. Es hatte den pathetischen Titel *Gefühle* und war ein paar Wochen zuvor aus der Palette Sergios hervorgegangen, der neuesten Eroberung von César, der sich für ihn eingesetzt hatte, wobei er verschämt zu Boden blickte.

«Das werde ich auf alle Fälle los», seufzte Menchu nach einer Weile resigniert. «Im Grunde läßt sich alles verkaufen. Es ist nicht zu fassen.»

«César ist dir sehr dankbar, und ich auch», bemerkte Julia. Menchu rümpfte die Nase.

«Das genau ärgert mich. Daß du dich auch noch für die Lustknaben von deinem Freund César stark machst. In seinem Alter sollte er mal ein bißchen zur Ruhe kommen, diese alte Tunte.»

Julia hielt ihrer Freundin drohend die Faust vor die Nase.

«Laß ihn aus dem Spiel. Du weißt, auf César lasse ich nichts kommen.»

«Weiß ich, meine Liebe, du immer mit deinem César, seit ich dich kenne!» Sie musterte angewidert Sergios Bild. «Ihr seid ein Fall für den Psychiater, das ist doch nicht mehr normal. Ich sehe euch zu zweit auf der Couch liegen und alten Kram von Freud daherreden: ‹Sehen Sie, Doktor, als ich klein war, hatte ich Probleme mit meinem Vater und wollte lieber mit dem Antiquitätenhändler Walzer tanzen. Der übrigens stockschwul ist, mich aber vergöttert.› Das darf doch nicht wahr sein, meine Liebe.»

Julia fixierte ihre Freundin. Ihr war nicht nach Lächeln zumute.

«Jetzt werd nicht unverschämt! Du weißt doch genau, was für eine Beziehung wir haben.»

«Und ob ich das weiß.»

«Ach, der Teufel soll dich holen. Du weißt sehr gut...» Sie

schnaufte verärgert. «Absurd! Immer, wenn du von César sprichst, fange ich an, mich zu rechtfertigen.»

«Weil in eurer Beziehung einiges nicht so ganz klar ist, meine Kleine. Erinnere dich, selbst während deiner Liaison mit Álvaro...»

«Laß Álvaro aus dem Spiel. Kümmere dich lieber um deinen Max.»

«Mein Max gibt mir wenigstens was ich brauche. Und überhaupt, wie ist denn dieser Schachspieler, den ihr euch da aus dem Ärmel gezogen habt? Ich bin ganz wild darauf, ihn kennenzulernen.»

«Muñoz?» Julia mußte lächeln. «Da wärst du wohl eher enttäuscht. Er ist nicht dein Typ.» Meiner auch nicht, sann sie. «Er sieht aus wie ein Büroangestellter in einem alten Schwarzweißfilm.»

«Immerhin hat er das Rätsel Van Huys gelöst.» Menchu ehrte den Schachspieler mit einem spöttischen Augenzwinkern. «Irgendein Talent wird er schon haben.»

«Er kann auf seine Art durchaus brillant sein... Aber nur manchmal. Dann ist er selbstsicher und überschüttet dich mit seinen Überlegungen. Aber plötzlich fällt er dann vor deinen Augen in sich zusammen. Dann ertappst du dich dabei, daß du seinen abgewetzten Hemdkragen betrachtest, du siehst das Derbe in seinen Gesichtszügen und denkst, daß er bestimmt Schweißfüße hat.»

«Ist er verheiratet?»

Julia hob die Schultern. Sie blickte durch die Scheibe des Schaufensters, das mit Bildern und Keramiken dekoriert war, auf die Straße hinaus.

«Weiß ich nicht. Er zählt nicht zu denen, die viel von sich erzählen.» Julia wurde bewußt, das sie Muñoz bisher weniger als Menschen denn als Mittel zum Zweck angesehen hatte, als nützliche Größe, um ein Problem zu lösen. Erst am Tag zuvor, kurz bevor sie das Kärtchen an der Tür entdeckten, als sie sich gerade voneinander verabschieden wollten, hatte sie sich zum erstenmal ein klein bißchen über sein Inneres gebeugt. «Ich würde sagen, er ist verheiratet. Oder war es. Er trägt Narben mit sich herum, die nur Frauen verursacht haben können.»

«Und wie gefällt er César?»

«Gut. Ich glaube, er findet ihn amüsant. Jedenfalls ist er ihm gegenüber sehr höflich, manchmal etwas spöttisch, als reize es ihn irgendwie, wenn Muñoz sich bei der Analyse einer Spielphase brillant zeigt. Aber sobald Muñoz den Blick vom Brett hebt, verliert er den Zauber, und dann ist auch César wieder ziemlich nüchtern.»

Julia schaute noch immer durch das Schaufenster nach draußen und sah plötzlich auf der gegenüberliegenden Straßenseite einen Wagen parken, der ihr bekannt vorkam. Wo hatte sie ihn schon einmal gesehen?

Ein vorbeifahrender Autobus verdeckte ihr kurz die Sicht. Menchu sah ihren ängstlichen Gesichtsausdruck.

«Was ist?»

Julia schüttelte verwirrt den Kopf. Ein Lastwagen hielt an der Ampel und verdeckte das Auto drüben. Stand es noch da? Jedenfalls hatte sie es gesehen. Ein Ford!

«Was ist los?»

Menchu schaute zwischen Julias Gesicht und der Straße hin und her, sie begriff nicht. Julia war flau im Magen, wie so oft in den letzten Tagen. Gebannt stand sie da, starrte hinaus, als könnte ihr Blick die Karosserie des Lastwagens durchdringen. Ein blauer Ford.

Sie hatte Angst. Es war ein Kribbeln am ganzen Körper, ein Pulsieren an den Handgelenken und den Schläfen. Es war durchaus möglich, das jemand sie verfolgte, seit jenem Tag, als Álvaro und sie… Ein blauer Ford mit getönten Scheiben.

Plötzlich fiel es ihr ein. Als sie in der zweiten Spur vor dem Kurierdienst gestanden hatten und später die Ampel auf Rot gewechselt war, an jenem Regenmorgen auf dem Boulevard. Finstere Späheraugen, die hinter getönten Scheiben die Straße beobachteten oder mitten im Verkehr ein bißchen nach rechts schauen… Warum sollte es nicht eben jenes Auto gewesen sein?

«Julia, meine Liebe, du bist ja ganz bleich!» sagte Menchu ernstlich besorgt.

Der Lastwagen stand noch immer an der roten Ampel. Vielleicht war alles nicht nur ein Zufall. Es gibt schließlich nicht nur einen blauen Wagen mit getönten Scheiben. Sie machte einen Schritt in Richtung Fenster, griff in die Ledertasche, die sie über der Schulter trug. Álvaro in der Badewanne, unter aufgedrehten Wasserhähnen. Sie suchte, kramte zwischen Zigarettenpäckchen, Feuerzeug und Puderdose herum. Dann spürte sie den Griff des Derringer, es war eine Art erleichtertes Jubelgefühl und gleichzeitig Haß auf den unsichtbaren Wagen, den nackten Schatten der Angst. Verdammt noch mal! Die Hand in der Tasche umkrampfte den Revolver und begann vor Angst und Wut zu zittern. Du Schweinehund, wer immer du bist, auch wenn heute Schwarz am Zuge ist, dir werde ich das Schachspielen schon beibringen. Und vor Menchus Augen eilte sie auf die Straße hinaus, mit verbissenem Mund, den Blick fest auf den Lastwagen gerichtet. Sie quetschte sich zwischen zwei auf dem Bürgersteig parkenden Autos durch, als die Ampel auf Grün sprang, konnte gerade noch einer Stoßstange ausweichen, hörte ein Hupen hinter sich, wollte, während sie ungeduldig darauf wartete, daß der Lastwagen losfuhr, den Derringer hervorziehen, gelangte endlich durch eine Wolke aus Abgasqualm hinüber auf die andere Straßenseite, gerade noch rechtzeitig, um den blauen Ford mit den getönten Scheiben – dessen Kennzeichen mit den Buchstaben TH endete – ins Gewühl tauchen, ihn die Straße aufwärts verschwinden zu sehen.

IX. Der Graben am Osttor

ACHILLES: Was passiert, wenn Sie dann ein Bild innerhalb des Bildes finden, in das Sie bereits eingetreten sind?
SCHILDKRÖTE: Genau das, was zu erwarten war: Sie geraten in dieses Bild-im-Bild.

D. R. Hofstadter

«Das war wirklich zuviel des Guten, meine Liebe.» – César drehte sich seine Spaghetti auf die Gabel. – «Stell dir das doch mal vor! Ein unbescholtener Bürger fährt zufällig einen blauen Wagen, er hält zufällig an einer Ampel, und plötzlich springt eine hübsche junge Frau wie eine Furie auf ihn zu und will ihm eine Kugel verpassen.» Er wandte sich an Muñoz, als wollte er seine Zustimmung. «Da fällt man doch vor Schreck in Ohnmacht.»

Der Schachspieler hielt in seiner Bewegung inne – er spielte gerade mit einem Brotkügelchen, das er über die Tischdecke rollte – und sagte mit matter, eintöniger Stimme und gesenktem Blick: «Sie kam doch gar nicht dazu, ihm die Kugel zu verpassen. Der Wagen war doch schon auf und davon.»

«Na, das ist doch klar.» César langte nach seinem Glas Rosé. «Die Ampel stand ja auf Grün.»

Julia knallte ihr Besteck auf den Rand ihres Tellers, neben eine fast unberührt gebliebene Portion Lasagne, und zwar mit solcher Wucht, daß der Antiquitätenhändler sie über das Glas hinweg strafend ansah.

«Hör zu, der Wagen stand lange vorher da, die Straße war frei... Und genau gegenüber von der Galerie, ist das denn so schwer zu kapieren?»

«Schatz, es gibt Hunderte solcher Wagen!» César setzte das Glas behutsam auf den Tisch, tupfte sich die Lippen trocken und lächelte friedlich. «Es könnte ja sein», er senkte seine

Stimme zu einem geheimnisvollen Flüstern –, «daß es ein Verehrer deiner tugendsamen Freundin Menchu war, irgendein muskulöser Gigolo, der die Nachfolge von Max antreten möchte.»

Julia war verwirrt. Sie konnte es nicht fassen, daß César in heiklen Situationen so aggressiv und giftig wurde wie eine alte Viper. Doch sie wollte sich nicht mit ihm streiten, erst recht nicht in Gegenwart von Muñoz.

«Es könnte doch sein, daß jemand schnell das Weite suchen wollte, als er mich aus der Galerie treten sah», sagte Julia, nachdem sie sich wieder gefaßt hatte.

«Möglich, aber kaum wahrscheinlich, meine Liebe, wirklich nicht!»

«Hättest du es für wahrscheinlich gehalten, daß Álvaro eines Tages mit gebrochenem Genick aufgefunden würde? Wie ein Karnickel? Und trotzdem ist es passiert!»

César verzog mißmutig den Mund. Er zeigte auf Julias Teller:

«Deine Lasagne wird kalt.»

«Das interessiert mich einen Dreck. Mich interessiert deine Meinung. Was du hierüber wirklich denkst.»

César schaute Muñoz an, der aber spielte wieder mit seinem Brotkügelchen und verzog keine Miene. César legte seine Hände gegen die Tischkante, rechts und links von seinem Teller, und starrte auf die Vase mit den zwei Nelken, einer weißen und einer roten, die in der Mitte des Tisches stand.

César zog die Stirn kraus, als lägen die geforderte Aufrichtigkeit und seine Zuneigung für Julia miteinander im Widerstreit. «Durchaus möglich, daß du recht hast. Wolltest du das hören? Na bitte, jetzt hab ich es gesagt.» Seine blauen Augen musterten sie liebevoll und ohne jede Spur von Sarkasmus. «Ich gebe zu, daß mich diese Geschichte mit dem Auto auch beunruhigt.»

Julia schaute ihn wütend an.

«Und darf man erfahren, warum du hier eine halbe Stunde

lang den Idioten gespielt hast?» Sie klopfte wütend auf den Tisch. «Nein, sag nichts, ich weiß schon: Papi wollte nicht, daß das Kindchen sich Sorgen macht. Hab ich recht? Also gut, ich reiße mich zusammen und stecke den Kopf in den Sand wie ein Strauß... Oder wie Menchu.»

«Probleme löst man nicht, indem man über Leute herfällt, nur weil sie einem verdächtig vorkommen. Im übrigen, falls die Befürchtungen zutreffen, könnte es gefährlich werden. Gefährlich für dich.»

«Ich hatte deinen Revolver dabei.»

«Hoffentlich bereue ich es nicht irgendwann, daß ich dir den Derringer gegeben habe. Das ist kein Spielzeug. Und im richtigen Leben können auch die Bösen eine Pistole haben... Und sie spielen Schach.»

Beim Stichwort Schach erwachte Muñoz aus seiner Lethargie.

«Jedenfalls treffen im Schach feindliche Impulse aufeinander», murmelte er vor sich hin.

Die beiden anderen schauten ihn überrascht an. Muñoz starrte ins Leere, als wäre er mit den Gedanken noch nicht zurück von einer langen Reise an ferne Orte.

«Hochverehrter Freund», sagte César, etwas pikiert über die Zwischenbemerkung. «An der umwerfenden Wahrheit Ihrer Worte zweifle ich nicht im geringsten, aber es wäre ganz reizend, wenn Sie ein wenig deutlicher werden könnten.»

Muñoz rollte wieder sein Brotkügelchen zwischen den Fingern. Er trug ein aus der Mode gekommenes Jackett und eine dunkelgrüne Krawatte. Die Kragenspitzen seines Hemdes, knittrig und nicht sehr sauber, zeigten nach oben.

«Ich weiß nicht, was ich Ihnen sagen soll.» Er rieb sich das Kinn. «Die ganzen letzten Tage habe ich über die Sache nachgedacht... genauer gesagt, ich habe mir über unseren Gegner Gedanken gemacht.»

«Wie Julia, nehme ich an, oder wie ich. Wir grübeln doch alle, wer dieser Mistkerl sein könnte...»

«Sie nennen ihn einen Mistkerl, ein subjektives Urteil, das uns nicht weiterbringt, sondern uns im Gegenteil nur vom Wesentlichen ablenkt. Ich versuche, mich an das einzig Objektive zu halten, was wir bisher haben: an seine Schachzüge. Ich meine...», er fuhr mit dem Finger über sein beschlagenes, bisher unberührt gebliebenes Weinglas und schwieg, als hätte er über dieser Geste den Faden verloren, «ich meine, im Stil spiegelt sich der Spieler..., aber das habe ich wohl schon einmal gesagt.»

Julia beugte sich interessiert zu ihm vor.

«Heißt das, Sie haben, in den vergangenen Tagen, die Persönlichkeit des Mörders sozusagen studiert? Kennen Sie ihn jetzt besser?»

Erneut huschte ihm ein flüchtiges Lächeln über die Lippen. Aber eigentlich war seine Miene erdrückend ernst. Ich glaube, dieser Mann hat wirklich keinen Humor, dachte Julia.

«Es gibt viele Typen von Spielern.» Er senkte die Lider halb, schien irgend etwas Fernes zu sehen, eine ihm vertraute Welt jenseits der Wände dieses Lokals. «Außer seinem Spielstil hat jeder auch noch andere Manien und Marotten, durch die er sich von den anderen unterscheidet: Steinitz summte beim Schach Wagnermelodien, Morphy blickte dem Gegner erst beim entscheidenden Zug in die Augen... Andere sagen etwas auf Latein oder in erfundenem Kauderwelsch... So baut jeder auf seine Weise Spannung ab. Das kann vor oder nach den Zügen passieren. Fast alle machen das.»

«Sie auch?» fragte Julia.

«Ich glaube schon», antwortete Muñoz peinlich berührt.

«Und was ist Ihre Marotte?»

Muñoz starrte auf seine Hände, die nervös mit der Brotkugel spielten.

«Ich sage ‹Gehen wir nach Penjamo mit zwei H›.»

«Gehen wir nach Penjamo mit zwei H?»

«Ja.»

«Und was soll das heißen?»

«Nichts. Ich sage es einfach nur leise vor mich hin, oder

denke es, wenn ich im Begriff bin einen entscheidenden Zug zu machen, unmittelbar bevor ich die Figur berühre.»

«Aber das ist doch totaler Unsinn!»

«Ich weiß. Aber wie dem auch sei, all diese Gesten und Makken stehen in Beziehung zum Spielstil. Und sie erlauben Rückschlüsse auf den Charakter des Gegners... Will man einen Stil oder einen Spieler analysieren, ist jeder Anhaltspunkt brauchbar. Petrosjan beispielsweise spielte sehr defensiv, mit großem Gespür für die Gefahr. Unentwegt wappnete er sich gegen mögliche Attacken, noch bevor diese seinem Gegner überhaupt einfielen...»

«Ein Paranoiker», sagte Julia.

«Sehen Sie, es ist gar nicht so schwer... In anderen Fällen spiegelt das Spiel Egozentrik, Aggressivität, Größenwahn... nehmen wir zum Beispiel Steinitz: Mit sechzig Jahren behauptete er, in direkter Verbindung mit Gott zu stehen, er könne Gott sogar im Schach schlagen, sagte er, selbst wenn er Gott als Vorteil einen Bauern und die weißen Figuren einräumte.»

«Und unser unsichtbarer Spieler?» fragte César, der aufmerksam lauschte und gerade sein Glas an die Lippen führte.

«Offensichtlich ist er ein guter Spieler», antwortete Muñoz ohne Zögern. «Und gute Schachspieler sind oft komplizierte Menschen. Ein Meister entwickelt sowohl für den angemessenen Zug, als auch für den gefahrvollen, falschen ein besonderes Gespür, eine Art Instinkt, den man nicht erklären kann... Schaut er auf das Brett, dann sieht er nichts Statisches, sonderen ein Feld, auf dem eine Vielzahl von magnetischen Kräften wirken, inbegriffen jene, die er in sich trägt.» Einige Sekunden lang betrachtete er das Brotkügelchen auf dem Tischtuch und setzte es dann behutsam vor sich, wie einen winzigen Bauern auf einem unsichtbaren Schachbrett. «Er ist ein Angreifertyp und liebt die Gefahr. Das sieht man daran, daß er den König nicht mit der Dame schützt... Und der brillante Rückgriff auf den schwarzen Bauern und dann den schwarzen Springer, um den weißen König weiter zu bedrohen; und, um uns zu peinigen, hält er einen Damentausch offen... Ich will damit sagen, daß dieser Mann...»

«Oder diese Frau», unterbrach ihn Julia.

Muñoz schaute sie unschlüssig an.

«Ich weiß nicht recht. Es gibt gute Schachspielerinnen, aber wenige... Jedenfalls zeigen die Züge unseres Gegners, oder unserer Gegnerin, ein gewisses Maß an Grausamkeit, eine Art sadistischer Neugier. Wie bei einer Katze, die mit der Maus spielt.»

«Fassen wir zusammen...», sagte Julia und begann, die einzelnen Punkte an der Hand aufzuzählen: «Unser Gegner ist wahrscheinlich ein Mann, er legt große Selbstsicherheit an den Tag, er ist aggressiv und grausam und hat den Sadismus eines Voyeurs. Stimmt's?»

«Könnte sein. Und er liebt die Gefahr. Jedenfalls vertritt er nicht jene klassische Einstellung nach der der Spieler, der die schwarzen Figuren hat, defensiv spielt. Außerdem zeigt er Intuition für die gegnerischen Spielzüge... Er kann sich gut in andere hineinversetzen.»

César konnte nicht anders, als bewundernd zu pfeifen. Er schaute Muñoz mit großem Respekt an. Muñoz blickte geistesabwesend ins Leere.

«Woran denken Sie?» fragte César ihn.

Muñoz zögerte mit der Antwort.

«An nichts Besonderes... An einem Schachbrett wird oft nicht nur ein Kampf zwischen zwei Schulen des Schachs ausgetragen, sondern ein Kampf zwischen zwei Philosophien, zwischen zwei Weltanschauungen.»

«Zwischen Weiß und Schwarz, hab ich recht?» fragte César in einem Ton, als rezitierte er ein altes Poem. «Gut und Böse, Himmel und Hölle, diese ganzen köstlichen Antithesen.»

«Mag sein», sagte Muñoz, der offenbar keine Lust zu wissenschaftlichen Erklärungen hatte. Julia musterte seine hohe Stirn und die großen Ringe um seine Augen. Jenes so faszinierende Lichtlein in den müden Pupillen des Schachspielers schien gezündet, aber, so fragte sie sich, wie lange würde es dauern, bis es wieder verschwände? War der Glanz da, verspürte sie immer den Drang, sich in diesen wortkargen Mann zu versenken, ihn zu ergründen.

«Und welcher Schule gehören Sie an?»

Diese Frage schien Muñoz zu überraschen. Er langte nach seinem noch immer unberührten Glas, hielt dann aber inne und legte die Hand auf den Tisch.

«Ich gehöre eigentlich keiner Schule an», antwortete er leise. Es schien ihm peinlich zu sein, von sich selbst zu sprechen. «Ich gehöre wohl zu denen, die Schach als eine Art Therapie ansehen... Manchmal frage ich mich, wie Menschen, die nicht Schach spielen, es schaffen, nicht verrückt zu werden oder der Melancholie zu verfallen. Ich habe Ihnen schon mal gesagt, es gibt Leute, die spielen nur, um zu gewinnen: Alechin, Lasker, Kasparow... fast alle großen Meister. Und auch, so vermute ich, unser geheimnisvoller unsichtbarer Gegner. Andere, wie Steinitz oder Przepiorka, führen lieber ihre Theorien vor oder glänzen mit brillant ausgeklügelten Spielzügen...» Er zögerte, denn nun sollte er von sich sprechen.

«Und Sie...», half Julia ihm.

«Ich bin kein Angriffstyp und nicht besonders waghalsig.»

«Und deshalb gewinnen Sie nie?»

«Ich bin immer fest davon überzeugt, daß ich gewinnen kann, wenn ich es nur will. Aber ich bin mir selbst mein härtester Gegner.» Er faßte sich an die Nasenspitze und legte den Kopf etwas zur Seite. «Irgendwo habe ich mal gelesen: Der Mensch ist nicht geboren worden, um das Problem der Welt zu lösen, sondern um herauszufinden, worin es besteht. Vielleicht will ich deswegen keine Lösungen. Ich versenke mich in die Partie um ihrer selbst willen, und manchmal, wenn es so aussieht, als würde ich das Brett studieren, träume ich einfach mit offenen Augen; ich denke über andere Züge oder andere Figuren nach, oder ich eile meinem Gegner sechs, sieben oder noch mehr Züge voraus...»

«Schach pur», sagte César bewundernd und verfolgte unruhig, wie Julia, über den Tisch gebeugt, den Worten des Schachspielers lauschte.

«Ich weiß es nicht», erwiderte Muñoz. «Aber ich kenne viele, denen es so ergeht. Eine Partie kann Stunden dauern, und während dieser Zeit sind Familie, Probleme und Arbeit vollkommen vergessen. Das ergeht wohl allen Schachspielern so. Und während die einen es für eine Schlacht halten, die es zu gewinnen gilt, betrachten wir anderen es als ein Reich des Traums, als einen grenzenlosen Raum der Kombinationen, in dem Begriffe wie Sieg und Niederlage ohne Bedeutung sind.»

Julia griff nach ihrem Päckchen Zigaretten, holte sich eine heraus, stippte damit behutsam gegen das Glas ihrer Armbanduhr, die sie mit dem Zifferblatt am Puls trug. César gab ihr Feuer, aber sie schaute weiterhin Muñoz an.

«Aber vorhin, als Sie vom Kampf zwischen zwei Philosophien sprachen, haben Sie sich auf den Mörder bezogen, auf den Spieler von Schwarz. In diesem Fall scheinen Sie nun doch gewinnen zu wollen, oder?»

Der Blick des Schachspielers verlor sich wieder irgendwo im Raum.

«In der Tat. Dieses Mal möchte ich gewinnen.»

«Warum?»

«Instinkt. Ich bin halt Schachspieler; und ein guter dazu. Irgend jemand fordert mich heraus, und so muß ich seine Züge aufmerksam verfolgen. Die Wahrheit ist, ich habe keine andere Wahl.»

César lächelte spöttisch und zündete sich eine seiner Zigaretten mit Goldfilter an.

«Singe, o Muse, vom Zorne des stattlichen Muñoz, der sich entschloß, nun sein Zelt zu verlassen», rezitierte er ironisch. «Unser Freund begibt sich endlich in den Kampf. Bisher war er nur so eine Art außenstehender Ratgeber, und jetzt tut er den Fahnenschwur. Ein Held *malgré lui*, aber immerhin ein Held. Aber leider», ein Schatten huschte über seine glatte, bleiche Stirn, «ist dies ein teuflischer, höchst subtiler Krieg.»

Muñoz schaute César interessiert an.

«Merkwürdig, daß Sie das sagen.»

«Warum?»

«Das Schachspiel ist in der Tat eine Art Kriegsersatz, mehr noch... es ist Vatermord.» Er schaute die beiden an, als wolle er sie bitten, seine Worte nicht zu ernst zu nehmen. «Es gilt, dem König Schach zu bieten. Sie verstehen?... den Vater töten. Ich glaube, mit Mord hat das Schachspiel fast mehr zu tun als mit Krieg.»

Eisiges Schweigen legte sich über den Tisch. César schaute den Schachspieler an, der die Augen zusammengekniffen hatte. Wahrscheinlich störte ihn der Rauch von der Zigarette, die César in einer Elfenbeinspitze zwischen den Fingern der rechten Hand hielt, den Ellenbogen in die linke Hand gestützt. Seine Miene drückte aufrichtige Bewunderung für Muñoz aus, als habe dieser plötzlich eine Tür zu abgründigen Geheimnissen aufgestoßen.

«Wirklich beeindruckend», murmelte er.

Auch Julia wirkte wie elektrisiert von den Worten des Schachspielers. Dieser Mann mit den großen Ohren, schüchtern und etwas verwahrlost, scheinbar durchschnittlich und unbedeutend, wußte sehr gut, wovon er redete. In dem geheimnisvollen Labyrinth, das einen vor Ohnmacht und Angst erschauern ließ, vermochte Muñoz die Zeichen zu deuten; er besaß die Schlüssel, um hier ein und aus zu gehen, ohne daß der Minotaurus ihn fraß. In diesem italienischen Restaurant, vor ihrer kalten Lasagne, von der sie kaum gekostet hatte, erkannte Julia mit mathematischer, geradezu schachspielerischer Sicherheit, daß Muñoz im Grunde der Stärkste von ihnen dreien war. Was er über den Gegner, den Spieler von Schwarz, den potentiellen Mörder sagte, war völlig vorurteilslos. Er ging die Rätsel sachlich, kaltblütig, ja fast wissenschaftlich an, wie Sherlock Holmes einst die Geheimnisse um den unheilvollen Professor Moriarty. Muñoz würde diese Partie nicht aus Gerechtigkeitssinn zu Ende spielen, sein Antrieb war nicht ethischer, sondern logischer Natur. Er würde es tun, weil der Zufall ihn eben auf diese Seite des Schachbretts gesetzt hatte; er hätte, und dieser Gedanke ließ Julia erschaudern, ebensogut auf der anderen Seite sitzen können. Es war Muñoz egal, ob man mit schwarzen oder weißen Figuren spielte, begriff sie. Der Unterschied für Muñoz war lediglich, daß es ihn zum erstenmal wirklich interessierte, wie eine Partie ausging.

Julias Blick begegnete dem von César, und sie war sicher, daß er dasselbe dachte. Sanft und leise, als fürchte er um den Glanz in den Augen des Schachspielers, sagte der Antiquitätenhändler:

«Den König töten...» Er führte die Zigarettenspitze langsam zum Mund und nahm einen genüßlichen Zug. «Wirklich ein faszinierender Gedanke, die freudsche Deutung. Hätte ich gewußt, daß das Schachspiel über so schreckliche Dinge Aufschluß gibt.»

Muñoz neigte den Kopf etwas zur Seite, vertieft in die Bilder, die er vor seinem geistigen Auge sah.

«In der Regel ist es der Vater, der dem Kind die ersten Spielzüge beibringt. Und der Traum eines jeden Kindes ist es, einmal gegen den Vater zu gewinnen, den König zu töten... Und man wird beim Schachspielen bald erkennen, daß der Vater, dieser König, die schwächste Figur auf dem Brett ist. Ständig wird er bedroht und muß beschützt werden, oder eine Rochade ist nötig; er zieht immer nur ein Feld, ist paradoxerweise aber die wichtigste Figur. Sogar den Namen hat das Spiel von ihm, denn Schach, wie das Spiel fast in allen Sprachen heißt, kommt vom persischen Wort ‹Schah›, König.»

«Und die Dame?» fragte Julia.

«Sie ist die Mutter, die Frau. Wenn der König bedroht wird, ist sie die beste Verteidigerin, mit den meisten und besten Möglichkeiten. Und dann ist da der Läufer, der dem König und der Dame an die Seite gestellt ist, englisch *bishop*: der Bischof, der den Bund segnet und ihnen im Kampf hilft. Nicht zu vergessen das arabische *faras*, das Pferd, das die gegnerischen Linien überspringt, *knight* im Englischen, der Reiter... Im Grunde stellte sich das Problem schon weit bevor Van Huys *Die*

Schachpartie malte. Die Menschen versuchen es seit eintausendvierhundert Jahren zu lösen.»

Muñoz holte Luft, als wollte er noch etwas hinzufügen, doch dann lächelte er nur und senkte den Blick auf das vor ihm liegende Brotkügelchen.

«Manchmal frage ich mich», fuhr er endlich fort und hatte offenbar Mühe, die richtigen Worte zu finden, «ob der Mensch das Schachspiel erfunden hat, oder ob er lediglich etwas entdeckte, was... schon immer da war, seit Anbeginn des Universums. Wie die ganzen Zahlen.»

Wie im Traum hörte Julia gleichsam ein Siegel aufbrechen, und sie erkannte die Situation: Es gab ein weiteres Schachbrett, das die Vergangenheit und die Gegenwart umfing, Van Huys und sie selbst, auch Álvaro, César, Montegrifo, Belmonte, Menchu und sogar Muñoz. Plötzlich erfaßte sie so heftige Angst, daß sie sich nur mit Mühe verkneifen konnte, nicht laut aufzuschreien. Man schien es ihr anzusehen, denn César und Muñoz musterten sie besorgt.

«Ist alles in Ordnung», sagte sie und schüttelte den Kopf, als könnte sie sich so besänftigen. Nun zog sie die Zeichnung aus der Tasche, die die einzelnen Ebenen des Gemäldes veranschaulichte. «Seht euch das mal an.»

Muñoz studierte das Blatt und reichte es dann wortlos an César weiter.

«Was sagt ihr dazu?» fragte Julia.

César verzog das Gesicht zu einer vieldeutigen Grimasse.

«Es ist beunruhigend», sagte er. «Aber vielleicht überinterpretieren wir das Ganze...» Er schaute erneut auf das Blatt. «Wir zerbrechen uns den Kopf, aber ich frage mich, ob über etwas Tiefgründiges oder etwas ganz Triviales.»

Julia sagte nichts. Sie musterte Muñoz, der das Brett auf den Tisch legte, einen Kugelschreiber hervorzog und die Zeichnung ergänzte. Dann reichte er Julia das Blatt.

«Da ist noch eine weitere Ebene», sagte er besorgt. «Zumindest Sie sind in diesem Gemälde ebenso enthalten wie der Rest der Personen.»

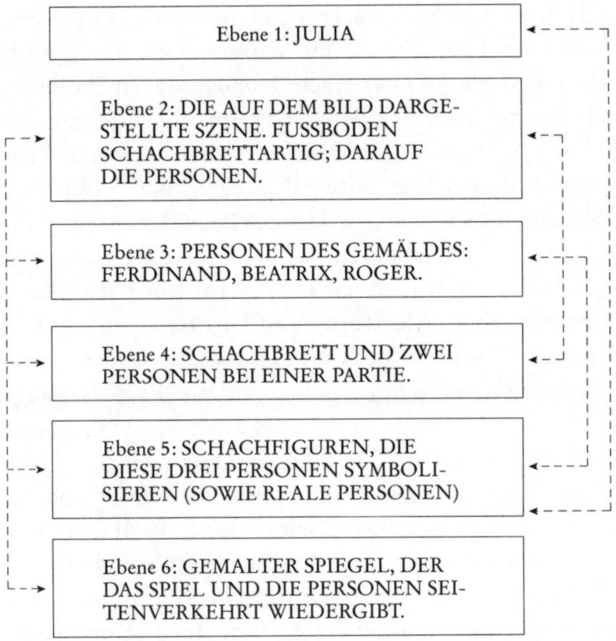

«Genau das ging mir durch den Kopf», bestätigte die junge Frau. «Ebene eins und fünf, hab ich recht?»

«Was addiert sechs ergibt. Ebene sechs enthält alle anderen.» Muñoz zeigte auf das Blatt. «Ob es Ihnen paßt oder nicht, Sie stecken hier mit drin.»

«Das heißt ja...» Julia starrte Muñoz mit riesigen Augen an, als täte sich vor ihren Füßen ein bodenloser Abgrund auf. «Das heißt, die Person, die vielleicht Álvaro ermordet und uns das Kärtchen geschickt hat, spielt eine wahnwitzige Partie. In der nicht nur ich, sondern wir, wir alle Figuren sind... Stimmt's?»

Muñoz sagte nichts, sondern schaute sie erwartungsvoll und neugierig an, als ließen sich aus alledem leidenschaftsvolle Folgerungen ziehen, die er sich nicht entgehen lassen wollte.

«Um so besser.» Das vage Lächeln kehrte auf seine Lippen zurück. «Um so besser, daß Sie es endlich gemerkt haben.»

Menchu hatte sich sorgfältigst geschminkt und ihre Kleidung mit äußerstem Bedacht gewählt: Kurzer, enger Rock, elegante schwarze Lederjacke über einem cremefarbenen Pullover, der ihre Brüste auf ordinäre Weise betonte, wie Julia fand. Vielleicht hatte Julia geahnt, daß Menchu sich so aufmachen würde, und sich für diesen Nachmittag deswegen eher salopp angezogen. Sie trug mokassinartige flache Schuhe, Jeans, eine Wildlederjacke und ein Seidentuch um den Hals. Wie César gesagt hätte, wenn er die beiden vor Claymores Büro aus Julias Fiat hätte steigen sehen: wie Mutter und Tochter.

Menchus Absatzklappern und eine dicke Wolke ihres Parfums kündigten sie schon von weitem an. Paco Montegrifos Büro war mit Edelholz getäfelt, ein schwerer Mahagonitisch, High-Tech-Lampen und Designersessel standen darin. Montegrifo kam ihnen entgegen, küßte ihnen die Hände und zeigte, als seien sie seine Visitenkarte, seine Zähne, die in dem sonnengebräunten Gesicht blitzten. Menchu und Julia nahmen in den Sesseln Platz, mit Blick auf den wertvollen Vlaminck, der das Büro beherrschte, während der Auktionator sich unter das Gemälde, auf die andere Seite des Tisches setzte und sie anschaute, als würde er in tiefster Seele bedauern, ihnen keinen besseren Anblick bieten zu können. Einen Rembrandt zum Beispiel oder vielleicht einen Leonardo schien sein Blick zu sagen, den er erst genüßlich über die lasziv übereinandergeschlagenen Beine Menchus gleiten ließ und dann Julia zuwandte.

Montegrifo kam sofort zur Sache, nachdem eine Sekretärin ihnen, in Porzellantassen der Indian Company Kaffee vorgesetzt hatte, den Menchu mit Süßstoff süßte. Julia trank ihren Kaffee schwarz und in kurzen Schlucken – er war bitter und heiß; und als sie sich eine Zigarette ansteckte, neigte sich der Auktionator vom anderen Ende des Tisches mit einem goldenen Feuerzeug unbeholfen zu ihr vor. Nun faßte er alles noch einmal zusammen, und Julia mußte anerkennen, daß Montegrifo die Form wahrte und sich nicht in Nebensächlichkeiten verzettelte.

Die Angelegenheit war auf den ersten Blick glasklar: Claymore bedauerte, Menchus Forderung nach gleichwertiger Teilung des Gewinns von dem Van Huys nicht akzeptieren zu können. Außerdem, so sagte er zu Menchu, habe der Eigentümer des Gemäldes, Don … – Montegrifo schaute konzentriert in seine Notizen – Don Manuel Belmonte, in Absprache mit seiner Nichte und deren Ehemann beschlossen, die mit Doña Menchu Roch getroffene Vereinbarung zu annullieren und den Van Huys in die Obhut der Firma Claymore und Co. zu geben. Dies alles, so bemerkte er, die Fingerkuppen beider Hände gegeneinander gepreßt und die Arme auf die Tischplatte gestützt, bescheinige ein notariell beglaubigtes Dokument, das er in einem Fach verwahre. Nach diesen Worten sah Montegrifo Menchu voller Bedauern an und bedachte sie mit dem Seufzer eines Mannes von Welt.

«Das heißt», Menchu stellte mit einem lauten Klirren ihre Tasse ab, «Sie drohen, mir das Bild wegzunehmen?»

Der Versteigerer starrte auf seine Manschettenknöpfe, als hätten sie einen Fauxpas begangen, dann zupfte er die gestärkten Hemdärmel sorgfältig ein Stückchen vor.

«Ich fürchte, wir haben es Ihnen bereits abgenommen», erwiderte er in einem Ton, als würde er einer Witwe die Rechnungen vorlegen, die sie geerbt hatte. «Die ursprünglich zugebilligten Gewinnprozente von der Versteigerung sind Ihnen auf jeden Fall sicher, abzüglich der Spesen natürlich. Claymore will Ihnen nichts wegnehmen, er findet ihre Forderungen einfach etwas übertrieben, Señora.» Er zog sein silbernes Zigarettenetui hervor und legte es auf den Tisch. «Claymore sieht keinen Grund, den Prozentanteil zu erhöhen. Das ist alles.»

«Keinen Grund?» Menchu schaute verzweifelt zu Julia herüber, von der sie wohl solidarische Ausrufe der Empörung erwartete. «Der Grund, Montegrifo, ist, daß dieses Gemälde seinen Wert dank den von uns angestellten Forschungen um ein Vielfaches steigern wird … Das sollte kein Grund sein?»

Montegrifo machte Julia mit einem höflichen Blick klar, daß sie sich nicht von diesem Streit betroffen fühlen sollte. Dann wandte er sich mit eisigem Blick wieder Menchu zu.

«Falls ihre ‹Forschungen› den Preis des Van Huys tatsächlich erhöhen sollten», sagte er abfällig, «steigt automatisch auch die Summe der von Ihnen mit Claymore vereinbarten Prozente...» Er lächelte herablassend und schaute wieder Julia an: «Was Sie betrifft, Ihren Interessen schadet die neue Situation nicht, im Gegenteil. Claymore» – und das Lächeln, mit dem er sie bedachte, ließ keinen Zweifel, welchen Mitarbeiter er dabei im Sinn hatte – «bewertet Ihren Beitrag in dieser Sache als unverzichtbar. Weshalb wir Sie bitten, mit der Restaurierung weiterzumachen. Und um die finanzielle Seite machen Sie sich bitte keine Sorgen.»

Menchu zitterte die Hand, die die Tasse hielt, und auch ihre Unterlippe bebte. «Und darf man erfahren, wie es kommt, daß Sie, was das Bild betrifft, so gut auf dem laufenden sind?... Julia mag naiv sein, doch ich kann mir nicht vorstellen, daß sie Ihnen bei Kerzenschein mal schnell ihr ganzes Leben erzählt. Oder täusche ich mich da?»

Das ging unter die Gürtellinie. Julia holte Luft und wollte sich verteidigen, aber Montegrifo winkte besänftigend und sagte zu Menchu:

«Sehen Sie, Señora Roch... Ihre Freundin hat gewisse Vorschläge professioneller Art, die ich mir ihr vor etlichen Tagen zu unterbreiten erlaubte, zurückgewiesen, zumindest hat sie mich elegant vertröstet.» Er öffnete das Etui und nahm mit großer Sorgfalt, als würde er eine wichtige Operation ausführen, eine Zigarette heraus. «Die Einzelheiten über den Zustand des Bildes, über die verborgene Inschrift und so weiter hat mir netterweise die Nichte des Besitzers geliefert. Dieser Don Manuel ist übrigens ein reizender Mensch. Ich muß sagen», er zündete sich die Zigarette an und stieß eine kleine Rauchwolke aus, «daß er Ihnen die Verantwortung für den Van Huys nicht entziehen wollte. Ein sehr ehrbarer Mensch, scheint mir. Übrigens besteht er darauf, daß bis zum Abschluß der Restaurierung nur Julia das Bild anfassen darf... Bei all diesen Verhandlungen war mir der als taktisch zu bezeichnende Bund mit der Nichte von Don Manuel äußerst nützlich... Und was Herrn Lapeña, den Ehemann der Nichte betrifft, er hatte gegen den Vorschuß, den ich ihnen abgerechnet habe, nichts einzuwenden.»

«Noch so ein Judas!» giftete Menchu.

Montegrifo zuckte die Achseln. «Den Beinamen dürfen wir ihm wohl ohne weiteres geben. Neben anderen.»

«Auch ich habe ein unterzeichnetes Schriftstück», wetterte Menchu.

«Ja, eine informelle Vereinbarung. Meine hingegen wurde vor dem Notar geschlossen, mit der Nichte und deren Mann als Zeugen und mit allen möglichen Garantien, einschließlich einer Kaution, die wir hinterlegen... Lapeña sagte, während er seine Unterschrift leistete: ‹Da beißt die Maus keinen Faden ab, werte Señora.›»

Menchu beugte sich vor, und Julia befürchtete schon, sie würde ihren Kaffee über Montegrifos makellos sauberes Hemd schütten, aber sie stellte nur ihre Tasse ab. Vor Erregung brachte sie kein Wort hervor, und durch ihre Wut wirkte sie trotz sorgfältiger Schminke zehn Jahre älter. Ihr Rock rutschte noch höher und gab ihre Schenkel frei. Julia fand die Szene absurd und peinlich und wäre am liebsten im Erdboden versunken.

«Und was tut Claymore, wenn ich mich entschließe, das Bild einem anderen Auktionshaus zu geben?» fragte Menchu giftig.

Montegrifo betrachtete die Rauchspiralen seiner Zigarette. Er schien ernsthaft über ihre Frage nachzudenken.

«Ich kann Ihnen nur raten: Machen Sie sich nicht unglücklich. Es wäre gesetzeswidrig.»

«Ich könnte Ihnen einen monatelangen Prozeß an den Hals hängen. Dann würde wohl nichts aus der Versteigerung. Haben Sie darüber mal nachgedacht?»

«Ja. Aber den Schaden hätten vor allem Sie.» Er lächelte selbstzufrieden. «Claymore hat, wie Sie sich denken können, ausgezeichnete Anwälte... Sie würden», er zögerte einige Sekunden, als schwankte er, ob er dem wirklich noch etwas hinzufügen sollte, «Sie würden riskieren, alles zu verlieren, das wäre doch höchst bedauerlich!»

Menchu zerrte ihren Rock nach unten und erhob sich. «Eins sag ich dir!» Ihre Stimme überschlug sich. «Du bist der größte Hurensohn, der mir je unter die Augen gekommen ist!»

Julia war verwirrt, aber der Versteigerer blieb völlig gelassen, während sie sich erhoben.

«Ich bedauere diese Szene», sagte er ruhig zu Julia. «Ich bedauere sie aufrichtig.»

«Ich ebenfalls.» Julia schaute auf Menchu, die sich gerade die Tasche über die Schulter hängte, so entschieden, als wäre es ein Gewehr. «Können wir nicht vernünftig darüber reden?» fragte Julia.

Menchu erdolchte sie mit ihrem Blick.

«Du und vernünftig! Du hast dich von diesem Fatzke einwickeln lassen. Ich haue ab aus diesem Schlangennest.»

Unter wildem Geklapper ihrer Absätze stürmte sie heraus und ließ die Tür hinter sich offen. Julia schämte sich zutiefst und wußte nicht, was sie tun sollte. Montegrifo zuckte die Achseln.

«Eine Frau von Charakter», bemerkte er und zog nachdenklich an seiner Zigarette.

«Sie hat sich, was das Bild betrifft, zu viele Illusionen gemacht... Das müssen Sie verstehen», sagte Julia verwirrt.

«Natürlich verstehe ich das!» Er lächelte versöhnlich. «Aber ich lasse mich nicht erpressen.»

«Nun, Sie sind ja auch nicht gerade ein Kind von Traurigkeit. Haben mit der Nichte gemauschelt... Ziemlich schmutziges Spiel.»

Montegrifos Lächeln wurde noch breiter. So ist das Leben, schien er sagen zu wollen. Er schaute zur Tür, durch die Menchu enteilt war.

«Was hat sie jetzt wohl vor?»

Julia schüttelte den Kopf.

«Nichts. Sie weiß, daß sie den Kampf verloren hat.»

Der Auktionator überlegte und sagte dann: «Ehrgeiz, Julia, ist absolut legitim. Und wenn Ehrgeiz im Spiel, ist Scheitern die einzige Sünde. Sieg gilt automatisch als Tugend.» Er lächelte kurz ins Leere. «Señora, äh, Señorita Roch wollte sich in eine

Geschichte einmischen, die ein bißchen zu groß für sie ist...» Er blies den Rauch in Kringeln hervor, die zur Decke aufstiegen. «Sagen wir, der Ehrgeiz war größer als die Möglichkeiten.» Montegrifos kastanienfarbenen Augen blickten nun hart. Ein gefährlicher Gegner, sobald er seine Höflichkeit ablegt, dachte Julia. Oder er ist höflich und gefährlich zugleich. «Ich baue darauf, daß sie uns keine weiteren Probleme bereitet, denn solche Sünde verdient Bestrafung. Sie verstehen, was ich meine? Und nun, wenn es Ihnen recht ist, wollen wir von unserem Gemälde sprechen.»

Belmonte war allein zu Hause. Er empfing Julia und Muñoz im Wohnzimmer. Er saß im Rollstuhl, vor der Wand, an der *Die Schachpartie* gehangen hatte. Der einsame verrostete Nagel und der leere Fleck hatten etwas Melancholisches, wie ein ausgeraubtes, trostloses Heim. Belmonte folgte den Blicken der Besucher und lächelte traurig.

«Ich möchte da im Moment nicht wieder was hinhängen... Noch nicht.» Mit seiner knochigen Hand wedelte er resigniert durch die Luft. «Fällt mir schwer, mich daran zu gewöhnen...»

«Verständlich», sagte Julia mitfühlend.

Der Alte nickte kaum merklich.

«Ja, ich weiß, Sie verstehen.» Er schaute auf Muñoz, erwartete wohl auch von ihm Zustimmung, doch der blieb stumm und betrachtete die blanke Wand nur mit ausdruckslosem Blick. «Schon am ersten Tag war mir klar, was für eine intelligente Frau Sie sind. Finden Sie nicht auch, Señor Muñoz?»

Muñoz neigte sich bedächtig dem Alten zu. Er nickte geistesabwesend und sagte nichts.

Belmonte schaute zu Julia.

«Und was Ihre Freundin betrifft...» Seine Miene verfinsterte sich, und mürrisch fuhr er fort: «Ich möchte, daß Sie ihr sagen... ich hatte keine Wahl, wirklich nicht.»

«Ich weiß. Machen Sie sich keine Gedanken, Menchu wird es auch verstehen.»

Ein dankbares Lächeln legte sich über sein Gesicht.

«Schön, daß Sie das so sehen. Ich bin sehr bedrängt worden. Andererseits hat mir Señor Montegrifo ein gutes Angebot gemacht. Und er hat versprochen, die Geschichte des Bildes werbewirksam auszuschlachten.» Der Alte strich sich über das stoppelige Kinn. «Ich muß gestehen, daß mich das natürlich ein bißchen verblendet hat.» Er seufzte. «Und das Geld natürlich.»

Julia zeigte auf den laufenden Plattenspieler.

«Hören Sie immer Bach, oder ist das Zufall? Voriges Mal lief dieselbe Platte...»

«*Das musikalische Opfer*?» Belmonte schien freudig berührt. «Ich höre es oft. Es ist so komplex und so originell, daß ich immer noch Neues darin entdecke.» Er unterbrach sich kurz, als wäre ihm etwas eingefallen. «Wissen Sie, es gibt Themen in der Musik, die scheinen die Zusammenfassung eines ganzen Lebens zu sein... Sie sind wie Spiegel, in dem man sich betrachten kann... Diese Komposition zum Beispiel: Da wird ein Thema durch sämtliche Stimmen und Tonlagen geführt. Und das bei wechselnden Tempi und Umkehrungen, und über längere Passagen wird das Thema sogar rückwärts gespielt...» Er stützte sich auf die Armlehne des Rollstuhls und lauschte der Musik. «Da! Hören Sie? Eine Stimme hebt mit ihrem Thema an, dann fällt eine zweite Stimme ein, nun eine Quarte höher, oder aber tiefer, mit einem nachgeordneten Thema... Jede Stimme hat ihre Zeit – wie die Augenblicke des Lebens... Und wenn alle Stimmen eingesetzt haben, erschöpfen sich die Regeln.» Er bedachte Julia und Muñoz mit einem breiten, traurigen Lächeln. «Wie Sie erkennen, eine perfekte Analogie zum Alter.»

Muñoz wies auf die leere Wand.

«Dieser nackte Nagel da hat ja auch seine Symbolik», bemerkte er etwas unvermittelt. Belmonte nickte bedächtig.

«O ja», bestätigte er und seufzte erneut. «Und wissen Sie, manchmal ertappe ich mich dabei, daß ich den leeren Fleck anstarre und meine, das Bild noch da zu sehen. Es ist weg, aber ich sehe es. Nach all den Jahren habe ich es hier drin.» Er tippte sich mit dem Finger gegen die Stirn. «Die Figuren, die vollkommenen Details. Die Landschaft hinter dem Fenster hat mir einmal besonders gefallen, und der Spiegel links, in dem noch einmal die Spieler zu sehen sind.»

«Und das Schachbrett», ergänzte Muñoz.

«Und das Schachbrett, in der Tat. Oft, und vor allem in der ersten Zeit gleich nachdem meine arme Ana es geerbt hatte, versuchte ich manchmal, die Partie nachzustellen...»

«Sie spielen?» fragte Muñoz scheinbar beiläufig.

«Früher. Jetzt kaum noch. Jedenfalls ist mir nie der Gedanke gekommen, die Partie auch mal rückwärts zu spielen...» Er hielt nachdenklich inne und klopfte sich sanft gegen die Knie. «Rückwärts spielen... Das ist schon amüsant! Wie gesagt, auch Bach kehrte unentwegt seine musikalischen Themen um, besonders in einigen seiner Kanons läuft ein Thema in einer Stimme nach unten, während es in einer anderen Stimme aufwärts strebt. Die Wirkung mag etwas ausgefallen sein, doch wenn man sich mal dran gewöhnt hat, findet man es ganz natürlich. Sogar im *Musikalischen Opfer* gibt es einen Kanon, der mit solchen Umkehrungen operiert...» Er sah Julia an. «Also, ich sage Ihnen, Bach war ein richtiger Fuchs. Sein Werk ist voller listiger Kniffe. Es ist, als sagte hier und da eine Note, eine Modulation oder eine Pause: Ich berge eine Botschaft, ergründe mich.»

«Wie das Bild», bemerkte Muñoz.

«Aber mit dem Unterschied, daß die Musik nicht nur aus Bildern besteht, aus Figurenstellungen oder aus Schwingungen, sondern außerdem noch aus den Emotionen, die diese Vibrationen im Hirn eines jeden von uns hervorrufen... Sie würden sich ernste Probleme einhandeln, wenn Sie die Musik mit jenen Methoden erforschen wollten, die Sie zur Lösung der Schachpartie dieses Bildes verwendet haben... Sie müßten herausfinden, welche Note dieses oder jenes Gefühl auslöst. Besser gesagt, welche Kombinationen von Noten... Scheint Ihnen das nicht weitaus schwieriger als Schachspielen?»

Muñoz überlegte kurz.

«Ich glaube nicht», sagte er. «Denn die Gesetze der Logik sind überall dieselben. Die Musik, wie auch das Schachspiel, gehorcht bestimmten Regeln. Und in beiden Fällen gilt es, sich darum zu bemühen, ein Symbol herauszulösen, einen Schlüssel.» Er verzog den Mund. «Wie die Ägyptologen mit dem Stein von Rosette. Hat man den Schlüssel, ist der Rest lediglich eine Frage von Methode, Arbeit, Zeit.»

Belmonte ließ spöttisch seine Lider flattern.

«Glauben Sie?... Behaupten Sie ernstlich, alle geheimen Botschaften seien zu entschlüsseln? Daß es möglich ist, Dinge exakt zu enträtseln, sofern man nur ein bestimmtes System zur Hand hat?»

«Auf jeden Fall. Denn es gibt ein universelles System; allgemeine Gesetze, die das Belegbare belegen und das Auszusondernde aussondern.»

Der Alte winkte zweifelnd ab.

«Tut mir leid, aber ich bin da ganz anderer Auffassung. Ich denke, alle Unterteilungen, Klassifizierungen und Systeme, die wir auf das Universum beziehen, sind willkürliche Fiktionen... Und kein System ist in sich widerspruchsfrei. Lassen Sie sich das von einem alten Mann gesagt sein, der viel vom Leben gesehen hat.»

Muñoz rutschte auf seinem Stuhl herum und ließ den Blick durch das Zimmer schweifen. Das Gespräch schien ihn nervös zu machen, doch er wollte offenbar nicht das Thema wechseln, bemerkte Julia. Aber er war ja grundsätzlich kein Mann vieler Worte, und vielleicht hatte er auch etwas ganz Besonderes im Sinn – vielleicht zählte er Belmonte zu den Figuren, die es zu studieren galt, um das Rätsel zu lösen.

«Darüber läßt sich streiten», wandte Muñoz ein. «Das Universum ist bewiesenermaßen voll von Unendlichkeiten: Da sind die Primzahlen, die Kombinationsmöglichkeiten im Schach...»

«Glauben Sie das im Ernst? Halten Sie wirklich alles für beweisbar? Lassen Sie sich von einem Musiker, oder besser einem ehemaligen Musiker» – abschätzig zeigte er auf seine verkrüppelten Beine – «sagen, daß jedes System unvollkommen ist. Daß die Beweisbarkeit ein weitaus schwächeres Konzept ist als die Wahrheit an sich.»

«Wahrheit, das ist wie der optimale Zug im Schach… Sie ist da, es gilt lediglich sie aufzuspüren. Wenn man genügend Zeit hat, kann man sie finden.»

Belmonte grinste.

«Sagen wir, diesen perfekten Zug gibt es, ob man ihn nun mit der Wahrheit analogisiert oder nicht, und man will das beweisen. Welches System man auch immer anwendet, es ist selber begrenzt und relativ. Schicken Sie meinen Van Huys auf den Mars oder auf den Planeten X, mal sehen, ob dort irgendwer das Problem lösen kann. Und ich würde sogar noch weiter gehen: Schicken Sie diese Platte, die wir gerade hören, dorthin. Vielleicht, da wir schon mal dabei sind, gleich in Stücke gebrochen. Welchen Sinn hat sie da noch?… Und da die Naturgesetze es Ihnen so angetan haben, möchte ich Sie daran erinnern, daß die Summe der Winkel eines Dreiecks hundertachtzig Grad beträgt, aber nur nach der euklidischen Geometrie, nach der elliptischen sind es mehr, nach der hyperbolischen weniger… Es gibt eben nicht nur ein einziges System, es gibt keine allgemeingültigen Axiome. Die Systeme sind widersprüchlich, sogar in sich selbst… Sie mögen die paradoxen Rätsel? Nicht nur die Musik ist voll davon, auch die Malerei, und ich nehme an auch das Schachspiel. Sehen Sie!» Er griff sich vom Tisch einen Bleistift und Papier, schrieb ein paar Zeilen nieder und zeigte sie Muñoz:

«Hier, lesen Sie mal!»

Der Schachspieler las laut und deutlich: «‹Was ich in diesem Augenblick niederschreibe, lesen Sie in diesem Augenblick›.» Er schaute zu Belmonte auf. «Ja und?»

«Tja. Was da steht, habe ich vor einer Minute geschrieben. Aber Sie haben es eben erst gelesen. Sie haben also nicht zur selben Zeit gelesen, wie ich geschrieben habe. Aber auf dem Papier steht ‹dieser Augenblick›. Während ich schrieb, entsprachen diese Worte der Realität, während Sie lasen, stimmten sie schon nicht mehr. Oder wollen wir den Faktor Zeit in unserer Diskussion ausklammern? Ist dies nicht ein gutes Beispiel für ein Paradox?… Ich sehe, Sie haben keine Antwort, und so ist das auch mit den Rätseln, die mein Van Huys auftischt, oder wer auch immer... Übrigens, wer versichert Ihnen eigentlich, daß Sie das Problem richtig gelöst haben? Ihre Intuition? Ihr System? Und anhand welches höheren Systems wollen sie beweisen, daß Ihre Intuition oder Ihr System Gültigkeit haben? Mit welchem anderen System bestätigen Sie diese zwei Systeme? Sie als Schachspieler haben bestimmt ein Ohr für die folgenden Verse.» Und Belmonte rezitierte, mit langen Pausen:

Auch der Spieler ist ein Gefangener
(der Satz stammt von Omar) des andren Bretts
aus schwarzen Nächten und aus weißen Tagen.

Gott rückt den Spieler, dieser die Figur.
Welcher Gott jenseits Gottes eröffnet
das Spiel aus Staub, Zeit, Traum und Agonien?

«Die Welt ist ein riesiges Paradox», schloß der Alte. «Und eine Herausforderung an uns, das Gegenteil zu beweisen.»

Julia bemerkte, daß Muñoz Belmonte anstarrte. Er hielt den Kopf ein wenig schief, und seine Augen waren stumpf. Er schien verwirrt.

Die Musik, vom Wodka gedämpfte sanfte Jazzmelodien, die aus den dunklen Winkeln der Wohnung zu quellen schienen, umgab sie wie eine zarte, einschläfernde Liebkosung, durch die sie sich friedlich und klar fühlte. Alles schien sich in vollkommener Harmonie zu befinden: die Nacht, die Musik, die Schatten, das Schummerlicht, das Gefühl, wie sie sich mit dem Nacken behaglich gegen die Armlehne des Ledersofas schmiegte, als befände sich alles rings um Julia, selbst die nebensächlichsten Gegenstände, selbst die diffusesten Gedanken, an genau dem richtigen Platz, ob im Geiste oder im Raum, genau eingepaßt in die Geometrie ihres Empfindens und ihres Bewußtseins.

Nichts konnte die innere Ruhe der jungen Frau stören, nicht

einmal die düstersten Erinnerungen. Zum erstenmal war da wieder dieses Gefühl von Ausgeglichenheit, dem sie sich nun ganz hingab. Nicht einmal das Klingeln des Telefons – was ihr die fast bedrohliche Stille bewußt gemacht hätte – hätte diesen Zauber zerstören können. Sanft wiegte sie den Kopf im Takt der Musik und lächelte selig, die Augen geschlossen. In Augenblicken wie diesen war es leicht, mit sich selbst im Einklang zu stehen.

Sie öffnete träge die Augen. Im Halbdunkel lächelte auch das vielfarbige Antlitz der gotischen Jungfrau, den Blick in die Stille der Jahrhunderte getaucht. Ein Bild in einem ovalen Rahmen, mit zur Hälfte entferntem Firnis, stand gegen ein Tischlein gelehnt auf dem bekleckstenPerserteppich. Es stellte eine romantische andalusische Landschaft dar, nostalgisch und lieblich: ein sanft dahinfließender Fluß mit schattigen Ufern, darauf eine Barke und im Hintergrund Bäume. Im Zimmer standen Skulpturen, Rahmen, Bronzen, Farben, Fläschchen mit Lösungsmitteln, und an den Wänden und auf dem Fußboden waren weitere Gemälde, ein halb restaurierter barocker Christus, stapelweise Kunstbücher, außerdem Platten und Keramiken – ein merkwürdiges Durcheinander von Linien und zufälligen Perspektiven, das an eine Versteigerung oder einen Antiquitätenladen denken ließ. Doch über dies alles regierte ganz offensichtlich und feierlich *Die Schachpartie*. Das gedämpfte Licht vom Korridor warf ein schmales, helles Rechteck auf das Gemälde, gerade intensiv genug, um die Oberfläche des flämischen Tafelbildes zu beleben und die Details, wenn auch mit trügerischem Schatten, für Julia gut sichtbar zu machen. Barfuß und mit nackten Beinen lag sie da, in einem weiten schwarzen Wollpullover, der ihr knapp bis unter den Po reichte. Der Regen prasselte gegen das Dachfenster, aber im Zimmer war die Heizung an, so daß sie nicht frieren mußte.

Ohne die Augen vom Bild abzuwenden, streckte sie einen Arm vor und tastete nach den Zigaretten, die neben dem Glas und der Karaffe aus geschliffenem Kristall auf dem Teppich lagen. Sie legte sich das Päckchen auf den Bauch, holte bedächtig eine Zigarette hervor und nahm sie zwischen die Lippen, ohne sie anzustecken. Sie mußte jetzt nicht rauchen.

Die goldenen Lettern der Inschrift leuchteten im Dunkel. Es war eine heikle, schwierige Aufgabe gewesen, sie freizulegen, und sie hatte ihre Arbeit oft unterbrochen, um die verschiedenen Stadien zu fotografieren. Sie hatte Stück für Stück die Übermalung abgenommen, und immer deutlicher war das Blei-Zinn-Gelb der gotischen Buchstaben zu sehen gewesen, fünfhundert Jahre nachdem Pieter Van Huys diese zugedeckt hatte, um das Geheimnis zu verhüllen und zu bewahren.

Nun lag es offen und war klar zu lesen: *Quis necavit equitem.* Julia hätte die Inschrift lieber unter der Farbschicht gelassen, denn die Röntgenaufnahmen belegten hinlänglich, daß es sie gab, aber Montegrifo hatte darauf bestanden, sie freizulegen, als zusätzlichen Reiz für potentielle Käufer. Denn schon bald sollte das Gemälde ausgestellt werden: für Ersteigerer, Sammler und Historiker. Das Schattendasein – denn das hatte dieses Werk abgesehen von der kurzen Zeit im Prado bisher geführt – sollte für immer vorbei sein. *Die Schachpartie* sollte zu einem Studienobjekt der Spezialisten, zum Kernstück polemischer Erörterungen werden. Es würde Zeitungsartikel geben, wissenschaftliche Publikationen und Spezialstudien wie die von Julia. Daß dem Bild ein solcher Ruhm beschieden sein würde, hätte selbst sein Schöpfer, der alte flämische Meister, nicht geahnt. Und was Ferdinand Altenhoffen betraf, wahrscheinlich bebten seine Gebeine unter der staubigen Grabplatte der Krypta irgendeiner belgischen oder französischen Abtei vor Freude, falls das Echo von alledem bis zu ihm drang. Endlich würde die Erinnerung an ihn würdig aufleben. Ein paar Zeilen in den Büchern der Geschichte würden neu geschrieben werden müssen.

Sie betrachtete das Bild. Die oberste Schicht oxidierten Firnisses war fast vollkommen entfernt, und somit auch der gelbliche Schleier, der stumpf über den Farben gelegen hatte. Ohne den Firnis und durch die freigelegte Inschrift leuchtete das Gemälde jetzt in kräftigen Farben, obwohl es im Schatten hing.

Die Umrisse der Figuren waren gestochen scharf und präzise, ja perfekt, und die dargestellte Szene – ironischerweise eine häusliche Szene! dachte Julia – war in ihrer Ausgewogenheit so repräsentativ für den Stil jener Zeit, daß das Gemälde bei der Versteigerung sicherlich einen umwerfend hohen Preis erzielen würde.

Eine häusliche Szene. Das Konzept war bis zur äußersten Konsequenz durchgeführt worden. Niemand würde angesichts der zwei gemessenen ernsten Herren über ihre Partie oder angesichts der schwarz gekleideten Dame, die am gotischen Fenster mit ehrbar verhaltener Miene ihren Blick in das Buch versenkte, jenes Drama erahnen, das sich wie das knotige Wurzelwerk einer schönen Pflanze im Untergrund dieser Szene hinschlängelte.

Sie betrachtete das Profil des Roger von Arras, der über das Brett gebeugt dasaß, vertieft in das Spiel, mit dem sein Leben dahinging, das Spiel, in dem er eigentlich schon tot war. Sie sah seinen stählernen Kragen und die leichte Rüstung des einstigen Soldaten, des Kriegers, der mit den entsprechenden Attributen, vielleicht sogar in polierter Rüstung, an der Seite des Teufels in den Kampf gezogen war. Julia sah den Mann, der sie – Beatrix – begleitet hatte zu dem ihr von der Staatsvernunft vorbestimmten Hochzeitslager. Ganz deutlich sah Julia Beatrix als Jungfrau vor sich, jünger als auf diesem Bild, ohne die Sorgenfalten um den Mund. Sie sah, wie Beatrix mit ihrer Vertrauten, einer eingeweihten Zofe, zwischen den Gardinen der Sänfte hervorspähte und den schmucken Edelmann bewunderte, dem sein Ruhm vorausgeeilt war: Er war der Freund und Vertraute ihres künftigen Gemahls, ein junger Mann, der, nachdem er für Frankreichs Lilien gegen den englischen Leoparden gefochten hatte, den Spielgefährten aus Kindertagen besuchte und bei ihm Frieden suchte. Julia stellte sich große blaue Augen vor, deren Blick für einen Moment den gefaßten und etwas müden Blick des Ritters gekreuzt hatte.

Undenkbar, daß jene zwei lediglich dieser eine Blick geeint haben sollte. Aus irgendeinem konfusen Grund, wegen irgendeines Drehs in ihrer Phantasie, so als hätten die vielen Stunden Arbeit an dem Bild einen geheimnisvollen Faden zwischen ihr und jenem Stück Vergangenheit gesponnen, sah Julia die Szene des Van Huys so deutlich – oder meinte es zumindest – wie jener, der mit diesen Figuren gelebt hatte, ohne daß ihm irgendwelche Einzelheiten oder historische Details entgingen. Der runde Wandspiegel, der die zwei Schachspieler wiedergab, enthielt auch sie, so wie der Spiegel in *Las Meninas* das Königspaar spiegelt, das – im Bild oder von außerhalb? – die von Velázquez gemalte Szene betrachtet; oder wie der Spiegel in den *Arnolfinis*, der den Blick des Jan Van Eyck festhält.

Julia lächelte und steckte sich nun endlich eine Zigarette an. Die Flamme des Streichholzes blendete sie, für einen kurzen Moment konnte sie die *Schachpartie* nicht mehr sehen. Langsam aber gewöhnten sich ihre Augen wieder an die Dunkelheit, und sie erkannte die Personen und die Farben wieder. Sie selbst, da war sie sich jetzt sicher, war seit jeher hier gewesen, seit Anbeginn; seit Pieter Van Huys die ersten Skizzen zu diesem Bild gemacht hatte. Und sogar noch bevor der flämische Meister kunstvoll das Kalziumkarbonat und den tierischen Leim angerührt hatte, zum Imprägnieren der Tafel, um dann sein Werk zu beginnen.

Beatrix, Herzogin von Ostenburg. Das Mandolinenspiel eines Pagen verleiht ihren ins Buch versenkten Augen einen Hauch von Melancholie. Sie erinnert sich an ihre Jugend in Burgund, an ihre Hoffnungen, ihre Träume. An dem Fenster, das den strahlend blauen Himmel Flanderns rahmt, ist auf einem steinernen Kapitell ein wackerer heiliger Georg zu sehen, der den Drachen, der sich unter den Hufen des Pferdes windet, mit der Lanze niedersticht. Dem heiligen Georg, das ist dem gnadenlosen Blick des Malers nicht entgangen, und auch nicht Julia, die den Maler im Auge behält, hat die Zeit das Ende des Lanzenschaftes abgebrochen, und an der Stelle, wo am rechten Fuß zweifelsohne eine Spore herausragte, ist statt einer aggressiven Ausbuchtung jetzt nur noch eine Bruchstelle. Es ist also ein nur halbwegs bewaffneter, lahmender heiliger Georg, mit von Wind und Regen angefressenem Steinschild, der hier dem schändlichen Drachen den Garaus macht. Doch vielleicht machte das die Ritterfigur ja sympathischer; Julia mußte plötzlich an einen verstümmelten kleinen Bleisoldaten denken, der sich als großer Soldat aufspielt.

Beatrix von Ostenburg ist trotz ihrer Vermählung in Herz und Blut Burgunderin geblieben. Und sie liest ein eigentümliches Buch, das silberne Zierecken hat und ein Seidenband als Lesezeichen, und dessen Kapitel mit einzigartigen Miniaturen beginnen: die der Meister von *Coeur d'Amour épris* fertigte. Sie liest das *Poem von der Rose und dem Ritter*, das, wie jedermann weiß, obwohl der Dichter offiziell nicht bekannt ist, vor fast einem Jahrzehnt am französischen Hof des Königs Karls von Valois ein Ritter aus Ostenburg verfaßte, und zwar Roger von Arras.

Herrin, selbiger Tau,
der bei Tages Erwachen
Eures Gartens Rosen
von Rauhreif benetzt,
auf dem Schlachtfeld er
fallen läßt, wie Tränen,
Tropfen in mein Herz,
auf die Augen mir, das Schwert...

Hin und wieder wandert der Blick aus ihren hellblauen, flämisch-klaren Augen zu den Männern, die am Tisch über der Schachpartie sitzen. Der Ehemann überlegt, gestützt auf den linken Arm, während die Finger zerstreut jenes Goldene Vlies streicheln, daß ihm sein Schwiegeronkel, der verstorbene Philipp der Gute, als Hochzeitsgeschenk sandte, und das er an einer massiven goldenen Halskette trägt. Ferdinand von Ostenburg greift nach einem Stein, zieht dann aber die Hand zurück und bittet Roger von Arras, der artig lächelt, durch einen Blick in seine gefaßt-ruhigen Augen um Entschuldigung. «Berührt, geführt, Monseigneur», murmelt dieser in einem Anflug freundschaftlicher Ironie, und Ferdinand von Ostenburg, leicht beschämt, hebt die Schulter und setzt den berührten Stein, ist doch sein Gegner am Brett einiges mehr als ein Höfling – er ist sein Freund. Und so scheint er auf seinem Schemel dennoch irgendwie glücklich zu sein, weiß er doch, wie gut es ist, daß er jemanden in seiner Nähe hat, der ihn mitunter daran erinnert, daß es selbst für Fürsten gewisse Regeln und Gebote gibt.

Mandolinenklänge hallen aus dem Garten herauf, auch zu einem von hier aus nicht sichtbaren anderen Fenster, wo Pieter Van Huys, der Hofmaler, die Tafel aus drei Eichenbrettern präpariert, die sein Gehilfe schon mit Tierleim bestrichen hat. Der alte Meister ist sich noch nicht ganz sicher, welches Motiv er wählen soll. Vielleicht wird er sich für ein religiöses Thema entscheiden, das ihn seit geraumer Zeit beschäftigt: eine junge, beinahe mädchenhafte Gottesmutter, die mit schmerzvollem Blick auf ihren leeren Schoß blickt und Tränen von Blut vergießt. Doch nach einigem Überlegen schüttelt Van Huys den Kopf und seufzt niedergeschlagen. Er weiß, dieses Bild wird es nie geben. Niemand würde ihn recht verstehen, schon vor Jahren hatte er Scherereien mit dem Heiligen Offizium, und seine verbrauchten Glieder hielten nur schwer der Folterbank stand. Mit den von Farbe verschmutzten Nägeln kratzte er sich den unter einer Wollmütze verborgenen kahlen Schädel. Er wird alt, und das ist ihm bewußt. Es fehlt ihm an Ideen. Statt dessen wird sein Geist von vielen wirren Phantasien heimgesucht, und um diese zu beschwören, schließt er kurz die müden Augen, öffnet sie wieder, schaut auf die nackte Eichentafel, die auf den Einfall wartet, der ihr Leben verleihen soll. Im Garten spielt jemand Mandoline; sicherlich ein verliebter Knappe. Der Maler lächelt vor sich hin, taucht den Pinsel in den irdenen Tiegel, trägt die Grundierung auf, in feinen Schichten, von oben nach unten, der Holzmaserung folgend. Ab und zu schaut er zum Fenster hinaus, Licht erfüllt seine Augen, und er ist dankbar für die schräg einfallenden warmen Sonnenstrahlen, die ihm seine alten Knochen wärmen.

Roger von Arras hat eine leise Bemerkung gemacht, und der Herzog lacht und ist heiter, denn soeben hat er einen Springer geschlagen. Und Beatrix von Ostenburg, oder von Burgund, findet Mandolinenweisen unendlich traurig, ist kurz davor, eine ihrer Kammerzofen nach draußen zu schicken, um die Musik zu beenden. Doch dann unterläßt sie es doch, immerhin hallt in dieses Tönen etwas wider – der Kummer, der mit ähnlichen Schwingungen ihr eigenes Herz durchflutet. Und in die Musik mengt sich das freundschaftliche Gemurmel der zwei Männer, die Schach spielen. Das Gedicht, dessen Zeilen zwischen ihren Fingern beben, findet sie beklemmend schön. Und in ihren blauen Augen ist ein Tropfen jenes Taus, der die Rose und das Schwert des Ritters benetzt, eine Träne, als sie den Blick hebt und Julias Blick begegnet, die sie aus dem Halbdunkel des Zimmers schweigend anschaut. Und sie denkt, daß der Blick dieser jungen Frau mit den dunklen Augen und den südländischen Zügen, wie er auf manchen italienischen Bildern zu sehen ist, lediglich der Reflex ihrer eigenen starren und schmerzvollen Augen in einem matten, fernen Spiegel ist. Und Beatrix von Ostenburg, oder Burgund, wähnt sich außerhalb des Zimmers, jenseits eines getönten Glases, und von da aus betrachtet sie sich selbst, unter dem verstümmelten heiligen Georg des gotischen Kapitells, am Fenster, das den blauen Himmel umrahmt, der mit dem Schwarz ihres Gewandes kontrastiert. Und sie begreift, keine Beichte wird die Last ihrer Sünde mindern.

X. Das blaue Auto

«Das ist ein schmutziger Trick», sagte Harun zum Wesir. «Zeige mir einen anderen, ehrbaren.»

R. Smullyan

César wölbte unter seiner Hutkrempe mißgelaunt eine Braue und schwenkte seinen Regenschirm; dann blickte er um sich, mit jener ausnehmend angewiderten Verachtung, in die er sich immer verschanzte, wenn die Wirklichkeit seine schlimmsten Erwartungen bestätigte. An diesem Vormittag war der Rastro nicht gerade anheimelnd. Der graue Himmel drohte mit Regen, und die Besitzer der Stände in den Seitengassen dieses kleinen Marktes trafen Vorkehrungen, um sich und ihre Ware gegen einen möglichen Guß zu schützen. An manchen Stellen mußte man sich, vorbei an Planen und schmutzigen Plastiktüten, die von den Ständen hingen, mühsam durch die Menge drängeln. «Das ist doch Zeitverschwendung», sagte César zu Julia, die gerade ein verbeultes Paar Blechkandelaber musterte, das auf einer über das Pflaster gebreiteten Decke lag. «Seit Jahrhunderten habe ich hier schon nichts mehr entdeckt, was ich hätte mitnehmen wollen.»

Das stimmte nicht ganz. Ab und an fand César in diesem Müllhaufen, diesem riesigen Friedhof von auf die Straße geworfenen Träumen, die der alte Trödelmarkt darstellte, durchaus irgendeine Perle, einen winzigen Schatz, den der Zufall vor anderen Augen verborgen hatte: einen Kristallpokal aus dem achtzehnten Jahrhundert, einen alten Rahmen, ein Porzellanfigürchen. Einmal, an einem schäbigen kleinen Stand mit alten Büchern und Zeitschriften, hatte er zwei wunderschöne Kapitelblätter gefunden, zart und gekonnt bemalt von einem unbekannten Mönch des dreizehnten Jahrhunderts, die Julia restauriert und die César viel Geld eingebracht hatten.

Sie schlenderten zum anderen Ende, wo sich vor einigen Häusern mit blätternder Fassade und in dunklen, durch Gänge aus Eisengittern verbundenen Innenhöfen, die meisten der von professionellen Antiquitätenhändlern betriebenen Stände befanden. Aber selbst über die äußerte sich César stets nur mit größter Skepsis.

«Um wieviel Uhr bist du mit deinem Lieferanten verabredet?»

César nahm den Regenschirm, ein äußerst kostbares Stück mit einem edel gearbeiteten Silbergriff, in die andere Hand, schob den Hemdärmel etwas hoch und schaute auf das Zifferblatt seiner vergoldeten Armbanduhr. Mit seinem breitkrempigen tabakgrauen Filzhut, den ein Seidenband zierte, mit seinem Kamelhaarmantel, den er sich über die Schultern gelegt hatte, und mit seinem Halstuch, das oben aus dem Seidenhemd lugte, wirkte er äußerst elegant. Es war alles hart an der Grenze, die er aber nie überschritt.

«In einer Viertelstunde. Wir haben noch Zeit.»

Also stöberten sie noch ein bißchen an den Ständen herum. Julia, von César spöttisch beäugt, musterte einen Holzteller, auf dem in Gelbtönen mit groben Pinselstrichen eine Landschaft gemalt war, eine ländliche Szene: Auf einem von Bäumen gesäumten Weg entfernte sich ein Ochsengespann.

«Das wirst du doch wohl nicht kaufen wollen, meine Liebe», preßte der Antiquitätenhändler silbenweise hervor, und schien seinen Abscheu richtiggehend zu genießen. «Gräßlich! Dann versuch aber wenigstens, den Preis herunterzuhandeln.»

Julia nahm ihr Portemonnaie aus der Handtasche.

«Laß mich doch!» sagte sie, während man ihr den Teller in Zeitungspapier einwickelte. «Du sagst doch immer, wer auf sich hält, handelt nicht. Er zahlt oder geht – und zwar erhobenen Hauptes.»

«Das hier ist etwas anderes.» Er schaute sich überheblich um und rümpfte angesichts solch plebejischer Krempelstände die Nase. «Bei solchen Leuten gilt das nicht.»

Julia verstaute das Paket in der Handtasche.

«Außerdem wäre es nett gewesen, wenn du mir den Teller geschenkt hättest... Als ich ein kleines Mädchen war, hast du mir alles gekauft, was mir gefiel.»

«Als du ein Kind warst, habe ich dich viel zu sehr verwöhnt. Und ich weigere mich, für solchen Schund Geld auszugeben.»

«Du bist mit den Jahren knickrig geworden. Das ist es!»

«Sei nicht so bissig!» Die Hutkrempe warf einen Schatten auf sein Gesicht, als er sich an einem Schaufenster voller staubiger alter Puppen vorbeugte, um sich eine Zigarette anzustekken. «Noch ein Wort, und ich enterbe dich.»

Dann sah Julia ihn würdevoll die Stufen der Treppe hinaufsteigen, die Hand mit der Zigarettenspitze in die Höhe gestreckt, mit jener halb verächtlichen, halb gelangweilten Miene, die er so oft aufsetzte, schmachtend und resigniert, als gehe er davon aus, am Ende seines Weges nicht viel vorzufinden, diesem Ende aber dennoch – eine Frage der Ästhetik – äußerst würdevoll entgegenschreitet. Er wirkte wie Charles Stuart, der das Schafott besteigt, als erweise er damit dem Henker eine große Gunst, das *remember* auf den Lippen und gern bereit, sich im Profil köpfen zu lassen, für die mit seinem Bildnis geprägten Münzen.

Die Tasche wegen der Taschendiebe fest an sich gedrückt, schlenderte Julia zwischen den Ständen herum. Das Gewühl war unerträglich, und so beschloß sie umzukehren und ging zur Freitreppe, von wo aus man den Platz und die Hauptader des Marktes sehen konnte, mit dem Wirrwarr an Zeltplanen und Folien und dem Menschengewimmel darunter.

Eine Stunde später würde sie sich wieder mit César treffen, in einem kleinen Café auf dem Platz, zwischen einem Laden mit nautischen Instrumenten und einem auf Uniformen spezialisierten Second-Hand-Laden. An die Brüstung gelehnt, zündete sie sich eine Chesterfield an und schaute in die Menge. Dort unten, auf dem Rand eines von Obstresten und leeren Bierbüchsen verunstalteten Brunnens, spielte ein junger Mann mit langen blonden Haaren, der einen Poncho trug, auf einer einfachen Stabflöte Andenmelodien. Sie lauschte, widmete ihre

Aufmerksamkeit dann aber wieder dem Marktbetrieb mit seinen gedämpften Geräuschen. Als die Zigarette aufgeraucht war, schlenderte sie die Treppe hinunter und vor das Schaufenster mit den vielen Puppen: nackte und angekleidete, manche in pittoresken Trachten, andere romantisch aufgetakelt, mit Handschuhen, Hüten und Sonnenschirmen, manche als Mädchen, andere als Damen. Die Gesichter waren grob, kindlich, einfältig oder verderbt. Die Puppen hielten Arme und Hände erhoben, in unterschiedlichen Haltungen, wie erstarrt vom kalten Hauch der Zeiten, seit ihre Besitzerinnen sie verlassen oder verkauft hatten oder seit sie gestorben waren. Aus den kleinen Mädchen sind Frauen geworden, sann Julia, schöne oder häßliche, die geliebt hatten oder geliebt wurden. Einst hatten sie diese Geschöpfe aus Stoffresten, Pappmaché oder aus Porzellan gestreichelt, mit Händen, die nun selber in der Friedhofserde zu Staub zerfallen waren. Diese Puppen waren reglose, stumme Zeuginnen, deren vermeintliche Netzhäute Szenen häuslichen Lebens bannten, die aus den Zeiten und den Erinnerungen längst gelöscht waren, blasse Bilder von in Nebeln versunkenen Sehnsüchten, Augenblicke trauten Familienlebens, Kinderlieder, herzhafte Umarmungen, auch Tränen und Enttäuschungen, zerstobene Träume, Niedergang, Trauer, vielleicht sogar Gemeinheiten. Irgendwie rührend, diese Augen aus Glas und Porzellan, die sie da anstarrten, ohne zu zwinkern, mit priesterlicher Weisheit, wie sie nur durch die Zeit zu erlangen ist. Reglose Augen in wächsern bleichen Gesichtern, über Kleidungsstücken, die mit den Jahren so fahl geworden waren, daß die Säume und Häkelspitzen farblos und schmutzig wirkten. Die Haare waren frisiert oder strubbelig, es waren echte Haare, die einst – und Julia überlief ein Schauer – lebenden weiblichen Wesen gehört hatten. In ihrer melancholischen Stimmung fielen ihr zwei Zeilen eines Gedichts wieder ein, das César vor sehr langer Zeit aufgesagt hatte:

Würde all das Haar verwahrt
der Frauen, die da gestorben …

Sie mußte sich zwingen, den Blick von diesem Schaufenster abzuwenden, das oben die schweren grauen Wolken spiegelte, die die Stadt verdüsterten.

Als sie auf dem Absatz kehrt machte und gerade weiterschlendern wollte, stieß sie mitten auf der Freitreppe fast mit Max zusammen. Er trug eine dicke Seemannsjacke, den Kragen hochgeschlagen bis zum Nackenzopf, und schaute zu Boden, als wollte er von irgend jemandem nicht gesehen werden.

«Na, das ist aber eine Überraschung!» sagte er, lächelte sein wunderschönes Wolfslächeln, das Menchu so gefiel, und gab ein paar Belanglosigkeiten über das unfreundliche Wetter und das lästige Gedränge auf dem Markt von sich. Darüber, warum er eigentlich hier war, verlor er kein Wort, aber Julia bemerkte, daß er nach jemandem Ausschau hielt, vielleicht nach Menchu, von der er behauptete, wirklich mit ihr verabredet zu sein, eine konfuse Geschichte von günstig erworbenen Bilderrahmen, die, wenn man sie entsprechend wieder herrichtete, und das hatte Julia oft übernommen, etliche Bilder in der Galerie wirkungsvoll hervorheben würden.

Max war ihr unsympathisch. Sie fühlte sich in seiner Gegenwart physisch unwohl. Nicht nur, daß er Menchu ausnahm. Seit Julia und er sich kannten, war er zu ihr immer äußerst unfreundlich. César, der mit seiner feinen weiblichen Intuition nie falsch lag, bestätigte es: Max war nicht nur ein Schönling, sondern ein dubioser dazu. Das zeigte sich in seiner Art zu grinsen, darin, wie er Julia insgeheim belauerte. Es war ein eher ausweichender Blick, der sie aber trotzdem unentwegt beobachtete. Dieser Blick schweifte nicht ungezwungen im Raum umher und blieb dann an irgendeinem Gegenstand oder einer Person hängen, wie etwa der Blick von Paco Montegrifo, vielmehr war es ein verschlagenes Lauern, ein Blick, der einen aufspießte, wenn Max sich unbeobachtet wähnte, und der sich entzog, kaum daß er sich entdeckt fühlte. «Wer so guckt, will dir mindestens die Brieftasche stehlen», hatte César gesagt, und Julia hatte ihm vehement widersprochen, obwohl sie ihm insgeheim zustimmte.

Es war in der Tat alles höchst mysteriös. Julia wußte, daß hinter alledem mehr steckte als nur Neugierde. Max, der sich für unwiderstehlich hielt, verhielt sich hinter Menchus Rükken, aber auch wenn sie dabei war, oft mehr als deutlich. Es gab nicht mehr den geringsten Zweifel, seit eines Abends bei Menchu bis tief in die Nacht gefeiert wurde. Die Unterhaltung sackte ab, Menchu verließ kurz den Raum, um Eis zu holen, da ergriff Max, über das Tischchen mit den Drinks gebeugt, Julias Glas und trank daraus. Dann fuhr er sich mit der Zunge genüßlich über die Lippen, lächelte anzüglich, als bedauerte er, daß die Umstände nicht mehr an Intimität zuließen. Von alledem ahnte Menchu nichts, und Julia hätte sich eher die Zunge abgebissen, als ihr etwas zu gestehen, was einfach lächerlich geklungen hätte. Zwar konnte sie ihm nicht völlig aus dem Weg gehen, aber seither gab sie sich verächtlich und steif und zeigte ihm die kalte Schulter, bei diesem unerwarteten Treffen ohne Menchu natürlich erst recht.

«Mit Menchu bin ich erst für später verabredet», sagte er, auf dem Gesicht jenes selbstgefällige Lächeln, das Julia so über die Maßen haßte. «Wie wär's mit einem Gläschen?»

Sie musterte ihn starr und lehnte ruhig, aber entschlossen ab.

«Ich warte auf César.»

Sein Lächeln wurde immer penetranter. Aber er wußte, daß auch der Antiquitätenhändler ihn nicht sonderlich mochte.

«Schade, daß wir uns nicht öfter treffen. Ich meine zu zweit», hauchte er.

Julia legte die Stirn in Falten und schaute nach César. Max folgte ihrem Blick, hob dann unter seiner Seemannsjacke kurz die Schultern.

«Ich bin in einer halben Stunde da bei der Statue des Soldaten mit Menchu verabredet. Wir könnten ja später alle zusammen was essen.» Er machte eine vielsagende Pause. «Zu viert.»

«Hängt davon ab, was César dazu sagt.»

Sie schaute Max hinterher, wie er breitschultrig durch die Menge wiegte, bis sie ihn aus den Augen verlor. Auch dieses Mal hatte sie das Gefühl, die Situation nicht richtig im Griff gehabt zu haben. Sie war unzufrieden, wie nach der Situation mit dem Glas, wobei sie sich ja eigentlich gar nichts vorzuwerfen hatte. Sie steckte sich eine Zigarette an und blies energisch den Rauch aus. Hätte ich doch die Kraft, diesem Max eins in die Fresse zu hauen, in die attraktive Visage dieses selbstverliebten Gockels.

Bevor sie in das Café ging, schlenderte sie noch eine Viertelstunde zwischen den Ständen umher, versuchte, sich durch das Geschrei der Händler und das Gedränge an den Ständen abzulenken. Sie runzelte gedankenverloren die Stirn. Aber nicht wegen Max. Inzwischen beschäftigte sie etwas anderes: das Gemälde, Álvaros Tod, die Schachpartie. Es war wie eine Obsession – und die vielen Fragen, auf die sie keine Antwort hatte, quälten sie. Vielleicht strich der unsichtbare Spieler ja hier in der Menge herum, beobachtete sie und klügelte den nächsten Spielzug aus. Sie schaute sich argwöhnisch um und drückte ihre Ledertasche mit dem Revolver an sich. Das alles war so schrecklich, daß es absurd war – oder aber umgekehrt: so absurd, daß es schrecklich war. Auf dem Holzfußboden des Cafés standen alte Stehtische mit schmiedeeisernem Fuß und Marmorplatte. Julia bestellte sich etwas zu trinken und stand gefaßt und ruhig vor den beschlagenen Scheiben. Sie bemühte sich, an nichts zu denken, bis endlich die verschwommene Silhouette des Antiquitätenhändlers auf der Straße erschien, verzerrt vom Nebel auf der Scheibe. Sie eilte auf ihn zu, als wollte sie von ihm getröstet werden, was durchaus den Tatsachen entsprach.

«Du wirst immer schöner!» schmeichelte César ihr ein wenig affektiert, wobei er, die Arme in die Hüften gestemmt, in bewundernder Pose mitten auf dem Gehweg stand. «Wie machst du das nur, mein Mädchen?»

«Sei nicht albern!» Sie hängte sich bei ihm ein, unendlich erleichtert. «Wir waren doch nur eine Stunde getrennt.»

«Sage ich doch, Prinzessin.» Er senkte geheimnisvoll die Stimme. «Du bist die einzige Frau, die innerhalb von sechzig Minuten um so viel schöner werden kann... Falls du da einen Trick hast, laß ihn patentieren. Ehrlich.»

«Spinner!»

«Schönste aller Frauen!»

Sie gingen die Straße hinunter zu Julias geparktem Wagen. César berichtete, was er gekauft hatte: eine Dolorosa, die man einem Kunden, der sich nicht allzugut auskannte, durchaus als einen Murillo verkaufen konnte, außerdem einen Biedermeiersekretär von 1832, signiert und datiert von Virienichen, ein wenig lädiert, aber das würde ein Kunsttischler schon hinbekommen. Beide Trouvaillen hatte er zu einem überaus günstigen Preis erworben.

«Vor allem der Sekretär, Prinzeßchen!» César schwenkte verzückt seinen Regenschirm. «Du weißt ja, es gibt – zum Glück! – jene Schicht, die unbedingt im Besitz eines Bettes der Eugenia de Montijos sein muß, oder des Schreibtisches, an dem Talleyrand seine Meineide abfaßte... Und neureiche Bourgeois, Parvenüs, die diese Schicht nachahmen und für die ein Biedermeiermöbel ein Symbol äußersten Triumphes ist... Sie verlangen einfach nach Biedermeier, ohne zu erklären, ob es ein Tisch oder ein Sekretär sein soll –, Hauptsache Biedermeier, koste es, was es wolle. Manche glauben, den armen Herrn Biedermeier habe es tatsächlich gegeben und wundern sich, wenn das Möbelstück den Namenszug eines anderen trägt... Zunächst lächeln sie verwirrt, dann fassen sie sich ein Herz und verlangen nach einen anderen, echten Biedermeier...» Der Antiquitätenhändler seufzte, bekümmert über diese kulturlosen Zeiten. «Wären da nicht ihre Scheckhefte im Spiel, ich würde so manchen von denen *chez les grecs* schicken, das sage ich dir.»

«Hast du ja auch schon öfters gemacht, wie ich mich erinnere!»

Wieder seufzte César und verzog verzweifelt das Gesicht.

«Meine kühne Seite, Liebste. Manchmal verliere ich die Contenance, wie eine geifernde alte Königin. Dann komme ich mir vor wie Dr. Jeckyll und Mister Hyde. Nur gut, daß kaum mehr jemand gut genug Französisch spricht.»

Als sie den Wagen erreichten, der in einer schmalen Straße geparkt war, erzählte Julia gerade von ihrer Begegnung mit

Max. Schon als sie seinen Namen erwähnte, legte César unter der Krempe seines kokett schief sitzenden Hutes die Stirn in Falten.

«Zum Glück ist mir der Kuppler erspart geblieben. Macht er dich immer noch so hinterhältig an?»

«Es geht. Er scheint Angst zu haben, daß Menchu ihm auf die Schliche kommt.»

«Das wäre für diesen Widerling wohl das Schlimmste. Wenn die Geldquelle bedroht wäre.» César ging um den Wagen herum zur Beifahrertür. «Oje, ein Strafzettel», sagte er.

«Red keinen Unsinn.»

«Doch, hier unter dem Scheibenwischer.» Er stieß verärgert mit der Spitze des Regenschirms gegen den Bordstein. «Es ist doch nicht zu fassen! Mitten im Marktgewühle verteilt die Polizei Strafzettel, anstatt Taschendiebe und anderes Gesindel zu fangen... Eine Schande!» Er schaute wütend herum. «Wirklich eine Schande!»

Julia entfernte eine leere Spraydose, die irgendwer auf ihre Motorhaube gestellt hatte und griff nach dem Zettel, der sich als kleines Kärtchen entpuppte. Sie erstarrte, wie vom Blitz getroffen. César stürzte erschrocken zu ihr hinüber.

«Was hast du denn? Du bist ja ganz bleich!»

Sie brachte zuerst kein Wort heraus und erkannte dann ihre eigene Stimme nicht wieder. Sie spürte entsetzlichen Drang, wegzulaufen, sich in einen kuscheligen, sicheren Winkel zu verkriechen und die Augen zu schließen.

«Das ist kein Strafzettel, César.»

Sie hielt die Karte zwischen den Fingern, und der Antiquitätenhändler, seiner vornehmen Erziehung zum Trotz, stieß einen Fluch aus. Denn da standen, lakonisch und knapp, wie sie es schon kannten, die mit Schreibmaschine getippten Ziffern:

...Ba7×Tb6

In ihrem Kopf drehte sich alles. Sie schaute sich verwirrt um. Die Gasse war leer. Nur an der Ecke, etwa zwanzig Schritt weit entfernt, saß auf einem Korbstühlchen eine Frau, die vor sich auf dem Pflaster Heiligenbilder ausgebreitet hatte und nach Kundschaft Ausschau hielt.

«Er war hier, César... Ist dir das klar? Er war hier!»

Sie spürte, daß Angst und nicht bloß Erstaunen in ihrer Stimme lag. Sie fürchtete – und diese Einsicht überkam sie in Wellen grenzenloser Niedergeschlagenheit – schon nicht mehr das Unerwartete. Es war eine düstere Ahnung, als verkörperte der geheimnisvolle Spieler, der ihr jetzt plötzlich so bedrohlich nahe war, einen unabwendbaren Fluch, der für den Rest ihres Lebens über ihr liegen würde. Vorausgesetzt, mir ist überhaupt noch ein bißchen Leben geschenkt, sann sie in bekümmerter Hellsicht.

César drehte verstört die Karte um. Er war so aufgebracht, daß er kaum ein Wort hervorbrachte.

«Dieses Miststück! Es ist unfaßbar...», stammelte er.

Julia wollte sich die Dose von der Motorhaube noch einmal näher ansehen. Sie bückte sich danach, fühlte sich wie in den Nebeln eines Traums, konnte aber das Etikett deutlich lesen. Sie schüttelte verwirrt den Kopf und zeigte die Dose César. Es wurde immer absurder.

«Was ist das?» fragte er.

«Ein Spray, zum Ausbessern angestochener Reifen. Es wird eingesprüht. Eine weiße Paste, die das Loch von innen verklebt, beim Aufpumpen.»

«Und was soll das?»

«Das würde mich auch interessieren.»

Sie schauten sich die Reifen an. Auf der linken Seite war nichts Außergewöhnliches zu sehen. Julia ging um den Wagen herum und sah sich auch die andere Seite an. Alles in Ordnung. Doch als sie gerade die Dose in den Rinnstein werfen wollte, entdeckte sie, daß am rechten Hinterrad die Ventilkappe fehlte, statt dessen war da eine Blase aus weißer Paste.

«Irgend jemand hat sich da dran zu schaffen gemacht», schloß César, nachdem er erstaunt die Büchse gemustert hatte. «Vielleicht war der Schlauch angestochen.»

«Aber nicht, als wir den Wagen hier abgestellt haben», wandte Julia ein. Sie schauten sich voll düsterer Vorahnungen an.

«Steig nicht in den Wagen ein», sagte César.

Die Frau mit den Heiligenbildern hatte nichts Auffälliges gesehen. Hier kämen viele vorbei, und sie habe auf ihre eigenen Sachen achtgegeben, erklärte sie, während sie auf dem Pflaster geweihte Kerzen, Bildchen mit dem heiligen Pankratins und diverse heilige Jungfrauen ordnete. Was das Gäßchen betraf, war sie sich allerdings nicht sicher. Der eine oder andere Anwohner vielleicht, drei oder vier Passanten während der letzten Stunden.

«Ist Ihnen irgend jemand besonders aufgefallen?» César hatte den Hut abgenommen und sich zu der Verkäuferin hinabgebeugt, den Mantel über den Schultern und den Regenschirm unter dem Arm, ein Kavalier der alten Schule, mochte die Frau denken, auch wenn das Seidentuch bei seinem Alter etwas aufdringlich wirkte.

«Ich glaube nicht.» Die Verkäuferin hüllte sich in ihr wollenes Umschlagtuch und überlegte. «Da war eine Dame. Und ein junges Paar.»

«Erinnern Sie sich, wie sie aussahen?»

«Na ja, es waren junge Leute. Lederjacken und Jeans...»

Julia wurde langsam wütend, sie konnte es einfach nicht fassen. In den letzten Tagen hatten sich die Grenzen des Unmöglichen ziemlich weit verschoben.

«Ist Ihnen jemand in einer Seemannsjacke aufgefallen? Ein Mann zwischen achtundzwanzig und dreißig Jahren, groß, das Haar im Nacken zusammengebunden...»

Die Verkäuferin konnte sich nicht erinnern. Und die Frau habe sich vor den Heiligenbildern aufgepflanzt und den Anschein erweckt, eines kaufen zu wollen. Blond sei sie gewesen, von mittlerer Größe, gut gekleidet. Aber unvorstellbar, daß sie sich an dem Wagen zu schaffen gemacht hätte. Das hätte nicht zu ihr gepaßt.

«Sie hatte einen Regenmantel an.»

«Und eine Sonnenbrille?»

«Ja.»

César schaute Julia vielsagend an.

«Heute scheint die Sonne nicht», sagte er.

«Ich weiß.»

«Es könnte die Frau gewesen sein, die den Umschlag beim Kurierdienst abgegeben hat», überlegte César. «Oder Menchu.»

«Red keinen Quatsch.»

César schüttelte den Kopf und warf einen Blick auf ein paar Passanten.

«Du hast recht. Aber du hast ja auch an Max gedacht.»

«Max... das ist etwas anderes.» Ihr Blick verfinsterte sich, sie schaute die Straße hinunter, vielleicht schlichen Max oder die Blonde mit dem Regenmantel ja noch irgendwo herum. Was sie da aber sah, verschlug ihr die Sprache, es traf sie wie ein Schlag. Es fiel ihr keine Frau ein, auf die diese Beschreibung zugetroffen hätte, aber vor den zusammengestückelten Planen der Marktstände stand unweit der Ecke deutlich sichtbar ein Wagen. Ein blaues Auto.

Julia konnte nicht genau erkennen, ob es ein Ford war, aber es fiel ihr schwer, sich zu beherrschen. Zu Césars großer Überraschung wandte sich Julia plötzlich ab, stellte sich auf der Bordsteinkante auf die Zehenspitzen und spähte zu jener Ecke. Tatsächlich: ein blauer Ford, mit getönten Scheiben! Das Nummernschild konnte sie allerdings nicht erkennen. Ihre Gedanken gingen wie wild durcheinander – es waren einfach zu viele Zufälle für einen einzigen Vormittag: Max, Menchu, die Karte unter dem Scheibenwischer, die leere Dose, die Frau im Regenmantel und nun dieser Wagen, ein zentrales Motiv ihres Alptraums. Ihre Hände zitterten, sie steckte sie in die Jackentasche. Sie spürte, daß César sich ihr von hinten näherte. Das gab ihr Mut.

«Der Wagen! Er ist es, César! Verstehst du?... Wer auch immer es ist, er sitzt da drin.»

César sagte nichts. Erneut nahm er andächtig den Hut ab und musterte Julia. Sie hatte ihn noch nie so sehr gemocht wie eben jetzt, mit seinen verbissenen, feingeschwungenen Lippen und dem vorgeschobenen Kinn, mit seinen etwas verkniffenen blauen Augen und dem ungewohnt harten Glanz seiner Pupillen. Die feinen Linien seines makellos rasierten Gesichts wirkten gespannt; die Muskeln zu beiden Seiten des Unterkiefers traten hervor. Er war ein typischer Schwuler, friedliebend und korrekt, aber kein Feigling. Jedenfalls nicht, wenn das Heil der Prinzessin auf dem Spiel stand!

«Warte hier auf mich», sagte er.

«Nein, wir gehen zusammen.» Sie schaute ihn liebevoll an. Manchmal küßte sie ihn auf die Lippen, im Spiel, wie früher, als sie noch ein halbes Kind war. Jetzt spürte sie den Drang, es wieder zu tun, aber diesmal war es kein Spiel. «Laß uns zusammen hingehen!»

Ihre Hand fuhr in die Tasche und entsicherte den Derringer. César klemmte sich den Regenschirm unter den Arm, trat dann geruhsam, als suche er einen Spazierstock aus, zu einem der Stände und griff sich einen großen eisernen Schürhaken.

«Sie erlauben.» Er legte dem überraschten Verkäufer den erstbesten Geldschein in die Pranke, den er aus dem Portemonnaie ziehen konnte und schaute Julia wild entschlossen an.

«Dieses eine Mal, meine Liebe, erlaube bitte mir den Vortritt!»

Sie schritten auf den Wagen zu und versteckten sich dabei hinter den Ständen, um nicht gesehen zu werden. Julia hatte die Hand in der Tasche, César den Schürhaken in der Rechten, den Regenschirm und den Hut in der Linken. Julias Herz schlug ihr bis zum Hals, als sie das Nummernschild sah. Jawohl, blauer Ford, getönte Scheiben, die Buchstaben TH. Ihr Mund war trocken, ihr Magen krampfte sich zusammen. Genau so mußte sich Peter Blood fühlen, wenn er kurz davor war, ein Schiff zu entern.

Als sie an der Ecke waren, ging dann alles ganz schnell. Der Beifahrer ließ die Scheibe herunter, um eine Kippe hinauszuwerfen. César ließ Hut und Schirm zu Boden fallen und schritt mit erhobenem Schürhaken um den Wagen herum, bereit, die Piraten zu töten, oder wer auch immer in dem Wagen saß. Julia biß die Zähne zusammen, das Blut hämmerte in ihren Schläfen. Sie rannte los, zog den Revolver aus der Tasche und hielt ihn ins Innere des Wagens. Vor der Revolvermündung tauchte ein unbekanntes Gesicht auf: ein junger Mann mit Bart, der entgeistert auf die Waffe starrte. Sein Nachbar war nicht minder erschrocken, als César die Tür aufriß und den Schürhaken über ihm schwenkte.

«Raus da! Ausgestiegen!» schrie Julia wie eine Furie.

Der Mann mit dem Bart hob entgeistert die Hände, mit gespreizten Fingern, und flehte:

«Beruhigen Sie sich, Señorita. Um Himmels willen, beruhigen Sie sich!... Wir sind von der Polizei!»

«Ich gebe zu», sagte Hauptkommissar Feijoo und legte die gefalteten Hände auf seinen Schreibtisch, «bisher sind wir in dieser Angelegenheit noch nicht richtig weitergekommen...»

Er verstummte und lächelte César so sanftmütig zu, als könnte die mangelnde Effektivität der Polizei alles entschuldigen. Gegenüber Leuten von Welt, schien sein Blick zu sagen, können wir uns eine gewisse konstruktive Selbstkritik durchaus erlauben.

Aber César wollte sich nicht so einfach abspeisen lassen: «Ein Euphemismus für das, was andere schlichtweg Unfähigkeit nennen würden», bemerkte er verächtlich.

Feijoo blitzte ihn an, als hätte ihn diese Bemerkung wie eine Kugel getroffen. Seine Zähne tauchten unter dem wuchernden Schnurrbart hervor und bissen in die Unterlippe. Der Polizist musterte den Antiquitätenhändler und dann Julia; er trommelte mit seinem billigen Kugelschreiber nervös auf die Tischplatte. Bei César mußte man Vorsicht walten lassen – alle drei wußten sie bereits, warum.

«Die Polizei hat ihre Methoden», erklärte Feijoo.

Phrasen, nichts als Phrasen. César war ungehalten und wütend. Daß er mit Feijoo Geschäfte machte, zwang ihn nicht, ihm ungebrochene Sympathie entgegenzubringen. Erst recht nicht, nachdem er ihn bei solchen miesen Spielchen ertappt hatte.

«Wenn diese Methoden darin bestehen, Julia zu verfolgen, während ein Irrer frei herumläuft und seine anonymen Karten verschickt, dann behalte ich meine Meinung besser für mich...» Er schaute Julia an, und dann wieder den Polizisten. «Es darf doch einfach nicht wahr sein, daß man die junge Frau der Ermordung von Professor Ortega verdächtigt. Warum hat man denn mich nicht überprüft?»

«Haben wir!» Der Polizist war erbost über Césars forsches Auftreten und wollte ihn in seine Schranken weisen. «Tatsache ist, wir überprüfen jeden.» Er breitete die Hände aus, als müßte er einen gewaltigen Ausrutscher eingestehen. «Unsere Arbeit ist nun mal so.»

«Und was haben Sie herausbekommen?»

«Leider nichts.» Feijoo fuhr mit der Hand in die Jacke, kratzte sich unter der Achsel, rutschte auf seinem Stuhl hin und her. «Wenn ich ehrlich sein soll, wir sind genauso schlau wie am Anfang, und die Gerichtsmediziner sind sich auch nicht einig über Álvaro Ortegas Todesursache. Wir können nur darauf hoffen, daß der Mörder einen falschen Schritt tut, falls es überhaupt einen Mörder gibt.»

«Und da stellen Sie ausgerechnet mir nach?» fragte Julia noch immer wütend. Sie hatte ihre Tasche auf dem Schoß liegen und hielt eine qualmende Zigarette zwischen den Fingern. «Um zu sehen, ob vielleicht ich diesen falschen Schritt tue?»

Der Beamte musterte sie finster.

«Nehmen Sie es nicht persönlich. Reine Routine... Einfach eine Taktik der Polizei.»

César legte die Stirn in Falten.

«Offenbar keine besonders vielversprechende Taktik. Effektiv ist sie jedenfalls nicht gerade.»

Feijoo schluckte – nicht zuletzt auch eine gehörige Portion Sarkasmus. In diesem Moment, so überlegte Julia voller Genugtuung, bereut der Polizist aus ganzer Seele seine Geschäftsbeziehungen zum Antiquitätenhändler. César brauchte nur an den entsprechenden Stellen den Mund aufzutun, und der Hauptkommissar würde, ohne direkte Anklage oder offiziellen Papierkrieg, sondern so diskret wie diese Dinge auf einem gewissen Niveau eben behandelt wurden, seine Karriere in irgendeinem obskuren Büro einer untergeordneten Dienststelle der Polizei beschließen. Als unbedeutender Tintenkleckser.

«Ich kann Ihnen lediglich versichern, daß wir mit unseren Ermittlungen fortfahren», erklärte Feijoo, nachdem er einen Teil seines Ärgers heruntergeschluckt hatte. Dann fiel ihm noch etwas ein: «Und selbstverständlich genießt die Señorita unseren besonderen Schutz», fügte er hinzu.

«Um Gottes willen!» rief Julia. Über Feijoos Erniedrigung konnte sie die ihr selbst widerfahrene Demütigung noch lange nicht vergessen. «Bitte keine blauen Autos mehr. Es reicht!»

«Denken Sie an Ihre Sicherheit, Señorita.»

«Sie haben doch gesehen, daß ich auf mich selbst aufpassen kann.»

Der Polizist wandte den Blick ab. Wahrscheinlich tat ihm noch der Hals weh, denn vor wenigen Minuten hatte er die zwei Kommissare angebrüllt, weil sie sich so schmählich hatten überrumpeln lassen. «Ihr Trottel!» hatte er geschrien. «Vollidioten! Blamiert habt ihr mich! Das sollt ihr mir büßen!...» César und Julia hatten draußen auf dem Korridor durch die geschlossene Tür alles mit angehört.

«Was das Ding da betrifft...» fuhr er fort und hatte offensichtlich lange zwischen Dienstpflicht und Entgegenkommen geschwankt, ehe er sich für letzteres entschied. «Ich meine, diesen Revolver...» Er schluckte und schaute dann César an. «Es handelt sich ja im Grunde um ein altes Stück, und nicht um eine moderne Waffe. Und Sie als Antiquitätenhändler sind ja im Besitz eines entsprechenden Waffenscheins...» Er starrte auf die Tischplatte. Sicherlich war er in Gedanken bei dem letzten Beutestück, einer Uhr aus dem achtzehnten Jahrhundert, die

César ihm in der Woche davor zu einem guten Preis abgekauft hatte. «Ich selbst, und ich denke, da spreche ich auch im Namen meiner beiden Kollegen...», wieder grinste er besänftigend, «ich meine, wir sind bereit, die Einzelheiten des Falles zu vergessen. Sie, Don César, nehmen Ihren Derringer an sich und versprechen, ihn künftig besser zu verwahren. Sie, Señorita, informieren uns über jede Neuigkeit, und natürlich rufen Sie sofort an, wenn Sie glauben, in Schwierigkeiten zu sein. Und hier war nie von einem Revolver die Rede. Verstanden?»

«Bestens», sagte César.

«Gut.» Daß er hinsichtlich des Revolvers ein Auge zugedrückt hatte, schien Feijoo eine Art moralischen Aufwind gegeben zu haben. Er war plötzlich viel gelöster und sagte zu Julia: «Was das Rad Ihres Wagens betrifft, so wüßten wir gern, ob Sie Anzeige erstatten möchten.»

Sie schaute ihn überrascht an.

«Anzeige?... Gegen wen?»

Der Kommissar nahm sich Zeit mit der Antwort, als erwartete er, daß Julia es erriete.

«Gegen Unbekannt. Wegen versuchten Mordes.»

«An Álvaro?»

«An Ihnen.» Wieder lugten die Zähne unter dem Schnauzer hervor. «Wer auch immer Ihnen diese Karten schickt, er hat Ernsthafteres im Sinn, als nur Schach zu spielen. Das Spray, das in Ihren Reifen gesprüht wurde, kann man in jedem beliebigen Laden für Autozubehör kaufen... Aber in diese Dose wurde mit einer Spritze Benzin hineingefüllt. Dieses Gemisch aus Benzin, Treibgas und der Gummimasse verwandelt sich bei einer bestimmten Temperatur in eine hochexplosive Substanz... wenige hundert Meter Fahrt hätten genügt, um den Reifen aufzuheizen und genau unter dem Benzintank eine Explosion auszulösen. Der Wagen wäre zur lodernden Fackel geworden, mit Ihnen drin. Ist das nicht entsetzlich?...» Er lächelte genußvoll, fast hämisch; als sei dieser Bericht eine kleine Revanche, die er sich bis zuletzt aufgehoben hatte.

Eine Stunde später erschien der Schachspieler in Césars Laden, mit hinter dem Mantelkragen hervorlugenden Ohren und feuchten Haaren. Er sieht wieder aus wie ein dürrer streunender Köter, dachte Julia, während er sich in einem Winkel die Nässe abschüttelte, zwischen Wandteppichen, Porzellangegenständen und Bildern, die er sich selbst mit einem ganzen Jahresgehalt nicht hätte leisten können. Muñoz reichte Julia die Hand, ein kurzes, trockenes Pressen ohne jede Wärme, eine vollkommen unverfängliche Berührung. César grüßte er mit einem Kopfnicken. Dann, während er versuchte, mit seinen durchweichten Schuhen an den Teppichen vorbeizustapfen, hörte er sich ohne mit der Wimper zu zucken an, was auf dem Rastro geschehen war. Ab und zu nickte er vage, als interessiere ihn die Geschichte mit dem blauen Ford und Césars Schürhaken nicht im geringsten. Sein Blick belebte sich erst, als Julia das Kärtchen aus der Tasche zog und es vor ihn hinlegte. Minuten später waren auf dem kleinen Schachbrett, von dem er sich die letzten Tage offenbar nicht getrennt hatte, die Figuren aufgestellt; und er studierte die neue Position.

«Eines verstehe ich nicht», sagte Julia, die Muñoz über die Schulter spähte. «Warum stand die leere Dose auf der Motorhaube? Unübersehbar.»

«Vielleicht war es als Warnung gedacht», erwog César, der in seinem Ledersessel unter dem Bleifenster saß. «Allerdings eine ziemlich geschmacklose Warnung.»

«Sie hat sich in der Tat viel Arbeit gemacht, stimmt's? Das Spray vorbereitet, die Luft aus dem Reifen abgelassen und ihn dann wieder gefüllt... Und alles bei dem Risiko, dabei gesehen zu werden.» Julia zählte die einzelnen Punkte ungläubig an den Fingern ab. «Ist ja wirklich lächerlich...» unterbrach sie sich überrascht und zog eine Grimasse. «Habt ihr bemerkt? Jetzt sehe ich schon eine Frau in unserem unsichtbaren Spieler... Die geheimnisvolle Dame im Regenmantel will mir nicht aus dem Sinn.»

«Vielleicht gehen wir da ein bißchen weit», überlegte César. «Wenn man es recht bedenkt, waren an diesem Vormittag bestimmt Dutzende blonder Frauen im Regenmantel auf dem Markt, manch eine vielleicht auch mit Sonnenbrille. Aber was die leere Dose betrifft, hast du recht. Auf der Motorhaube, deutlich zu sehen... Das ist wirklich absurd.»

«Vielleicht ist es gar nicht so absurd», sagte Muñoz, und die beiden anderen starrten ihn an. Er hatte sich auf einem Hocker vor dem Tischchen mit dem kleinen Schachbrett niedergelassen. Regenmantel und Jackett hatte er abgelegt. Er saß in einem knittrigen, billigen, ein wenig zu großen Hemd da, dessen Ärmel er über den Ellenbogen mit ein paar unbeholfenen Stichen verkürzt hatte, damit sie nicht so weit hervorlugten. Er hatte gesprochen, ohne den Blick vom Brett zu heben, die Hände auf den Knien. Und Julia, die nun neben ihm stand, bemerkte in seinem Mundwinkel jenen ihr so wohlbekannten undefinierbaren Zug zwischen stillem Überlegen und kaum angedeutetem Lächeln. Da begriff sie, daß Muñoz den neuen Vorschlag durchschaut hatte.

Der Schachspieler zeigte auf den Bauern auf a7, ohne ihn zu berühren:

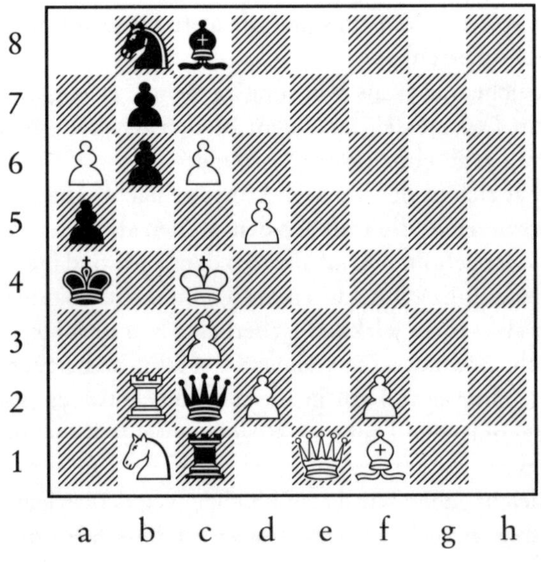

«Der schwarze Bauer auf a7 schlägt den weißen Turm auf b6», sagte er und zeigte ihnen die Situation auf dem Brett. «Das sagt uns unser Gegner auf dem Kärtchen.»

«Und was bedeutet das?» fragte Julia.

Muñoz zögerte einige Sekunden mit der Antwort.

«Das bedeutet, er verzichtet auf einen anderen Zug, den wir in gewisser Weise befürchtet hatten, nämlich daß der schwarze Turm auf c1 die weiße Dame auf e1 schlägt... Das hätte zwangsläufig einen Damentausch zur Folge gehabt.» Er hob den Blick von den Figuren und musterte Julia besorgt. «Mit allem, was das impliziert.»

Julia riß die Augen auf.

«Sie meinen, er unterläßt es, *mich* zu schlagen?»

«Das kann man so sehen.» Er studierte kurz die Position der weißen Dame. «Er will uns offenbar sagen: ‹Ich kann töten, tue es aber erst, wenn es mir paßt.›»

«Wie die Katze, die mit dem Mäuschen spielt», murmelte César. Er schlug mit der Hand auf die Sessellehne. «Der Schurke!»

«Schurke oder Schurkin», sagte Julia.

César schnalzte ungläubig mit der Zunge.

«Wir können nicht sicher sagen, daß die Frau im Regenmantel, sofern sie es war, eigenmächtig handelt. Vielleicht ist sie ja nur eine Komplizin.»

«Ja, aber von wem?»

«Das würde ich auch gern wissen, meine Liebe.»

«Jedenfalls», sagte Muñoz, «wenn Sie die Frau im Regenmantel einen Moment vergessen und auf das Kärtchen schauen, können Sie zu einem neuen Schluß über die Persönlichkeit unseres Gegners gelangen.» Er blickte sie abwechselnd an, hob die Schultern und wies auf die Schachfiguren, als hielte er es für verlorene Zeit, wenn man außerhalb des Schachbretts nach Antworten suchte. «Wir wissen ja schon, daß unser Kandidat äußerst kompliziert gestrickt ist; außerdem ist er äußerst selbstbewußt... Und er – oder sie – ist eitel. Jedenfalls versucht er, uns an der Nase herumzuführen...» Wieder zeigte er auf das Brett und forderte sie auf, sich die Stellung der Figuren genauer anzusehen. «Sehen Sie, praktisch gesehen, also nach Schachkriterien, wäre es ein schlechter Zug gewesen, die weiße Dame zu schlagen... Weiß hätte den Damentausch hinnehmen müssen, die schwarze Dame wäre dann von dem weißen Turm auf b2 geschlagen worden, was Schwarz in eine mißliche Lage gebracht hätte. Der einzige Ausweg wäre dann gewesen, den schwarzen Turm von e1 nach e4 zu ziehen und dem weißen König Schach zu bieten. Doch dieser hätte sich mit einem schlichten Zug des weißen Bauern von d2 nach d4 Deckung verschafft. Hierauf wäre der schwarze König, von feindlichen Figuren belagert, ausgeliefert gewesen. Matt wäre unvermeidbar gewesen. Schwarz hätte die Partie verloren.»

«Das Spray-Attentat auf den Wagen und die Bedrohung der weißen Dame waren also nur Bluff?» fragte Julia.

«Würde mich nicht überraschen.»

«Warum?»

«Weil unser Gegner den Zug gewählt hat, den ich selbst an seiner Stelle gemacht hätte: den weißen Turm auf b6 mit dem Bauern von a7 schlagen. Dies mindert den Druck der Weißen auf den schwarzen König, der sich in einer äußerst mißlichen Lage befand.» Er wiegte anerkennend den Kopf. «Ich sagte Ihnen ja, er ist ein guter Spieler.»

«Und nun?» fragte César.

Muñoz fuhr sich mit der Hand über die Stirn und überlegte.

«Wir haben zwei Möglichkeiten... Vielleicht sollten wir die schwarze Dame schlagen, doch das könnte unseren Gegner zu einem Damentausch nötigen, was mir überhaupt nicht schmeckt.» Er schaute Julia an. «Zwingen wir ihn nicht, etwas zu tun, was er nicht getan hat...» Wieder wiegte er das Haupt, so als bestätigten die weißen und die schwarzen Figuren seine Erwägungen. «Seltsam ist, er weiß, daß wir so über die Sache nachdenken. Das ist schon beachtlich, denn ich sehe die Züge, die er macht und uns dann bekannt gibt, während er sich die meinen lediglich vorstellt... sie aber trotzdem beeinflußt. Denn bis jetzt tun wir ja genau, was er uns aufzwingt.»

«Haben wir die Wahl?» fragte Julia.

«Bisher nicht. Und was kommt, werden wir ja sehen.»

«Und was ist der nächste Zug?»

«Unser Läufer. Wir ziehen von f1 nach d3 und bedrohen die Dame.»

«Und was tut er? Oder sie?»

Wieder zögerte Muñoz mit der Antwort. Reglos saß er vor dem Brett, als hätte er die Frage nicht gehört.

«Auch im Schach», sagte er endlich, «hat die Vorhersehbarkeit ihre Grenzen. Der beste Zug, oder der wahrscheinliche, ist jener, der den Gegner in die ungünstigste Lage versetzt. So kann man den Spielverlauf für sich günstig beeinflussen, indem man schlicht annimmt, man hätte den Zug getan und dann die Partie vom Standpunkt des Gegners aus betrachtet, indem man sich also sozusagen selbst von der Position des Gegners aus beobachtet. Und dann schlüpft man wieder in die Rolle des Gegners vom Gegner, also in die eigene Haut, und so weiter, nach dem eigenen Vermögen... Hiermit will ich sagen, ich weiß, bis wohin ich selbst gelangt bin, nicht aber, wie weit er gekommen ist.»

«Nach dieser Überlegung», mischte sich Julia ein, «wählt er wahrscheinlich den Zug, der uns am meisten schadet. Hab ich recht?»

Muñoz kratzte sich am Hinterkopf. Dann, ganz langsam, zog er den weißen Läufer nach d3, also direkt vor die schwarze Dame. Er studierte konzentriert die neue Situation.

Seine Miene verfinsterte sich, und schließlich sagte er:

«Wie auch immer, ich bin sicher, er wird uns eine Figur wegnehmen.»

XI. Analytische Annäherungen

Nicht der Wind, nicht die Fahne, der
Geist bewegt sich.
D. R. Hofstadter

Das schrille Klingeln des Telefons schreckte sie auf. Ohne Eile zog sie den mit Lösungsmittel getränkten Tupfer aus der Ecke des Gemäldes zurück, das sie gerade bearbeitete – etwas Firnis klebte da zu hartnäckig an einem winzigen Stückchen des Gewandes von Ferdinand von Ostenburg. Sie nahm die Pinzette zwischen die Zähne, schaute argwöhnisch auf das Telefon, das zu ihren Füßen auf dem Teppich stand und fragte sich, ob sie, wenn sie abhob, wieder nur jenes Schweigen vernehmen würde, das ihr nun schon seit ein paar Wochen geläufig war. Anfangs hatte sie sich darauf beschränkt, den Hörer ans Ohr zu pressen und kein Wort gesagt, sondern nur voller Ungeduld nach irgendeinem Laut gehorcht, und wäre es nur ein Atmen, das Leben verriet, die Gegenwart eines Menschen, wie beunruhigend das auch immer sein mochte. Doch da war immer nur diese absolute Leere gewesen, ohne den zweifelhaften Trost, daß es wenigstens knackte und die Verbindung unterbrochen wurde. Und immer war es der – oder die – geheimnisvolle Unbekannte, der länger aushielt. Julia, wie sehr sie sich auch bemühte, legte dann doch als erste auf. Wer immer das sein mochte, er lag auf der Lauer, hatte offenbar keine Eile und befürchtete nicht, daß Julia die Polizei zu einer Fangschaltung veranlaßt haben könnte. Vielleicht wußte der Anrufer ja gar nicht, daß er ungestraft davonkommen würde. Julia hatte jedenfalls mit niemandem darüber gesprochen, nicht einmal mit César oder Muñoz. Diese nächtlichen Anrufe waren für Julia beschämend und erniedrigend, schließlich brach da jemand in ihre Privatsphäre ein, in jene spätabendliche Stille, die sie in der

Zeit vor diesem Alptraum immer so sehr genossen hatte. Es war wie eine rituelle Vergewaltigung, die sich täglich wiederholte, ohne Gesten und Worte.

Nach dem sechsten Klingeln hob sie ab und hörte zu ihrer Erleichterung Menchus Stimme. Doch die Entspannung hielt nicht lange an; ihre Freundin hatte über den Durst getrunken. Oder war da sogar eine härtere Droge im Spiel? Menchu versuchte, die Hintergrundgeräusche – Stimmen und Musik – zu übertönen, laut und in ziemlich wirren Sätzen. Sie sei gerade bei Stephan's, rief sie laut und erzählte eine konfuse Geschichte, in der die Namen von Max, Van Huys und Paco Montegrifo vorkamen. Julia kapierte rein gar nichts, und als sie Menchu bat, noch einmal von vorne zu beginnen, lachte diese betrunken und hysterisch und legte dann auf.

Draußen herrschte feuchte, neblige Kälte. Julia, die trotz ihrer dicken Felljacke fröstelte, ging hinab auf die Straße und nahm ein Taxi. Die Lichter der Stadt huschten als helle Flecke über ihr Gesicht, während sie unter zerstreutem Kopfnicken dem Geschwätz des Taxifahrers folgte. Sie legte den Kopf auf die Rückenlehne und schloß die Augen. Bei Verlassen der Wohnung hatte sie die Alarmanlage eingeschaltet und die Tür doppelt abgeschlossen. Am Hauseingang hatte sie argwöhnisch geschaut, ob in der Sprechanlage vielleicht wieder ein Kärtchen steckte. Doch an diesem Abend war da nichts. Der unsichtbare Spieler brütete sicherlich seinen nächsten Zug aus.

Bei Stephan's herrschte reger Betrieb. Julia trat ein und entdeckte sofort César, der mit Sergio auf einem der Sofas saß. Der Antiquitätenhändler säuselte dem jungen Mann irgend etwas zu, und der, die blonde Mähne kokett vor den Augen, nickte. César, ein Bein über das andere geschlagen, rauchte. Die Hand mit der Zigarette ruhte auf dem Knie, mit der anderen gestikulierte er, ohne allerdings den Arm seines Schützlings neben sich zu berühren. Als er Julia sah, erhob er sich und eilte ihr entgegen. Er schien überrascht, sie zu dieser Stunde hier zu sehen, ungeschminkt und in Jeans und ihrer Felljacke.

«Sie ist drinnen auf einem Sofa», sagte er nur und zeigte in den hinteren Teil des Lokals, mit einer gleichmütigen Geste, in die sich eine gewisse heitere Erwartung mischte.

«Hat sie viel getrunken?»

«Sie ist vollgesogen wie ein Schwamm. Und ich fürchte, daß sie außerdem noch weißen Staub versprüht... Sie ist ziemlich oft auf die Toilette verschwunden und das sicherlich nicht nur, um ihre Blase zu entleeren.» Er schaute auf seine Zigarettenglut und lächelte bissig. «Und gerade hat sie hier einen richtigen Skandal hingelegt. Sie hat Montegrifo geohrfeigt, mitten in der Bar. Stell dir das vor, meine Liebe! Es war...», er ließ sich das Wort auf der Zunge zergehen, bevor er es mit der verzückten Miene eines *connaisseurs* aussprach, «einfach köstlich!»

«Und Montegrifo?»

César verzog das Gesicht zu einer schadenfrohen Grimasse.

«Faszinierend war er, mein Schatz. Geradezu göttlich. Er schritt würdevoll davon, erhaben wie nur er es kann. Mit einer sehr auffälligen, leicht vulgären, aber gut gekleideten Blondine am Arm, die ganz außer sich war, die Ärmste, kann man ja auch verstehen. Aber...» César lächelte boshaft. «Tatsache ist, der Kerl hat's in sich. Er hat die Ohrfeige kassiert, ohne mit der Wimper zu zucken, gelassen wie ein Filmheld. Gar nicht so uninteressant, euer Auktionator... Hat sich gut gehalten, das muß man sagen. Wie ein Torero.»

«Wo ist Max?»

«Den hab ich hier nicht gesehen, was ja zu schade ist!» Wieder huschte das zweideutige Lächeln über seine Lippen. «Das wäre wirklich zu lustig gewesen. Die absolute Krönung.»

Nun ging Julia durchs Lokal. Im Vorübergehen grüßte sie Bekannte und entdeckte dann ihre Freundin, allein in einem Sofa versunken, mit trüben Augen, der kurze Rock weit hinaufgerutscht, und an einem Bein eine groteske Laufmasche. Sie schien um zehn Jahre gealtert.

«Menchu!»

Diese erkannte ihre Freundin kaum wieder. Sie murmelte

wirres Zeug und lächelte mit irrem Blick. Dann bewegte sie den Kopf langsam hin und her und stieß ein unsicheres betrunkenes Lachen hervor.

«Das hättest du erleben sollen», sagte sie nach einer Weile mit belegter Stimme und noch immer lachend. «Da stand er vor mir, dieser Mistkerl, die eine Gesichtshälfte rot wie eine Tomate...» Sie richtete sich etwas auf und rieb sich die gerötete Nase, ohne auf die neugierigen oder schockierten Blicke von den Nachbartischen zu achten. «Dieser arrogante Idiot!»

Julia spürte, daß alle sie anstarrten, und hörte, daß man über sie flüsterte. Ohne etwas dagegen tun zu können, wurde sie rot.

«Meinst du, du schaffst es, das Lokal zu verlassen?»

«Ich denke, ja... Aber laß mich dir erzählen...»

«Später! Laß uns erst gehen.»

Menchu erhob sich mühevoll und strich sich ungelenk den Rock glatt. Julia legte ihr den Mantel über die Schultern und half ihr, sich einigermaßen würdevoll dem Ausgang zuzubewegen. César hatte sich erhoben und kam auf sie zu.

«Alles in Ordnung?»

«Ja, ich glaube, ich schaffe es allein.»

«Bist du sicher?»

«Aber ja. Wir sehen uns morgen.»

Auf der Straße hielt Menchu torkelnd nach einem Taxi Ausschau. Aus dem Fenster eines vorbeifahrenden Autos rief ihr jemand eine unflätige Bemerkung zu.

«Bring mich nach Hause, Julia... bitte.»

«Zu mir oder zu dir?»

Menchu versuchte mühsam, ihre Freundin zu fixieren. Sie bewegte sich wie eine Mondsüchtige.

«Zu dir», sagte sie.

«Und Max?»

«Mit Max ist Schluß. Wir haben uns gestritten... Es ist vorbei.»

Sie hielten ein Taxi an. Menchu kauerte sich auf den Rücksitz und brach in Tränen aus. Julia legte ihr einen Arm um die bebenden Schultern. Das Taxi hielt vor einer Ampel, und das Licht eines Schaufensters erhellte Menchus entstelltes Gesicht.

«Entschuldige... Ich bin eine...»

Julia schämte sich – ihr war gar nicht wohl in ihrer Haut. Die Situation war einfach grotesk. Dieser verfluchte Max, sagte sie sich innerlich. Diese verfluchten Männer!

«Red keinen Quatsch», unterbrach Julia die Freundin.

Sie wich dem Blick des Fahrers aus, der sie im Rückspiegel neugierig beobachtete, und als sie sich wieder ihrer Freundin zuwandte, entdeckte sie in deren Augen einen untypischen Ausdruck, als habe sie einen plötzlichen lichten Moment, als gäbe es in ihrem Innern einen Fleck, der von den Dünsten der Droge und des Alkohols noch nicht vernebelt war. Da war, so erkannte sie überrascht, irgend etwas von unauslotbarer Tiefe, das voll war von dunklen Bedeutungen. Dieser Blick paßte so überhaupt nicht zu Menchus momentanem Zustand, daß Julia völlig verwirrt war, und was Menchu dann sagte, war noch befremdlicher.

«Du verstehst überhaupt nichts...» Sie bewegte den Kopf wie ein verwundetes Tier. «Aber was immer auch passiert, du sollst wissen...»

Sie unterbrach sich, als habe sie sich auf die Zunge gebissen, und ihr Blick verdunkelte sich wieder. Das Taxi fuhr weiter. Julia war nachdenklich und völlig durcheinander. Dies alles war viel zuviel für eine Nacht. Fehlt nur noch, so sann Julia und seufzte, als ahnte sie nichts Gutes, fehlt nur noch, daß an der Sprechanlage wieder eine Karte steckt.

An diesem Abend gab es keine Karte, und so konnte sie sich um Menchu kümmern, die ein Schatten ihrer selbst war. Sie flößte ihr zwei Tassen Kaffee ein und half ihr dann, sich hinzulegen. Langsam und mit viel Geduld – sie kam sich vor wie eine Psychoanalytikerin vor der Couch – konnte sie das Geschehene aus Menchus von Schweigen unterbrochenem zusammenhanglosem Gestammel rekonstruieren. Max, dieser undankbare Kerl, hatte es sich im ungünstigsten Augenblick in den Kopf gesetzt zu verreisen und hatte es fadenscheinig mit irgendeinem Job in Portugal begründet. Sie machte gerade eine schlimme Phase durch, und Max in seinem Egoismus dachte nur daran abzuhauen. Sie hatten sich gestritten, aber anstatt sich wie sonst im Bett zu versöhnen, hatte er die Türen geknallt und war auf und davon. Ob er wiederkommen würde, wußte Menchu nicht. Es war ihr auch egal. Aber sie hatte nicht allein sein wollen und war ins Stephan's gegangen. Einige Linien Kokain hatten sie wieder in Schwung gebracht, sie in eine Art aggressive Euphorie versetzt. An Max dachte sie nicht mehr. Sie hatte in ihrem Eckchen extra trockene Martinis getrunken und gerade einen äußerst gutaussehenden Typen ins Auge gefaßt, der schon aufmerkte, da wendete sich das Blatt: Paco Montegrifo hatte den dummen Einfall, da aufzutauchen, in Begleitung einer dieser schmuckbehangenen Nutten, mit denen er sich hin und wieder sehen ließ... Die Angelegenheit mit den Prozenten war noch ganz frisch, Menchu meinte, in seinem Gruß eine Spur von Spott wahrzunehmen, und wie es im Roman so schön heißt, es war Salz in ihren Wunden. Eine Ohrfeige aus heiterem Himmel, paff, eine von denen, die Geschichte machen, mitten im bassen Erstaunen der illustren Gäste... Großer Skandal und Ende der Story. Vorhang.

Menchu schlief gegen zwei Uhr nachts ein. Julia legte ihr eine Decke über, saß noch kurz bei ihr und wachte über ihren unruhigen Schlaf. Ab und zu bewegte sich Menchu, brabbelte irgend etwas Unverständliches, mit verbissenen Lippen, das Haar wirr im Gesicht. Julia sah lauter Falten um ihren Mund und um ihre Augen. Durch Tränen und Schweiß war die Schminke verschmiert und bildete dunkle Ringe, durch die sie morbide aussah, wie eine überreife Kurtisane nach einer heftigen Nacht. César hätte seine bissigen Schlüsse gezogen, doch Julia hatte jetzt keine Lust, sich Césars Reden anzuhören. Sie wünschte sich nur, daß sie selbst dereinst mit der nötigen Würde altern könnte. Sie seufzte, eine nicht angezündete Zigarette zwischen den Lippen. Es mußte einfach schrecklich sein, in der Stunde des Schiffbruchs kein Rettungsboot zu haben, keine Chance, die eigene Haut zu retten. Julia wurde bewußt, daß die Galeristin dem Alter nach ihre Mutter sein konnte. Dieser Gedanke erfüllte sie mit Scham, als hätte sie den Schlaf ihrer Freundin irgendwie ausgenutzt, um sie zu hintergehen.

Sie trank den Rest des inzwischen kalten Kaffees und steckte sich die Zigarette an. Wieder spritzte der Regen gegen die Dachluke – es war das Geräusch der Einsamkeit, sagte sie sich traurig. Das Regengeräusch brachte ihr jene andere Geschichte in Erinnerung, vor einem Jahr, das Ende ihrer Beziehung mit Álvaro, als sie sicher gewesen war, daß in ihrem Innern irgend etwas für immer kaputtging wie ein verschlissener Mechanismus. Auch wußte sie, daß von da an jene bittersüße Einsamkeit, die ihr das Herz bedrückte, für immer ihre einzige Begleiterin sein würde, auf Wegen, die es noch zu durchmessen galt, für den Rest des Lebens, unter einem Himmel, in dem die Götter unter großem Gelächter hinstarben. Auch in dieser Nacht ging der Regen lange über ihr nieder, während sie unter der Dusche kauerte, umwallt von Dampf, der sich anfühlte wie ein brennender Nebel, während sich ihre Tränen mit dem Wasser mischten, das auf ihre das Gesicht verdeckenden nassen Haare und auf ihren nackten Körper herabprasselte. Dieses reine und warme Wasser, unter dem sie fast eine Stunde verharrte, hatte ihr Álvaro genommen, ein Jahr vor seinem leiblichen Tod, dem tatsächlichen, endgültigen. Und durch eine jener Ironien, auf die das Schicksal so erpicht ist, war Álvaro so gestorben, in einer Badewanne, mit offenen Augen und gebrochenem Genick, unter der Dusche; unter dem Regen.

Sie streifte die Erinnerung fort, sah sie sich auflösen in einer Wolke von Dampf, in den Schatten des Arbeitszimmers. Dann dachte sie über César nach, wiegte langsam, im Takt der melancholischen und stimmungsvollen Musik, den Kopf. Sie hätte jetzt gern den Kopf an seine Schulter gelegt, gern die Augen geschlossen und den ihr seit ihrer Kindheit vertrauten Duft nach Tabak und Myrrhe eingeatmet… César! An seiner Seite Geschichten hören und erleben, die immer einen glücklichen Ausgang haben.

Sie zog an der Zigarette, hielt den Rauch lange in der Lunge, wünschte sich, daß ihre Gedanken durch einen Zauber weit von hier forttrieben. Wie fern jetzt jene Zeiten der glücklichen Ausgänge waren, wie unvereinbar mit jedweder Art von Vernunft!... Manchmal quälte es sie, sich im Spiegel zu betrachten und sich für immer verbannt zu wissen aus dem Niemalsland.

Sie löschte das Licht und saß rauchend auf dem Teppich, vor dem Van Huys, den sie nun nicht mehr richtig sehen konnte. Reglos hockte sie da, noch als die Zigarette schon längst aufgeraucht war; im Geiste sah sie die Figuren des Bildes leibhaftig vor sich, vernahm das ferne Brandungsgeräusch des Lebens, das sie rings um die Schachpartie führte und das durch die Zeit und den Raum fortwährte, auch jetzt noch, wie ein langsames gnadenloses Uhrwerk, das den Jahrhunderten getrotzt hatte, und ohne daß jemand voraussehen könnte, wann es abliefe. Dann vergaß Julia alles um sich her, auch Menchu und die Trauer um die verstrichene Zeit. Ein ihr vertrauter Schauer erfüllte sie, die Angst, ja, aber gleichzeitig ein nicht genau zu erfassender neuartiger Trost. Eine Art krankhafter Erwartung. Wie in Kindertagen, als sie sich gegen César kuschelte und sich eine neue Geschichte wünschte. Wer weiß, vielleicht hatte James Hook sich nicht für immer in den Nebeln der Vergangenheit aufgelöst. Vielleicht spielte er gerade Schach.

Als Julia aufwachte, schlief Menchu noch. Sie zog sich möglichst leise an, legte ihr die Schlüssel auf den Tisch, verließ die Wohnung und schloß sorgsam die Tür hinter sich. Schon fast zehn Uhr. Der Regen war einem schmutzigen Dunst aus Nebel und Abgasen gewichen, der die grauen Umrisse der Häuser verwischte und den mit Licht fahrenden Autos gespenstisches Aussehen verlieh. Die Strahlen der Scheinwerfer lösten sich auf dem Asphalt in unendlich viele helle Punkte auf und ließen um Julia, die mit den Händen in den Manteltaschen lief, ein unwirkliches Geflirre entstehen.

Belmonte empfing sie, in seinem Rollstuhl thronend, im

Wohnzimmer. Die Umrisse des Van Huys waren noch immer an der Wand zu sehen. Natürlich tönte Bach vom Plattenspieler, und während Julia das Dossier aus der Handtasche zog, fragte sie sich, ob der Alte die Platte immer eigens zu ihrem Besuch auflegte. Belmonte bedauerte es, daß Muñoz, der Mathematiker und Schachspieler, wie er ironisch hinzufügte, nicht mitgekommen sei, dann vertiefte er sich eine Weile in Julias Dokumentation zu dem Gemälde. Dieser enthielt alle historischen Daten, Muñoz' Überlegungen zum Geheimnis um Roger von Arras, Fotos von den diversen Stadien der Restaurierung und außerdem, gerade erst von Claymore gedruckt, einen Farbprospekt mit Informationen über das Bild und die geplante Versteigerung. Er las schweigend und nickte beeindruckt. Manchmal schaute er auf, blickte verwundert Julia an und vertiefte sich dann wieder in den Bericht.

«Ausgezeichnet», sagte er schließlich und klappte die Mappe zu. «Sie sind wirklich eine außergewöhnliche junge Frau.»

«Es ist nicht allein mein Werk. Sie wissen, viele haben daran gearbeitet... Paco Montegrifo, Menchu Roch, Muñoz...»

Sie zögerte kurz. «Wir haben auch Kunstexperten herangezogen.»

«Sie meinen den verstorbenen Professor Ortega?»

Julia musterte ihn überrascht.

«Sie wußten es?»

Der Alte grinste.

«Wie Sie sehen. Nach seinem Tod hat die Polizei meine Nichte, ihren Mann und mich befragt. Ein Kommissar hat mich aufgesucht, sein Name ist mir entfallen. Er hatte einen großen Schnauzer, und er war fett.»

«Feijoo heißt er, Hauptkommissar Feijoo...» Sie wandte den Blick ab. Verdammter Kerl. Dieser Taugenichts von einem Polizisten! «Aber bei unserem letzten Besuch hier haben Sie das gar nicht erwähnt», sagte Julia.

«Ich habe darauf gewartet, daß Sie davon anfangen. Was Sie nicht getan haben, und da dachte ich, Sie hätten wohl Ihre Gründe.»

Es klang irgendwie vorwurfsvoll, und Julia hatte das Gefühl, daß sie im Begriff war, einen Verbündeten zu verlieren.

«Ich dachte... Also, es tut mir leid, wirklich. Ich wollte Sie mit diesen Geschichten nicht beunruhigen. Schließlich...»

«Sie spielen auf mein Alter und meine Gesundheit an?» Belmonte faltete die von braunen Flecken übersäten knochigen Hände vor dem Bauch. «Oder dachten Sie, das könnte Einfluß auf das weitere Schicksal des Bildes haben?»

Julia schüttelte den Kopf. Sie wußte nicht, was sie sagen sollte. Dann zuckte sie mit den Achseln und lächelte ihn verwirrt und offen an, denn dies war die einzige Antwort, die den Alten zufriedenstellen könnte.

«Was soll ich Ihnen sagen?» murmelte sie und erkannte, daß sie das Richtige getan hatte, denn Belmonte lächelte sie nun wieder komplizenhaft an.

«Machen Sie sich keine Sorgen. Das Leben ist schwierig, und die Beziehungen der Menschen untereinander erst recht.»

«Ich versichere Ihnen, ich...»

«Sie brauchen mir nichts zu versichern. Sprechen wir von Professor Ortega... War es ein Unfall?»

«Ich vermute», log Julia, «das habe ich zumindest gehört.»

Der Alte starrte auf seine Hände. Es war nicht klar, ob er ihr glaubte.

«Trotzdem schlimm... Finden Sie nicht auch?» Er schaute sie durchdringend und ernst an; in seinem Blick lag eine diffuse Unruhe. «Diese Dinge, ich meine Dinge, die mit dem Tod zusammenhängen, nehmen mich immer mit. Dabei sollte das in meinem Alter anders sein. Ist schon merkwürdig, daß man sich, obwohl alle Vernunft dagegen spricht, so ans Leben klammert, sogar wenn einem davon nur noch wenig bleibt.»

Julia war kurz davor, ihm auch den Rest der Geschichte anzuvertrauen, ihm von dem geheimnisvollen Spieler, den Drohungen und dem düsteren Druck zu erzählen, der auf ihr lastete. Von dem Fluch des Van Huys, dessen Spur – das leere Rechteck unterhalb des rostigen Nagels – sie von der Wand her belauerte wie ein böses Omen. Doch dann wären Erklärungen nötig gewesen, zu denen sie, so spürte sie, keine Kraft hatte. Außerdem fürchtete sie, den Alten unnötig in Sorge zu versetzen.

«Keine Sorge», flunkerte sie dreist, «wir haben alles im Griff. So wie das Bild.»

Beide lächelten gezwungen. Julia war sich weiterhin im unklaren, ob Belmonte ihr glaubte oder nicht. Der Alte verlagerte sein Gewicht auf die Lehne seines Rollstuhls und runzelte die Braue.

«Was das Bild betrifft, möchte ich Ihnen etwas sagen...» er unterbrach sich und überlegte kurz. «Neulich, nachdem Sie und Ihr Freund, der Schachspieler, mich aufgesucht hatten, habe ich noch einmal über den Van Huys nachgedacht. Sie erinnern sich? Wir sprachen darüber, daß es eines Systems bedarf, um ein anderes System zu verstehen, daß für die beiden wieder ein drittes nötig ist und so weiter, bis ins Unendliche... Sie erinnern sich noch an das Gedicht von Borges über das Schachspiel, mit der Frage, welcher Gott jenseits Gottes den Spieler veranlaßt, die Figuren zu setzen?... Nun, ich meine, in diesem Bild ist davon etwas enthalten. Etwas, das sich selbst enthält und sich wiederholt und einen immerzu an den Beginn zurückführt. Ich glaube, der wahre Schlüssel zur Ausdeutung der *Schachpartie* eröffnet keinen linearen Weg, ein Fortschreiten, bei dem man sich immer weiter vom Ausgangspunkt entfernt, eher scheint dieses Gemälde immer wieder zu sich selbst zurückzukehren, als führte es in sein eigenes Innerstes... Verstehen Sie?»

Julia nickte. Was sie da hörte, bestätigte laut und deutlich, was sie selber spürte. Ihr fiel die Skizze ein, die sie angefertigt hatte, jene sechs Ebenen, die einander einschlossen, die immerwährende Rückkehr zum Ausgangspunkt, die Bilder im Bild.

«Ich verstehe besser, als Sie vielleicht denken», sagte sie. «Es ist, als klage sich das Bild selbst an.»

«Anklagen?» fragte Belmonte verwirrt. «Das geht mir jetzt ein bißchen zu weit.» Er dachte nach, wobei er die Braue runzelte, wie um das Unbegreifliche abzuwehren. «Ich meinte etwas anderes...», er zeigte auf den Plattenspieler. «Hören Sie sich mal den Bach an.»

«Es klingt wie sonst.»

Belmonte lächelte verschwörerisch.

«Heute hatte ich eigentlich nicht vor, mich von Johann Sebastian begleiten zu lassen, aber Ihnen zu Ehren habe ich es dann doch getan. Sie hören die Französische Suite Nr. 5. Und jetzt passen Sie mal auf: Diese Komposition besteht aus zwei Hälften, und jede wird wiederholt. Die Dominante der ersten Hälfte ist g, doch es endet in d... Hören Sie? Aber es kommt noch besser: Es scheint, daß das Stück in dieser Tonart endet, aber unser hinterlistiger Bach bringt uns dann mit einem Sprung wieder zum Anfang zurück, zu g, und dann moduliert er wieder nach d, und ohne daß wir recht merken, wie er es anstellt, wiederholt sich das immer wieder... Na, was sagen Sie?»

«Wirklich beeindruckend.» Julia folgte aufmerksam den Akkorden. «Es ist wie eine unendliche Schleife... Wie die Bilder und Zeichnungen von Escher, in denen Wasser in einer Kaskade herabfällt und sich dann unerklärlicherweise doch wieder am Ausgangspunkt befindet... Oder denken Sie an die Treppe, die zum eigenen Ursprung führt.»

Belmonte nickte zustimmend.

«Genau. Da gibt es unendlich viele Beispiele...» Er schaute auf das Rechteck an der Wand. «Das Schwierige ist wohl, herauszufinden, an welchem Punkt dieses Kreises man sich selbst befindet.»

«Da haben Sie wohl recht. Es würde ausufern, wenn ich Ihnen alles erklären wollte, aber auf jeden Fall ist in den Ereignissen um das Bild einiges von dem, was Sie hier beschreiben, enthalten. Wenn man denkt, die Geschichte ist zu Ende, beginnt sie von vorn. Sie bewegt sich in eine andere Richtung, denkt man zunächst... Aber vielleicht bewegen wir uns gar nicht vom Fleck.»

Belmonte zuckte die Achseln.

«Ein Paradox, das Sie und Ihr Freund, der Schachspieler, lösen müssen. Mir fehlen dazu die Kenntnisse. Wie Sie ja wissen, bin ich in diesen Dingen ein Dilletant. Ich wäre nicht darauf gekommen, diese Partie rückwärts zu spielen.» Er musterte Julia lange. «Und bei allem, was ich über Bach weiß, ist das unverzeihlich.»

Julia zog ein Päckchen Zigaretten aus der Tasche und dachte über die neuesten Interpretationen nach. Es ist wie ein Fadenknäuel, dachte sie. Zu viele Fäden für ein einziges Knäuel.

«Hat Sie außer der Polizei und mir sonst noch jemand aufgesucht? Jemand, der Interesse am Gemälde zeigte... oder am Schachspiel?»

Der Alte zögerte mit der Antwort, als versuchte er zunächst zu ergründen, was hinter dieser Frage steckte. Dann zuckte er die Achseln.

«Weder, noch. Als meine Frau noch lebte, hatten wir öfter Besuch; sie war geselliger als ich. Seit ich Witwer bin, verkehre ich nur noch mit wenigen Freunden. Da war Esteban Cano. Sie sind zu jung und können ihn nicht gekannt haben, als er noch ein erfolgreicher Violinvirtuose war... Im Winter vor nun bald zwei Jahren ist er gestorben. Tatsache ist, mein alter kleiner Freundeskreis hat sich nach und nach gelichtet; außer mir ist kaum noch einer am Leben.» Er lächelte resigniert. «Pepe lebt noch, ein guter Freund von mir. Pepín Pérez Giménez, pensioniert wie ich, er besucht noch das Casino und gelegentlich kommt er auf eine Partie Schach. Aber er ist fast siebzig, und wenn er länger als eine halbe Stunde spielt, bekommt er starke Migräne. Früher war er ein richtiger Schachmeister... Ab und zu spielt er auch mal eine Partie mit meiner Nichte.»

Julia, die gerade zu einer Zigarette griff, stockte und führte die Bewegung dann sehr langsam fort, als könnte eine Gemütsregung oder eine plötzliche Bewegung die soeben vernommenen Worte auslöschen.

«Ihre Nichte spielt Schach?»

«Lola? Ja, recht gut sogar.» Belmonte lächelte, als bedauerte er, daß die Tugenden seiner Nichte nicht auch andere Gebiete des Lebens berührten. «Ich habe es ihr beigebracht, vor vielen

Jahren; doch inzwischen ist sie über ihren Lehrer hinausgewachsen.»

Julia versuchte, sich zu beherrschen, was nicht leicht war. Möglichst gemächlich zündete sie die Zigarette an, nahm zwei lange Züge und blies den Rauch aus. Dann erst redete sie weiter. Ihr Herz klopfte wie wild. Dies war ein Volltreffer.

«Was sagt denn Ihre Nichte zu dem Bild? Hält sie Ihre Entscheidung, es zu verkaufen, für richtig?»

«Für sehr richtig! Und ihr Mann erst!» sagte er ein wenig verbittert. «Ich nehme an, Alfonso hat sich schon für jeden Céntimo, den er für den Van Huys bekommt, überlegt, auf welche Zahl er ihn im Roulette setzen wird.»

«Aber noch hat er das Geld nicht», sagte Julia und schaute Belmonte fest in die Augen.

Der schwieg und hielt ihrem Blick unerschütterlich stand. Dann war ein flüchtiges hartes Blitzen in seinen hellen, feuchten Augen zu sehen.

«Zu meiner Zeit», sagte er plötzlich gutgelaunt, und Julia sah in seinem Blick jetzt nur noch genüßliche Ironie, «zu meiner Zeit galt das Sprichwort: Das Fell des Fuchses verkaufe erst, wenn du ihn erlegt hast...»

Julia hielt ihm das Zigarettenpäckchen hin.

«Hat Ihre Nichte jemals etwas zu dem Geheimnis des Bildes, zu den dargestellten Personen oder zu der Partie gesagt?»

«Nicht, daß ich mich erinnere.» Der Alte atmete den Rauch tief ein. «Sie waren die erste, die mir darüber etwas erzählt hat. Wir hatten es bis dahin zwar für ein besonderes, aber nicht für ein außergewöhnliches Bild gehalten... schon gar nicht für eines, das mit Geheimnis befrachtet ist.» Er schaute nachdenklich auf das Rechteck an der Wand. «Alles schien ganz offensichtlich zu sein.»

«Wissen Sie, ob Ihre Nichte bereits mit jemandem in Verhandlung stand, bevor Alfonso Ihnen Menchu Roch vorstellte?»

Belmonte legte die Stirn in Falten. Diese Möglichkeit schien ihm gar nicht zu gefallen.

«Na, das will ich nicht hoffen. Schließlich war das Bild ja

mein Eigentum...» Er starrte auf die Zigarette zwischen seinen Fingern wie ein Sterbender während der letzten Ölung und grinste klug und hintertrieben. «... Und ist es nach wie vor.»

«Erlauben Sie mir eine weitere Frage, Don Manuel.»

«Ihnen erlaube ich alles.»

«Haben Ihre Nichte und ihr Mann in Ihrer Gegenwart jemals überlegt, einen Kunstsachverständigen zu konsultieren?»

«Glaube ich nicht. Ich kann mich nicht erinnern, und ich glaube nicht, daß ich so etwas vergessen würde...» Er schaute Julia argwöhnisch an. «Mit solchen Dingen hat sich Professor Ortega befaßt. Er war doch Kunsthistoriker, stimmt's? Sie wollen doch nicht etwa andeuten...»

Julia besann sich. Sie durfte nicht zu weit gehen.

«Nein», sagte sie und setzte ihr süßestes Lächeln auf, «ich meine nicht Álvaro Ortega, sondern irgendeinen beliebigen Experten. Es ist doch durchaus denkbar, daß Ihre Nichte neugierig war, wieviel das Gemälde wert ist, oder was es für eine Geschichte hat...»

Belmonte starrte nachdenklich auf seine fleckigen Handrücken.

«Davon hat sie nie gesprochen. Und sie hätte es mir bestimmt gesagt, denn wir haben oft über den Van Huys gesprochen. Vor allem wenn wir die auf dem Bild dargebotene Partie spielten... vorwärts natürlich. Und wissen Sie was?... Obwohl dem Anschein nach die weißen Steine im Vorteil sind, Lola hat immer mit den schwarzen gewonnen.»

Fast eine Stunde ging sie ziellos durch den Nebel und versuchte, ihre Gedanken zu ordnen. Feine Tropfen legten sich auf ihr Gesicht und ihr Haar. Sie kam am Palace vorbei, wo der Portier, in Zylinder und goldbetreßter Uniform, unter dem Vordach Schutz gesucht hatte, in einem Umhang, durch den er aussah wie ein Londoner aus dem neunzehnten Jahrhundert, was gut zu dem Nebel paßte. Fehlt nur noch eine Pferdedroschke mit blakender Laterne, aus der ein schlanker Sherlock Holmes steigt, gefolgt von seinem treuen Watson, dachte Julia.

Und irgendwo im schmutzigen Nebel müßte der diabolische Professor Moriarty auf der Lauer liegen, der Napoleon des Verbrechens, der Genius des Bösen.

In letzter Zeit spielten einfach zu viele Leute Schach. Und alle schienen gute Gründe zu haben, sich mit dem Van Huys zu beschäftigen. Es gab zu viele Bilder in diesem verfluchten einen Gemälde.

Da war zunächst Muñoz. Ihn hatte sie als einzigen erst *nach* dem Beginn dieser mysteriösen Geschichte kennengelernt. Wenn sie sich nachts schlaflos im Bett wälzte, war er der einzige, den sie nicht mit ihren Alpträumen in Zusammenhang brachte. Muñoz an dem einen Ende des Knäuels, alle sonstigen Figuren, alle übrigen Gestalten am anderen Ende. Doch eigentlich konnte sie sich nicht einmal bei ihm sicher sein. Jawohl, sie war ihm *nach* dem ersten Geheimnis begegnet, jedoch *bevor* die Geschichte an ihren Ausgangspunkt zurückgekehrt und in einer anderen Tonart neu begonnen hatte. Im Grunde konnte man nicht mit absoluter Gewißheit behaupten, daß es zwischen Álvaros Tod und dem geheimnisvollen Spieler eine Verbindung gab.

Nach wenigen Schritten blieb sie stehen. Sie fühlte auf dem Gesicht die Feuchtigkeit des Nebels. Gewißheit hatte sie nur über sich selbst. Das war alles, was sie weiter voranbringen könnte. Und der Revolver in ihrer Tasche.

Sie begab sich zum Schachclub. Im Vorraum Sägemehl, Regenschirme, Mäntel, Umhänge. Es roch nach Nässe und Tabak und nach jenem unverwechselbaren Ambiente von Orten, die nur Männer frequentieren. Sie grüßte Cifuentes, den Leiter, der ihr beflissen entgegeneilte, und während das durch ihr Erscheinen entstandene Gemurmel abebbte, ließ sie den Blick über die Schachtische schweifen, bis sie Muñoz entdeckte. Reglos wie eine Sphinx saß er da, den einen Ellenbogen auf die Stuhllehne gestützt und das Kinn in die Handfläche gelegt, und schaute auf das Brett. Sein Gegner, ein junger Mann mit dicken Brillengläsern, leckte sich die Lippen und schaute Muñoz unruhig an, als fürchtete er, daß dieser von einem Augenblick zum anderen die umständliche Verteidigung des Königs zunichte machen würde, die er, worauf seine Erregung und Erschöpfung schließen ließen, offenbar unter großen Mühen inszeniert hatte.

Muñoz wirkte wie immer gelassen, als sei er mit den Gedanken ganz woanders. Er studierte nicht das Brett, sondern ließ seinen starren Blick auf dem Gesicht des Gegners ruhen. Vielleicht war er in jenen Träumen, von denen er Julia erzählt hatte, tausend Kilometer fort von diesem Spiel, während sein mathematisches Hirn sich unendliche und unmögliche Kombinationen ausdachte und wieder verwarf. Die drei oder vier Zuschauer interessierten sich offensichtlich mehr für die Partie, als die Spieler selbst; hin und wieder tauschten sie leise Kommentare aus, erwogen diesen oder jenen möglichen Zug. An der Spannung rings um den Tisch war deutlich erkennbar, daß von Muñoz irgendein entscheidender Zug erwartet wurde, der dem Bebrillten den tödlichen Schlag versetzen würde. Dieser war entsprechend nervös. Mit seinen durch die Gläser vergrößerten Pupillen starrte er sein Gegenüber an wie ein Sklave, der ausgeliefert ist und von einem in Purpur gekleideten Kaiser Gnade erfleht.

Nun hob Muñoz den Blick und sah Julia. Er starrte sie einige Sekunden fest an, als kenne er sie nicht und erinnere sich erst allmählich. Es war der überraschte Ausdruck dessen, der aus einem Traum erwacht oder von einer langen Reise zurückkehrt. Seine Miene belebte sich, er deutete einen Gruß an und wandte sich dann wieder dem Brett zu, als wollte er sich vergewissern, daß noch alles in Ordnung war. Dann zog er, ohne zu zögern, jedoch nicht einfach so, sondern nachdem er es sich genau überlegt hatte, einen Bauern. Enttäuschtes Gemurmel erhob sich. Der Bebrillte musterte ihn zunächst verdutzt, wie ein zum Tode Verurteilter, der in letzter Minute begnadigt wurde, und grinste dann befriedigt.

«Jetzt ist es remis», bemerkte einer der Zuschauer.

Muñoz erhob sich vom Tisch und zuckte die Achseln.

«Ja», bestätigte er, «aber das Vorrücken des Läufers auf die siebte Reihe hätte der Dame den Garaus gemacht...»

Er stand auf und trat an Julia heran, während man am Schachbrett den von ihm gerade erwähnten Zug diskutierte. Julia wies unauffällig auf die Gruppe.

«Die hassen Sie offenbar aus ganzer Seele», sagte sie leise. Muñoz neigte grinsend den Kopf zur Seite.

«Kann schon sein.» Er nahm seinen Mantel, und sie verließen den Club. «Wie die Aasgeier kommen sie und wollen auf keinen Fall verpassen, daß einer Hackfleisch aus mir macht.»

«Und Sie verzichten auf den Sieg... Die müssen sich doch verkohlt fühlen.»

«Das stört sie nicht weiter.» In seiner Stimme lag weder Genugtuung noch Stolz, sondern nur nüchterne Verachtung. «Jedenfalls würden sie um nichts in der Welt eine meiner Partien verpassen wollen.»

Beim Prado, umringt vom grauen Nebel, erzählte Julia ihm über ihr Gespräch mit Belmonte. Muñoz hörte zu, ohne sie zu unterbrechen, er schwieg sogar, als Julia erzählte, daß die Nichte so gut Schach spielte. Die Nässe schien ihm nichts auszumachen; er ging langsam neben Julia her, wie immer mit aufgeknöpftem Mantel und gelockerter Krawatte, und war ganz Ohr. Er hielt den Kopf zur Seite geneigt, die Augen starrten auf seine schmutzigen Schuhspitzen. Nach einer Weile endlich sagte er:

«Sie haben mich mal gefragt, ob auch Frauen Schach spielen, und ich habe gesagt, daß Schach eigentlich ein Männerspiel ist. Zwar gibt es auch Frauen, die nicht schlecht spielen. Doch das ist die Ausnahme.»

«Die vermutlich die Regel bestätigt.»

Muñoz legte die Stirn in Falten.

«Falsch vermutet. Eine Ausnahme bestätigt nicht, sie macht jede Regel ungültig oder zerstört sie... Mit solchen Folgerungen muß man vorsichtig sein! Ich wollte sagen, die *meisten* Frauen spielen schlecht, aber nicht *alle*. Verstehen Sie?»

«Ich verstehe.»

«Was nichts daran ändert, daß es kaum große Schachspielerinnen gibt... Damit Sie sich eine Vorstellung machen können: In der Sowjetunion, wo Schach sogar Volkssport war, erlangte nur eine einzige Frau, Vera Menchik, den Rang eines Großmeisters.»

«Woran liegt das?»

«Vielleicht setzt dieses Spiel eine zu große Gleichgültigkeit gegenüber der Außenwelt voraus.» Er blieb stehen und musterte Julia. «Was ist diese Lola Belmonte denn für eine?»

Julia überlegte.

«Tja, was soll ich sagen? Ich finde sie unsympathisch. Sie scheint ziemlich herrschsüchtig zu sein... Aggressiv... Schade, daß sie nicht zu Hause war, als Sie mich neulich begleitet haben.»

Sie standen an der Mauer eines Brunnens, den eine Statue krönte, die über ihren Köpfen nur schemenhaft zu sehen war und fast bedrohlich wirkte. Muñoz strich sich mit der Hand das Haar zurück, musterte die feuchte Handfläche und rieb sie am Mantel ab.

«Viele Schachspieler sind aggressiv, ob sie es zeigen oder nicht», bemerkte er und lächelte kurz. Es war nicht klar, ob er sich selbst auch zu dieser Kategorie zählte. «Die meisten Schachspieler betrachten sich als eingeengte, irgendwie unterdrückte Wesen... Die Attacke auf den König, das eigentliche Ziel im Schach, der Angriff auf die Autorität, ist sozusagen ein Versuch der Befreiung aus diesem Zustand. So besehen, ist das Schachspiel für Frauen natürlich äußerst interessant...» Wieder huschte ein Lächeln über seine Lippen. «Aus dem Blickwinkel dessen, der spielt, sehen die Menschen sehr klein aus.»

«Haben Sie hiervon irgend etwas in den Spielzügen unseres Gegners entdeckt?»

«Diese Frage ist schwer zu beantworten. Da bräuchte ich mehr Daten und müßte mehr seiner Züge kennen. Frauen haben zum Beispiel offenbar eine Vorliebe für die Läufer.» Mit jedem Detail, das er erwähnte, belebte sich seine Miene. «Ich verstehe das auch nicht so ganz, aber angeblich entsprechen diese Figuren, weil sie sich beliebig weit und diagonal bewegen, dem Femininen noch am meisten.» Er machte eine zweifelnde Geste, als schenkte er den eigenen Worten nicht sonderlich viel Glauben und wollte sie fortwischen. «Tatsache ist, in unserer Partie spielen die schwarzen Läufer bisher keine wichtige Rolle... Sie sehen, wir haben zwar viele hübsche Theorien zur Hand, aber keine hilft uns weiter. Unser Problem ist das gleiche wie auf dem Brett: Wir können lediglich phantasiereiche Hypothesen formulieren, Mutmaßungen, ohne die Figuren zu berühren.»

«Haben Sie eine? Manchmal habe ich das Gefühl, daß Sie bereits wichtige Schlüsse gezogen haben, die Sie uns vorenthalten.»

Muñoz neigte den Kopf zur Seite, wie immer, wenn ihm eine knifflige Frage gestellt wurde.

«Es ist etwas kompliziert», erwiderte er nach kurzem Zögern. «Ich habe ein paar Ideen; aber mein Problem ist genau das, was ich eben beschrieben habe... Im Schach hat man den ‹Beweis› immer erst, wenn man eine Figur gesetzt hat und dieser Zug nicht mehr rückgängig zu machen ist.»

Sie schritten zwischen den Steinbänken und den nur verschwommen erkennbaren Hecken weiter. Julia seufzte matt.

«Hätte mir jemand gesagt, daß ich mal die Fährte eines potentiellen Mörders auf einem Schachbrett verfolgen würde, ich hätte ihn für verrückt erklärt. Für total verrückt.»

«Ich sagte Ihnen ja schon, Schach und polizeiliche Ermittlung haben vieles gemeinsam.» Muñoz faßte ins Leere, als würde er eine Figur setzen. «Vor Conan Doyle gab es ja da schon die Methode von Poe's Dupin.»

«Edgar Allan Poe?... Sagen Sie bloß, der hat auch Schach gespielt!»

«Er war ein begeisterter Schachspieler. Er hat zum Beispiel eine berühmte Studie über den Schachautomaten von Maelzel geschrieben, der ganz selten eine Partie verlor. Poe widmete ihm in den dreißiger Jahren des neunzehnten Jahrhunderts eine

Studie. Er näherte sich dem Phänomen in sechzehn analytischen Annäherungen und gelangte zu dem Schluß, in dem Automaten müsse ein Mensch versteckt sein.»

«Und das tun Sie jetzt auch? Den versteckten Mann suchen?»

«Ich versuche es, aber ich kann nichts versprechen. Schließlich bin ich nicht Poe.»

«Ich hoffe, es gelingt Ihnen trotzdem ... Sie sind meine einzige Hoffnung.»

Muñoz zuckte die Achseln.

«Erwarten Sie nur nicht zu viel», sagte er nach etlichen schweigsamen Schritten. «Als ich anfing zu spielen, hielt ich mich für unschlagbar. Aber mitten in dieser Euphorie verlor ich dann ein Spiel, und die Niederlage holte mich auf den Boden der Tatsachen zurück.» Er kniff die Augen etwas zusammen, als hielte er im Nebel nach jemandem Ausschau. «Es gibt immer jemanden, der besser ist als man selbst. Ein paar Selbstzweifel sind immer nützlich und heilsam.»

«Ich finde diese Ungewißheit entsetzlich.»

«*Sie* haben dazu auch allen Grund. Der Kampf eines Schachspielers ist ja immer unblutig. Es ist ja nur ein Spiel, kann er sich sagen. Bei Ihnen ist das etwas anderes.»

«Und bei Ihnen? Meinen Sie, er weiß über Ihre Rolle in dieser Sache Bescheid?»

Muñoz machte eine wegwerfende Handbewegung.

«Keine Ahnung, ob er weiß, wer ich bin. Aber er geht zweifelsohne davon aus, daß da jemand seine Züge zu deuten vermag. Sonst hätte das Spiel keinen Sinn.»

«Ich glaube, wir sollten mal Lola Belmonte aufsuchen.»

«Einverstanden.»

Julia schaute auf die Uhr.

«Ich wohne hier in der Nähe. Ich lade Sie zum Kaffee ein. Menchu schläft bei mir, jetzt wird sie wohl schon auf sein. Sie hat wirklich Probleme.»

«Ernste?»

«Offenbar. Gestern abend war sie vollkommen neben sich.

Jedenfalls sollten Sie sie mal kennenlernen...» sagte Julia und fügte besorgt hinzu: «Das scheint mir immer wichtiger zu sein.»

Sie überquerten die Straße. Die Autos fuhren langsam und blendeten sie mit ihren Scheinwerfern.

«Sollte Lola Belmonte hinter der ganzen Sache stecken, wäre ich durchaus imstande, sie eigenhändig umzubringen», sagte Julia unvermittelt.

Muñoz schaute sie überrascht an.

«Angenommen, meine Theorie über die Aggressivität stimmt», sagte er, und er musterte sie auf eine Weise, wie sie es noch nicht erlebt hatte, «Sie würden eine vorzügliche Spielerin abgeben.»

«Das tue ich bereits», entgegnete Julia und schaute grimmig die durch den Nebel geisternden Schatten an. «Ich spiele schon eine geraume Weile. Und verdammt noch mal, es macht mir auch noch Spaß.»

Sie steckte den Schlüssel ins Schloß und drehte ihn zweimal. Muñoz stand neben ihr auf dem Treppenabsatz. Er hatte den Mantel ausgezogen und ihn sich über den Arm gehängt.

«Ich fürchte, es ist ziemlich unordentlich. Ich hatte heute früh keine Zeit, aufzuräumen», sagte sie.

«Keine Sorge. Hauptsache ich bekomme einen Kaffee.»

Julia trat ins Arbeitszimmer. Sie legte ihre Tasche auf den Stuhl und zog dann die Jalousie hoch. Neblige Helligkeit schien herein und füllte den Raum mit einem diffusen grauen Licht, das allerdings nicht bis in die hinteren Ecken drang.

«Zu dunkel», sagte sie und wollte das Licht anschalten. Da sah sie Muñoz' überraschten Gesichtsausdruck; panisch folgte sie seinem Blick.

«Wo verwahren Sie das Bild?» fragte der Schachspieler.

Julia blieb stumm. Es war, als sei in ihr etwas explodiert, sie stand wie angewurzelt da und starrte mit aufgerissenen Augen auf die leere Staffelei.

«Menchu!» murmelte sie und fühlte sich von einem Schwindel erfaßt. «Sie hat mich gestern abend gewarnt, und ich habe es überhört!»

Der Magen krampfte sich ihr zusammen, und sie mußte aufstoßen. Sie hatte einen gallebitteren Geschmack im Mund. Entgeistert starrte sie Muñoz an, wollte ins Bad stürzen, blieb aber mitten auf dem Korridor stehen. Einer Ohnmacht nahe, stützte sie sich gegen den Rahmen der Schlafzimmertür.

Da sah sie Menchu. Sie lag rücklings auf dem Boden, am Fußende des Bettes, das Tuch, mit dem sie erdrosselt worden war, noch um den Hals. Der Rock war grotesk bis zu den Hüften hochgerafft, und in ihrem Geschlecht steckte der Hals einer Flasche.

XII. Dame, Springer, Läufer

«Ich spiele nicht mit leblosen weißen oder schwarzen Bauernfiguren. Ich spiele mit menschlichen Wesen aus Fleisch und Blut.»

E. Lasker

Erst abends um sieben, als es schon dunkel war, ordnete der Untersuchungsrichter an, die Leiche fortzuschaffen. Den ganzen Tag war es ein einziges Kommen und Gehen gewesen: Polizisten, Gerichtsbeamte, und im Flur und im Schlafzimmer das Fotogeblitze. Schließlich schafften sie Menchu auf einer Bahre fort, in einer weißen Plastiktüte mit Reißverschluß. Zurück blieb der Umriß ihrer Leiche, von einem gelangweilten Kommissar auf den Teppich gezeichnet, demselben Kommissar, der am Steuer des blauen Ford gesessen hatte und dem Julia auf dem Rastro den Revolver vor die Nase gehalten hatte.

Hauptkommissar Feijoo ging als letzter. Fast eine Stunde lang hatte er Julia, Muñoz und den telefonisch herbeizitierten César vernommen. Die Verwirrung des Polizisten, der nie im Leben ein Schachbrett berührt hatte, war offensichtlich gewesen: Muñoz hatte er wie ein seltenes Tier gemustert, mißtrauisch lauschte er seinen Erklärungen und wandte sich dabei hin und wieder César und Julia zu, so als fragte er sich, ob diese drei hier es nicht ein wenig übertrieben. Ab und zu notierte er sich etwas, faßte sich an den Krawattenknoten, und in regelmäßigen Abständen zog er das Kärtchen aus der Tasche, das neben der Leiche gefunden worden war: geheimnisvolle Schreibmaschinenzeichen waren dort zu sehen, die Feijoo nach einem von Muñoz unternommenen Deutungsversuch gewaltiges Kopfzerbrechen bereiteten. Mehr als diese ganzen mysteriösen Details interessierte ihn das Gespräch, das die Galeristin am Tag zuvor mit ihrem Geliebten geführt hatte. Denn Máximo Olmedilla Sánchez, ledig, achtundzwanzig Jahre, Dressman, war nicht auffindbar – das hatten zwei Beamte, die ihn suchen sollten, am späten Nachmittag gemeldet. Zwei Zeugen, ein Taxifahrer und der Pförtner eines Anwesens in der Nähe hatten aber einen jungen Mann, auf den Max' Beschreibung paßte, zwischen 12 Uhr und 12.15 Uhr aus Julias Haustür kommen sehen. Und nach ersten Ergebnissen des Gerichtsmediziners war Menchu Roch zwischen elf und zwölf Uhr mit einem Schlag gegen die Kehle getötet worden. Das Detail mit der Ginflasche – es handelte sich um die Marke Beefeater, und die Flasche war noch dreiviertel voll – hielt Feijoo für ein schwerwiegendes Indiz, was er wie als Vergeltung für die undurchschaubare Schachgeschichte, die ihm hier aufgetischt wurde, immer wieder vehement hervorhob. Für ihn war die Flasche der Beweis für ein Verbrechen aus Leidenschaft. Immerhin – und hier hatte der Beamte, was ihm nicht zustand, zweideutig die Braue gerunzelt – hatte die Ermordete, anders als Julia und Don César es soeben erklärt hatten, mehr als exzessiv gelebt. Außerdem war Feijoo sicher, daß es da eine Verbindung zum Tod von Professor Ortega gab, da ja auch noch das Gemälde verschwunden war. Er erging sich in weiteren Erklärungen und Fragen, hörte sich aufmerksam die Antworten von Julia, Muñoz und César an. Und am Ende, bevor er sich verabschiedete, bestellte er sie alle für den folgenden Morgen auf das Kommissariat.

«Und was Sie betrifft, Señorita...» Er war auf der Schwelle stehengeblieben und musterte Julia mit der souveränen Miene dessen, der alles im Griff hat. «Machen Sie sich keine Gedanken, jetzt wissen wir ja, wen wir zu suchen haben. Ich wünsche einen guten Abend.»

Julia schloß die Tür, lehnte sich mit dem Rücken dagegen und schaute gefaßt ihre beiden Freunde an. Sie hatte dunkle Ringe unter den Augen. Vor Schmerz, Zorn und Ohnmacht hatte sie viel geweint. Erst lautlos, gleich nachdem sie mit Muñoz die Leiche gefunden hatte. Als dann César erschienen war, fassungslos und mit dem Schrecken im Gesicht, war sie ihm wie als Kind um den Hals gefallen, hatte sich an ihn geklammert und hemmungslos laut geschluchzt, und César hatte vergeblich versucht, sie zu trösten. Es sei, gestand sie mit erstickter Stimme, während ihr heiße Tränen über das Gesicht strömten, die unerträgliche Spannung der ganzen letzten Tage, die erniedrigende Gewißheit, daß der Mörder ungestraft mit ihrem Leben spielte, sie sicher in seiner Gewalt wußte.

Etwas Positives hatte das Verhör aber doch bewirkt: Es hatte ihr den Sinn für die Wirklichkeit wiedergegeben. Die dumme Verbohrtheit, mit der Feijoo sich weigerte, das Offensichtliche zu akzeptieren, seine geheuchelte Freundlichkeit, mit der er allem zustimmte, ohne von den detaillierten Erklärungen der anderen etwas zu verstehen oder verstehen zu wollen, all das hatte der jungen Frau klar gemacht, daß sie von ihm nicht viel zu erwarten hatte. Der Anruf der zwei Beamten und die zwei Zeugen hatten Feijoos Interpretation bestätigt. Typisch Polizei: Das naheliegendste Motiv halten sie sofort für das wahrscheinlichste, dachte Julia. Die Schachgeschichte, hatte er gesagt, sei durchaus interessant, ein zusätzliches Detail in diesem Fall, nun gut, aber für den Kern der Sache doch nicht mehr als eine Anekdote... Das Detail mit der Flasche war für Feijoo relevant. Ein pathologisches Verbrechen! Denn obwohl das in so manchem Krimi zu lesen ist, Señorita: Der Augenschein trügt nie.

«Jetzt besteht kein Zweifel mehr», sagte Julia, während die Schritte des Polizisten noch im Treppenhaus hallten, «Álvaro wurde ermordet und Menchu auch. Irgend jemand ist schon lange hinter dem Bild her.»

Muñoz stand vor dem Tisch, die Hände in den Jackentaschen, und musterte das Papier, auf das er nach Feijoos Abgang die Ziffern des neben der Leiche gefundenen Kärtchens notiert hatte. César saß noch auf dem Sofa, auf dem Menchu geschlafen hatte, und starrte verstört auf die leere Staffelei. Julia ging von der Tür weg, und César schaute sie an.

«Max war es auf keinen Fall», sagte er nach kurzem Überlegen. «Absolut unvorstellbar, daß dieser Trottel all das organisiert haben könnte.»

«Aber er ist hier gewesen. Zumindest auf der Treppe.»

Das war nicht zu leugnen. César ließ die Schultern hängen.

«Es muß also noch ein zweiter Mann im Spiel sein... Vielleicht war ja Max der Ausführende, und ein anderer hat die Fäden gezogen.» Er legte bedächtig den Zeigefinger an die Stirn. «Einer, der die Denkarbeit macht.»

«Der geheimnisvolle Spieler. Und er hat die Partie gewonnen.»

«Noch nicht», sagte Muñoz. Julia und César schauten ihn erstaunt an.

«Er hat das Bild. Wenn das kein Sieg ist!» hielt Julia dagegen.

Muñoz hob den Blick von der Notierung. In seinen Augen blitzte Gebanntheit, Faszination. Die geweiteten Pupillen schienen im abstrakten Raum der komplizierten Kombinationen einen mathematischen Beweis zu erspähen.

«Ob mit oder ohne Bild, die Partie geht weiter», sagte er und zeigte auf das Papier:

...D × T
De7? – – – Db3+
Kd4? – – – Bb7 × Bc6

«Dieses Mal bietet uns der Mörder statt eines Zuges drei Züge an», sagte er, trat zu seinem über einer Stuhllehne hängenden Mantel und holte aus der Tasche sein Schachbrett hervor. «Der erste Zug liegt auf der Hand: D × T, die schwarze Dame schlägt den weißen Turm... der weiße Turm ist Menchu Roch – sie wurde ermordet. Entsprechend verkörpert der weiße Springer in dieser Partie Ihren Freund Álvaro, beziehungsweise auf dem Gemälde Roger von Arras.» Während Muñoz weiterredete, stellte er die Figuren auf. «Die schwarze Dame hat also in dieser Partie zwei Figuren geschlagen. Und in der Wirklichkeit», er schaute kurz César und Julia an, die nun ebenfalls auf das Brett starrten, «stellen sich diese zwei Züge jeweils als Morde dar... Unser Gegner identifiziert sich mit der schwarzen Dame; als er jedoch zwei Spielzüge davor einen anderen Stein schlug, nämlich den ersten weißen Turm, geschah nichts Besonderes. Zumindest soweit wir wissen.»

Julia zeigte auf das Papier.

«Warum haben Sie Fragezeichen hinter die nächsten zwei Spielzüge von Weiß gesetzt?»

«Die stammen nicht von mir. Sie standen auf der Karte. Der Mörder hat unsere nächsten Züge vorausgesehen. Ich nehme an, es ist eine Einladung an uns, diese Züge zu machen: ‹Wenn ihr dieses tut, tue ich jenes›, sagt er uns.» Muñoz rückte noch ein paar Figuren zurecht. «Jedenfalls sieht die Partie folgendermaßen aus:»

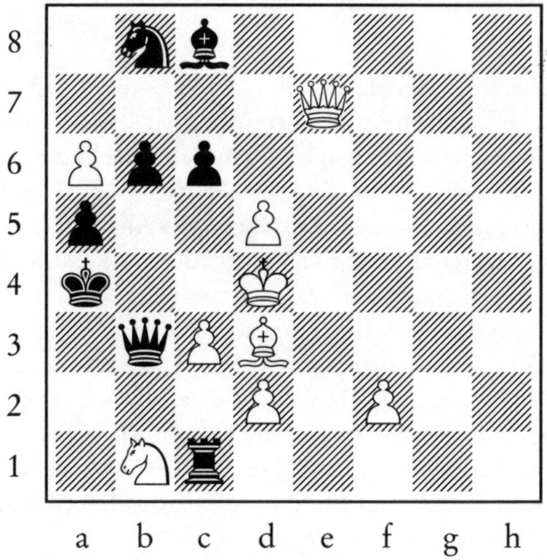

«Wie wir erkennen, hat es wichtige Veränderungen gegeben. Schwarz hat unseren Turm auf b2 geschlagen und vorausgesehen, daß wir nun den günstigsten Zug machen würden: mit unserer weißen Dame von e1 nach e7. Das schafft uns einen Vorteil: Wir stehen nun auf einer diagonalen Angriffslinie, die den schwarzen König bedroht, der in seiner Bewegungsmöglichkeit ohnehin schon eingeengt ist vom Springer, vom Läufer und den Bauern der gegnerischen Farbe... Weil unser Gegner sicher davon ausgegangen ist, daß wir so ziehen würden, wie wir es denn auch getan haben, zieht die schwarze Dame von b2 nach b3, um ihren König zu stärken und dem weißen König Schach zu bieten, dem nichts anderes übrig bleibt, als – wie wir es ja auch getan haben – vor der Dame zu fliehen und von c4 nach d4 zu ziehen.»

«Er bietet uns also zum dritten Mal Schach», konstatierte César.

«Ja. Und das kann man auf verschiedene Weise interpretieren... Beim dritten Mal ist es die Niederlage, und bei diesem dritten Schach stiehlt der Mörder das Gemälde. Langsam habe ich schon das Gefühl, ihn zu kennen. Sogar seinen Sinn für Humor.»

«Und jetzt?» fragte Julia.

«Jetzt schlägt Schwarz unseren weißen Bauern auf c6 mit dem schwarzen Bauern von b7. Diesen Zug deckt der schwarze Springer auf b8... Dann sind wir am Zuge, doch der Gegner macht uns nun auf seinem Kärtchen kein Angebot mehr. Also wollte er sagen, daß wir die Verantwortung für das, was wir tun, nun selber tragen.»

«Und was werden wir tun?» fragte César.

«Es gibt nur eine einzige Möglichkeit: weiter mit der weißen Dame ziehen», sagte Muñoz und musterte Julia. «Das schließt allerdings auch das Risiko ein, sie zu verlieren.»

Julia zuckte mit den Achseln. Sie wollte nur noch, daß diese Partie endlich zu ihrem Ende kam, mit was für Gefahren das auch verbunden sein mochte.

«Vorwärts mit der Dame!» sagte sie.

César, die Hände auf dem Rücken, beugte sich über das Spiel, als wollte er die zweifelhafte Qualität eines alten Porzellans begutachten.

«Der weiße Springer auf b1 sieht ebenfalls gefährdet aus», sagte er leise zu Muñoz. «Meinen Sie nicht auch?»

«O ja, die Schwarzen werden ihn bestimmt nicht lange unbehelligt lassen. Da er die Vorhut des Gegners bedroht, ist er die hauptsächliche Stütze der angreifenden weißen Dame... Dasselbe gilt für den weißen Läufer auf d3. Diese zwei Figuren und die Dame sind entscheidend.»

Die beiden Männer musterten einander schweigend, und zum erstenmal spürte Julia so etwas wie Sympathie zwischen ihnen. Es war die schicksalsergebene Solidarität zweier Spartaner, die bei den Thermopylen das ferne Geräusch nahender persischer Streitwagen vernehmen.

«Ich gäbe sonstwas dafür, zu erfahren, welche Figuren uns jeweils symbolisieren», sagte César und wölbte eine Braue. Seine Lippen krümmten sich zu einem schwachen Lächeln. «Jedenfalls würde ich mich nicht gerne in diesem Springer wiedererkennen.»

Muñoz hob einen Finger.

«Es ist ein Ritter, erinnern Sie sich – *knight*. Das ist doch schon viel ehrenvoller.»

«Darum ging es mir nicht.» César schaute mit besorgter Miene auf die Figur. «Dieser Springer, Ritter oder was auch immer scheint mir ein Hitzkopf zu sein.»

«Das glaube ich auch.»

«Sind Sie es, oder bin ich es?»

«Weder noch!»

«Ich muß gestehen, ich wäre gern der Läufer.»

Muñoz neigte nachdenklich den Kopf zur Seite, ohne die Augen vom Brett zu heben.

«Ich auch. Er scheint besser geschützt zu sein als der Springer.»

«Genau das meinte ich, mein Bester.»

«Nun, dann wünsche ich Ihnen Glück.»

«Danke, gleichfalls. Und der letzte lösche das Licht.»

Nach einem längeren Schweigen wandte sich Julia an Muñoz:

«Wir sind jedenfalls am Zug. Was sollen wir setzen... Sie sagten, die weiße Dame.»

Muñoz ließ den Blick über das Brett schweifen. Sein Schachhirn hatte schon alle möglichen Züge durchdacht.

«Zunächst wollte ich den schwarzen Bauern auf c6 mit unserem Bauern von d5 schlagen, doch das gäbe dem Gegner zuviel Raum... Also ziehen wir unsere Dame von e7 nach e4. Da brauchen wir beim nächsten Zug lediglich unseren König beiseite zu rücken und schon ist dem schwarzen König Schach geboten. Unser erstes Schach.»

Dieses Mal war es der Antiquitätenhändler, der die weiße Dame zog. Julia fiel auf, daß seine Hände leicht zitterten, obwohl er versuchte, sich zu beherrschen. Wieder schauten sie alle drei auf das Brett, das nun folgendermaßen aussah:

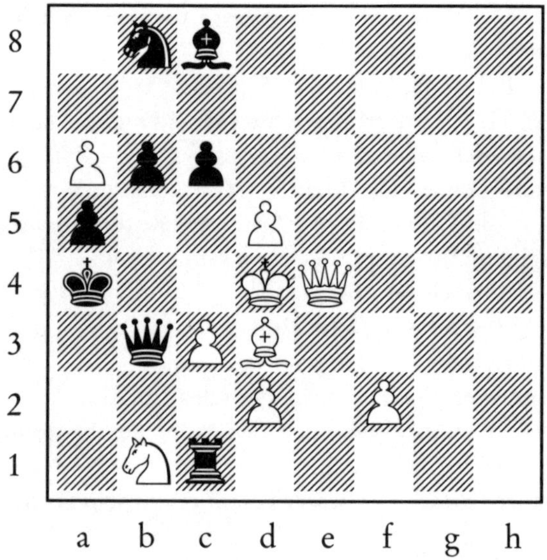

«Und was wird er jetzt tun?» fragte Julia. Muñoz verschränkte die Arme, ohne den Blick vom Brett zu heben, und dachte kurz nach. Als er antwortete, wußte Julia, daß er sich nicht den Zug überlegt hatte, sondern seinen Kommentar dazu.

«Es gibt da mehrere Möglichkeiten», sagte er ausweichend. «Und einige davon sind interessanter als andere. Und gefährlicher. Hier gabelt sich das Spiel sozusagen, wie die Äste eines Baumes – es gibt mindestens vier Varianten. Die einen würden uns in ein langwieriges, kompliziertes Spiel verwickeln, was unser Gegner vielleicht beabsichtigt. Andere würden dazu führen, daß die Partie in vier oder fünf Zügen zu Ende wäre.»

«Und was ist Ihre Meinung dazu?» fragte César.

«Die behalte ich erst noch mal für mich. Jetzt ist Schwarz am Zuge.»

Er sammelte die Figuren ein, klappte das Brett zusammen und steckte alles in die Manteltasche. Julia musterte ihn neugierig.

«Mir will nicht aus dem Kopf, was Sie vorhin über den Mörder gesagt haben: Sie sagten, Sie verstünden nun sogar seinen Humor... Finden Sie an dieser Sache irgend etwas lustig?»

Muñoz zögerte mit der Antwort.

«Nennen Sie es Humor, Ironie oder was auch immer», sagte er schließlich. «Auf jeden Fall liebt unser Gegner Wortspiele!» Er zeigte auf seinen Zettel. «Ein Detail ist Ihnen hier vielleicht entgangen... Der Mörder knüpft eindeutig eine Verbindung zwischen dem Tod Ihrer Freundin und dem von der schwarzen Dame geschlagenen Turm. Menchu hieß mit Nachnamen Roch, nicht wahr? Dieses Wort läßt sich, wie das englische *rock*, mit Fels übersetzen, außerdem aber auch mit *roque* – französisch *tour*, der Turm.»

«Heute morgen war die Polizei hier», sagte Lola Belmonte und musterte Julia und Muñoz vorwurfsvoll. «Die ganze Sache ist...». Sie suchte nach dem richtigen Wort und wandte sich hilfesuchend an ihren Mann.

«...äußerst unerfreulich», bekräftigte Alfonso und starrte Julia weiter an. Polizei hin oder her, er war ganz offensichtlich eben erst dem Bett entstiegen. Dunkle Ringe um die geschwollenen Lider zeugten von seinem ausschweifenden Leben.

«Mehr als das!» Lola Belmonte hatte endlich den treffenden Ausdruck gefunden. Sie beugte ihren knochigen, dürren Körper nach vorne: «Es war eine Zumutung! Einfach eine Zumutung! Kommen da an und fragen: Kennen Sie diesen? Kennen Sie jenen? Als wären wir Schwerverbrecher!»

«Sind wir aber nicht», sagte ihr Mann mit ironisch tiefer Stimme.

«Hör auf mit deinen Witzen!» Lola Belmonte schaute ihn strafend an. «Es geht hier um eine ernste Angelegenheit!»

Alfonso preßte einen kleinen Lacher durch die Zähne.

«Wir verplempern nur unsere Zeit. Das einzige, was uns interessiert ist doch, daß das Bild gestohlen ist – und unser Geld futsch.»

«Mein Geld, Alfonso, mit Verlaub», mischte sich Belmonte von seinem Rollstuhl her ein.

«Ich hab das doch nur so gesagt, Onkel Manolo.»

«Halte dich bitte trotzdem an die Tatsachen.»

Julia rührte mit dem kleinen Löffel in ihrer Tasse. Der Kaffee war kalt, vielleicht hatte die Nichte ihn absichtlich so serviert. Sie waren unangemeldet erschienen, am späten Vormittag, um die Familie auf den neuesten Stand zu bringen.

«Meinen Sie, das Bild taucht wieder auf?» fragte der Alte. Er hatte sie in Pullover und Hausschuhen empfangen, und seine Freundlichkeit entschädigte sie ein wenig für den mürrischen Blick seiner Nichte. Aber nun machte auch er eine finstere Miene, die Tasse in der Hand. Die Nachricht vom Diebstahl und von Menchus Ermordung waren ihm offensichtlich sehr nahegegangen.

«Die Polizei hat die Sache in die Hand genommen, und ich bin sicher, sie wird das Gemälde wiederfinden», sagte Julia.

«Am Ende ist es auf dem Schwarzmarkt gelandet oder wurde sogar ins Ausland verschoben.»

«Aber die Polizei hat die Beschreibung des Bildes, und ich selbst habe es etliche Male fotografiert. Es dürfte nicht einfach sein, es außer Landes zu bringen.»

«Wie sind die Kerle eigentlich in Ihre Wohnung gelangt? Die Polizei hat gesagt, sie haben Sicherheitsschlösser und eine Alarmanlage.»

«Vielleicht hat Menchu ihnen die Tür aufgemacht. Der Hauptverdächtige ist Max, ihr Verlobter. Man hat ihn aus dem Haus kommen sehen.»

«Den Verlobten kennen wir», sagte Lola Belmonte. «Irgendwann war sie mal mit ihm hier. Ein gutaussehender Mann, wirklich eine beeindruckende Erscheinung. Fast ein bißchen zu beeindruckend, fand ich. Hoffentlich schnappen sie ihn bald, und er bekommt die Strafe, die er verdient. Für uns», sie schaute auf die leere Fläche an der Wand, «ist der Verlust durch nichts wettzumachen.»

«Aber zum Glück ist ja wenigstens die Versicherungssumme zu kassieren», bemerkte Alfonso und grinste Julia an wie ein Fuchs, der um den Hühnerstall herumschleicht. «Dank der Voraussicht dieser hübschen jungen Dame...» Er schien sich zu besinnen und setzte eine ernste Miene auf. «Allerdings macht das Ihre Freundin auch nicht wieder lebendig.»

Lola Belmonte musterte Julia grimmig und schürzte verächtlich die Lippen.

«Sie hätten es besser nicht versichert. Herr Montegrifo jedenfalls sagte, verglichen mit dem Preis, den das Bild bei der Versteigerung erzielt hätte, sei die Versicherungssumme ein wahrer Hohn.»

«Sie haben schon mit Paco Montegrifo gesprochen?» fragte Julia.

«Ja, er hat heute ganz früh angerufen und uns mit seiner Neuigkeit sozusagen aus dem Bett geholt. Deshalb wußten wir schon Bescheid, als die Polizei kam... Wirklich ein Herr mit feinen Manieren!» Sie musterte ihren Mann mit unverhohlener Wut. «Ich sage ja, die Sache ist von Anfang an falsch gelaufen.»

Alfonso rieb sich die Hände.

«Das Angebot der armen Menchu war gut. Es ist doch nicht meine Schuld, daß sich die Dinge anschließend verkompliziert haben. Und außerdem hatte immer Onkel Manolo das letzte Wort.» Er schaute mit einer Grimasse übertriebener Achtung zum Alten. «Hab ich recht, Onkel?»

«Auch hierzu wäre viel zu sagen», bemerkte die Nichte.

Belmonte musterte sie über den Rand der Tasse hinweg, die er soeben zum Munde geführt hatte, und Julia sah in seinen Augen den ihr bereits vertrauten Glanz.

«Noch gehört das Bild mir, Lolita», sagte der Alte und wischte sich die Lippen sorgfältig mit einem zerknitterten Tüchlein ab, das er aus der Tasche gezogen hatte. «Ob gut oder schlecht, gestohlen oder nicht – ich bin der Leidtragende.» Eine Weile saß er stumm da, als dächte er darüber nach, und als sein Blick wieder dem von Julia begegnete, war er voll aufrichtiger Zuneigung. «Was diese junge Frau betrifft», er lächelte aufmunternd, als sei sie es, die Trost bedürfte, «ich bin gewiß, daß sie genau richtig gehandelt hat.» Er wandte sich Muñoz zu, der noch keinen Ton gesagt hatte: «Meinen Sie nicht auch?»

Der Schachspieler saß tief in einem Sessel. Er hatte die Beine von sich gestreckt und die Hände vor dem Kinn gefaltet. Als er die Frage hörte, zwinkerte er kurz und neigte den Kopf etwas zur Seite, so als hätte man ihn aus einer komplizierten Überlegung gerissen.

«Ohne Zweifel», sagte er.

«Glauben Sie noch immer, daß sich jedes Geheimnis mit Hilfe der Mathematik entschleiern läßt?»

«Ja.»

Da fiel Julia etwas auf:

«Heute ist hier ja gar kein Bach zu hören», sagte sie.

«Ihre Freundin ist tot und das Gemälde verschwunden – es ist kein Tag für Musik.» Belmonte schien in sich selbst zu versinken, doch dann lächelte er geheimnisvoll. «Allerdings kann Schweigen genauso bedeutungsvoll sein wie komponierte Töne... Meinen sie nicht auch, Herr Muñoz?»

Dieses eine Mal wenigstens pflichtete der Schachspieler bei.

«O ja.» Er betrachtete den Alten mit gewandelter Aufmerksamkeit. «Es ist so ähnlich wie bei Negativen. Der unsichtbare Hintergrund birgt ebenfalls Information. Ist das mit Bach auch so?»

«Und ob! Auch bei Bach gibt es negative Räume, gibt es Schweigen, das so beredt ist wie die Noten, die Tempi, die Synkopen... Beschäftigen Sie sich bei Ihren logischen Systemen auch mit leeren Räumen?»

«Aber ja. Es ist, als änderte man seinen Standpunkt. Manchmal meint man, einen Garten zu beobachten. Und von einem Punkt aus gesehen scheint er keine Ordnung zu haben, während man aus einer anderen Perspektive eine geometrische Gestaltung erkennt.»

«Ich fürchte, das ist mir im Moment ein bißchen zu hoch», sagte Alfonso grinsend. Er erhob sich und trat an die Hausbar. «Will jemand ein Gläschen?»

Niemand antwortete. Also schenkte er sich achselzuckend selbst einen Whisky auf Eis ein. Gegen die Anrichte gelehnt, prostete er Julia zu.

«Das mit dem Garten hat schon seinen Reiz», bemerkte er und führte das Glas an die Lippen.

Muñoz schien es nicht zu hören. Er starrte Lola Belmonte an wie ein Jäger auf der Lauer. Nur die Augen schienen belebt; es war jener nachdenkliche und durchdringende Blick, den Julia inzwischen schon so gut kannte. Unter der vermeintlichen Gleichgültigkeit dieses Mannes steckte offenbar doch ein wacher Geist, der sich für die Außenwelt interessierte. Gleich wird er wieder einen Stein ziehen, sagte sich Julia zufrieden, denn sie fühlte sich in guten Händen. Sie trank einen Schluck von dem kalten Kaffee, um das über ihre Lippen huschende komplizenhafte Lächeln zu verbergen.

«Für Sie war es wohl auch ein harter Schlag», sagte Muñoz zur Nichte.

«Natürlich!» Lola Belmonte musterte ihren Onkel wieder vorwurfsvoll. «Das Gemälde war ein Vermögen wert.»

«Ich meine nicht nur das Geld. Sie haben doch auch ab und zu die auf dem Bild dargestellte Partie gespielt... Mögen Sie Schach?»

«Ein klein bißchen.»

Der Ehemann hob das Whiskyglas.

«Die Wahrheit ist, sie spielt ausgezeichnet. Es ist mir nie gelungen, sie zu besiegen», sann er laut, zwinkerte und trank einen langen Schluck. «Auch wenn das nicht viel besagt.»

Lola Belmonte musterte Muñoz argwöhnisch. Sie wirkte heuchlerisch, fand Julia. Und mit ihren weiten Kleidern, den dünnen, knochigen Händen mit den krallenartigen Fingern, mit der Hakennase, dem bohrenden Blick und dem aggressiven Kinn sah sie aus wie ein Raubvogel.

Die Sehnen auf den Handrücken spannten sich, als sammelten sie verborgene Kräfte. Eine lauernde Harpyie, sagte sich Julia, diese Frau ist verbittert und zickig. Es gehörte nicht viel Phantasie dazu, sich vorzustellen, wie sie es genoß, anderen übel nachzureden, wie sie ihre eigenen Komplexe und Frustrationen auf andere projizierte. Eine eingeengte, von den Umständen kleingehaltene Persönlichkeit. Angriff auf den König als Angriff auf jede Autorität, die nicht sie selbst ist. Grausamkeit und Berechnung: der Drang, es wem auch immer heimzuzahlen, sich am Onkel oder am Ehemann zu rächen, vielleicht an der ganzen Welt. Das Gemälde als Obsession eines krankhaft egoistischen Geistes. Diese schlanken, sehnigen Hände waren stark genug, jemandem einen tödlichen Schlag in den Nacken zu versetzen oder jemanden mit einem Seidentuch zu erdrosseln. Nicht schwer, sie sich im Regenmantel und mit Sonnenbrille vorzustellen. Doch es wollte Julia nicht gelingen, irgendeine Verbindung zwischen Lola und Max zu finden. Es wäre ja auch zu absurd.

«Eine Frau, die Schach spielt – das ist eher außergewöhnlich», sagte Muñoz.

«Ich spiele aber. Finden Sie das schlimm?» verteidigte sich Lola Belmonte erregt.

«Im Gegenteil. Ich finde es großartig... Am Brett gelingen einem Dinge, die im wirklichen Leben unmöglich scheinen... Meinen Sie nicht auch?»

Sie machte eine zweifelnde Geste, als hätte sie sich diese Frage bisher noch nie gestellt. «Gut möglich. Für mich war Schach immer einfach nur ein Spiel mehr. Ein Zeitvertreib.»

«Wenn man gut spielen kann, ist das auch so. Aber wie gesagt, eine gute Schachspielerin, das ist eher außergewöhnlich.»

«Frauen können alles. Man muß es uns nur erlauben.»

Muñoz lächelte aufmunternd.

«Spielen Sie lieber mit den schwarzen Steinen? Schwarz

muß ja meistens defensiv spielen, weil Weiß den ersten Zug macht.»

«Das ist Quatsch. Schwarz muß sich ja nicht alles aufdrängen lassen. Es ist wie bei Hausfrauen.» Sie musterte ihren Mann abfällig. «Alle Welt nimmt es für selbstverständlich, daß der Mann die Hosen anhat.»

«Aber ist es nicht oft tatsächlich so?» forschte Muñoz und deutete ein Lächeln an. «Nehmen Sie zum Beispiel die Partie auf dem Bild. Für Weiß scheint es günstig auszusehen. Der schwarze König ist bedroht. Und die schwarze Dame nützt am Anfang gar nichts.»

«In dieser Partie macht der schwarze König nichts her; die Verantwortung liegt bei der Dame. Bei ihr und den Bauern. Diese Partie gewinnen die Dame und die Bauern.»

«Haben Sie diese Variante jemals gespielt?»

Lola Belmonte schaute Muñoz verwirrt an und schaute dann auf das Papier, das er ihr gereicht hatte. Muñoz ließ den Blick durch den Raum schweifen und schaute dabei zufällig auch Julia an. Gut gemacht, versicherte ihm die Miene der jungen Frau, doch er ließ sich nichts anmerken.

«Ja, ich glaube, ich habe sie mal gespielt», sagte Lola Belmonte nach kurzem Nachdenken. «Weiß spielt Bauer um Bauer, oder die Dame zieht neben den König und bereitet für den nächsten Zug Schach vor...» Sie musterte Muñoz zufrieden. «Hier hat Weiß sich zum Damespiel entschieden, was durchaus angemessen scheint.»

Muñoz nickte.

«Sehe ich auch so. Aber noch mehr interessiert mich der nun folgende Zug von Schwarz. Was würden Sie denn tun?»

Lola Belmonte kniff die Augen etwas zusammen, als argwöhnte sie hinter alledem verborgene Absichten. Dann antwortete sie Muñoz.

«Es ist lange her, daß ich diese Partie gespielt habe, aber ich habe noch mindestens vier Varianten in Erinnerung: Schwarzer Turm schlägt Springer, was zu einem langweiligen Sieg von Weiß führen würde, unter Einsatz der Bauern und der Dame.

Eine andere Möglichkeit war, glaube ich: Springer schlägt Bauer. Oder: Schwarze Dame schlägt Turm, oder der Läufer schluckt den Bauern... Es gibt endlos viele Möglichkeiten.» Sie schaute auf Julia und dann wieder auf Muñoz. «Aber ich verstehe nicht, was das alles soll.»

«Wie stellen Sie es an, daß Sie mit Schwarz gewinnen?» fragte Muñoz ungerührt. «Ich würde gerne Zug um Zug von Ihnen erfahren, wann genau Sie den Vorteil herausarbeiten.»

Lola Belmonte machte eine selbstzufriedene Geste.

«Wir können spielen, wann immer Sie möchten. Dann erfahren Sie's.»

«Mit Vergnügen, und ich nehme Sie beim Wort. Aber eine Variante haben Sie nicht erwähnt, vielleicht ist sie Ihnen entfallen. Der Damentausch.» Er machte eine kurze Handbewegung, wie wenn er ein Spielbrett sauberfegte. «Verstehen Sie?»

«Und ob. Wenn die schwarze Dame den Bauern auf d5 schlägt, ist der Damentausch entscheidend.» Lola Belmonte setzte eine gräßliche Siegermiene auf. «Und Schwarz gewinnt!» Ihre Raubvogelaugen schauten verächtlich auf ihren Ehemann, bevor sie sich Julia zuwandten. «Schade, daß Sie nicht Schach spielen, Señorita.»

«Was ist denn Ihre Meinung», fragte Julia, kaum daß sie wieder auf der Straße waren.

Muñoz neigte den Kopf etwas zur Seite. Er lief rechts von ihr an der Bordsteinkante, mit verkniffenem Mund, den Blick geistesabwesend auf die Gesichter der Passanten gerichtet. Er schien keine große Lust zu einer Antwort zu haben.

«Rein logisch betrachtet, könnte sie es gewesen sein», bemerkte Muñoz. «Sie kennt alle Varianten der Partie, außerdem spielt sie gut. Gut genug jedenfalls.»

«Na, besonders überzeugt scheinen Sie aber nicht zu sein...»

«Ein paar Details passen da nicht so recht zusammen.»

«Aber sie kommt der Vorstellung, die wir von unserem geheimnisvollen Unbekannten haben, schon ziemlich nahe. Die

Partie auf dem Gemälde hat sie im Kopf. Sie ist kräftig genug, um einen Mann zu töten, oder eine Frau, und sie hat etwas Irritierendes an sich, in ihrer Gegenwart fühlt man sich unwohl...» Julia legte die Stirn in Falten, sie wollte ihre Beschreibung noch vervollständigen. «Sie scheint ein schlechter Mensch zu sein. Außerdem ist sie mir gegenüber abweisend, was ich gar nicht verstehen kann... schließlich bin ich genau so, wie eine Frau ihrer Meinung nach sein sollte: unabhängig, frei von familiären Fesseln, mit einer gehörigen Portion Selbstvertrauen... Modern würde Don Manuel sagen.»

«Vielleicht gerade darum. Weil Sie sind, was Lola gern wäre, aber nicht sein kann. Die Art von Geschichten, die Ihnen und César so gefallen, vergesse ich ja immer so schnell, aber ich glaube, mich zu erinnern, daß die Zauberin den Spiegel am Ende haßte.»

Trotz der ernsten Umstände mußte Julia lachen.

«Stimmt... Da wäre ich jetzt gar nicht drauf gekommen.»

«Na, jetzt wissen Sie Bescheid.» Auch Muñoz lächelte. «Vermeiden Sie es in nächster Zeit tunlichst, in einen Apfel zu beißen.»

«Ich habe zum Schutz ja meine Prinzen – Sie und César. Läufer und Springer, ist es nicht so?»

Muñoz' Lächeln verschwand.

«Das hier ist kein Spiel, Julia vergessen Sie das nicht!»

«Nein, vergesse ich nicht.» Sie hakte sich bei ihm ein, und Muñoz wurde fast unmerklich steif. Er schien sich zu schämen, aber sie schritten so weiter. Sie hatte ihn liebgewonnen, diesen seltsamen, ungelenken, schweigsamen Typ. Sherlock Muñoz und Julia Watson, dachte sie und lachte in sich hinein, fühlte sich von überschwenglichem Optimismus erfüllt, der erst verschwand, als ihr unvermittelt Menchu wieder einfiel.

«Woran denken Sie gerade?» fragte sie den Schachspieler.

«Immer noch an die Nichte.»

«Ich auch. Tatsache ist, sie entspricht Punkt für Punkt dem, was wir suchen... Auch wenn Sie davon nicht direkt überzeugt scheinen.»

«Ich behaupte nicht, daß sie nicht die Frau im Regenmantel ist. Aber den geheimnisvollen Spieler kann ich in ihr nicht entdecken», wandte Muñoz ein.

«Es spricht doch aber einiges dafür! Finden Sie es nicht merkwürdig, daß eine Frau wenige Stunden nach Verlust eines so wertvollen Gemäldes ihre Empörung einfach vergessen kann und geruhsam über Schach plaudert?...» Julia ließ den Arm ihres Begleiters los und schaute ihn fest an. «Entweder sie heuchelt, oder aber Schach bedeutet ihr weit mehr, als es den Anschein hat. Beides macht sie verdächtig. Vielleicht hat sie uns ja gründlich an der Nase herumgeführt. Nach Montegrifos Anruf hatte sie noch genügend Zeit, sich für die Polizei das auszudenken, was Sie eine Verteidigungslinie nennen.»

Muñoz nickte.

«Durchaus möglich. Immerhin spielt sie Schach. Und jeder Schachspieler hat seine Techniken, auf die er zurückgreifen kann. Zumal wenn es verfängliche Situationen abzuwehren gilt...»

Er ging ein paar Schritte, stumm, den Blick auf die Schuhspitzen geheftet. Dann schaute er auf und schüttelte den Kopf.

«Ich glaube nicht, daß sie es ist», sagte er schließlich. «Ich bin sicher, ich würde etwas Besonderes empfinden, wenn unser Schachspieler vor mir stünde. Aber bei ihr habe ich nichts gespürt.»

«Könnte es sein, daß Sie unseren Gegner ein bißchen zu sehr idealisieren?» fragte Julia. «Könnte es sein, daß Sie von der Wirklichkeit enttäuscht sind und sich nun weigern, die Dinge so zu nehmen, wie sie sind?»

Muñoz blieb stehen und musterte die junge Frau gleichgültig. Seine etwas verkniffenen Augen nun gänzlich ausdruckslos.

«Das habe ich auch schon überlegt. Möglich wäre es», murmelte er düster.

Da war noch etwas anderes, schloß Julia aus seiner Wortkargheit. Sein Schweigen und die Art, wie er sie mit zur Seite geneigtem Kopf anschaute, ohne sie richtig wahrzunehmen, in

Überlegungen versunken, an denen er niemanden teilhaben ließ, all das bewies in ihren Augen, daß ihn etwas bewegte, das nichts mit Lola Belmonte zu tun hatte.

«Ist da noch etwas?» fragte sie, unfähig ihre Neugierde zu bezähmen. «Gibt es irgendwas, das Sie mir vorenthalten?»

Muñoz antwortete nicht.

Unterwegs suchten sie César in seinem Laden auf, um ihm von ihrer Unterredung mit Belmonte zu berichten. Der Antiquitätenhändler erwartete sie ungeduldig. Als die Türglocke schellte, unterbreitete er ihnen sofort eine Neuigkeit:

«Sie haben Max verhaftet! Heute vormittag auf dem Flughafen. Vor einer halben Stunde rief die Polizei hier an… Er ist jetzt auf dem Kommissariat am Prado. Und er will dich sprechen, Julia.»

«Mich? Warum ausgerechnet mich?»

César zuckte die Achseln, als wollte er sagen: Von blauem chinesischem Porzellan und von der Malerei des neunzehnten Jahrhunderts weiß ich viel, aber in der Psychologie von Kupplern und sonstigen Ganoven bin ich überfragt; so weit sind die Dinge noch nicht gediehen.

«Und das Bild?» fragte Muñoz. «Ist es sichergestellt?»

«Das bezweifle ich.» Césars blaue Augen blickten ihn besorgt an. «Und genau das ist das Problem.»

Hauptmann Feijoo schien nicht besonders froh darüber, Julia zu sehen. Er empfing sie in seinem Büro, unter dem Bildnis des Königs und einem Kalender des Ministeriums für innere Sicherheit. Er war sichtlich schlecht gelaunt und kam sofort zur Sache, ohne Julia auch nur einen Stuhl anzubieten.

«Es entspricht eigentlich nicht ganz den Vorschriften», bemerkte er harsch. «Immerhin wird er zweier Morde verdächtigt, aber eine offizielle Erklärung will er erst abgeben, wenn er mit Ihnen gesprochen hat. Und sein Anwalt» – am liebsten hätte er wohl herausgespuckt, was er von den Anwälten hielt – «ist einverstanden.»

«Wie hat man ihn denn gefunden?»

«Schwer war es nicht. Gestern haben wir überall seinen Steckbrief verteilt, auch an den Grenzübergängen und Flughäfen. Heute früh wurde er in Barajas erkannt. Er wollte nach Lissabon fliegen, mit einem gefälschten Paß. Er hat keinen Widerstand geleistet.»

«Hat er Ihnen gesagt, wo er das Gemälde hat?»

«Gar nichts hat er gesagt.» Feijoo reckte einen seiner Wurstfinger mit den kurzen Nägeln in die Höhe. «Nur, daß er unschuldig ist. Aber den Satz hören wir hier immerzu, der gehört zu unserem Alltag. Aber als ich ihn den zwei Zeugen gegenübergestellt habe, dem Taxifahrer und dem Portier, da ist er in sich gegangen. Da hat er einen Anwalt verlangt... und dann gebeten, mit Ihnen sprechen zu können.»

Er führte sie aus dem Büro über einen Flur, bis zu einer Tür, vor der ein Polizist Wache stand.

«Sagen Sie Bescheid, wenn Sie mich brauchen. Er hat darauf bestanden, unter vier Augen mit Ihnen zu reden.»

Hinter ihr rasselte der Schlüssel im Schloß, nun war sie eingesperrt. Max saß auf einem der zwei Stühle, die zu beiden Seiten des Holztisches in der Mitte des schmutzigen, fensterlosen Raumes standen. Er trug einen zerknitterten Pullover über dem offenen Hemd; sein Zopf hatte sich aufgelöst, und einzelne Strähnen fielen ihm wirr über die Ohren und die Augen. Die auf den Tisch abgestützten Arme waren von Handschellen gefesselt.

«Hallo, Max.»

Er hob den Blick und starrte Julia an. Er hatte dunkle Ringe unter den Augen und wirkte unsicher und erschöpft, wie nach einem langen vergeblichen Kraftaufwand.

«Endlich ein vertrautes Gesicht», sagte er ironisch und lud sie mit einer Geste ein, auf dem freien Stuhl Platz zu nehmen.

Julia bot ihm eine Zigarette an, die er sich gierig ansteckte, das Gesicht ganz nahe an dem Feuerzeug, das sie ihm entgegenhielt.

«Was willst du von mir, Max?»

Er schaute sie eine Weile stumm an und atmete schwer. Er wirkte nicht mehr würdevoll wie ein Wolf, sondern wie ein gehetztes Kaninchen, das in seinem Bau ein Frettchen nahen hört. Julia schoß die Frage durch den Kopf, ob er vielleicht geschlagen worden war, aber es war nichts zu sehen. Die Zeiten sind wohl vorbei, dachte sie. Heute wird nicht mehr geschlagen.

«Ich muß dich warnen», sagte er.

«Mich warnen?»

Max antwortete nicht sofort. Er rauchte mit verschränkten Händen und hielt die Zigarette vor dem Gesicht.

«Sie ist tot, Julia», sagte er leise. «Ich war es nicht. Als ich bei dir reinkam, war sie schon tot.»

«Wie konntest du bei mir rein? Hat sie dir aufgemacht?»

«Ich habe dir schon gesagt, daß sie tot war... das zweite Mal.»

«Das zweite Mal? Heißt das, es gab ein erstes?»

Mit den Ellbogen auf dem Tisch ließ Max die Asche der Zigarette fallen und stützte das unrasierte Kinn mit dem Daumen.

«Warte.» Er seufzte unendlich müde. «Es ist besser, ich erzähle es dir von Anfang an...» Er zog wieder an der Zigarette, seine Augen blinzelten hinter einer Rauchwolke. «Du weißt, was Montegrifo Menchu angetan hat. Unter Beschimpfungen und Drohungen ist sie durch die Wohnung gerast, wie ein wildgewordenes Tier... ‹Man hat mich ausgeraubt›, hat sie immer wieder geschrien. Ich wollte sie beruhigen, und wir haben über meine Idee geredet.»

«Was für eine Idee?»

«Ich habe Beziehungen. Leute, die in der Lage sind, alles mögliche außer Landes zu schaffen. Ich habe Menchu gesagt, daß man doch den Van Huys stehlen könnte. Anfangs hat sie sich aufgeführt wie eine Verrückte, hat mich beleidigt, kam mir wieder mit eurer Freundschaft und all dem, bis sie kapierte, daß für dich kein Schaden entstehen würde. Deine Haftung war durch die Versicherung abgedeckt, und was den Gewinn betrifft, den du aus dem Bild herausschlagen konntest... Nun, wir würden schon eine Form finden, dich zu entschädigen, später.»

«Ich wußte immer schon, daß du ein vollkommenes Arschloch bist, Max.»

«Mag sein. Aber das ist ein anderes Thema. Das Entscheidende ist, daß Menchu meinem Plan zugestimmt hat. Sie sollte dich dazu bringen, daß du sie mit nach Hause nimmst. Betrunken und total zu, du verstehst schon... Ich bin jedenfalls nicht davon ausgegangen, daß es ihr so gut gelingen würde. Am nächsten Morgen, nachdem du weg warst, sollte ich dann anrufen und hören, ob alles nach Plan verlief. Das hab ich getan und bin dann hingefahren. Wir haben das Bild eingewickelt, ich habe die Schlüssel genommen, die Menchu mir gegeben hat... Ich sollte unten auf der Straße parken, wieder hochgehen und den Van Huys holen. Und wenn ich mit dem Bild fort gewesen wäre, sollte Menchu Feuer legen...»

«Feuer?»

«Deine Wohnung anzünden. Das gehörte zum Plan.» Max lachte müde. «Es tut mir leid.»

«Es tut dir leid?!» Julia schlug wütend auf die Tischplatte. «Es ist nicht zu fassen – es tut ihm leid!» Sie starrte die Wand und dann wieder Max an. «Ihr müßt ja total übergeschnappt sein, euch so was auszudenken!»

«Wir waren ganz klar bei Verstand, und eigentlich konnte nichts schiefgehen. Menchu sollte dann irgendeinen Unfall vortäuschen. Wäre ja kein Problem gewesen, bei den vielen Lösungsmitteln und Farben in deiner Wohnung. Sie sollte bis zur letzten Sekunde ausharren und dann flüchten, vom Rauch fast erstickt, und hysterisch um Hilfe rufen. Wie sehr sich die Feuerwehr auch beeilt hätte, inzwischen wäre das Haus zur Hälfte abgebrannt gewesen.» Er zuckte zynisch mit den Schultern, als bedauerte er, daß die Sache nicht geklappt hatte. «Und niemand hätte behaupten können, der Van Huys sei nicht mit verbrannt. Den Rest kannst du dir ausmalen... Das Bild wollte ich in Portugal einem Privatsammler verkaufen, mit dem wir in Verhandlung standen... Als wir uns am Rastro begegneten, hatten Menchu und ich uns gerade mit dem Mittelsmann getroffen. Das Feuer in deiner Wohnung hätte Menchu zu verantworten gehabt, doch da sie deine Freundin war und das Ganze offensichtlich ein Unfall, wäre sie wohl mit einem blauen Auge davongekommen. Eine Anzeige der Hausbesitzer wahrscheinlich, mehr nicht. Übrigens entzückte sie die Vorstellung, was für ein Gesicht wohl Paco Montegrifo machen würde.»

Julia schüttelte den Kopf.

«Zu so etwas wäre Menchu niemals fähig gewesen.»

«Die war zu allem fähig, wie jeder von uns.»

«Max, du bist ein Schwein!»

«Das spielt an diesem Punkt wohl auch keine Rolle mehr», sagte Max mit ernster Miene. «Entscheidend ist, daß ich eine halbe Stunde brauchte, um den Wagen zu holen. Es herrschte dichter Nebel, ich habe in deiner Straße keinen Parkplatz gefunden und immer wieder auf die Uhr geguckt, weil ich Angst hatte, du könntest auftauchen. Etwa um Viertel nach zwölf ging ich endlich hoch. Dieses Mal klingelte ich nicht, denn ich hatte ja die Wohnungsschlüssel. Menchu lag im Flur, auf dem Rücken und mit offenen Augen. Erst dachte ich, sie sei vor Aufregung in Ohnmacht gefallen. Aber als ich mich über Sie beugte, sah ich den Bluterguß an der Kehle. Julia, sie war tot! Tot, aber noch warm. Ich war wie wahnsinnig vor Angst. Ich wußte, wenn ich die Polizei rufen würde, müßte ich viel erklären... Da warf ich die Schlüssel auf den Fußboden, machte die Tür hinter mir zu und rannte weg, die Treppe runter, immer vier Stufen auf einmal. Ich konnte keinen klaren Gedanken mehr fassen... Ich habe in einer Pension übernachtet, vollkommen außer mir, ich habe mich die ganze Nacht herumgewälzt und konnte kein Auge zutun. Am Morgen dann, auf dem Flughafen... Na ja, den Rest der Geschichte kennst du ja.»

«War das Bild noch in der Wohnung, als du Menchu gefunden hast?»

«Ja, das habe ich gesehen. Es lag auf dem Sofa, eingehüllt in Zeitungspapier und mit Klebestreifen umwickelt, genau so, wie ich es zurückgelassen hatte. Aber...» er lächelte bitter, «ich hatte nicht den Mut, es mitzunehmen. Es ist alles schon schlimm genug, habe ich gedacht.»

«Du sagst, Menchu lag auf dem Flur. Gefunden wurde sie aber im Schlafzimmer... Hast du das Tuch um ihren Hals gesehen?»

«Sie hatte kein Tuch um. Der Hals war nackt, und ihr Genick war gebrochen. Man hatte sie mit einem Schlag gegen die Kehle getötet, mit einem Schlag auf den Adamsapfel.»

«Und die Flasche?»

Max schaute sie wütend an.

«Komm du mir nicht auch noch mit dieser verdammten Flasche. Die Polizei fragt mich immerzu, warum ich ihr die Flasche reingesteckt habe. Ich schwöre dir, ich habe keine Ahnung, wovon die überhaupt reden.» Er führte die Zigarette zum Mund und zog kräftig daran, nervös, den argwöhnischen Blick auf Julia gerichtet. «Menchu war tot, das ist alles, was ich weiß. Durch einen Schlag umgebracht. Ich hab sie nicht angefaßt. Und in deiner Wohnung habe ich mich keine Minute aufgehalten... Das hat ein anderer getan, danach.»

«Danach? Wann? Deiner Meinung nach war der Mörder doch schon weg!»

Max legte die Stirn in Falten und versuchte sich zu erinnern.

«Ich weiß nicht.» Er wirkte ernstlich verwirrt. «Vielleicht ist er noch mal wiedergekommen, als ich schon weg war.» Dann erbleichte er, ihm schien ein Licht aufzugehen. «Oder vielleicht...» Julia sah seine gefesselten Hände zittern. «Vielleicht war er noch in der Wohnung und hat auf dich gewartet.»

Sie hatten beschlossen, sich die Arbeit zu teilen. Während Julia Max aufsuchte und anschließend die Geschichte dem Hauptkommissar erzählte, der ihr ganz offensichtlich kein Wort von alledem glauben wollte, holten César und Muñoz in den verbleibenden Stunden des Tages Erkundigungen bei den Nachbarn ein. Und am späten Nachmittag traf man sich in einem alten Café an der Calle Prado. Am Marmortischchen, auf dem ein Aschenbecher voller Kippen und lauter leere Tassen standen, wurde lang und breit die Geschichte von Max erörtert. Sie steckten die Köpfe zusammen wie drei Verschwörer, umringt von Tabakrauch und dem Stimmengewirr von den Nachbartischen.

«Ich glaube Max. Was er erzählt, ist schlüssig», sagte César. «Die Geschichte mit dem Gemälderaub paßt zu ihm. Aber den ganzen Rest traue ich ihm einfach nicht zu. Das mit der Ginflasche ist einfach zu viel des Guten, meine Lieben. Selbst für einen Typ wie Max. Und außerdem wissen wir jetzt, daß die Frau im Regenmantel sich auch da rumgetrieben hat. Lola Belmonte, Nemesis, oder wer zum Teufel auch immer sie sein mag.»

«Vielleicht Beatrix von Ostenburg?» sagte Julia.

César schaute sie vorwurfsvoll an.

«Solche Witze sind hier fehl am Platz.» Er rutschte auf seinem Stuhl hin und her und starrte Muñoz an, der keine Miene verzog. Halb im Spaß und halb im Ernst winkte er, als wollte er Geister vertreiben. «Die Frau, die da um dein Haus geschlichen ist, war von Fleisch und Blut… hoffe ich zumindest», sagte César.

Er hatte den Pförtner des Nachbarhauses, den er vom Sehen kannte, diskret befragt und einiges Interessantes erfahren. Zum Beispiel hatte der Pförtner, nachdem er mit der Reinigung des Eingangs fertig gewesen war, zwischen zwölf und halb eins einen jungen, stattlichen Mann mit einem Zopf aus Julias Tür treten und die Straße hinuntergehen sehen, zu einem am Bordstein geparkten Wagen. Aber, und hier überschlug sich die Stimme des Antiquitätenhändlers vor Aufregung, als gäbe er pikantesten Klatsch zum besten, als der Pförtner vielleicht eine viertel Stunde später den Abfalleimer hereinholte, war eine blonde Frau mit Sonnenbrille und Regenmantel aufgetaucht… César senkte die Stimme und spähte mißtrauisch um sich, als könnte die Frau an einem der Nachbartische sitzen. Der Pförtner habe diese Frau nicht gut sehen können, da sie die Straße hinaufging, in die Richtung, in die auch der Mann gegangen war. Auch konnte er nicht mit Sicherheit sagen, ob die Frau wirklich aus Julias Haus gekommen war. Aber er hatte mit seinem Abfalleimer dagestanden und sie gesehen. Den Polizisten, die ihn am Morgen verhört hatten, habe er hierüber nichts gesagt. Sie hätten ja nicht danach gefragt. Außerdem wäre es ihm von selbst nicht eingefallen, hatte der Pförtner gestanden und sich die Stirn gekratzt, wenn Don César ihn nicht danach gefragt hätte. Es sei ihm nicht aufgefallen, ob die Frau ein großes Paket in der Hand trug. Er habe nur eben eine blonde Frau hinaufgehen sehen. Mehr nicht.

«Die Straße ist voll von blonden Frauen», sagte Muñoz.

«Im Regenmantel und mit Sonnenbrille?» fragte Julia. «Vielleicht war es Lola Belmonte. Ich war da jedenfalls bei Don Manuel. Aber sie und ihr Mann waren nicht da.»

«O nein», unterbrach Muñoz, «um zwölf Uhr mittags waren Sie mit mir im Schachclub. Dann sind wir eine Stunde lang durch die Straßen gelaufen und waren um ein Uhr bei Ihnen.» Er schaute auf César, der ihm, was Julia nicht entging, mit einem Blick beipflichtete. «Sollte der Mörder auf Sie gewartet haben, mußte er den Plan ändern, als er sah, daß Sie nicht kamen. Also nahm er das Bild und verschwand. Vielleicht hat das Ihnen das Leben gerettet.»

«Und warum hat er Menchu umgebracht?»

«Weil er jetzt plötzlich eine Zeugin hatte, und die mußte beseitigt werden. Vielleicht hatte er eigentlich einen anderen Zug im Sinn und wollte gar nicht den weißen Turm mit der schwarzen Dame schlagen. Vielleicht war er zu einer brillanten Improvisation gezwungen.»

César wölbte die Braue.

«*Brillant*, mein Bester, ist wohl ein bißchen übertrieben.»

«Nennen Sie es, wie Sie wollen. Jedenfalls gehört schon einiges dazu, die Strategie unversehens zu ändern, prompt eine situationsgerechte Variante anzuwenden und neben die Leiche das Kärtchen mit der entsprechenden Notierung zu legen… Ich konnte einen Blick drauf werfen. Die Ziffern waren sogar getippt, mit der Olivetti von Julia, hat Feijoo gesagt. Und keine

Fingerabdrücke. Wer immer das war, er war innerlich gefaßt, schnell und gründlich. Wie ein Uhrwerk.»

Jetzt erinnerte sich Julia, wie sich Muñoz Stunden zuvor, während sie auf die Polizei warteten, neben Menchus Leiche gekniet hatte, ohne irgend etwas zu berühren oder eine Meinung zu äußern. Die Visitenkarte des Mörders hatte er so kaltblütig studiert, als säße er vor einer Partie im Club Capablanca.

«Ich verstehe immer noch nicht, warum Menchu die Tür aufgemacht hat...»

«Sie dachte bestimmt, es sei Max», erwog César.

«Nein, der hatte doch einen Schlüssel», hielt Muñoz dagegen. «Den haben wir ja auf dem Teppich gefunden. Sie wußte, daß es nicht Max war.»

César seufzte und spielte mit dem Topas an seinem Finger.

«Wundert mich nicht, daß die Polizei so auf Max fixiert ist», sagte er niedergeschlagen. «Es gibt keinen weiteren Verdächtigen. Und bei diesem zügigen Tempo gibt es wohl bald auch keine Opfer mehr... Und wenn Herr Muñoz weiter auf seinen deduktiven Systemen besteht, sind wir bald an dem Punkt, daß... stellt euch das doch mal vor! Sie, mein Bester, umringt von Leichen, wie im letzten Akt des *Hamlet*, mit dem unvermeidbaren Fazit: ‹Ich bin der einzige Überlebende, und da alle anderen tot sind, muß ich logischerweise der Mörder sein!› Und liefern sich der Polizei aus.»

«Das ist nicht zwingend so!» sagte Muñoz.

César musterte ihn skeptisch.

«Daß Sie der Mörder sind?... Entschuldigen Sie, lieber Freund, aber langsam komme ich mir hier vor wie im Irrenhaus. Nicht im entferntesten würde ich Sie verdächtigen.»

«Das meine ich nicht.» Der Schachspieler starrte auf seine Hände, die rechts und links von der leeren Tasse auf dem Tisch lagen. «Ich meinte, was Sie vorhin andeuteten: Daß es keine weiteren Verdächtigen mehr gibt.»

«Sagen Sie bloß, Sie haben da noch etwas im Hinterkopf», murmelte Julia ungläubig.

Muñoz hob den Kopf und schaute die junge Frau mit müdem Blick an. Dann schnalzte er sanft mit der Zunge, den Kopf etwas zur Seite gelegt.

«Schon möglich.»

Julia fuhr auf und bat ihn um eine Erklärung, doch weder sie noch César konnten ihm auch nur ein einziges Wort entreißen. Gedankenverloren starrte er auf die Tischplatte, als erriet er im Marmorgeäder geheimnisvolle Züge von geisterhaften Schachfiguren. Hin und wieder huschte ihm jenes vage Lächeln, hinter dem er sich verschanzte, wenn er sich aus etwas lieber heraushalten wollte, wie ein Schatten über die Lippen.

XIII. Das siebte Siegel

«In dem feurigen Spalt hatte er etwas unerträglich Schreckliches erblickt, das ganze Grauen der unergründlichen Tiefen des Schachs.»

V. Nabokov

«Dieser bedauerliche Vorfall ändert natürlich nichts an unseren Vereinbarungen», sagte Paco Montegrifo.

«Ich danke Ihnen.»

«Keine Ursache. Wir wissen ja, daß Sie mit dem Vorgefallenen nichts zu tun haben.»

Der Leiter von Claymore hatte Julia in ihrem Atelier aufgesucht. Er sei durch Zufall in der Nähe gewesen, hatte er gesagt, nach einem Termin mit dem Museumsdirektor; seine Firma sei mit der Abwicklung beim Kauf eines Zurbarán beauftragt. Julia war bei der Arbeit; sie injizierte ein Klebemittel aus Leim und Honig unter eine Farbblase auf einem Duccio de Buoninsegna zugeschriebenen Triptychon. Sie konnte gerade nicht unterbrechen und grüßte Montegrifo mit geschäftigem Kopfnicken, während sie weiter die Lösung einspritzte. Der Versteigerer schien darüber verzückt, sie *in flagranti* ertappt zu haben – so seine Worte. Er schenkte ihr sein strahlendstes Lächeln, steckte sich eine Zigarette an, setzte sich auf einen der Tische und schaute ihr zu.

Julia war das unangenehm, und sie beeilte sich, fertig zu werden. Sie legte ein Stück Wachspapier über die behandelte Zone und beschwerte es mit einem Sandsäckchen, wobei sie darauf achtete, daß die Farbschicht frei lag. Dann wischte sie sich an ihrem buntbekleckten Kittel die Hände ab und griff zu ihrer Zigarette, die im Aschenbecher vor sich hin qualmte.

«Ein Wunder», sagte Montegrifo und zeigte auf das Gemälde. «Um Dreizehnhundert, hab ich recht? Meister Buoninsegna, wenn ich nicht irre.»

«Ja, das Museum hat ihn vor etlichen Monaten erworben.» Julia musterte ihr Werk mit kritischem Blick. «Ich hatte etwas Mühe mit diesen Blattgoldschnipselchen, die den Mantel der Muttergottes säumen. An einigen Stellen sind sie verlorengegangen.»

Montegrifo beugte sich über das Triptychon und studierte es mit professioneller Aufmerksamkeit.

«Jedenfalls phantastische Arbeit, wie immer», urteilte er abschließend.

«Danke.»

Der Auktionator musterte die junge Frau mit gleichermaßen bekümmertem wie vertrautem Blick.

«Natürlich nicht zu vergleichen mit unserem geliebten flämischen Tafelbild», sagte er.

«In der Tat. Bei allem Respekt für den Duccio.»

Beide lächelten. Montegrifo zupfte an seinen makellosen Manschetten, bis sie genau drei Zentimeter aus den Ärmeln seines marineblauen Jacketts hervorragten, weit genug, damit man die mit Initialen versehenen goldenen Knöpfe sehen konnte. Er trug eine graue Hose mit makellosen Bügelfalten, und trotz Regenwetters glänzten seine schwarzen italienischen Schuhe wie frisch poliert.

«Neuigkeiten über den Van Huys?» fragte ihn Julia.

Der Auktionator setzte eine Miene von elegant wirkender Melancholie auf.

«Leider nein.» Obwohl der Fußboden übersät war von Sägemehl, Papierstücken und Farbresten, strich er die Asche in den Aschenbecher ab. «Aber wir sind in ständigem Kontakt mit der Polizei... Die Familie Belmonte hat alle Verhandlungen in meine Hände gelegt.» Er machte eine Geste, als hätten die Besitzer auch schon früher darauf kommen können, ihn zu betrauen. «Und, Julia, das Paradoxe an alledem ist, falls *Die Schachpartie* wieder auftaucht, wird diese Folge bedauerlicher Vorfälle den Preis des Bildes in unglaubliche Höhen schnellen lassen...»

«Ganz ohne Zweifel. Aber warum sagen sie ‹falls›?»

«Sie scheinen mir wenig Hoffnung zu haben.»

«Nach allem, was ich in den letzten Tagen erlebt habe, ist das ja wohl auch realistisch.»

«Ja, aber trotzdem baue ich auf den Eifer der Polizei. Oder auf das Glück. Und sollten wir das Bild wiederbekommen und es versteigern, dann wird es wirklich ein Ereignis, das schwöre ich Ihnen.» Er lächelte, als trüge er ein wundervolles Geschenk in der Tasche. «Haben Sie die neueste Nummer von *Arte y Antegüedades* gelesen? Unserem Van Huys sind da fünf Farbseiten gewidmet. Die Anrufe von Fachjournalisten nehmen kein Ende. Und die *Financial Times* bringt nächste Woche auch eine Reportage... Bestimmt haben einige dieser Leute ja auch mit Ihnen Kontakt aufgenommen.»

«Ich mag keine Interviews.»

«Ehrlich gesagt, das finde ich schade. Sie leben doch von ihrem guten Ruf. Und Werbung erhöht den professionellen Rang...»

«Diese Art von Werbung nicht. Immerhin wurde das Gemälde aus meiner Wohnung gestohlen.»

«Diese Einzelheit versuchen wir zu übersehen. Sie persönlich trifft doch keine Schuld, das steht auch klar und deutlich im Polizeibericht. Den Indizien zufolge hat der Freund Ihrer Freundin das Bild einem unbekannten Komplizen übergeben, und diese Richtung verfolgen die Ermittlungen. Ich bin sicher, es taucht wieder auf. Ein so berühmtes Bild ist nicht so leicht illegal ins Ausland zu bringen. Prinzipiell.»

«Wie schön, daß Sie da so zuversichtlich sind. Das nenne ich einen guten Verlierer. Sportsgeist sagt man dazu wohl. Und ich dachte, der Diebstahl hätte Ihrem Unternehmen schrecklichen Ärger beschert...»

Montegrifo schaute sie scherzhaft, aber auch ein wenig beleidigt an.

«Und was für einen Ärger!» entgegnete er in defensivem Ton.

«Tatsache ist, ich mußte unserem Stammhaus in London viel erklären. Aber andererseits gehören solche Probleme einfach zum Geschäft. Allerdings, das Schlechte hat stets auch sein Gutes. Unsere Filiale in New York hat einen weiteren Van Huys entdeckt, den *Geldwechsler von Löwen*.»

«Entdeckt? Das Wort ist ja wohl übertrieben. Dieses Gemälde ist bekannt und längst katalogisiert. Es gehört einem Privatsammler.»

«Ich sehe, Sie sind gut informiert. Ich wollte sagen, daß wir mit dem Besitzer in Verhandlung sind. Er findet, dies ist der richtige Moment, um das Bild zu einem guten Schätzpreis anzubieten. Meine Kollegen in New York sind der Konkurrenz diesmal zuvorgekommen.»

«Glückwunsch!»

«Ich finde, das ist doch ein Grund zum Feiern.» Er schaute auf seine Rolex. «Fast sieben – ich würde Sie gern zum Abendessen einladen. Wir müssen Ihre künftige Arbeit für unsere Firma besprechen... Da ist die bemalte Holzfigur eines heiligen Michael, indoportugiesische Schule, siebzehntes Jahrhundert. Ich fände es schön, wenn Sie sich die mal anschauen könnten.»

«Ich danke Ihnen sehr, aber mir ist nicht nach Feiern zumute. Der Tod meiner Freundin, die Sache mit dem Bild... Heute abend wäre ich keine besonders angenehme Begleitung.»

«Wie Sie meinen.» Montegrifo nahm den Korb galant hin, ohne sein Lächeln abzulegen. «Und wenn ich Sie Anfang der kommenden Woche anrufe?... Vielleicht Montag?»

«Einverstanden.» Julia reichte dem Auktionator die Hand, und dieser drückte sie gefühlvoll. «Und danke für Ihren Besuch.»

«Es war schön, Sie wiederzusehen, Julia. Und sollten Sie irgend etwas benötigen...» Er bedachte sie mit einem sehr bedeutungsvollen Blick, den Julia nicht recht zu interpretieren wußte. «Ich meine, was auch immer es sein sollte, zögern Sie nicht, rufen Sie mich an.»

Mit einem letzten strahlenden Lächeln von der Schwelle her schritt er davon und ließ Julia allein zurück. Sie widmete sich noch eine halbe Stunde lang dem Buoninsegna und räumte dann ihre Sachen weg. Muñoz und César hatten darauf bestehen wollen, daß sie ein paar Tage nicht in ihre Wohnung gehen sollte, und César hatte ihr seine Wohnung angeboten. Aber Julia war nicht darauf eingegangen, sondern hatte sich lediglich ein neues Sicherheitsschloß einbauen lassen. Starrköpfig und uneinsichtig, wie César ärgerlich feststellte, der sie nun ständig anrief und sich nach ihrem Befinden erkundigte. César war herausgerutscht, daß er in der Nacht nach Menchus Ermordung mit Muñoz in der Nähe des Tatortes Posten bezogen hatte, bewaffnet nur mit einer Thermoskanne voll Kaffee und einem Flachmann mit Cognac, die César in guter Voraussicht mitgenommen hatte. Stundenlang hatten sie klamm vor Kälte dagestanden, in Mäntel und Schals gehüllt. So festigte sich dank den Ereignissen zwischen diesen so unterschiedlichen Menschen, die Julia nahestanden, eine merkwürdige Freundschaft. Als sie von dieser Nachtwache erfuhr, verbot sie, daß sich das wiederholte, versprach aber, niemandem die Tür aufzumachen und den Derringer unter dem Kopfkissen bereitzuhalten.

Als sie die Gegenstände in die Tasche zurücklegte, sah sie den Revolver darin, und mit den Fingerspitzen strich sie sanft über das verchromte kalte Metall. Es war der vierte Tag nach Menchus Tod, und neue Kärtchen oder Anrufe hatte es nicht gegeben. Vielleicht, so redete sie sich ohne rechte Überzeugung ein, war der Alptraum vorüber. Sie deckte ein Laken über den Buoninsegna, hängte den Kittel in den Schrank und zog sich ihren Regenmantel an. Die Uhr an der Innenseite ihres linken Handgelenks zeigte Viertel vor acht an.

Gerade wollte sie das Licht löschen, da klingelte das Telefon.

Sie legte den Hörer auf die Gabel zurück. Starr hockte sie da, mit angehaltenem Atem, aber sie verspürte auch den Drang, von hier zu fliehen, weit weg zu rennen. Sie spürte einen Schauer, einen eisigen Hauch in ihrem Rücken. Sie zitterte so sehr, daß sie sich auf dem Tisch abstützen mußte, um wieder die Fassung zu gewinnen. Ihre weit aufgerissenen Augen starrten entsetzt auf das Telefon. Die Stimme, die sie soeben vernommen hatte, war absolut konturenlos gewesen, geschlechtslos wie die der munteren Puppe eines Bauchredners, eine gellend klingende Stimme, so furchterregend, daß Julia eine Gänsehaut bekam.

«*Saal zwölf, Julia...*» Danach war nur ein gepreßtes Atmen zu hören gewesen, offenbar gedämpft durch ein Taschentuch über der Sprechmuschel. «*Saal zwölf*» hatte die Stimme wiederholt und dann nach einer weiteren Pause «*Am alten Brueghel*» hinzugefügt. Dann folgte ein kurzes, trockenes, unheilvolles Lachen, und mit einem Klack wurde aufgelegt.

Sie bemühte sich, ihre Gedanken zu ordnen, wollte sich fassen. Bloß keine Panik! Bei der Treibjagd, vor der Flinte des Jägers, so hatte César einmal gesagt, werden die aufgeschreckten Enten zuerst getroffen... César! Sie griff zum Hörer, versuchte ihn im Laden und dann in der Wohnung zu erreichen, aber vergebens. Auch Muñoz war nicht zu erreichen. Für eine ganze Weile, und das brachte sie regelrecht zum Zittern, würde sie allein zurechtkommen müssen.

Sie holte den Derringer hervor und entsicherte ihn. Wenigstens konnte sie mit diesem Ding genau so gefährlich sein wie der, der ihr etwas antun wollte. Wieder erinnerte sie sich an etwas, das César zu sagen pflegte, wenn sie als kleines Mädchen Angst gehabt hatte: «Die Dinge, die man im Dunkeln nicht sehen kann, sind dieselben, die man im Licht sieht.»

Sie trat auf den Korridor hinaus, den Revolver in der Hand. Zu dieser Stunde war das Gebäude leer. Nur die Nachtwächter machten ab und zu ihre Rundgänge, aber im Moment sah sie keinen. Am Ende des Korridors führte die Treppe in drei Etappen abwärts, dazwischen war jeweils ein breiter Absatz. Die Sicherheitsbeleuchtung hüllte alles in bläuliches Halbdunkel, in dem die von dunkler Patina bedeckten Wandbilder, die Marmorbalustrade der Treppe und die Büsten der römischen Patrizier, die von ihren Nischen aus alles beobachteten, gerade noch zu erkennen waren.

Sie streifte die Schuhe ab und steckte sie in ihre Handtasche.

Die Kälte des Fußbodens kroch durch die Strümpfe in ihre Füße; mit etwas Glück würde sie bei diesem nächtlichen Abenteuer mit einer deftigen Erkältung davonkommen. Sie schritt die Treppe hinunter und blieb immer wieder stehen, um über die Balustrade zu spähen, aber sie hörte und sah nichts Verdächtiges. Endlich kam sie unten an und mußte sich entscheiden. Ein Weg führte durch etliche Restaurierungswerkstätten bis vor eine gesicherte Tür, durch die Julia mit einer Schlüsselkarte unweit der Puerta Murillo hinaus auf die Straße gelangen konnte. Der andere Weg führte über einen schmalen Gang zu den Ausstellungsräumen. Die Tür zu diesem Trakt war in der Regel geschlossen, aber erst ab zehn Uhr abends, wenn die Wächter ihren letzten Rundgang durch das Gebäude machten.

Am Fuß der Treppe, den Revolver in der Hand, überlegte sie, was sie tun sollte. Ihre Füße spürten die Kälte, und das Blut hämmerte in ihren Adern. Zuviel Nikotin, schoß es ihr ausgerechnet in diesem Moment durch den Kopf, und sie legte sich die Hand mit dem Derringer aufs Herz. Bloß weg von hier, oder aber feststellen, was in Saal zwölf los war… und dazu würde sie sechs oder sieben Minuten durch das einsame Gebäude laufen müssen. Es sei denn, sie begegnete unterwegs dem Wächter jenes Flügels, einem jungen Mann, der Julia manchmal in ihrer Werkstatt aufstöberte, um sie auf einen Automatenkaffee einzuladen, und scherzte, ihre schönen Beine seien doch die größte Attraktion in diesem Museum.

Verdammt noch mal, sagte sich Julia schließlich, früher hatte sie in ihrer Phantasie Piraten getötet, und sollte der Mörder wirklich hier sein, wäre dies eine gute Gelegenheit, vielleicht die einzige in ihrem Leben, einen solchen Schurken einmal Auge in Auge vor sich zu haben. Und er würde es sein, der sich bewegte; während sie wie eine Ente auf der Hut aus den Augenwinkeln spähte, in der rechten Hand fünfhundert Gramm verchromtes Eisen, Schildpatt und Blei, dank derer sie in dieser außergewöhnlichen Jagdpartie die Rollen schnell würde vertauschen können.

Julia war von guter Rasse, und, was noch wichtiger war, sie

wußte es. Im Halbdunkel blähte sie die Nüstern, als wollte sie die Gefahr erschnuppern; sie biß die Zähne zusammen, dachte an Álvaro und Menchu, und ihr unterdrückter Zorn stachelte sie an. Sie wollte auf diesem Schachbrett keine verängstigte Figur sein. Sie wollte bei der ersten Gelegenheit kämpfen, Auge um Auge, Zahn um Zahn. Wer immer sie hierher zitiert hatte, wenn er Streit wollte, würde sie es ihm zeigen! Ob im Saal zwölf oder in der Hölle. Bei den Nägeln Christi, so sollte es sein!

Sie ging durch die innere Tür, die wie erwartet nicht verschlossen war. Weit und breit kein Nachtwächter, es herrschte absolute Stille. Sie durchquerte einen Raum, bahnte sich einen Weg durch die beunruhigenden Schatten der Marmorstatuen, die sie mit leeren Augen und reglos auf ihren Sockeln stehend beobachteten. Sie ging weiter zu dem Saal mit den mittelalterlichen Retabeln, von denen sie in den dunklen Mauerschatten nur hier und da den matten Reflex der Goldflächen und der Hintergründe aus appliziertem Blattgold wahrnahm. Am Ende dieses langen Traktes war links die kleine Eisentreppe, die zu den Sälen der flämischen Meister führte, also auch zum Saal zwölf.

Vor der ersten Treppenstufe blieb sie kurz stehen und schaute sich noch einmal um. In diesem Stockwerk war die Decke tiefer, und durch die Sicherheitsleuchten konnte man relativ gut sehen. Im bläulichen Schummerlicht waren sogar die Farben der Bilder zu erkennen, wenn auch nur als unterschiedlich helle Flächen. Zwischen den Schatten sah sie verschwommen Van der Weydens *Kreuzabnahme*, die in dieser irrealen Dunkelheit fast bedrohlich aussah, denn nur die helleren Flächen hoben sich etwas ab, etwa die Figur des Christus und das Gesicht der ohnmächtig gewordenen Mutter, deren Arm parallel zum toten Sohn herabhing.

Hier war niemand, nur die Gestalten auf den Bildern; und die meisten, im Dunkel verborgen, schienen in einen tiefen Schlaf versunken. Julia traute der vermeintlichen Ruhe nicht, aber sie war wie immer beeindruckt von den vielen Bildern, deren Schöpfer schon Hunderte von Jahren tot waren. Von den

Figuren in ihren alten Rahmen belauert, gelangte sie zur Schwelle von Saal zwölf. Sie schluckte schwer, ihre Kehle war trocken. Sie drehte sich noch einmal um, sah aber nichts Verdächtiges; sie spürte, wie sie durch die Anspannung ihren Kiefer verkrampfte und atmete tief ein, bevor sie endlich den Saal betrat, in einer Haltung, wie sie sie aus dem Kino kannte: den Revolver fest in beiden Händen, den Finger am Abzug, die Arme vorgestreckt in die Dunkelheit.

Auch hier war niemand. Julia verspürte eine Welle grenzenloser Erleichterung. Als erstes, gefiltert von dem Halbdunkel, sah sie das düstere Meisterwerk *Der Garten der Lüste*, das die eine Wand fast vollkommen einnahm. An der Wand gegenüber ging sie ganz nahe an Dürers *Selbstbildnis* heran, bis ihr Atem das Glas beschlug. Mit dem Handrücken wischte sie sich den Schweiß von der nassen Stirn, bevor sie sich auf die dritte Wand im Hintergrund zubewegte. Mit jedem Schritt zeichneten sich die Umrisse von Brueghels Figuren deutlicher ab, bis sie sogar die helleren Farbtöne sehen konnte. Dieses Gemälde faszinierte sie seit jeher: der tragische Akzent, der in jedem Pinselstrich lag, die Ausdruckskraft der vielen unentrinnbar vom Hauch des Todes geschüttelten Gestalten, die vielen Szenen, die sich zu einer makabren Gesamtansicht fügten, beflügelten ihre Phantasie schon viele Jahre. Das schwache blaue Licht von der Decke hob wie ein zerstörerischer Rachesturm die scharenweise aus dem Erdinnern brodelnden Skelette hervor, ebenso die am Horizont schwarze Ruinen zeichnenden fernen Brände und die am äußersten Ende ihrer Achse kreisenden Räder des Tantalus, direkt neben dem Totengerippe, das im Begriff ist, mit erhobenem Schwert auf den Gefangenen einzuschlagen, der mit verbundenen Augen auf dem Boden kniet... Und im Vordergrund der prassende König, Paare, die sich uneingedenk der Todesstunde lieben, ein die Pauken des Jüngsten Gerichts schlagender Knochenmann und jener vom Entsetzen entgeisterte Ritter, der entschlossen das Schwert aus der Scheide zieht, um im letzten und hoffnungslosen Gefecht seine Haut möglichst teuer zu verkaufen.

Da steckte die Karte, unten zwischen Leinwand und Rahmen, genau über dem Schildchen, auf dem Julia die vier unheilvollen Wörter des Titels eher erriet, als das sie sie hätte lesen können: *Der Triumph des Todes.*

Als sie auf die Straße hinaustrat, regnete es in Strömen. Der Glanz der Straßenlaternen aus der Zeit Isabellas II. erhellte die Vorhänge aus Wasser, das aus dem Dunkel herabstürzte und auf das Straßenpflaster prasselte. Die Pfützen waren ein einziges Meer aus dicken Spritzern, die aussahen wie wild hin und her fliegende Splitter der sich im Wasser spiegelnden Stadt.

Julia schaute in den Himmel und ließ sich das Wasser übers Gesicht und durch die Haare rinnen. Ihre Lippen waren hart vor Kälte, und das nasse Haar klebte ihr im Gesicht. Sie knöpfte den Kragen ihres Regenmantels zu und lief zwischen den gestutzten Hecken und den Steinbänken hindurch, ohne sich um den Regen zu kümmern, der ihr die Schuhe durchweichte. Sie hatte noch deutlich Brueghels Bilder vor Augen. Die Scheinwerfer der Autos auf der nahen Straße blendeten sie, sie schnitten goldene Kegel in den Regen, die die Gestalt der jungen Frau immer wieder anstrahlten und sie lange, schwankende Schatten werfen ließ, die sich in den Pfützen am Boden vervielfachten. Eine erschreckende mittelalterliche Tragödie flimmerte da vor ihren Augen, zwischen den vielen Lichtern, die sie umgaben. Und zwischen den Männern und Frauen, die ein aus der Erde brodelnder Schwall von rächerischen Skeletten umspülte, erkannte Julia eindeutig die Gestalten jenes anderen Bildes: Roger von Arras, Ferdinand Altenhoffen, Beatrix von Burgund... Da war sogar, etwas weiter im Hintergrund, mit gesenktem Kopf und resignierter Miene, der alte Pieter Van Huys. Alles war in jener entsetzlichen und endgültigen Szene, in der sie unterschiedslos zugrunde gehen würden, zu sehen: Da rollte der letzte Würfel über den Spieltisch der Erde und nahm keine Rücksicht auf Schönheit und Häßlichkeit, Liebe und Haß, Gut und Böse, Auflehnung und Hingabe. In diesem

Spiegel, der gnadenlos hell und grell den Bruch des siebten Siegels der Apokalypse festhielt, erkannte Julia sich auch selbst wieder. Sie war jene junge Frau, die dem Betrachter den Rükken zuwandte und in ihre Träume versunken bezaubert der Lautenmusik lauschte, die ein lächelndes Skelett spielte. In dieser düsteren Landschaft war kein Platz mehr für Piraten oder verborgene Schätze. Die Wendys wurden fortgespült, fuchtelten mitten in der Legion an Totengerippen mit den Armen, Aschenputtel und Schneeweißchen rochen den Schwefel, die Augen vor Angst weit aufgerissen, und weder der Bleisoldat noch der heilige Georg, der nicht mehr an seinen Drachen dachte, noch Roger von Arras mit seinem halb gezückten Schwert konnten ihnen helfen. Sie schafften es gerade noch, ein paar ehrenrettende Hiebe ins Leere zu setzen, bevor sie, wie all die anderen, den Tod an den fleischlosen Handknochen faßten und von diesem fortgezogen wurden zum makabren Tanz.

Die Scheinwerfer eines Autos strahlten eine Telefonzelle an. Julia ging hinein und kramte ein paar Münzen aus ihrer Tasche, als bewegte sie sich in den Nebeln eines Traums. Mechanisch wählte sie erst Césars und dann Muñoz' Nummer, doch keiner von beiden hob ab. Aus ihrem Haar troff das Wasser über den Hörer. Sie hängte ein, lehnte den Kopf gegen die Scheibe und steckte sich eine feuchte Zigarette zwischen die vor Kälte klammen und gefühllosen Lippen. Sie schloß die Augen und ließ sich vom Rauch umhüllen, und als die Glut ihr die Finger verbrannte, warf sie die Kippe auf den Boden. Der Regen prasselte monoton gegen das Aluminiumdach, doch selbst hier fühlte Julia sich nicht sicher. Sie war total erschöpft und erkannte verzweifelt, daß dies nur eine vorläufige Kampfpause war; vor der Kälte, vor den Lichtreflexen und den Schatten, die sie umzingelten, war sie nicht geschützt.

Sie hatte jedes Zeitgefühl verloren und wußte nicht, wie lange sie schon in der Telefonzelle stand. Irgendwann aber steckte sie die Münzen wieder in den Schlitz und wählte erneut Muñoz'

Nummer. Die Stimme des Schachspielers meldete sich, und Julia kam langsam wieder zu sich, so als kehrte sie, was ja in gewisser Weise auch stimmte, von einer langen Reise zurück, einer Reise durch die Zeit und durch das eigene Leben. Während sie erzählte, was passiert war, gewann sie die Fassung zurück. Was denn nun auf dem Kärtchen stehe, fragte Muñoz. L×B, sagte Julia, Läufer schlägt Bauer. Nach einem kurzen Schweigen fragte Muñoz in einem merkwürdigen Ton, den sie bei ihm noch nie gehört hatte, wo sie gerade sei. Julia erklärte es ihm. Sie solle sich nicht vom Fleck rühren, er sei auf dem Weg, rief er.

Eine Viertelstunde später hielt ein Taxi neben der Telefonzelle. Muñoz machte die Tür auf und winkte sie herein. Julia rannte durch den Regen und stieg hinten ein. Während der Wagen anfuhr, nahm der Schachspieler ihr den durchnäßten Mantel ab und legte ihr seinen um die Schultern.

«Was ist los?» fragte Julia vor Kälte zitternd.

«Das werden Sie gleich erfahren.»

«Was heißt das denn, Läufer schlägt Bauer?»

Die wechselnden Lichter draußen erhellten in kurzen Abständen das mürrische Gesicht des Schachspielers.

«Es heißt, daß die schwarze Dame im Begriff ist, einer weiteren Figur den Garaus zu machen.»

Julia zwinkerte verwirrt. Dann nahm sie Muñoz' Hand zwischen ihre eisig kalten Finger und sah ihn aufgeregt an.

«Wir müssen César Bescheid sagen.»

«Das hat Zeit.»

«Wohin fahren wir?»

«Zu Penjamo. Mit zwei H», sagte der Schachspieler.

Es goß noch immer in Strömen, als das Taxi am Eingang des Schachklubs vorfuhr. Muñoz stieß die Tür auf, ohne Julias Hand loszulassen.

«Kommen Sie», sagte er.

Sie folgte ihm brav. Die beiden eilten die Treppe hinauf. An den Tischen saßen noch etliche Spieler, aber Cifuentes, der Leiter, war nicht da. Muñoz führte Julia sofort in die Bibliothek. Zwischen Trophäen und Diplomen standen hier in verglasten Bücherschränken einige hundert Bücher. Muñoz ließ Julias Hand los, öffnete eine Vitrine und holte einen leinengebundenen Wälzer hervor. Auf dem Buchrücken entzifferte Julia verwirrt die durch die Zeit und durch viele Benutzerhände stumpf gewordenen Goldlettern: *Wochenschrift des Schachs. Drittes Quartal*. Die Jahreszahl war unleserlich.

Muñoz legte den Band auf den Tisch und blätterte in den vergilbten Seiten aus schlechtem Papier. Schachprobleme, Analysen von Partien, Informationen über Turniere, Fotos mit lächelnden Gewinnern in weißem Hemd und Schlips, die Anzüge und Haarschnitte in der Mode von damals. Schließlich zeigte er ihr eine Doppelseite voller Fotos.

«Sehen Sie sich diese Bilder mal genauer an», sagte er zu Julia.

Sie beugte sich über die Fotos, die nicht besonders gut waren. Gruppen von Schachspielern waren zu sehen, und einige von ihnen hielten Pokale oder Urkunden. Die Überschrift für diese Seite lautete: II. TURNIER UM DEN LANDESPOKAL JOSÉ RAÚL CAPABLANCA. Julia las, schaute Muñoz verwirrt an und murmelte: «Ich verstehe nicht.»

Muñoz zeigte auf eine der Abbildungen. Eine Gruppe junger Männer. Zwei hielten kleine Pokale in der Hand, die restlichen vier blickten mit feierlicher Miene in die Linse. Unter dem Bild stand: TEILNEHMER AM FINALE DES JUGENDTURNIERS.

«Erkennen Sie irgend jemand?» fragte Muñoz.

Julia sah sich die Gesichter an, eines nach dem anderen. Nur das des Jungen ganz rechts kam ihr irgendwie bekannt vor. Er war vielleicht fünfzehn oder sechzehn Jahre alt. Sein Haar war glatt nach hinten gekämmt, er trug Jackett und Krawatte, und am rechten Ärmel hatte er einen Trauerflor. Gefaßt und intelligent schaute er in die Kamera, und sein Blick war irgendwie herausfordernd, fand Julia. Da erkannte sie ihn. Die Hand zitterte ihr, als sie mit dem Finger auf ihn wies. Und als sie zu Muñoz aufschaute, nickte dieser.

«Genau», sagte Muñoz. «Das ist unser unsichtbarer Spieler.»

XIV. Salongespräche

«Wenn ich ihn entdeckt habe, so weil ich ihn suchte.»
«Wie denn? Hofften Sie, ihn zu finden?»
«Ich hielt es für nicht ausgeschlossen.»

A. Conan Doyle

Das Licht im Treppenhaus war kaputt, und so stiegen sie die Stufen im Dunkeln hinauf. Muñoz führte sie an der Hand, am Geländer entlang, und als sie auf dem Treppenabsatz ankamen, blieben sie stehen und lauschten schweigend. Auf der anderen Seite der Tür war kein Laut zu hören, aber unten auf der Schwelle war ein Lichtstreif. Julia konnte die Gesichtszüge ihres Begleiters nicht erkennen, wußte aber, daß Muñoz sie anblickte.

«Jetzt gibt es kein Zurück mehr», flüsterte sie als Antwort auf seine nicht ausgesprochene Frage, und vom Schachspieler war nur dessen ruhiges Atmen zu vernehmen. Sie tastete nach dem Klingelknopf und drückte einmal. Drinnen verhallte der Ton wie ein fernes Echo ganz am Ende eines langen Korridors.

Es dauerte ein Weilchen, bis sie Schritte hörten, die plötzlich verstummten, dann wieder näher kamen, jetzt langsamer, und schließlich wieder verstummten. Die Schlüssel rasselten schier unendlich lang im Schloß, aber dann ging die Tür auf, und ein breiter Lichtstreifen traf sie und blendete sie. Und da sah Julia, vor dem Hintergrund aus sanfterer Helligkeit, die Umrisse der ihr vertrauten Gestalt, und sie dachte, daß sie diesen Sieg in Wahrheit nicht wollte.

Er trat zur Seite, um sie hereinzulassen. Der unerwartete Besuch schien ihn nicht zu stören. Das verwirrte Lächeln, das Julia über seine Lippen huschen sah, als er die Tür hinter ihnen schloß, verriet lediglich eine Spur höflich unterdrückter Überraschung. An der Garderobe, einem wuchtigen Stilmöbel aus Nußbaum und Bronze, sahen sie, noch klitschnaß, einen Regenmantel, einen Hut und einen Schirm.

Er führte sie ins Wohnzimmer, durch einen langen Flur mit hoher, stuckverzierter Decke; an den Wänden hing eine kleine Kollektion von Landschaftsbildern aus dem neunzehnten Jahrhundert. Während er da vor ihnen herlief, wobei er sich hin und wieder umdrehte, wie es sich für einen aufmerksamen Gastgeber gehört, suchte Julia an ihm vergeblich nach irgendeinem Zeichen, das jene andere Person verriet, die sich, wie sie nun wußte, irgendwo in ihm verbarg, wie ein Gespenst, das zwischen ihnen beiden schwebte und nicht mehr zu leugnen sein würde, egal was von nun an geschah. Und dennoch, trotz allem, obwohl das Licht der Vernunft bis in die fernsten Winkel ihres Zweifels vordrang und sich die Tatsachen bereits zusammenfügten wie Puzzlestücke mit sauberen Kanten, obwohl dieses Licht der Vernunft nun *Die Schachpartie* in neuen Schattierungen zeigte, oder es neu zeichnete, sich jedenfalls auf die Tragödie der flämischen Tafel legte... Trotz alledem und trotz des heftigen Schmerzes, der nach und nach an die Stelle ihrer gelähmten Ohnmacht trat, vermochte Julia diesen Menschen noch nicht zu hassen, diesen Mann, der ihr jetzt auf dem Korridor voranschritt, ihr halb zugewandt, beflissen und höflich, elegant selbst in den eigenen vier Wänden, denn er trug einen Hausrock aus blauer Seide über der Hose von gutem Schnitt, und aus dem aufgeknöpften Hemd lugte ein Halstuch. Das Haar im Nacken und an den Schläfen war leicht gewellt, die Brauen geschwungen, wodurch er gelangweilt wirkte wie ein alter Dandy. Wie immer, wenn er mit Julia zusammen war, lag ein feines, ein wenig trauriges Lächeln in seinen Mundwinkeln, rechts und links von seinen dünnen, bleichen Lippen.

Kein Wort fiel zwischen den dreien, bis sie in den Salon kamen, einen großen, hohen Raum, dessen Decke mit klassischen Szenen verziert war, darunter der Abschied des Hektor mit seinem glänzenden Helm von Andromache und deren Sohn. Es war Julias Lieblingsbild. In diesem Raum befanden sich zwischen den mit Teppichen und Gemälden behangenen Wänden die wertvollsten Besitztümer des Antiquitätenhändlers, die, die er über die Jahre für sich selbst ausgewählt hatte, ohne sie je, egal zu welchem Preis, verkaufen zu wollen. Julia kannte diese Möbel so gut, als wären es ihre eigenen, sogar besser als die in ihrem Elternhaus oder die bei sich zu Hause. Da war etwa das mit Seide bespannte Empire-Sofa, vor dem jetzt Muñoz stand, mit todernstem, versteinertem Gesicht, die Hände in den Manteltaschen, unschlüssig, ob er Platz nehmen sollte, obwohl César ihn mit einer Geste dazu einlud; und da war eine Bronzeskulptur von Steiner, ein Fechtmeister mit erhobenem Degen, der mit stolz vorgerecktem Kinn von seinem Sockel her den Raum beherrschte. Er stand auf einem holländischen Sekretär vom Ende des achtzehnten Jahrhunderts, an dem César, so weit Julias Erinnerung zurückreichte, seine Korrespondenz erledigte; und da war die George IV-Eckvitrine mit einer wunderschönen Sammlung getriebenen Silbers, das der Antiquitätenhändler einmal im Monat eigenhändig reinigte; dann seine wichtigsten Gemälde, die von Gott gesalbten, seine Lieblinge: die Lorenzo Lotto zugeschriebene *Junge Dame*, eine wunderschöne *Verkündigung Mariä* von Juan de Soreda, ein kerniger *Mars* des Luca Giordano, ein melancholischer *Abend* von Thomas Gainsborough... die Sammlung englischen Porzellans, außerdem Teppiche, Wandbehänge und Fächer, Stücke, deren Geschichte César genauestens kannte. Penibelst hatte er Stilgeschichtsbücher und Genealogien studiert und war nun im Besitz einer so persönlichen und so sehr seinem eigenen ästhetischen Geschmack und seinen Neigungen entsprechenden Sammlung, daß er sich im Wesen aller und jedes einzelnen dieser Stücke zu spiegeln schien. Hier fehlte eigentlich nur noch Bustellis kleines *Commedia dell'Arte*-Porzellantrio. Aber Lucinda, Octavio und Scaramouche waren im Laden, im Erdgeschoß des Gebäudes, unter ihrer Glasglocke.

Muñoz war stehengeblieben, gab sich äußerst gelassen, wobei irgend etwas – vielleicht die Art, wie er die Füße auf den

Teppich setzte oder die Ellenbogen weit oberhalb der in den Manteltaschen steckenden Hände abwinkelte – erkennen ließ, daß er irgendwie auf der Hut war, bereit, etwas Unvorhergesehenes abzuwehren. César musterte ihn mit höflicher Gelassenheit und schaute nur ab und zu Julia an, als wäre sie hier zu Hause und nur Muñoz ein Gast, der zu erklären hatte, wie es zu diesem späten Besuch kam. Julia, die César so gut kannte wie sich selbst – aber sie mußte sich sofort selbst berichtigen: bis zu diesem Abend hatte sie geglaubt, ihn so gut zu kennen wie sich selbst –, Julia wußte, César hatte schon an der Tür begriffen, daß es bei diesem Besuch um etwas anderes ging, als einfach nur den dritten Kameraden in diesem Abenteuer zu besuchen. Hinter seiner freundschaftlichen Nachsicht, in der Art wie er lächelte, mehr noch im unschuldigen Ausdruck seiner hellblauen Augen entdeckte die junge Frau ein vorsichtiges Abwarten, neugierig und ein bißchen amüsiert; wie einst, vor vielen Jahren, als sie auf seinen Knien gesessen und er darauf gewartet hatte, daß Julia magische Wörter hervorbrachte, Antworten auf die Kinderrätsel, die sie aus seinem Mund so gern hörte: Gold scheint es, Silber ist es nicht... Oder: Es geht auf vier Beinen, dann auf zweien, am Ende auf dreien... Und das schönste von allen: Der edle Verliebte kennt den Namen der Dame und die Farbe ihres Kleides...

Dennoch, César schaute weiterhin Muñoz an. An diesem seltsamen Abend, im dumpfen Licht einer englischen Lampe, die mit ihrem Pergamentschirm eine Buchpresse beleuchtete und die Gegenstände ringsum hervorhob und ihnen Schatten verlieh, würdigte der Antiquitätenhändler die junge Frau kaum eines Blickes. Sie wich seinem Blick nicht aus, sondern schaute ihn an, zwar kurz, aber klar und direkt, als gäbe es zwischen ihnen kein Geheimnis. Es schien fast, als würde zwischen ihnen alles so sein wie immer, nachdem Muñoz gesagt haben würde, was er zu sagen hatte, als würde, wenn sie wieder unter vier Augen wären, alles seine klare, überzeugende, logische und endgültige Antwort finden. Doch es war zu spät, und zum erstenmal wollte Julia am liebsten nichts hören. Ihre Neugierde war befriedigt, seit sie vor Brueghels *Triumph des Todes* gestanden hatte. Jetzt brauchte sie niemanden mehr, nicht einmal César. Das alles gehörte in die Zeit, bevor Muñoz den alten Schachband aufgeschlagen und ihr das Foto gezeigt hatte. Julias Besuch in Césars Wohnung an diesem Abend hatte einen anderen Grund: Sie verspürte eine Art formale Neugierde, eine rein ästhetische, wie César gesagt hätte. Chor, Schauspieler und zugleich auch Publikum sollte sie sein bei der faszinierendsten klassischen Tragödie. Alle waren anwesend: Ödipus, Orest, Medea und die übrigen alten Freunde – die noch nie jemand zu Gesicht bekommen hatte. Es war eine Aufführung ihr zu Ehren.

Die ganze Szene war irreal. Julia mußte sich eine Zigarette anzünden. Sie sackte ins Sofa, schlug die Beine übereinander und stützte einen Arm auf die Lehne. Vor ihr standen die beiden Männer. Sie sahen fast aus wie die Männer auf dem verlorenen Gemälde. Muñoz stand links auf dem Rand eines sehr alten indischen Läufers, dessen Rot- und Ockertöne mit den Jahren verblaßt waren und dadurch fast noch schöner wirkten. Der Schachspieler – jetzt sind es ja zwei, dachte die junge Frau zynisch amüsiert – hatte den Mantel nicht abgelegt. Er hielt den Kopf etwas zur Seite geneigt und sah den Antiquitätenhändler mit einem detektivischen Sherlock Holmes-Blick an, der ihm eine Aura von besonderer Würde verlieh. In Muñoz' Blick lag weder die Süffisanz eines Siegers noch Ablehnung, er schaute nicht einmal argwöhnisch, was in Anbetracht der Umstände nur zu verständlich gewesen wäre. Aber er wirkte angestrengt, die Muskeln spannten sich über seinem knochigen Unterkiefer. Wahrscheinlich lag es daran, dachte Julia, daß der Schachspieler seinem Gegner jetzt tatsächlich gegenüberstand, nachdem er so lange gegen die Vorstellung, die er von ihm hatte, gekämpft hatte. Bestimmt überdachte er irgendwelche Fehler, rekonstruierte Spielzüge, versuchte, Strategien abzuschätzen. Es war die verbohrte und gleichzeitig geistesabwesende Haltung dessen, der eine Partie brillant gespielt und zu Ende gebracht hat, nun aber herausfinden will, wie zum Teufel sein Gegner ihm auf irgendeinem nebensächlichen Feld einen unwichtigen kleinen Bauern schlagen konnte.

César stand rechts. Mit seinem silbernen Haar und dem Seidenmantel sah er aus wie eine elegante Figur aus einer Gesellschaftskomödie vom Beginn unseres Jahrhunderts: Er war ruhig und distinguiert und strahlte die souveräne Gewißheit aus, daß der Teppich, auf dem sein Gesprächspartner stand, hundert Jahre alt und sein Eigentum war. Er griff in die Tasche, holte ein Päckchen Goldfilterzigaretten heraus und steckte sich eine in sein elfenbeinernes Mundstück. Die Szene war so außergewöhnlich, daß Julia sie nie vergessen würde: die Kulisse aus dunkel schimmernden Antiquitäten, die Decke mit den schlanken, klassischen Figuren, der alte Dandy, elegant und ein bißchen zwielichtig, und ihm gegenüber der etwas abgerissene Mann in seinem zerknitterten Regenmantel. Die beiden Männer standen sich Auge in Auge gegenüber, stumm, als warteten sie, daß irgendwer, vielleicht der in einem der Stilmöbel versteckte Souffleur, das Stichwort zum letzten Akt gab. Seit Julia auf dem Foto im Gesicht jenes Jungen, der mit dem ganzen Ernst seiner fünfzehn oder sechzehn Jahre in die Kamera blickte, einen ihr bekannten Zug entdeckt hatte, war sie sicher, daß dieser Teil der Vorstellung mehr oder weniger so ablaufen würde. Es war wie eine Art Déjà-vu – das Ende kannte sie schon. Es fehlte nur noch ein Butler in gestreiftem Jackett, der meldete, daß angerichtet sei, und alles würde sich ins Groteske verkehren. Sie betrachtete ihre zwei Lieblingsfiguren, führte die Zigarette an die Lippen und versuchte, sich zu erinnern. Bequem, dieses Sofa von César, dachte sie schlaff, kein Gastgeber hätte ihr einen gemütlicheren Platz bieten können. Jawohl. Wieder verfiel sie in Erinnerungen und dachte an etwas, das noch gar nicht so lange zurücklag. Sie hatte in das Textbuch dieses Stücks schon einen Blick geworfen, vor wenigen Stunden, in Saal zwölf des Prado-Museums. Das Bild von Brueghel, gleichsam ein Paukenrhythmus als Hintergrundgeräusch für den niederreißenden Sturm des Unabänderbaren, der auch das letzte Grashälmchen von der Erde fortbläst und alles in einen einzigen gigantischen Wirbel verwandelt, in das laute Gelächter irgendeines trunkenen Gottes, der sein olympisches Aufstoßen hinter den geschwärzten Hügeln, den rauchenden Ruinen und dem Glanz der Brände wiederkäute. Pieter Van Huys, der andere Flame, der alte Meister am Hofe von Ostenburg, hatte es ebenfalls erklärt, auf seine Weise, vielleicht subtiler, in feineren Schattierungen, hermetischer und zarter als der forsche Brueghel, aber er meinte dasselbe: Letztendlich sind alle Bilder Abbild eines einzigen, wie alle Spiegel Spiegelung selbiger Spiegelung, wie alle Tode vom selbigen einen großen Tod:

«Die Welt ist ein Schachbrett aus Nächten und Tagen,
auf dem das Schicksal die Menschen wie Steine rückt.»

Sie murmelte diesen Ausspruch undeutlich vor sich her und starrte César und Muñoz an. Alles war bereit, das Stück konnte beginnen. Applaus, Applaus. Das gelbliche Licht der englischen Lampe warf einen hellen Kegel auf die zwei Gestalten. Der Antiquitätenhändler neigte den Kopf ein bißchen vor und zündete sich eine Zigarette an, während Julia die ihre schon zwischen den Lippen hielt. Als wäre dies das Zeichen, mit dem Dialog zu beginnen, nickte Muñoz bedächtig, obwohl noch niemand ein Wort gesagt hatte. Dann sagte er:

«Ich hoffe, Sie haben ein Schachbrett da, César.»

Das war nicht gerade brillant, fand die junge Frau. Und alles andere als der Situation angemessen. Ein phantasievoller Drehbuchautor hätte Muñoz sicherlich etwas Treffenderes in den Mund gelegt. Aber, so tröstete sie sich, der Verfasser dieser Tragikomödie war eben genauso mittelmäßig wie die Welt, die er erschaffen hatte. Man konnte nicht erwarten, daß eine Farce das Talent, die Dummheit oder die Perversität ihres Autors übertraf.

«Ein Schachbrett werden wir wohl nicht brauchen», antwortete César, und damit wurde die Szene schon besser, was allerdings nicht an Worten lag, sondern am Ton, in dem sie hervorgebracht wurden. Jener Hauch von Überdruß, der in allen Sätzen des Antiquitätenhändlers mitschwang, paßte zu der Situation. Es war typisch für ihn, sich so zu geben, als säße er mit einem Martini in der Hand auf einem von diesen weißlakkierten gußeisernen Gartenstühlen und betrachtete die Dinge gewissermaßen aus der Distanz. In seinen dekadenten Posen legte César dasselbe Raffinement an den Tag wie in seinen homoerotischen Liaisons, und Julia, die ihn auch für dieses Raffinement geliebt hatte, freute sich über die strenge, gefaßte, in ihren Schattierungen so vollkommene Haltung und lehnte sich bewundernd im Sofa zurück, um César durch die Rauchkringel ihrer Zigarette zu betrachten. Es war faszinierend: Dieser Mann hatte sie zwanzig Jahre lang hinters Licht geführt. Allerdings, genaugenommen passierte das alles in ihr. César hatte sich nicht plötzlich verändert: Ob Julia von allem erfahren hätte oder nicht, er war so wie eh und je. Da stand er nun vor ihr und rauchte ungerührt. Julia war sich sicher, daß er im Moment keine Schuldgefühle hatte, nicht einmal so etwas wie Gewissensbisse. Er posierte, gab sich äußerlich so distinguiert und korrekt wie damals, als Julia von seinen Lippen schöne Liebesgeschichten oder packende Kriegserzählungen vernommen hatte. Sie wäre nicht im mindesten erstaunt gewesen, wenn er plötzlich von Long John Silver, Wendy, Lagardère oder Sir Kenneth mit dem Leoparden erzählt hätte. Trotzdem war er es gewesen, der Álvaro unter die Dusche gelegt und der Menchu die Ginflasche ins Geschlecht gesteckt hatte... Julia atmete den Rauch der Zigarette langsam ein, kniff die Augen etwas zusammen und gab sich ihrer Verbitterung hin. Wenn er derselbe ist, überlegte sie, und das ist er ganz offensichtlich, dann habe ich mich verändert. Darum sehe ich ihn heute anders, mit anderen Augen: einen Verbrecher sehe ich, einen Schwindler, einen Mörder. Und dennoch sitze ich hier fasziniert und lausche wie immer seinen Worten. In wenigen Sekunden wird er mir statt eines Abenteuers auf den Kariben erzählen, er habe das alles meinetwegen getan, oder so etwas ähnliches. Und ich werde ihm zuhören wie immer, weil das hier jede andere Geschichte

Césars übertrifft, sie ist an Phantasie und Grausamkeit nicht zu überbieten.

Julia nahm den Arm von der Sofalehne und beugte sich vor, den Mund leicht geöffnet, in höchster Aufmerksamkeit für das, was sich vor ihren Augen abspielte. Sie wollte sich auch nicht das kleinste Detail der Szene entgehen lassen. Und diese Bewegung schien nun wirklich das Zeichen zum Beginn des Dialogs. Muñoz, die Hände in den Manteltaschen und den Kopf zur Seite geneigt, fixierte César.

«Erklären Sie mir eines», sagte er. «Nachdem der schwarze Läufer den weißen Bauern auf a6 geschlagen hat, beschließt Weiß, seinen König von d4 nach e5 zu ziehen, und somit steht der schwarze König im Schach der weißen Dame... Wie soll jetzt Schwarz ziehen?»

Die Augen des Antiquitätenhändlers funkelten amüsiert; es sah aus, als seien sie von seinem ansonsten starren und ernsten Gesicht gelöst.

«Das weiß ich nicht», sagte er nach kurzer Pause. «Sie sind der Schachmeister, mein Bester. Sie müssen es wissen.»

Muñoz machte eine wegwerfende Handbewegung, als wollte er den großartigen Titel, den César ihm hier erstmals verliehen hatte, abstreifen.

«Ich bestehe darauf, von Ihnen als Experten eine Meinung zu hören», beharrte Muñoz.

Auf Césars Lippen legte sich nun das Lächeln, das sich bisher auf die Augen hatte beschränken wollen.

«Ich würde den König decken, indem ich den Läufer nach c4 ziehe...» Er schaute den Schachspieler höflich an. «Halten Sie das für richtig?»

«Ich schlage diesen Läufer!» rief Muñoz fast grob. «Mit meinem Läufer von d3. Und dann bieten Sie mir mit dem Springer von d7 Schach.»

«Ich biete Ihnen gar nichts, mein Freund.» César hielt dem Blick des anderen stand und ließ sich nicht aus der Fassung bringen. «Ich weiß nicht, wovon Sie reden. Und außerdem ist es ein bißchen spät für solche Denkspiele.»

Muñoz runzelte die Braue und blieb starr.

«Sie bieten mir von d7 aus Schach», beharrte er. «Verschonen Sie mich mit Ihren Geschichten und achten Sie auf das Spiel.»

«Warum sollte ich?»

«Weil Sie nur wenige Ausweichmöglichkeiten haben. Ich entgehe diesem Schach, indem ich den weißen König nach d6 ziehe.»

César seufzte, als er dies hörte, und der Blick seiner Augen, die bei der schwachen Beleuchtung ungewöhnlich klar wirkten wandte sich Julia zu. Er steckte sich die Zigarettenspitze zwischen die Zähne und nickte, wobei er traurig und sanft grinste.

«Dann», sagte er betrübt, «hätte ich den zweiten weißen Springer schlagen müssen, den auf b2.» Er schaute sein Gegenüber bekümmert an. «Finden Sie das nicht schade?»

«O ja. Besonders vom Standpunkt des Springers aus...» Muñoz biß sich grübelnd auf die Unterlippe. «Und würden Sie ihn mit dem Turm oder mit der Dame schlagen?»

«Mit der Dame natürlich.» César schien beleidigt. «Es gibt bestimmte Regeln...» Er unterbrach sich mit einem Wink der rechten Hand, einer bleichen und feinen Hand, auf deren Rükken die bläulichen Linien der Venen durchschienen und denen Julia nun durchaus zutraute, mit genau dieser Selbstverständlichkeit zu töten. Bestimmt hatte er die tödlichen Hiebe geradezu elegant durchgeführt.

Zum erstenmal, seit sie in Césars Wohnung waren, ließ Muñoz nun sein Lächeln über die Lippen huschen, das sich, unbestimmt und fern, eher auf seine mathematischen Überlegungen als auf die Wirklichkeit um ihn herum zu beziehen schien.

«Ich an Ihrer Stelle hätte die Dame nach c2 gezogen, aber das ist jetzt schon nicht mehr wichtig», sagte er leise. «Mich interessiert jetzt, wie Sie mich töten wollten.»

«Reden Sie keinen Unsinn», entgegnete César empört.

Dann, als appellierte er an die Ritterlichkeit im Schachspieler, machte er eine Handbewegung zum Sofa hin, wo Julia saß, und sagte, ohne sie anzublicken: «Die Señorita...»

«So wie die Dinge jetzt stehen», sagte Muñoz, und sein merkwürdiges Lächeln hielt sich weiter in einem der Mundwinkel, «ist die Señorita nicht weniger neugierig als ich. Aber Sie haben mir meine Frage nicht beantwortet... Wollten Sie bei der alten Methode bleiben? Noch einen Schlag gegen die Kehle oder in den Nacken? Oder hatten Sie für mich einen klassischeren Abgang vorgesehen? Gift, einen Dolch oder dergleichen... Wie würden Sie es nennen?» Er schaute kurz zu den Deckenmalereien auf, als sei dort der treffende Begriff zu finden: «Ah ja, etwas von *venezianischer* Art.»

«Ich würde sagen *Florentiner* Art», verbesserte César, der es auch jetzt noch mit seinen Kunstwerken genau nahm. Eine gewisse Bewunderung konnte er allerdings nicht verhehlen. «Ich wußte gar nicht, daß Sie über solche Dinge scherzen können.»

«Kann ich nicht», entgegnete der Schachspieler, «kann ich eigentlich gar nicht.» Er schaute Julia an und zeigte dann mit dem Finger auf César: «Da haben Sie ihn: den Läufer, der eine Vertrauensstellung beim König und der Dame hat. Um es literarisch auszudrücken, den *bishop*, den intrigierenden Bischof. Den verräterischen Großwesir, der im dunklen konspiriert, denn in Wirklichkeit ist es die maskierte schwarze Dame...»

«Was für ein großartiger Schundroman», kommentierte César spöttisch und führte die Hände zu einem lautlosen, bedächtigen Applaus zusammen. «Aber Sie haben mir noch nicht gesagt, womit Weiß nach dem Verlust des Springers zieht... Also wirklich, mein Lieber, Sie spannen mich richtig auf die Folter.»

«Läufer nach d3, Schach! Und Schwarz verliert die Partie.»

«So einfach? Das beunruhigt mich aber, mein Freund.»

«So einfach.»

César dachte nach. Dann nahm er den Zigarettenstummel aus der Spitze und drückte die Glut sorgfältig im Aschenbecher aus.

«Interessant», sagte er und hob die Zigarettenspitze wie einen Finger, als wollte er um eine kleine Pause bitten. Dann ging er langsam, um Muñoz nicht unnötig aufzuregen, zu dem englischen Spieltisch, der rechts von Julia neben dem Sofa stand. Er drehte einen kleinen silbernen Schlüssel im Schloß des mit feinen hellen Holzintarsien versehenen Schubfachs und holte die Figuren eines sehr alten Schachspiels aus Elfenbein hervor, das Julia noch nie gesehen hatte.

«Interessant», wiederholte er, während seine feinen Finger mit den gepflegten Nägeln die Figuren auf das Brett stellten. «Die Situation also ist diese:»

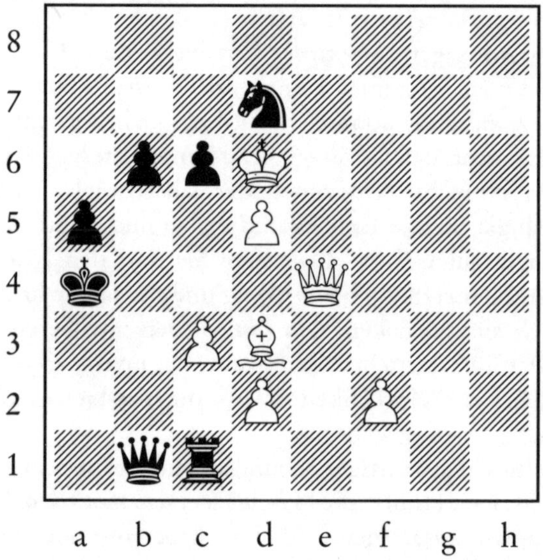

«Stimmt», bestätigte Muñoz, der das Brett von weitem betrachtete, ohne heranzutreten. «Wenn der weiße Läufer von c4 nach d3 zieht, bietet die weiße Dame dem schwarzen König Schach und eben dieser Läufer bedroht die schwarze Dame. Dem König bleibt nur, von a4 nach b3 zu flüchten und die schwarze Dame ihrem Schicksal zu überlassen... Die weiße Dame bietet ein weiteres Mal Schach, von c4 aus, der gegnerische König muß auf Feld b2 ziehen, dann schlägt der weiße Läufer die Dame.»

«Der schwarze Turm wird diesen Läufer schlagen.»

«Ja. Aber das ist egal. Ohne die Dame ist Schwarz erledigt. Und außerdem: Wenn diese Figur vom Brett verschwindet, hat die Partie ihren Sinn verloren.»

«Vielleicht haben Sie recht.»

«Ganz bestimmt. Die Partie, oder das, was von ihr übrig ist, wird nun vom weißen Bauern auf d5 entschieden, der, nachdem er den schwarzen Bauern auf c6 geschlagen hat, vorrückt und ungehindert einzieht. Das geschieht innerhalb von sechs, allenfalls neun Zügen.» Muñoz zog einen Zettel mit Bleistiftnotizen aus seiner Tasche. «Das Spiel könnte zum Beispiel so weitergehen:»

Bd5 × Bc6	Sd7 – f6
Dc4 – e6	Ba5 – a4
De6 × Sf6	Ba4 – a3
Bc3 – c4+	Kb2 – c1
Df6 – c3+	Kc1 – d1
Dc3 × Ba3	Tb1 – c1
Da3 – b3+	Kd1 × Bd2
Bc6 – c7	Bb6 – b5
Bc7 – c8	Schwarz gibt auf…

Der Antiquitätenhändler nahm das Papier mit den Aufzeichnungen und studierte konzentriert das Brett, die leere Zigarettenspitze noch immer zwischen den Zähnen. Sein Lächeln war das eines Mannes, der eine ihm durch die Sterne prophezeite Niederlage willig hinnimmt. Er machte einen Zug nach dem anderen, bis die Endsituation erreicht war.

«Zugegeben, da gibt es kein Entrinnen», schloß er. «Schwarz verliert.»

Muñoz hob den Blick vom Brett und schaute César an.

«Den zweiten Springer zu schlagen, war ein Fehler», murmelte er in sachlichem Ton.

Der Antiquitätenhändler zuckte die Achseln und sagte, noch immer lächelnd:

«Ab einem gewissen Punkt konnte Schwarz nicht mehr frei

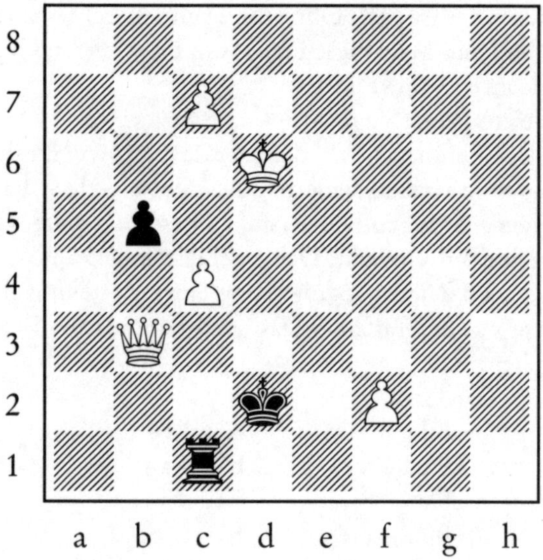

wählen... Sagen wir, daß auch die schwarzen Figuren Gefangene ihrer eigenen Züge waren, ihrer natürlichen Dynamik. Der Springer hat das Spiel abgerundet.» Julia sah in Césars Augen Stolz aufblitzen. «Im Grunde war es fast perfekt.»

«Diese Schachpartie nicht», sagte Muñoz unwirsch.

«Schach?... Wertester Freund...», César machte eine verächtliche Geste zu den Steinen hin, «ich habe etwas anderes gemeint als einfach nur das Schachbrett.» Sein Blick war tief, als sähen seine blauen Augen zum erstenmal eine bis dahin verborgene Welt. «Ich meine das Leben, jene anderen vierundsechzig Felder aus schwarzen Nächten und weißen Tagen, von denen der Dichter sprach... Oder vielleicht umgekehrt: weiße Nächte und schwarze Tage. Hängt davon ab, auf welche Seite vom Spieler wir das Bild stellen oder nicht stellen... von welcher Seite aus wir, wenn wir schon in symbolischen Begriffen reden, den Spiegel betrachten.»

Julia fiel auf, daß César sie nicht anschaute, obwohl er in seinem Gespräch mit Muñoz eigentlich sie anzusprechen schien.

«Wie haben Sie herausbekommen, daß er es war?» fragte sie den Schachspieler, und nun schien César zum erstenmal zu erschrecken. Plötzlich veränderte sich etwas an ihm, als hätte Julia, indem sie laut in Muñoz' Anklage einstimmte, soeben einen Schweigepakt gebrochen. Seine Unschuldsmiene verwandelte sich in eine spöttisch bittere Grimasse.

«Genau», sagte er zum Schachspieler, und dies war sein erstes förmliches Eingeständnis, «erzählen Sie ihr, wie Sie dahintergekommen sind.»

Muñoz legte den Kopf etwas zur Seite und sagte zu Julia:

«Ihr Freund hat ein paar gravierende Fehler gemacht...» Er überlegte einige Sekunden, ob dies der richtige Ausdruck war, dann bedachte der den Antiquitätenhändler mit einer kurzen entschuldigenden Geste. «Fehler ist vielleicht nicht das richtige Wort, denn er wußte in jeder Sekunde, was er tat und was die Risiken waren... Paradoxerweise haben Sie ihn verraten, Julia.»

«Ich? Aber ich hatte doch nicht die geringste Ahnung, bis...»

César schüttelte den Kopf. Es war eine fast zärtliche Bewegung, durchfuhr es die junge Frau, und sie war völlig durcheinander.

«Unser Freund Muñoz meint das im übertragenen Sinne, Prinzessin.»

«Nenn mich nicht Prinzessin, bitte!» Julia erkannte ihre eigene Stimme nicht wieder, so hart klang sie plötzlich. «Heute abend nicht!»

César musterte sie einige Sekunden und nickte dann.

«Einverstanden», sagte er und hatte große Mühe, wieder den Faden zu finden. «Muñoz meinte, daß deine Gegenwart in der Partie ihm als Kontrast diente, daß er durch dich die Absichten seines Gegners besser beobachten konnte. Unser Freund ist ein guter Schachspieler, und außerdem wurde er zu einem besseren Spürhund, als ich es für möglich gehalten hätte... Ganz im Gegensatz zu diesem Trottel von Feijoo, der, wenn er eine Kippe im Aschenbecher entdecken würde, höchstens zu dem genialen

Schluß käme, daß da irgendwer geraucht hat.» Er schaute Muñoz an. «Daß der Läufer den Bauern schlug und nicht die Dame den Bauern auf d5, hat Sie stutzig gemacht, hab ich recht?»

«Ja, da bin ich dann wirklich mißtrauisch geworden. Beim vierten Zug hatte Schwarz die Gelegenheit bereits verpaßt, die weiße Dame zu schlagen, das hätte aber das Spiel zu seinen Gunsten entschieden... Anfangs habe ich es für ein Katz-und-Maus-Spiel gehalten; vielleicht war Julia aber auch so wichtig für das Spiel, daß sie erst viel später geschluckt, also umgebracht werden könnte. Doch als unser Feind – also Sie – entschied, mit dem Läufer den Bauern zu schlagen, anstatt mit der Dame den Bauern auf d5, ein Zug, der zwangsläufig den Tausch der Damen zur Folge gehabt haben würde, da wurde mir klar: Der geheimnisvolle Spieler wollte die weiße Dame überhaupt nicht schlagen; lieber hätte er die Partie verloren. Und die Verbindung dieses Zugs zu der Geschichte mit der Spraydose am Rastro, dieses eindeutige *ich könnte dich töten, aber ich tue es nicht*, war so offensichtlich, daß ich nicht mehr den geringsten Zweifel hatte: Die Bedrohungen der weißen Dame waren reiner Bluff.» Er schaute auf Julia. «Sie waren in dieser Geschichte zu keinem Zeitpunkt in Gefahr.»

César nickte in einer Weise, als beträfe ihn das alles gar nicht, sondern als ginge es um eine dritte Person, deren Schicksal ihm gleichgültig war.

«Außerdem haben Sie durchschaut, daß nicht der schwarze König Ihr Feind war, sondern die schwarze Dame», sagte César.

Muñoz zuckte mit den Achseln, die Hände noch immer in den Taschen.

«Das war nicht schwer», sagte Muñoz. «Die Verbindung zu den Morden war offensichtlich: Nur die von der schwarzen Dame geschlagenen Figuren standen für Personen, die tatsächlich umkamen. Also habe ich die Bewegungen dieser einen Figur studiert, was zu interessanten Schlüssen führte. So hat diese Dame neben den schwarzen Steinen auch immer die weiße Dame beschützt, ihre schlimmste Gegnerin, die sie trotzdem wie eine Heilige respektierte... Und dann war da die Nähe zum weißen Springer, also mir: Die beiden Figuren standen direkt nebeneinander, wie gute Nachbarn, und die schwarze Dame würde dem Springer den Giftstachel erst später verpassen, wenn nichts anderes mehr übrigblieb...» Er musterte César mit trüben Augen. «Aber immerhin habe ich den Trost, daß Sie mich ohne Haß getötet hätten, ja sogar mit einer gewissen Zuneigung und komplizenhaften Sympathie, eine Entschuldigung auf den Lippen, mit der Bitte um Verständnis. Die Regeln des Schachspiels hätten Ihnen eben keine andere Wahl gelassen.»

César machte eine rokokohafte Handbewegung und senkte theatralisch den Blick, dankbar über diese offenbar zutreffende Einschätzung.

«Sie haben vollkommen recht», bestätigte er. «Aber jetzt müssen Sie mir verraten, wie Sie dahintergekommen sind, daß Sie nicht der Läufer, sondern der Springer waren?»

«Da gab es etliche Indizien, die einen waren eher nebensächlich, die anderen äußerst bedeutsam. Entscheidend war, wie gesagt, die symbolische Rolle des Läufers als Vertrauensfigur an der Seite von König und Dame. Sie, César, haben in dieser Konstellation eine außergewöhnliche Rolle gespielt: ein weißer Läufer, verkleidet als schwarze Dame, der auf beiden Seiten des Brettes spielt. Und genau deswegen haben Sie verloren – und zwar eine Partie, die Sie paradoxerweise genau deswegen begonnen haben: um am Ende besiegt zu werden. Und den Gnadenstoß geben Sie sich selbst: Der weiße Läufer schlägt die schwarze Dame, der Antiquitätenhändler und Freund Julias enttarnt mit seinem eigenen Spiel den unsichtbaren Spieler, der Skorpion sticht sich mit dem eigenen Giftschwanz... Ich versichere Ihnen, es ist das erste Mal in meinem Leben, daß ich auf so hohem Niveau, so vollkommen, einen Selbstmord am Schachbrett erlebe.»

«Brillant», sagte César, und Julia wußte nicht, ob er Muñoz' Analyse meinte oder das eigene Spiel. «Aber sagen Sie mir eines... Wodurch war für Sie erkennbar, daß ich mich mit der schwarzen Dame und dem weißen Läufer identifiziere?»

«Das im einzelnen darzulegen, würde die ganze Nacht dauern, und es durchzudiskutieren ganze Wochen... Ich kann mich jetzt nur auf das beziehen, was ich auf dem Brett gesehen habe. Ich habe da eine doppelte Persönlichkeit vor mir gehabt: auf der einen Seite eine dunkle, schwarze Figur mit femininer Disposition, erinnern Sie sich?... Sie selbst haben einmal um die Analyse gebeten, und ich habe von einer unterdrückten Persönlichkeit gesprochen, die Probleme mit Autoritäten hat, ich vermutete, daß es sich um einen Homosexuellen mit aggressiven Zügen handelt... All das verkörpert die schwarzgekleidete Beatrix von Burgund oder, was das gleiche ist, die Schachdame. Und dann auf der anderen Seite, wie das Licht des Tages, Ihre Liebe zu Julia... Diese andere Befindlichkeit, die Sie ebenso schmerzlich in sich tragen: das Maskuline mit seinen Ausprägungen, die Ästhetik Ihrer ritterlichen Haltungen, das, was Sie sein wollten und nicht waren. Roger von Arras, nicht in Gestalt des Springers oder des Reiters, sondern in der des eleganten weißen Läufers... Was sagen Sie dazu?»

César stand bleich und reglos da, und zum erstenmal in ihrem Leben sah Julia ihn starr vor Erstaunen. Nach wenigen Sekunden des Schweigens, die eine Ewigkeit schienen und in denen nur das Ticken der Wanduhr zu hören war, lächelten die blutleeren Lippen des Antiquitätenhändlers langsam wieder. Aber es war eher ein mechanisches Zucken in den Mundwinkeln, ein hilfloser Versuch, sich dagegen zu wehren, wie Muñoz ihn da gnadenlos auseinandernahm, so schnell, als würde er wirbelnd einen Handschuh in die Luft werfen.

«Erzählen Sie mir von diesem Läufer», forderte César Muñoz mit heiserer Stimme auf.

«Wenn Sie wollen...» Jetzt bekamen Muñoz' Augen jenen fiebrigen Glanz, als wäre er im Begriff, einen entscheidenden Schachzug zu machen. Jetzt zahlte er seinem Gegner die Zweifel und die Ungewißheiten, die er vor dem Brett gehabt hatte, heim; dies war seine Revanche. Julia begriff, daß er irgendwann im Verlauf der Partie begonnen hatte, an seine bevorstehende Niederlage zu glauben. «Zum Läufer», fuhr Muñoz fort, «paßt

Homosexualität noch am ehesten, mit seinen diagonalen, in die Tiefe wirkenden Zügen... Jawohl. Sie haben die wundervolle Rolle dieses Läufers übernommen, Sie haben die weiße Dame beschützt und von Anfang an geplant, ihrer eigenen dunklen Befindlichkeit in einem Akt der Erhabenheit den tödlichen Schlag zu versetzen und der vergötterten weißen Dame damit eine gewaltige furchterregende Belehrung zu erteilen... All das ist mir nach und nach klargeworden. Aber Sie haben nicht Schach gespielt. So habe ich meine Vermutungen zunächst nicht auf den Punkt bringen können. Und als ich glaubte, alles zu durchschauen, war ich erst recht verwirrt. Die Strategie der Partie war zu perfekt für einen Durchschnittsspieler, und einem Amateur war sie erst recht nicht zuzutrauen... Ja, das verwirrt mich auch heute noch.»

«Alles hat seine Erklärung», erwiderte César. «Aber ich will Sie nicht unterbrechen, mein Bester. Erzählen Sie weiter.»

«Es ist nicht mehr viel zu sagen. Zumindest hier und in dieser Nacht nicht. Von Álvaro Ortega wußte ich nichts – im Grunde hätte ihn irgendein X-Beliebiger töten können. Aber Menchu hätte niemals einem Fremden die Tür aufgemacht, erst recht nicht unter den Umständen, wie sie Max geschildert hat. Sie haben neulich abend im Café selbst gesagt, daß fast keine Verdächtigen mehr übrig seien, und das stimmte. Ich versuchte, mich der Sache Schritt für Schritt analytisch zu nähern: Lola Belmonte war nicht meine Gegnerin, das wußte ich sofort, als ich sie vor mir hatte. Ebensowenig ihr Ehemann. Don Manuel Belmontes Ausführungen über die Paradoxe in der Musik gaben mir hingegen viel zu denken... aber als Verdächtiger kam er kaum in Frage. Sein Schachtalent läßt unter uns gesagt ziemlich zu wünschen übrig. Außerdem ist er ja behindert und hätte Álvaro und Menchu schon deshalb nichts antun können... Die These, daß es vielleicht Onkel und Nichte gemeinsam waren – das überlegte ich mir wegen der Frau im Regenmantel –, hielt genauerer Analyse ebensowenig stand: Warum sollten sie etwas stehlen, das ihnen sowieso schon gehörte...? Was Montegrifo betraf, so stellte ich einige Nachforschungen an. Ich fand heraus, daß er nie auch nur irgend etwas mit Schach zu tun gehabt hat. Und ihm hätte Menchu Roch an diesem Morgen nie und nimmer die Tür aufgemacht.»

«Also blieb nur ich übrig.»

«Sie wissen ja, wenn man nach und nach das Unmögliche eliminiert, ist zuletzt nur übrig, was, wie unwahrscheinlich es auch scheinen mag, zwangsläufig die Wahrheit sein muß.»

«Ich erinnere mich, mein Bester. Und ich beglückwünsche Sie. Ich bin direkt stolz darauf, daß ich mich in Ihnen nicht getäuscht habe.»

«Darum haben Sie ausgerechnet mich gewählt, stimmt's?... Sie wußten, ich würde die Partie gewinnen. Sie wollten besiegt werden.»

César, mit einem herablassenden Zug um den Mund, gab zu verstehen, daß dies ohne Bedeutung war.

«Davon bin ich in der Tat ausgegangen. Ich habe Ihre ausgezeichneten Dienste in Anspruch genommen, weil Julia bei ihrem Abstieg in die Unterwelt jemanden brauchte, der sie führte... Denn ich hatte mich dieses Mal darauf zu beschränken, die Rolle des Teufels so gut wie möglich zu spielen. Einen Gefährten gebe ich dir. Und das tat ich.»

Die Augen der jungen Frau blitzten, als sie dies hörte. Ihre Stimme klang metallisch:

«Du hast nicht den Teufel, sondern Gott gespielt. Du hast dich zum Herrn über Gut und Böse gemacht, über Leben und Tod.»

«Es war dein Spiel, Julia.»

«Du lügst. Es war deins! Ich war nur der Vorwand und sonst nichts.»

Der Antiquitätenhändler verzog mißbilligend den Mund.

«Du hast einfach nichts verstanden, meine Liebe. Aber das ist ja jetzt sowieso egal... Schau in einen beliebigen Spiegel, und du wirst mir recht geben.»

«Steck dir deine Spiegel sonstwohin, César.»

Er schaute sie an, in aufrichtigem Schmerz, wie ein Hund oder ein kleiner Junge, den man zu Unrecht gestraft hat. Aber der stumme Vorwurf, ein verzweifeltes Zeichen geradezu absurder Anhänglichkeit, verlosch in Césars blauen Augen. Am Ende war da nur noch ein introvertierter, tränenfeuchter Blick. César wandte sich wieder Muñoz zu.

Es schien ihn Mühe zu kosten, seinen alten Ton wiederzufinden. «Sie haben mir noch nicht gesagt, wie Sie jenes Band geknüpft haben, das Ihre induktiven Theorien mit den Tatsachen verbindet... Warum sind Sie mit Julia ausgerechnet heute hergekommen und nicht beispielsweise gestern?»

«Weil Sie es gestern noch nicht ein zweites Mal unterlassen hatten, die weiße Dame zu schlagen... Und auch, weil ich bis heute abend das Gesuchte noch nicht gefunden hatte: die in Leinen gebundene Schachzeitschrift, drittes Quartal 1945. Darin ist ein Foto mit den Finalisten eines Jugendturniers, und Sie, César, sind mit abgebildet. Ihr vollständiger Name steht auf der folgenden Seite. Allerdings wundert es mich, daß Sie nicht als Sieger herausgestellt sind... Und es verwirrt mich, daß sich ab da Ihre Spuren als Schachspieler verlieren. Von da an wurden Sie nie mehr als Teilnehmer irgendeines öffentlichen Turniers aufgeführt.»

«Eine Sache verstehe ich nicht», mischte sich Julia ein, «genauer gesagt, eine Sache unter den vielen in dieser aberwitzigen Geschichte... Ich kenne dich, seit ich denken kann, César. Ich bin sozusagen in deiner Obhut groß geworden, und ich dachte, selbst der letzte Winkel deines Lebens sei mir vertraut. Aber daß du Schach spielen kannst, hast du mir nie erzählt. Nie. Warum nicht?»

«Es würde lange dauern, das zu erklären.»

«Wir haben Zeit», sagte Muñoz.

Es war das Endspiel des Turniers. Ein Finale mit Bauern und Läufern; auf dem Brett nur noch wenige Figuren. Vor dem Podium, auf dem die beiden Kontrahenten einander gegenübersaßen, verfolgten einige Zuschauer die Partie. Einer der Schiedsrichter hielt alle Züge auf einer Wandtafel fest, die zwischen einem Bildnis des Caudillo und einem Kalender hing, der den 12. Oktober 1945 anzeigte. Darunter stand der Tisch mit dem Silberpokal für den Sieger.

Der junge Bursche im grauen Jackett nestelte mechanisch an der Krawatte und schaute verzweifelt auf seine – schwarzen – Steine. Der Gegner spielte nach einer gnadenlosen Strategie und hatte ihn mit den letzten Zügen unabwendbar in die Enge getrieben. Dabei hatte er gar kein brillantes Spiel entfaltet, sondern sich vielmehr von einer soliden Eröffnung aus – Königsindisch – langsam und geduldig und indem er die Fehler des Kontrahenten nutzte, seinen eigenen Vorteil erarbeitet. Es war ein phantasieloses Spiel, das nichts riskierte, aber eben genau dadurch jeden Angriff von Schwarz auf den eigenen König zunichte machte. Jetzt standen die schwarzen Steine dezimiert und fern voneinander umher, unfähig, einander Hilfe zu leisten, und noch nicht einmal in der Lage, das abwechselnde Vorrücken der weißen Bauern zu stoppen.

Der junge Bursche im grauen Jackett hatte vor Erschöpfung und Scham trübe Augen. Die Gewißheit, daß er hätte siegen können, daß sein Spiel besser, gewagter und glanzvoller war als das seines Gegners, konnte ihn über die unabwendbare Niederlage nicht hinwegtrösten. Die überschäumende, feurige Phantasie des Fünfzehnjährigen, seine Sensibilität, sein Spielwitz, sein klares Denken, die physische Lust bei der Berührung der lackierten Holzfiguren, wenn er sie elegant über das Brett rückte und auf den weißen und schwarzen Feldern ein feines Drama inszenierte, mit dem Anspruch auf perfekte Schönheit und Harmonie – all das war verflogen. Das Spiel wirkte jetzt steril, ja beschmutzt von der platten, überheblichen Genugtuung des siegreichen Gegners, eines grobschlächtigen Kretins mit kleinen Augen und groben Zügen, dessen einziges Verdienst – unsagbar feige – das vorsichtige Warten gewesen war, als sei er eine Spinne in ihrem Netz.

So kann Schach also auch sein, sann der Schwarz spielende junge Bursche. Vor allem und in erster Linie bedeutete Schach die Erniedrigung, ungerechtfertigt zu verlieren gegen einen, der nichts riskierte.

Das waren die Empfindungen des jungen Mannes vor dem Brett, das ein Spiegel des Lebens war, ein Symbol für Fleisch und Blut, Leben und Sterben, Heldentum und Opfer. Wie die stolzen Ritter Frankreichs in Crécy, die auf der Höhe unnützen Ruhms von den Waliser Bogenschützen des englischen Königs niedergemacht wurden, so hatte der junge Bursche die Angriffe seiner Springer und Läufer – gewagt und in die Tiefe vordringend, in schönen Zügen, glanzvoll wie Schwerthiebe – nacheinander heldenhaft, aber vergeblich gegen seinen phlegmatischen, unbeweglichen Gegner anstürmen sehen. Und der weiße König, jene gehaßte Figur jenseits der unüberwindbaren Phalanx an plebejischen Bauern, beobachtete von seinem sicheren Standpunkt in der Ferne aus das Geschehen, mit ähnlicher Verachtung, wie sie sich im Gesicht des Kontrahenten spiegelte. Der schwarze König, einsam, verwirrt und machtlos, war außerstande, seinen ins Abseits geratenen treuen Bauern, den wenigen ihm noch verbliebenen, Hilfe zu geben, denn diese bäumten sich auf und fielen in den letzten Zügen eines hoffnungslosen Kampfes.

Auf einem so gnadenlosen Schlachtfeld aus kalten weißen und schwarzen Quadraten war noch nicht einmal Raum für eine ehrenvolle Niederlage. Dies hier löschte alles, vernichtete nicht nur den Besiegten, sondern auch seine Phantasie, seine Träume, sein Selbstwertgefühl. Der Junge im grauen Jackett stützte den Ellenbogen auf den Tisch, legte die Stirn in die hohle Hand, er schloß die Augen kurz, hörte, wie in dem von Schatten gefluteten Tal der Lärm der Waffen langsam verebbte. Nie, nie wieder! schwor er sich. So wie die von Rom besiegten Gallier sich weigerten, ihre Niederlage jemals beim Namen zu nennen, wollte auch er sich für den Rest seines Lebens nicht daran erinnern, was sich ihm hier als hohler Ruhm aufgetan hatte. Nie mehr würde er Schach spielen. Und hoffentlich konnte er es wirklich gründlich aus seiner Erinnerung löschen. So wie die Pharaonen, deren Namen nach ihrem Tod von den Denkmälern getilgt wurden.

Gegner, Kampfrichter und die Zuschauer erwarteten ungeduldig den nächsten Zug, das Ende zog sich jetzt schon zu lange hin. Der junge Bursche musterte seinen gehetzten König ein letztes Mal und entschied traurig und einsam, daß ihm nur noch der gnadenvolle Akt bliebe, diesem den Tod durch eigene Hand zu ermöglichen, damit ihm die Demütigung erspart blieb, wie ein flüchtender Hund in die Enge getrieben, in einem Winkel des Brettes einfach weggeschnappt zu werden. Er streckte die Hand zu der Figur aus, und in einer Geste unendlicher Zärtlichkeit kippte er den besiegten König sacht um, legte ihn liebevoll auf die nackten Felder.

XV. Damenendspiel

«Meine zeugte viele Sünden, außerdem Leidenschaft, Streit, überflüssige Worte – sogar Lügen – bei mir, bei meinem Gegner oder bei beiden. Das Schachspiel verleitete mich, meine Pflichten gegenüber Gott und den Menschen zu vernachlässigen.»

The Harleyan Myscellany

Nachdem César leise und ins Leere starrend geendet hatte, lächelte er versonnen und drehte sich dann langsam um, bis er das elfenbeinerne Schachspiel auf dem Tisch vor Augen hatte. Er zuckte die Achseln, als wolle er ausdrücken, daß sich eben niemand seine Vergangenheit aussuchen kann.

«Davon hast du mir nie erzählt», sagte Julia, und indem sie überhaupt die Stimme erhob, wurde sie zu einem absurden Eindringling, der in diesem Schweigen nicht willkommen war.

César schwieg zunächst. Das Licht des Pergamentschirms erhellte nur einen Teil seines Gesichts; die andere Hälfte blieb im Schatten, wodurch die Falten rings um die Augen und den Mund hervorgehoben wurden. Sein aristokratisches Profil mit der feinen Nase und dem ausgeprägten Kinn war gestochen scharf wie auf einer antiken Münze.

«Ich hätte dir schlecht von etwas erzählen können, was es nicht gab», murmelte er leise, und sein Blick, oder besser der Glanz seiner im Schatten gedämpft wirkenden Augen, richtete sich endlich auf das Gesicht der jungen Frau. «Vierzig Jahre habe ich daran gearbeitet, mich damit abzufinden, daß es nun eben so ist.» In seinem Lächeln lag jetzt ein Hauch von Spott. «Ich habe nie wieder Schach gespielt, nicht einmal allein. Nie.»

Julia schüttelte verwundert und entsetzt den Kopf. Es fiel ihr schwer, dies alles zu glauben.

«César, du bist krank.»

Er lachte trocken auf. Nun spiegelte sich das Licht in seinen gleichsam vereisten Augen.

«Du enttäuschst mich, Prinzessin. Wenigstens von dir hätte ich erwartet, daß du mich nicht mit so billigen Sprüchen in den Schmutz ziehst.» Er schaute nachdenklich auf seine Zigarettenspitze. «Ich versichere dir, ich bin bei klarem Verstand. Wie hätte ich dir sonst die Einzelheiten dieser schönen Geschichte so minutiös darstellen können?»

«Schön nennst du sie?» Julia schaute ihn entrüstet an. «Wir reden hier von Álvaro und von Menchu. Mein Gott, wie kannst du so etwas sagen?»

César ließ sich nicht aus der Ruhe bringen und hielt ihrem Blick stand. Dann wandte er sich hilfesuchend Muñoz zu.

«Es gibt... gewisse ästhetische Aspekte», sagte er. «Außergewöhnlich originelle Faktoren, die wir nicht oberflächlich betrachten oder vereinfachen dürfen. Das Schachbrett besteht nicht nur aus Weiß und Schwarz. Die Dinge lassen sich auch von einer übergeordneten Perspektive aus betrachten. Es gibt objektive Ebenen...» Er musterte sie in einem Anflug von Verzweiflung. «Ich hatte gehofft, daß ihr das bereits versteht.»

«Ich weiß, was er damit meint», erklärte Muñoz. Julia schaute ihn überrascht an. Der Schachspieler stand weiter reglos mitten im Raum, die Hände in den Taschen seines zerknitterten Mantels vergraben. In einem der Mundwinkel deutete sich wieder jenes vage Lächeln an, sein kaum sichtbares, gedankenverlorenes Grinsen.

«Sie wissen, was er damit meint? Einen Dreck wissen Sie!» schrie Julia.

Sie war außer sich, ballte die Fäuste und hielt die Luft an. Das Blut hämmerte ihr in den Ohren wie bei einem gehetzten Tier. Muñoz aber stand ungerührt da, und Julia fiel auf, daß César ihm einen ruhigen, dankbaren Blick zuwarf.

«Ich habe mich, als ich Muñoz wählte, nicht getäuscht. Wenigstens darauf kann ich stolz sein», sagte César.

Muñoz wollte nichts dazu sagen. Er schaute in die Runde, ließ den Blick über die Gemälde, die Möbel, die Gegenstände im Raum schweifen, als zöge er aus alledem geheimnisvolle Schlüsse. Dann deutete er mit einem Kopfnicken auf Julia.

«Ich finde, Sie hat ein Recht darauf, die ganze Geschichte zu kennen.»

«Sie auch, mein Lieber», fügte César hinzu.

«Ich auch. Obwohl ich hier ja eigentlich nur Zeuge bin.»

Seine Worte waren weder vorwurfsvoll noch drohend. Es war, als wollte der Schachspieler Neutralität bewahren. Was absurd und unmöglich war, dachte Julia, denn früher oder später kommt der Moment, wo es nichts mehr zu sagen gibt und wo es nur noch gilt, eine Entscheidung zu treffen. Und dieser Augenblick, so schloß sie, verwirrt von einem Gefühl der Unwirklichkeit, das sich nicht abstreifen ließ, dieser Augenblick scheint nicht mehr fern zu sein.

«Also: Fangen wir an!» sagte sie, erleichtert darüber, daß ihre Stimme wieder gefaßt klang. Sie schaute César durchdringend an. «Erzähl uns von Álvaro!»

Der Antiquitätenhändler nickte.

«Álvaro...», hob er leise an, «aber erst muß ich von dem Gemälde sprechen...» Dann schaute er sie entsetzt an, als ärgerte er sich über sich selbst, weil er eine unverzeihliche Unhöflichkeit begangen hatte. «Entschuldigt, ich habe euch noch gar nichts zu trinken angeboten. Wollt ihr etwas?»

Keiner von beiden antwortete. César ging zu dem antiken Eichenschrank, den er als Bar benutzte.

«Das Bild habe ich zum erstenmal gesehen, als ich Julia in ihrer Wohnung besuchte. Weißt du noch, Julia? Du hattest es erst seit wenigen Stunden, und du warst fröhlich wie ein Kind. Fast eine Stunde lang habe ich dich beobachtet, während du es erst einmal genauestens studiert hast. Du hast dir die Techniken überlegt, die du anwenden wolltest, um aus diesem Gemälde das schönste Werk deiner Karriere zu machen, wie du sagtest...» Während César sprach, nahm er sich ein schlankes Glas aus kostbarem Kristall, tat Eiswürfel hinein und goß Gin und Zitronensaft hinzu. «Es hat mich geradezu verzückt, dich so glücklich zu sehen, und ganz ehrlich, Prinzessin, ich war es auch.» Er drehte sich um, kostete vorsichtig seinen Drink und schien zufrieden. «Aber was ich dir in dem Augenblick nicht gesagt habe... Na ja, ehrlich gesagt fällt es mir auch jetzt schwer, die richtigen Worte zu finden... Du warst verzaubert von der Schönheit des Bildes, von der ausgewogenen Komposition, der Farbe und dem Licht. Ich ebenfalls, aber aus anderen Gründen. Das Schachbrett, die über das Spiel gebeugten Männer, die am Fenster lesende Dame – das alles weckte in mir das schlafende Echo meiner einstigen Leidenschaft. Ich war völlig überwältigt. Stell dir das mal vor: Ich hatte geglaubt, diese Leidenschaft sei vergessen und ausgelöscht, und mit einem Mal war sie wieder da. Von einer Sekunde zur nächsten. Ich fühlte mich wie von einem Fieber gepackt und bekam gleichzeitig Angst, als hätte mich der Hauch des Wahnsinns gestreift.»

César unterbrach sich, die erhellte Hälfte seines Mundes verzog sich zu einem verschmitzten Grinsen, als koste er diese Erinnerung geradezu lustvoll aus.

«Es ging nicht einfach nur um Schach», fuhr er fort. «Ich verspürte tief in mir die Gewißheit, daß dieses Spiel gleichsam Leben und Tod verband, daß es eine Brücke schuf zwischen Wirklichkeit und Traum... Und während du, Julia, von Pigmenten und Firnissen redetest, habe ich dir kaum zugehört, ich war einfach überwältigt von jenem wollüstigen Schauer und der völlig neuen Angst, die da durch meinen Körper flutete. Ich saß neben dir auf dem Sofa und sah nicht, was Pieter Van Huys auf die flämische Tafel gemalt hatte, sondern das, was im Hirn jenes genialen Malers vorgegangen war, während er malte.»

«Und da hast du beschlossen, daß das Bild dir gehören sollte...»

César musterte Julia mit einem spöttischen, strafenden Blick.

«Vereinfache die Dinge nicht so, Prinzessin.» Er trank einen kleinen Schluck und setzte ein um Vergebung bittendes feines Lächeln auf. «Ich wußte plötzlich, daß ich jener Leidenschaft *unbedingt* den Garaus machen müßte. Wenn man so lange gelebt hat wie ich, ist einem einiges klargeworden. Vielleicht lag es daran, daß ich nicht nur begriff, daß die Botschaft Schlüsselcharakter hatte, wie sich nachher ja auch tatsächlich zeigte, sondern daß ich darüber hinaus spürte, daß sich dahinter ein faszinierendes und schreckliches Geheimnis verbarg. Vielleicht jenes Geheimnis, das mir endlich recht geben würde.»

«Recht worin?»

«Na ja, die Welt ist nicht so simpel, wie man es uns oft glauben machen will. Die Umrisse sind ungenau, was wirklich zählt, sind die Schattierungen. Nichts ist entweder schwarz oder weiß, das Böse kann eine Verkleidung des Guten oder der Schönheit sein und umgekehrt, und das eine muß das andere nicht ausschließen. Ein Mensch kann lieben und den geliebten Menschen trotzdem hintergehen, ohne daß sich sein Gefühl für ihn deswegen verändert. Ein Mann kann gleichzeitig Vater, Bruder, Sohn und Geliebter sein – Opfer und Henker... Es gibt unendlich viele Möglichkeiten. Das Leben ist ein ungewisses Abenteuer in einer Landschaft, deren Konturen immer in Bewegung sind: Jede Grenze ist künstlich, alles kann jeden Augenblick neu beginnen oder jäh enden, wie unter einem unerwarteten Axthieb, für immer und ewig. Die einzige absolute, kompakte, unstrittige, endgültige Wahrheit ist der Tod. Und wir sind nichts als ein kleiner Blitz zwischen zwei ewigen Nächten, und uns ist sehr wenig Zeit gegeben, Prinzessin.»

«Und was hat all das mit Álvaros Tod zu tun?»

«Alles hat mit allem zu tun.» César hob die Hand, als wollte er um Geduld bitten. «Das Leben ist eine Folge von Ereignissen, die sich oft von allein verketten, ohne daß es von irgendwem beabsichtigt wäre...» Er betrachtete den Inhalt seines Glases im Gegenlicht, als triebe darin die Fortsetzung seiner Überlegung. «Jedenfalls, an jenem Tag in deiner Wohnung, Julia, beschloß ich, alles zu erkunden, was mit dem Bild irgendwie in Beziehung stand. Und wie dir, fiel auch mir als erster Álvaro ein... Ich habe ihn nie gemocht, schon als ihr noch zusammen wart nicht. Und ich habe diesem Dreckskerl nie verziehen, daß er dich so hat leiden lassen...»

Julia, die eine weitere Zigarette hervorgeholt hatte, hielt mitten in der Bewegung inne und schaute César überrascht an.

«Das ging dich überhaupt nichts an», sagte sie.

«Da irrst du dich. Es ging mich sehr wohl etwas an. Álvaro

nahm einen Platz ein, den ich nie hätte belegen können. In gewisser Weise...», der Antiquitätenhändler schwankte einen Augenblick, lächelte bitter, «in gewisser Weise war er mein Rivale. Der einzige Mann, der imstande war, dich von mir zu entfernen.»

«Aber es war doch längst vorbei mit ihm. Du kannst die Dinge doch nicht so vermischen, das ist doch absurd!»

«So absurd ist das gar nicht, aber reden wir nicht mehr davon. Ich habe ihn gehaßt, und damit basta. Aber das allein wäre für mich kein Grund gewesen, jemanden zu töten. Da hätte ich auch nicht so lange gewartet, das kannst du mir glauben... Die Kunstszene ist klein. Álvaro und ich hatten hin und wieder beruflich Kontakt, das war unvermeidbar. Unsere Beziehung konnte man nicht gerade herzlich nennen, aber Geld und irgendwelche Interessen führen oft zu den eigentümlichsten Konstellationen; du hast dich ja selbst auch an Álvaro gewandt, als du mit dem Van Huys anfingst... Jedenfalls, ich habe ihn um eine Expertise zu jenem Gemälde gebeten. Er sollte natürlich nicht nur aus Liebe zur Kunst arbeiten, versteht sich. Ich habe ihm ein ordentliches Honorar geboten. Dein Ex, er ruhe in Frieden, hatte ja hohe Preise.»

«Warum hast du mir nie davon erzählt?»

«Aus mehreren Gründen. Erstens wollte ich nicht, daß ihr wieder Kontakt aufnehmt, auch nicht aus beruflichen Gründen. Schließlich kann man nie wissen, ob unter der Asche nicht vielleicht noch Glut ist... Aber viel entscheidender war, daß das Bild Gefühle in meinem tiefsten Inneren anrührte.» Er zeigte auf das Schachspiel aus Elfenbein vor ihm. «Es hatte mit einem Teil meiner selbst zu tun, dem ich für immer abgeschworen zu haben glaubte, mit einem Winkel, in den ich niemanden hineinlassen konnte, nicht einmal dich, Prinzessin. Ich hätte nie den Mut gehabt, die Fragen, die sich dann gestellt hätten, mit dir zu besprechen.» Er schaute auf Muñoz, der sich stumm aus dem Gespräch heraushielt. «Ich schätze, unser Freund könnte dir noch Tiefgründigeres zu diesem Thema sagen. Hab ich recht? Das Schachspiel als Schutz des Ich, die Niederlage als

Symbol für eine frustrierte Libido und so weiter; lauter solche netten Schweinereien... Die diagonalen langen Gleitzüge der Läufer über das Brett...», er fuhr mit der Zungenspitze über den Rand des Glases und erschauerte sanft. «Nun, der alte Sigmund könnte viel dazu sagen.»

Er seufzte über das, was ihm da so durch den Kopf ging. Dann prostete er Muñoz zu, setzte sich in den Sessel und schlug lässig ein Bein über das andere.

«Ich verstehe immer noch nicht, was das alles mit Álvaro zu tun hat», beharrte Julia.

«Zunächst wenig», gestand César. «Ich wollte erst einmal etwas über die historischen Hintergründe wissen. Und wie gesagt, ich war bereit, gut zu zahlen. Aber es wurde kompliziert, als auch du seine Hilfe in Anspruch nehmen wolltest. Das war im Prinzip nicht schlimm. Und Álvaro, professionell wie er nun einmal arbeitete, verschwieg dir mein Interesse an der Sache, denn ich hatte um äußerste Diskretion gebeten...»

«Und hat er sich nicht darüber gewundert, daß du hinter meinem Rücken Nachforschungen zu dem Bild angestellt hast?»

«Nicht im geringsten. Jedenfalls hat er nichts gesagt. Vielleicht dachte er, ich wollte dich mit neuen Daten überraschen. Oder dir eins auswischen.» César überlegte. «Wenn ich jetzt so darüber nachdenke, schon darum hätte er es verdient, umgebracht zu werden.»

«Er hat versucht, mich zu warnen. Er hat gesagt, der Van Huys sei offenbar gerade ziemlich populär.»

«Er war wirklich bis zum Schluß ein Schwein», fuhr César fort. «Mit dieser Andeutung hat er sich bei dir freigekauft, ohne mich zu hintergehen. Er machte es allen recht, kassierte das Geld und sorgte außerdem noch dafür, daß gewisse Zärtlichkeiten von einst nicht in Vergessenheit gerieten...» César wölbte die Braue und lachte auf. «Aber ich wollte dir ja erzählen, was zwischen Álvaro und mir vorgefallen ist.» Er starrte in sein Glas. «Zwei Tage nach meinem Treffen mit ihm hast du mir von der verborgenen Inschrift erzählt. Es traf mich wie ein

Schlag, aber ich ließ mir nichts anmerken; es bestätigte meine Ahnung, daß da ein Geheimnis war. Mir war sofort klar, daß dies sehr viel Geld bedeutete, daß es den Van Huys um ein Vielfaches aufwertete, und das habe ich dir ja auch gesagt. Und dann noch die Geschichte des Bildes und seiner Figuren – es eröffneten sich Perspektiven, die ich in jenem Augenblick für wunderbar hielt: Du und ich, wir würden das alles zusammen erforschen, wir würden das Geheimnis ergründen. Es würde sein wie früher, verstehst du? Wie auf unseren gemeinsamen Schatzsuchen, nur daß es diesmal um einen echten Schatz ging. Für dich der Ruhm, Julia: dein Name in wissenschaftlichen Publikationen und Kunstbüchern. Und für mich... das allein rechtfertigte im Grunde schon alles, aber dieses Spiel aufzunehmen, bedeutete für mich zudem eine komplizierte persönliche Herausforderung. Aber ich versichere dir: Es ging nicht um Befriedigung meiner Eitelkeit. Glaub mir.»

«Ich glaube dir.»

«Danke. Denn nur so kannst du richtig verstehen, was dann passierte.» César ließ die Eisstückchen im Glas klimpern, und es schien, als half ihm dieser Klang seine Erinnerungen zu ordnen. «Als du gegangen warst, rief ich Álvaro an, und wir vereinbarten, daß ich gegen Mittag bei ihm vorbeischauen würde. Ohne böse Absicht ging ich hin, und ich gestehe, ich bebte vor Aufregung. Álvaro erzählte, was er herausgefunden hatte. Voll freudiger Genugtuung wurde mir klar, daß er von der verborgenen Inschrift nichts wußte, und ich hütete mich, etwas davon zu sagen. Alles lief bestens, bis er anfing, über dich zu reden. Da änderte sich das Bild vollkommen, Prinzessin...»

«Inwiefern? Ich meine, was hat er über mich gesagt?»

César bewegte sich im Sessel, als säße er ungemütlich, und nach einer Pause fuhr er fort:

«Er war nach deinem Besuch völlig durcheinander... so wirkte er jedenfalls. Ich begriff, daß du in gefährlichem Maße alte Gefühle aufgewühlt hattest und daß Álvaro nichts dagegen gehabt hätte, wenn sich die Dinge wieder einrenkten.» César machte eine Pause und runzelte die Braue. «Julia, das war einfach unerträglich für mich. Álvaro hatte zwei Jahre deines Lebens zerstört, und jetzt mußte ich mir anhören, daß er einfach so wieder in dein Leben einbrechen wollte... Ich forderte ihn auf, er solle dich in Frieden lassen. Er musterte mich, als sei ich eine kupplerische alte Tunte, und begann zu streiten. Die Einzelheiten erspare ich dir, jedenfalls war es sehr unangenehm. Er warf mir vor, mich in Dinge einzumischen, die mich nichts angingen.»

«Und er hatte recht!»

«Nein. Schließlich ging es um dich. Und du bedeutest mir mehr als alles auf der Welt.»

«Sei nicht albern. Ich hätte mich doch nie wieder mit Álvaro eingelassen.»

«Da bin ich mir nicht so sicher. Ich weiß doch genau, was dir dieser schreckliche Mensch bedeutet hat.» Er lächelte spöttisch ins Leere, als betrachtete ihn von dort Álvaros nun nicht mehr gefährlicher Geist. «In diesem Streit jedenfalls spürte ich den alten Haß wieder in mir aufflammen; er stieg mir zu Kopf wie einer deiner heißen Wodkas, lodernd wie nie zuvor, mein Kind, ein handfester, solider, latinomäßiger Haß. Ich stand auf, und dann verlor ich wohl etwas die Fassung. Ich habe ihn mit Flüchen bombardiert, die mir sonst nicht einmal in den Sinn kommen... Er war erst völlig überrascht von meiner Explosion, und dann zündete er seine Pfeife an und lachte mir glatt ins Gesicht. Eure Beziehung, sagte er, sei meinetwegen in die Brüche gegangen. Ich trüge die Schuld dafür, daß du nicht erwachsen geworden seist. Daß ich mich immer in dein Leben eingemischt hatte – er bezeichnete es als krankhaft, als fixe Idee –, hätte dich stets daran gehindert. ‹Und das Schlimmste›, fügte er mit einem beleidigenden Grinsen hinzu, ‹ist, daß Julia im Grunde immer nur dich geliebt hat, weil du für sie den Vater verkörperst, den sie kaum gekannt hat. Und so benimmt sie sich auch.› Nach diesen Worten steckte Álvaro die eine Hand in die Hosentasche, nahm mehrere Züge aus der Pfeife und betrachtete mich durch die Rauchwolke. ‹Eure Beziehung›, schloß er, ‹ist weiter nichts als ein nicht vollzogener Inzest... Nur gut, daß du schwul bist.›»

Julia schloß die Augen. César schwieg, und die junge Frau, beschämt und verwirrt, wagte nicht, dieses Schweigen zu unterbrechen. Als sie sich soweit gefaßt hatte, daß sie ihn wieder anblicken konnte, machte er eine ausweichende Bewegung mit den Schultern, als unterläge das, was er noch zu erzählen hatte, nicht mehr seiner Verantwortung.

«Mit diesen Worten, Prinzessin, hat er sein eigenes Todesurteil gesprochen. Er paffte weiter, seelenruhig, als wäre nichts geschehen, aber im Grunde war er schon tot. Nicht wegen der Dinge, die er gesagt hatte, das war einfach nur eine Meinung wie eine beliebige andere, sondern weil er mir, als zöge er einen Vorhang beiseite, etwas eröffnete, was mich jahrelang von der Wirklichkeit ferngehalten hatte. Vielleicht bestätigte er Empfindungen, die ich im fernsten Winkel meines Schädels verbarg und auf die ich auf keinen Fall das Licht der Vernunft und der Logik richten wollte...»

Er unterbrach sich, als hätte er den Faden verloren, schaute Julia und dann Muñoz an. Dann setzte er ein vieldeutiges, ein scheues und zugleich etwas perverses Lächeln auf. Er führte das Glas zum Mund und nahm einen kleinen Schluck.

«Da hatte ich eine Eingebung...» Julia sah, daß beim Trinken sein Lächeln verschwunden war. «Vor meinen Augen tat sich wie im Märchen ein ganzer Plan auf, es war wie ein Wunder. Jedes der ungeordnet herumschwirrenden Teilstücke fügte sich in seine Nische, in den ihm eigenen Rang. Álvaro, du, ich, das Gemälde... Es fügte sich auch mit dem dunklen Teil meiner selbst, mit den fremden Echos, den vergessenen Gefühlen, den eingeschlummerten Leidenschaften... Alles fügte sich binnen Sekunden zu einem gigantischen Schachbrett, auf dem jede Person, jeder Gedanke, jede Situation durch die Figuren verkörpert wurde, durch ihren individuellen Standort in Raum und Zeit... Es war die Partie schlechthin, das große Spiel meines Lebens. Und auch deines. Denn hier war alles vereint, Prinzessin: das Schachspiel, das Abenteuer, die Liebe, das Leben und der Tod. Und am Ende von allem würdest du dich von allem und allen befreit erheben, schön und vollkommen, gespiegelt im reinsten Spiegel der Reife. Du würdest Schach spielen müssen, Julia, das war unabdinglich. Du müßtest uns alle töten, um – endlich – frei zu sein.»

«Großer Gott!»

Der Antiquitätenhändler schüttelte den Kopf.

«Gott hat mit dieser Sache nichts zu tun... Ich versichere dir, als ich von hinten an Álvaro herantrat und ihm mit dem Aschenbecher aus Obsidian, der auf seinem Tisch stand, einen Schlag ins Genick versetzte, haßte ich ihn schon nicht mehr. Es war nur eine lästige Handlung. Ärgerlich, aber notwendig.»

Er musterte lange seine rechte Hand, als wollte er erforschen, welche Kraft in jenen langen, bleichen Fingern lag, jenen Fingern mit den gepflegten Nägeln, die gerade lässig und elegant das Ginglas hielten, die aber fähig waren, zu töten.

«Er fiel hin wie ein Sack», sagte César schließlich in schlichtem Ton. «Er klatschte hin, ohne einen Mucks zu machen, die Pfeife noch zwischen den Zähnen. Da lag er also auf dem Fußboden... Mit einem zweiten und besser gezielten Schlag wollte ich sichergehen, daß er auch wirklich tot war. Entweder man macht eine Sache gut, oder man läßt sie ganz. Den Rest kennst du: Die Dusche und das ganze Drumherum war ein schlichtes künstlerisches Arrangement. *Brouillez les pistes*, sagte Arsène Lupin... Menchu, Friede ihrer Asche, hätte diesen Satz allerdings vermutlich Coco Chanel zugesprochen. Die Ärmste...» Er nahm einen kleinen Schluck in Gedanken an Menchu und starrte dann ins Leere. «Also, dann verwischte ich meine Fingerabdrücke mit einem Taschentuch, und den Aschenbecher nahm ich sicherheitshalber mit und warf ihn in eine Mülltonne, irgendwo ganz weit weg... Schlimm, es sagen zu müssen, Prinzessin, aber obwohl es das erste Mal war, übernahm mein Hirn diese kriminellen Aufgaben auf wirklich perfekte Weise. Als ich ging, nahm ich Álvaros Bericht zu dem Bild mit, den er dir in deiner Wohnung hatte geben wollen, und schrieb mit Schreibmaschine deine Anschrift auf den Umschlag.»

«Und du hast einen Batzen seiner weißen Schreibkärtchen mitgenommen...»

«Nein. Dieser kluge Einfall kam mir erst später. Zurückkehren konnte ich allerdings nicht, darum kaufte ich in einem Papierladen welche, die genauso aussahen. Aber das war Tage später. Vorher mußte ich mir noch die Schachpartie ausdenken; jeder einzelne Zug sollte perfekt sein. Ich sorgte dafür, daß du Álvaros Bericht bekamst. Denn ich war für den nächsten Tag zu dir bestellt, und da mußtest du alles über das Bild wissen.»

«Dann kam das mit der Frau im Regenmantel.»

«Genau. Und hier muß ich dir etwas gestehen. Eigentlich bin ich ja kein Transvestit. Ab und zu, früher, als ich noch jung war, habe ich mich aus Spaß verkleidet, zum Karneval oder so. Aber immer allein zu Hause vor dem Spiegel...» César, in Erinnerungen versunken, schaute verschmitzt ins Leere, als wollte er sich selber verzeihen. «Als es dann darum ging, dir das Konvolut zu überreichen, kam ich dann auf die Idee, es wieder zu tun. Eine neckische Laune von früher, verstehst du? Es war irgendwie eine Herausforderung: Ich wollte feststellen, ob es mir gelingen würde, mich zu verstellen und einen Menschen hinters Licht zu führen. Also ging ich einkaufen. Ein vornehmer Herr kauft einen Regenmantel, eine Handtasche, flache Damenschuhe, eine blonde Perücke, Strümpfe und ein Kleid. Seltsam, aber nicht verdächtig, wenn man in einem großen Kaufhaus voller Leute unterwegs ist und diese Dinge unbezweifelbar für die eigene Ehefrau erwirbt. Den Rest besorgte eine gute Rasur und das entsprechende Make-up. Schminke habe ich nämlich zu Hause, das kann ich jetzt wohl zugeben, nichts Übertriebenes, du kennst mich ja, einfach nur ein paar Dinge, um mich diskret herauszuputzen. Beim Kurierdienst ahnte niemand etwas. Und ich gestehe, es hat Spaß gemacht, und lehrreich war es auch.»

Er seufzte übertrieben, und seine Miene verfinsterte sich.

«Im Grunde», sein Tonfall war jetzt weniger frivol, «war das die eher spielerische Seite der Sache...» Er starrte Julia gebannt an, als wählte er seine Worte vor einem feierlich gestimmten unsichtbaren Publikum, das es zu beeindrucken galt. «Das *wirklich* Schwierige kam erst noch. Ich mußte dich auf die Lösung des Geheimnisses vorbereiten, aber auch auf den zweiten, weitaus gefährlicheren und komplizierteren Teil der Unternehmung. Offiziell konnte ich ja eigentlich nicht Schach spielen. Wir mußten gemeinsam in der Erkundung des Bildes weiterkommen, aber ich konnte dir schlecht helfen, mir waren die Hände gebunden. Schrecklich! Und außerdem konnte ich nicht gegen mich selbst spielen; ich brauchte einen Gegner. Jemanden von Format. Einen Vergil, der dich durch das Abenteuer führte. Das war der letzte Stein, der mir auf dem Schachbrett noch fehlte.»

Er kippte den Rest seines Drinks hinunter und stellte das Glas auf den Tisch. Dann zog er ein Seidentüchlein aus dem Ärmel seines Hausrocks und tupfte sich sorgfältig die Lippen ab. Schließlich bedachte er Muñoz mit einem freundschaftlichen Lächeln.

«Und nachdem ich mit meinem Nachbarn, Herrn Cifuentes, dem Leiter des Capablanca-Clubs, geredet hatte, entschied ich mich für Sie, mein Freund.»

Muñoz nickte kurz. Vielleicht fand er, daß dies eine zweifelhafte Ehre war, aber er sagte nichts. Seine Augen, die in dem spärlichen Licht noch tiefer in den Höhlen zu liegen schienen, starrten den Antiquitätenhändler aufmerksam und verwundert an.

«Sie haben keine Sekunde gezweifelt, daß ich siegen würde», sagte Muñoz leise.

César tat, als zöge er vor ihm den Hut:

«Nie! Sie sind ein außergewöhnlich talentierter Schachspieler, das habe ich spätestens gemerkt, als ich sah, wie Sie auf den Van Huys reagierten. Ich war sofort bereit, Ihnen, mein Bester, eine Reihe trefflicher Schlüssel zu liefern, die Sie, richtig gedeutet, befähigen würden, das zweite Geheimnis zu entschleiern: das des rätselhaften Spielers.» Er schnalzte mit der Zunge, als genösse er ein vorzügliches Getränk. «Ich gestehe, Sie haben mich tief beeindruckt, und das tun Sie ehrlich gesagt immer noch. Es ist wunderbar, wie Sie sämtliche Züge genauestens analysieren; dann Ihre Methode, alles Unwahrscheinliche systematisch auszuklammern – einfach großartig!»

«Sie verwirren mich», sagte Muñoz ausdruckslos, und Julia wußte nicht, ob er es ernst oder ironisch meinte.

César hatte zu einem theatralischen, stummen Lachen den Kopf in den Nacken geworfen. «Ich muß Ihnen gestehen», sagte er mit zweideutiger, beinahe koketter Miene, «es war wirklich aufregend, von Ihnen allmählich eingekreist zu werden. Es war fast eine Art physischer Lust, wenn Sie mir diesen Begriff erlauben. Wobei Sie eigentlich gar nicht mein Typ sind...»

Einige Augenblicke saß César in Gedanken versunken da, als versuchte er, Muñoz in eine bestimmte Kategorie einzuordnen, aber dann gab er es auf. «Während der letzten Züge war mir allerdings klar, daß ich bald der einzige wirklich Verdächtige sein würde. Und Sie wußten, daß ich es wußte... Es ist wohl eine Tatsache, daß wir uns ab da einander näher fühlten, oder?... In der Nacht, in der wir auf einer Bank vor Julias Haus Wache hielten, führten wir dank meiner Kognakflasche ein langes Gespräch über die psychischen Merkmale des Mörders. Da waren Sie schon fast sicher, daß ich Ihr Gegner war. Ich habe Ihnen aufmerksam zugehört, und als Antwort auf meine Fragen haben Sie alle bekannten Thesen über die Pathologie des Schachs vorgebracht. Ausgenommen eine, die eigentlich wahre. Eine, die Sie mir gegenüber bis heute nie erwähnten, aber doch genau kennen. Sie wissen, was ich meine.»

Muñoz nickte, er blieb gefaßt und ruhig.

«Sie und ich wissen es», fuhr César fort. «Julia aber nicht. Zumindest nicht alles. Wir sollten es ihr erklären.»

Julia schaute Muñoz an.

«Ja», sagte sie müde und verwirrt, auch wegen Muñoz. «Vielleicht könnten Sie mir bald mal erklären, wovon hier die Rede ist, mir geht diese Kumpelei langsam auf die Nerven.»

Muñoz schaute weiterhin gebannt auf César.

«Der Aspekt der Logik verleiht dem Schachspiel einen besonderen Charakter», sagte Muñoz, ohne weiter auf Julias

Groll einzugehen. «Psychologen würden das wohl sadistisch-anal bezeichnen... Sie wissen schon, was ich meine: das Schachspiel als geschlossener Kampf zwischen zwei Männern, mit allem, was dazugehört: Aggression, Narzißmus, Masturbation... Homosexualität. Siegen heißt, den dominierenden Elternteil bezwingen, Vater oder Mutter, sich über ihn erheben. Verlieren heißt besiegt werden, sich unterwerfen.»

César unterbrach ihn mit erhobener Hand.

«Ausgenommen, man empfindet es als Sieg, unterjocht zu werden», präzisierte er höflich.

«Ja», stimmte ihm Muñoz zu. «Ausgenommen der Sieg besteht just in diesem Paradox. Das erreicht man, indem man sich selbst die Niederlage beibringt... Belmonte hatte recht. Das Spiel, genauso wie das Bild, klagt sich selbst an.»

César lächelte ihn bewundernd an und schien fast glücklich zu sein.

«Bravo! Sich unsterblich machen durch die eigene Niederlage, stimmt's?... Wie der alte Sokrates, der aus dem Schierlingsbecher trinkt.» Fast triumphierend wandte er sich wieder Julia zu. «Unser geliebter Muñoz wußte das alles seit Tagen und hat trotzdem niemandem ein Wort verraten, weder dir noch mir. Und ich in meiner Bescheidenheit begriff, daß mein Gegner auf dem richtigen Weg war, denn ein Verdächtiger nach dem anderen verschwand von der Liste. Spätestens als er die Belmontes aufsuchte und auch sie von der Liste streichen konnte, wußte er, wer der Feind war. Hab ich recht?»

«Ja, haben Sie.»

«Gestatten Sie mir eine persönliche Frage?»

«Nur zu! Es verpflichtet mich ja niemand, Ihnen zu antworten.»

«Was haben Sie empfunden, als Sie das Spiel endlich durchschaut hatten? Als Sie dahinterkamen, daß ich es war?»

Muñoz überlegte kurz.

«Ich verspürte Erleichterung. Es hätte mich fast enttäuscht, wenn ein anderer der Täter gewesen wäre.»

«Weil Sie sich in der Person des geheimnisvollen Spielers geirrt hätten?... Ich möchte mein Verdienst nicht übertreiben, aber so leicht war die Nuß ja auch wirklich nicht zu knacken, lieber Freund. Selbst für Sie war es ziemlich schwer. Etliche Personen dieser Geschichte waren Ihnen gar kein Begriff, und wir beide kannten uns ja auch noch nicht so lange. Sie hatten als Arbeitsinstrument nur Ihr Schachbrett...»

«Sie haben mich nicht verstanden», erwiderte Muñoz. «Ich habe mir gewünscht, daß Sie es wären. Der Gedanke gefiel mir.»

Julia schaute die zwei verblüfft an.

«Na, herzlichen Glückwunsch zu eurem guten Einvernehmen», sagte sie sarkastisch. «Wenn es euch paßt, können wir ja noch auf ein Bierchen gehen, um uns unter gegenseitigem Schulterklopfen zu versichern, wie herzlich wir über diese ganze Geschichte gelacht haben!» Sie schüttelte energisch den Kopf, wie um in die Wirklichkeit zurückzufinden. «Also, ich habe langsam wirklich das Gefühl, hier überflüssig zu sein.»

César musterte sie gerührt und voller Mitleid.

«Es gibt Dinge, die kannst du nicht verstehen, Prinzessin.»

«Nenn mich nicht Prinzessin!... Und du irrst dich, aber gründlich. Ich verstehe sehr genau. Aber jetzt will ich dich mal was fragen: Was hättest du an jenem Vormittag auf dem Rastro unternommen, wenn ich den Wagen gestartet hätte, ohne mich um die Spraydose, die Karte und den zur Bombe gewordenen Reifen zu kümmern?»

«Das ist lächerlich.» César schien beleidigt. «Ich hätte doch niemals zugelassen, daß du...»

«Selbst auf die Gefahr hin, dich zu verraten?»

«Das weißt du doch. Muñoz hat es doch eben gesagt: Du warst zu keinem Zeitpunkt in Gefahr... An jenem Vormittag war alles genauestens überlegt: Meine Verkleidung lag in einem kleinen Raum mit doppeltem Ausgang bereit, den ich als Lager gemietet habe. Ich habe mich tatsächlich mit einem Kunden getroffen, ihn aber in wenigen Minuten abgefertigt... Ich habe mich schleunigst umgezogen, bin in das Gäßchen gegangen, habe den Reifen präpariert und das Kärtchen sowie die leere

Dose plaziert. Dann blieb ich vor der Bilderverkäuferin stehen, damit sie mich auch richtig gut sah, ging ins Lager zurück, und schwupp, nachdem ich mich wieder umgezogen und mich abgeschminkt hatte, eilte ich ins Café, wo wir verabredet waren … Du mußt zugeben, der Ablauf war perfekt.»

«Ekelhaft perfekt, in der Tat.»

César machte eine abweisende Geste.

«Sei nicht vulgär, Prinzessin.» Er schaute sie lauter und treuherzig an. «Diese gräßlichen Wertungen führen zu nichts.»

«Warum soviel Aufwand, nur um mich einzuschüchtern?»

«Es war doch ein Abenteuer, oder? … Und da gehört das Gefühl, bedroht zu sein, doch dazu. Kannst du dir ein Abenteuer ohne Angst vorstellen? … Die Geschichten, die dir als Kind immer so gefallen haben, konnte ich dir nicht mehr bieten, also erfand ich für dich die außergewöhnlichste. Ein Abenteuer, das du dein Lebtag nicht vergessen wirst.»

«Das steht wohl fest.»

«Dann ist die Mission erfüllt. Die Vernunft hat gegen das Geheimnis gesiegt, die Geister, von denen du besessen warst, sind vertrieben … findest du das wenig? Und dann noch die Erkenntnis, daß Gut und Böse nicht so klar geschieden sind wie die weißen und die schwarzen Felder auf einem Schachbrett.» Er schaute Muñoz an und lächelte verstohlen, als spielte er auf ein Geheimnis an, das sie beide teilten. «Alle Schachfelder sind im Grunde grau, meine Tochter, gefärbt vom Bewußtsein des Bösen. Das ist ein Ergebnis der Erfahrung, des Wissens darum, wie steril und zwangsläufig ungerecht das, was wir das Gute nennen, oft ist. Du erinnerst dich doch an Settembrini im *Zauberberg*, … Die Bosheit nennt er da die glanzvolle Waffe der Vernunft gegen die Mächte der Finsternis und der Häßlichkeit.»

Julia hatte Césars zur Hälfte erhelltes Gesicht aufmerksam im Blick. Manchmal schien es, als redete nur eine Hälfte, entweder die im Licht oder die im Schatten, während die andere nur eine stumme Zeugin war. Julia fragte sich, welche von beiden wohl die realere war.

«An jenem Vormittag, als wir über den blauen Ford herfielen, César, da habe ich dich richtig geliebt.»

Instinktiv hatte sie sich an die erhellte Hälfte gewandt; doch es antwortete ihr die, die im Schatten war:

«Ich weiß. Und das allein rechtfertigt schon alles... Ich wußte nicht, was das Auto da wollte, es hat mich genauso beunruhigt wie dich. Mehr als dich sogar, aus naheliegenden Gründen. Schließlich war es nicht vorgesehen...» Er wiegte gedankenverloren den Kopf. «Ich muß gestehen, diese paar Meter, du mit deinem Revolver und ich mit meinem lächerlichen Schürhaken in der Hand, unser Überfall auf die beiden Trottel, die sich dann als Handlanger von Hauptkommissar Feijoo entpuppten...» Er ruderte mit den Händen, als fehlten ihm die Worte, «es war einfach wundervoll. Wie du direkt auf den Feind zugingst, mit verkniffenen Brauen und zusammengebissenen Zähnen, mutig und schrecklich wie eine rächende Furie. Trotz meiner Aufregung war ich richtig stolz auf dich. Das ist eine Frau von Schrot und Korn, dachte ich verzückt... Hättest du einen anderen Charakter, Julia, wärst du ängstlich und zerbrechlich, ich hätte dich dem nicht ausgesetzt. Aber ich habe dich heranwachsen sehen, ich kenne dich. Ich war sicher, du würdest geläutert aus der Geschichte hervorgehen, stärker, kräftiger.»

«Aber der Preis ist ziemlich hoch, findest du nicht? Álvaro, Menchu... Du selbst.»

«Ah ja. Menchu...» Der Antiquitätenhändler dachte nach; es war, als hätte er Mühe, sich an die Person zu erinnern, die Julia eben erwähnt hatte. «Die Ärmste! Mit dem Spiel, in das sie verwickelt war, war sie schlichtweg überfordert...» Er schien sich endlich zu erinnern und legte die Stirn in Falten. «In gewisser Weise war das wirklich eine brillante Improvisation, in aller Bescheidenheit. Ich hatte dich gleich morgens angerufen, um zu erfahren, wie die Dinge standen. Menchu ging ans Telefon und sagte, du seist nicht zu Hause. Sie wollte das Gespräch schnell beenden und jetzt wissen wir ja, warum. Sie wartete auf Max, um das Gemälde zu stehlen. Ich ahnte davon natürlich nichts. Doch kaum hatte ich den Hörer aufgelegt, sah ich mein eigenes Spiel: Menchu, das Bild, deine Wohnung... eine halbe Stunde später klingelte ich an der Wohnungstür, verkleidet als die Frau im Regenmantel.»

César machte eine Geste, als wollte er Julia anregen, die humorvolle Seite seiner unglaublichen Geschichte zu genießen.

«Ich habe dir schon immer gesagt, Prinzessin, du brauchst in deiner Tür einen Spion», fuhr er fort, und es war, als habe er sich damit abgefunden, einen schlechten Witz zu erzählen, über den niemand lachen würde. «Da sieht man gleich, wer geklingelt hat. Vielleicht hätte Menchu einer unbekannten Blondine mit Sonnenbrille normalerweise gar nicht aufgemacht. Aber sie hörte meine Stimme, die verkündete, sie bringe eine eilige Nachricht von dir. Da hat sie natürlich aufgemacht.» Er spreizte die Hände, wie um Menchus Fehler posthum zu entschuldigen. «Ich schätze, in diesem Augenblick fürchtete sie, ihre Unternehmung mit Max zu gefährden. Doch ihre Unruhe wandelte sich in Überraschung, als da auf der Schwelle eine fremde Frau stand. Ich sah noch, wie sie entsetzt die Augen aufriß, ehe ich ihr meinen Faustschlag gegen die Kehle verpaßte. Ich bin sicher, sie hat gar nicht gemerkt, wer sie umgebracht hat. Ich schloß die Tür und wollte alles vorbereiten, als ich plötzlich einen Schlüssel im Schloß rasseln hörte.»

«Max!» sagte Julia.

«Ja. Menchus Schönling kam noch mal zurück. Das wurde mir aber erst später klar, nachdem er es dir auf der Polizeiwache erzählt hatte. Er wollte das Bild holen und deine Wohnung in Brand stecken. Einfach lächerlich und absurd, dieser Plan, aber er paßt zu Menchu und diesem Idioten.»

«Ich hätte es genausogut sein können. Ist dir das mal in den Sinn gekommen?»

«Ich gestehe, als ich den Schlüssel hörte, dachte ich nicht an Max, sondern an dich.»

«Und was hättest du getan? Hättest du mir auch einen Schlag auf die Luftröhre verpaßt?»

Er musterte sie gequält, als würde ihm Unrecht geschehen.

«Das ist eine...», er suchte nach dem rechten Ausdruck, «eine völlig unangebrachte und grausame Vermutung.»

«Sag bloß!»

«Ja! Ich weiß nicht, wie du reagiert hättest, jedenfalls dachte ich, nun sei alles aus, ich hatte nur noch Zeit, mich zu verstekken... Ich hastete ins Bad, mit angehaltenem Atem, und suchte nach einer Fluchtmöglichkeit. Aber dir hätte ich kein Haar gekrümmt. Die Schachpartie wäre schon nach der Hälfte zu Ende gewesen. Das ist alles.»

Julia schürzte ungläubig die Lippen. Wut und Verzweiflung wollten aus ihr herausplatzen.

«Ich glaube dir kein Wort, César. Jetzt nicht mehr.»

«Ob du mir glaubst oder nicht, ändert nichts an den Tatsachen, meine Liebe.» Er schien mißmutig, als begänne das Gespräch ihn zu ermüden. «Und wie die Dinge jetzt stehen, ist es sowieso egal. Du warst es jedenfalls nicht, sondern Max. Hinter der Tür sagte er ‹Menchu, Menchu›. Er traute sich nicht einmal zu schreien, der Feigling. Inzwischen hatte ich mich wieder gefaßt. Ich hatte ein Stilett in der Tasche, du weißt schon, das von Cellini. Hätte dieser Max die Tür aufgemacht, ich hätte ihm das Ding – zack! – mitten ins Herz gerammt. Glücklicherweise fehlte ihm der Mut, sich genauer umzusehen. Er rannte einfach die Treppe hinunter, unser Held.»

César unterbrach sich, um Atem zu schöpfen, und fuhr frei von Prahlerei fort:

«Diesem Umstand verdankt er es, daß er noch am Leben ist, der Wicht», fuhr er fort, erhob sich aus dem Sessel, und man hätte meinen können, daß er Max um seine strotzende Gesundheit beneidete. Er schaute auf Julia und dann auf Muñoz, die ihn ihrerseits stumm musterten. Dann sahen sie ihn träge durch das Zimmer gehen, über die Teppiche, die seine Schritte dämpften.

«Ich hätte es machen sollen wie Max und von da verschwinden, denn ich wußte ja nicht, ob nicht vielleicht die Polizei im Anzug war. Aber es siegte sozusagen meine Künstlerehre. Also zerrte ich Menchu hinüber ins Schlafzimmer und ... Na ja, du weißt, ich inszenierte das Ganze ein bißchen, denn ich war mir sicher, sie würden das alles Max anlasten, der ja nur fünf Minuten früher hier gewesen war.»

«Warum mußte das mit der Flasche sein?... Das war doch wirklich überflüssig, schrecklich, einfach widerwärtig!»

Der Antiquitätenhändler schnalzte mit der Zunge. Er war vor einem der Gemälde stehengeblieben, dem *Mars* von Luca Giordano, und betrachtete den in seine schillernde mittelalterliche Rüstung gehüllten Gott, als könnte der ihm Antwort geben.

«Das mit der Flasche war einfach ein zusätzliches Detail», murmelte er, ohne sich umzudrehen. «Eine Eingebung des Augenblicks.»

«Die mit Schach nichts zu tun hatte», sagte Julia mit messerscharfer Stimme. «Da wolltest du dich wohl rächen. An uns Frauen.»

César sagte nichts, sondern musterte weiter schweigend das Bild.

«Ich habe deine Antwort nicht gehört, César. Und du hattest doch immer auf alles eine Antwort.»

Er wandte sich ihr langsam zu. Weder bat sein Blick um Gnade, noch wirkte er spöttisch, er war fern und unergründlich.

«Danach», fuhr er endlich mit tonloser Stimme fort, und er schien Julias Worte gar nicht gehört zu haben, «danach tippte ich den Schachzug in deine Schreibmaschine, nahm das von Max eingewickelte Bild unter den Arm und machte mich davon. Das ist alles.»

Er hatte mit ganz neutraler Stimme gesprochen, als fände er die Unterhaltung schon belanglos. Aber für Julia war die Angelegenheit noch lange nicht erledigt.

«Warum mußtest du Menchu töten?... Du konntest das Haus nach deinem Belieben betreten oder verlassen. Es hätte tausend andere Möglichkeiten gegeben, das Bild zu stehlen.»

Nun funkelten Césars Augen wieder.

«Du mißt dem Bild eine viel zu große Bedeutung bei, Prinzessin... Im Grunde war das nur ein weiteres Detail, denn eine Sache ergänzt hier die andere, und es hängt alles zusammen.» Er überlegte, als suchte er nach dem treffenden Ausdruck. «Es gab viele Gründe dafür, daß Menchu sterben mußte; viele stehen hier nicht zur Debatte, andere schon. Sagen wir, es reicht vom rein Ästhetischen – unser Freund Muñoz sprach von der verblüffenden Verbindung zwischen Menchus Nachnamen und dem auf dem Brett geschlagenen Turm – bis zu anderen, tieferen Beweggründen... Ich wollte dich von schädigenden Bindungen und Einflüssen befreien, wollte alle deine Fesseln an die Vergangenheit lösen. Und Menchu mit ihrem dummen und gemeinen Charakter war so eine Bindung, und Álvaro ebenso.»

«Und wer gibt dir das Recht, nach deinem Belieben über Leben und Tod zu entscheiden?»

César setzte ein teuflisches Lächeln auf.

«Ich gebe mir dieses Recht. Ich gebe es mir ganz allein, und es tut mir leid, wenn du das unverschämt oder dreist findest...» Plötzlich schien ihm wieder einzufallen, daß der Schachspieler auch da war. «Und was den Rest der Partie betraf, so hatte ich wenig Zeit... Muñoz war mir wie ein Spürhund auf den Fersen. Nur noch einige wenige Spielzüge, und er würde mit dem Finger auf mich zeigen. Doch das würde unser Freund ganz bestimmt erst tun, wenn er sich seiner Sache absolut sicher war. Die ganze Zeit wußte er schon, daß für dich keine Gefahr bestand... Auf seine Art ist er ja auch ein Künstler. Darum ließ er mich einfach weitermachen, während er Beweise suchte, die seine analytischen Schlüsse bestätigten... Das stimmt doch, oder, Muñoz?»

Der Spieler nickte nur bedächtig. César war zu dem Tischchen herangetreten, auf dem das Schachbrett lag. Er schaute auf die Steine, nahm vorsichtig die weiße Dame in die Hand, als wäre sie aus Glas, und betrachtete sie eine ganze Weile.

«Heute abend», fuhr er fort, «als du in der Werkstatt im Prado gearbeitet hast, bin ich zehn Minuten vor Schließung des Museums auch hingegangen. Ich bin kurz durch die Säle im

Erdgeschoß geschlendert und habe die Karte an den Rahmen des Brueghel-Gemäldes gesteckt. Dann habe ich in aller Ruhe einen Kaffee getrunken und dich angerufen. Das war's. Natürlich habe ich nicht damit gerechnet, daß Muñoz in der Bibliothek des Schachklubs die alte Zeitschrift ausgraben würde. Ich konnte mich schon gar nicht mehr daran erinnern.»

«Irgend etwas paßt da nicht so recht zusammen», sagte Muñoz, und Julia wandte sich ihm überrascht zu. Muñoz hatte den Kopf seitlich auf die Schulter gelegt und musterte César, in seinen Augen ein inquisitorisches Funkeln, wie wenn er gebannt auf das Schachbrett starrte und über einem Zug brütete, von dem er noch nicht ganz überzeugt war. «Sie sind ein brillanter Spieler, darin sind wir uns einig, zumindest haben Sie alle Voraussetzungen, einer zu sein. Aber ich bin sicher, daß Sie diese Partie von sich aus nicht so gespielt haben können... Ihre Kombinationen waren zu vollkommen, das paßt nicht zu einem Mann, der vierzig Jahre keine Schachfigur angerührt hat. Im Schach zählt die Praxis, die Erfahrung. Ich bin der festen Überzeugung, daß Sie uns belogen haben. Entweder haben Sie die ganzen Jahre allein gespielt, oder es hat Ihnen jemand geholfen. Tut mir leid, daß ich Ihre Eitelkeit ankratze, César. Aber haben Sie einen Komplizen?»

Noch nie hatte es zwischen ihnen ein so langes, dichtes Schweigen gegeben wie im Anschluß an diese Worte. Julia musterte die beiden verwirrt, sie konnte Muñoz einfach nicht glauben. Doch als sie gerade ausrufen wollte, daß das doch Quatsch sei, sah sie, wie sich ein feiner Zug von Ironie über Césars versteinertes Gesicht legte. Dann lächelte er voller Anerkennung und Bewunderung. Er verschränkte die Arme, seufzte tief und nickte dann zustimmend.

«Lieber Freund», sagte er, wobei er seine Worte dehnte. «Sie sind zu Höherem geboren als nur zu einem kleinen Wochenendschachspieler in einem Stadtviertelclub.» Seine rechte Hand zeigte zur Seite, als deutete sie auf eine Person, die die ganze Zeit in einer dunklen Ecke des Raumes gesessen hatte. «O ja, ich habe in der Tat einen Komplizen. Doch er ist frei und kann von der Justiz nicht belangt werden. Möchten Sie seinen Namen erfahren?»

«Natürlich!»

«Ich werde Ihnen den Namen verraten, schließlich wird diese Offenbarung ihm nicht schaden können.» Wieder lächelte er, jetzt allerdings noch breiter. «Ich hoffe, es beleidigt Sie nicht, wenn ich mir die kleine Genugtuung gönne, verehrter Freund. Ich freue mich wirklich darüber, daß Sie nicht *alles* herausgefunden haben. Sie ahnen wirklich nicht, um wen es sich handelt?»

«Ehrlich, ich weiß es nicht. Auf jeden Fall ist es niemand, den ich kenne.»

«Da haben Sie recht. Er heißt Alpha PC-1212 und ist ein Computer mit einem kompletten Schachprogramm auf zwanzig Ebenen... Ich habe ihn einen Tag nach dem Mord an Álvaro gekauft.»

Zum erstenmal sah Julia in Muñoz' Gesicht Entsetzen. Der Glanz seiner Augen war verflogen, sein halb geöffneter Mund zu einer Grimasse verzerrt.

«Sie sagen nichts?» fragte César und musterte ihn erheitert.

Muñoz schaute lange stumm ins Leere. Dann wandte er sich Julia zu.

«Geben Sie mir eine Zigarette», sagte er mit schwacher Stimme.

Sie reichte ihm ihr Päckchen, und der Schachspieler drehte es ein paarmal zwischen den Fingern, ehe er sich eine Zigarette herauszog und sie zwischen die Lippen nahm. Julia kam ihm mit einem brennenden Streichholz entgegen. Er inhalierte einen langen, genüßlichen Zug. Er schien Tausende von Kilometern weit weg zu sein.

«Das ist hart, was?» fragte César und deutete ein Lächeln an. «Sie haben die ganze Zeit gegen einen banalen Computer gespielt, gegen eine Maschine ohne Gefühle und Instinkte... Sie werden zustimmen: Es ist ein wunderbares Paradox, das wunderbar die Zeiten symbolisiert, in denen wir leben. In Maelzels geheimnisvollem Spielautomaten saß laut Edgar Allan Poe ein

Mann versteckt. Sie erinnern sich? Aber die Dinge haben sich gewandelt, mein Freund. Jetzt verbirgt der Mensch den Automaten.» Er hob spöttisch die Dame aus gelblichem Elfenbein in die Höhe. «Und Ihr Talent, Ihre Vorstellungsgabe, Ihre außergewöhnliche Fähigkeit zur mathematischen Analyse, lieber Herr Muñoz, all das hat nun seine Entsprechung – als der ironische Reflex eines Spiegels, der jene Karikatur wiedergibt, die wir sind – in einer schlichten Plastikdiskette, die in einen Handteller paßt... Ich fürchte, daß Sie, genauso wie Julia, nach dieser Sache nicht mehr derselbe sein werden. Allerdings», fügte César nachdenklich hinzu, «ich bezweifle, ob Sie dabei etwas gewonnen haben.»

Muñoz sagte nichts. Er stand einfach nur da, die Hände wieder in den Taschen seines Mantels, die Zigarette im Mundwinkel und die ausdruckslosen Augen wegen des Rauchs zusammengekniffen. Er sah aus wie ein verlotterter, sich selbst parodierender Detektiv aus einem Schwarzweißfilm.

«Es tut mir leid», schloß César, und er schien es ernst zu meinen. Dann stellte er die Dame auf das Brett zurück, mit der Miene dessen, der einen geselligen Abend beendet, und schaute Julia an.

«Zum Schluß will ich euch noch etwas zeigen», sagte er.

Er trat vor einen Schreibsekretär aus Ebenholz, zog eine der Schubladen auf, holte einen dicken versiegelten Briefumschlag und dann die drei kleinen Porzellanfiguren von Bustelli hervor.

«Du bekommst den Preis, Prinzessin», bemerkte er mit schelmischem Glanz in den Augen. «Wieder einmal ist es dir gelungen, den Schatz zu heben. Jetzt kannst du damit machen, was du willst.»

Julia musterte argwöhnisch die Porzellanfiguren und den Umschlag.

«Ich verstehe nicht.»

«Wirst du aber gleich. Denn während dieser Wochen hatte ich auch Zeit, mich um deine Interessen zu kümmern... *Die Schachpartie* befindet sich im Augenblick an einem sicheren Ort: im Tresor einer Schweizer Bank, den eine Firma gemietet hat, die es lediglich auf dem Papier gibt und die ihren Sitz in Panama hat... Die Schweizer Anwälte und Bankleute mögen etwas langweilig sein, aber sie verstehen ihr Geschäft. Wenn man die Gesetze ihres Landes beachtet und die geforderten Honorare zahlt, stellen sie keine Fragen.» Er legte das Kuvert vor Julia auf den Tisch. «Hier drin sind fünfundsiebzig Prozent der Anteile dieser Firma. Sie gehören dir. Ein Schweizer Anwalt, den ich dir gegenüber auch ab und zu erwähnt habe, Demetrius Ziegler, ein alter Bekannter von mir, vertritt deine Interessen. Und niemand, außer uns hier und einer vierten Person, über die wir noch zu sprechen haben, weiß, daß sich in diesem Tresorfach vorübergehend das Gemälde des Van Huys befindet, gut verpackt natürlich... Und während es da liegt, mausert sich die Geschichte um die *Schachpartie* zu einem spektakulären Ereignis. Die Medien und die Fachzeitschriften werden den Skandal bis zum Gehtnichtmehr ausschöpfen. Wir können die internationale Notierung auf etliche Millionen veranschlagen... Dollar natürlich.»

Julia starrte verwirrt und ungläubig den Umschlag an.

«Was es am Ende für einen Wert hat, ist doch völlig egal», murmelte sie gequält. «Ein gestohlenes Bild kann man nicht verkaufen. Nicht einmal im Ausland.»

«Das kommt darauf an, wer das Bild gemalt hat und wie man es anstellt», antwortete César. «Wenn es soweit ist, sagen wir in einigen Monaten, taucht das Bild aus seinem Versteck auf, gelangt aber nicht öffentlich zur Versteigerung, sondern auf den Schwarzmarkt... Und am Ende hängt es in der Luxusvilla irgendeines millionenschweren brasilianischen, griechischen oder japanischen Sammlers, die ja alle wie Haie hinter wertvollen Kunstwerken her sind, um entweder mit ihnen zu handeln oder einfach nur ihr Bedürfnis nach Luxus, Macht und Schönheit zu befriedigen. Das sind auch langfristig sinnvolle Investitionen, denn in manchen Ländern gilt ein geraubtes Kunstwerk nach Ablauf von zwanzig Jahren als nicht mehr gestohlen... Und du bist ja noch so jung. Ist das nicht wundervoll? Wie auch immer, das wird dich dann schon nicht mehr angehen. Wichtig ist jetzt: In ein paar Monaten, während der geheimen Reise des Van Huys, wird das Bankkonto deiner prächtigen panamaischen Firma, das ich vor zwei Tagen bei der ehrbaren Bank in Zürich eröffnet habe, um einige Millionen Dollar reicher sein... Du brauchst dich um nichts zu kümmern, die Transaktionen erledigt ein anderer für dich. Da habe ich gut vorgesorgt, Prinzessin. Natürlich können wir uns auf diese Person voll und ganz verlassen. Seine Verläßlichkeit ist erkauft, nebenbei gesagt, aber das ist vielleicht sogar die verläßlichste Verläßlichkeit. Selbstloser Ehrlichkeit gegenüber sollte man immer mißtrauisch sein.»

«Wer ist es? Dieser Schweizer Freund?»

«Nein. Ziegler ist ein gewissenhafter und gründlicher Anwalt, aber ich habe ihn nicht ganz einbezogen. Ich habe jemanden ausgewählt, der über die nötigen Kontakte verfügt, der völlig skrupellos ist und Experte genug, um sich in dieser komplizierten Unterweltsangelegenheit geschickt zu bewegen: Paco Montegrifo.»

«Du machst Witze.»

«Wenn es um Geld geht, mache ich nie Witze. Montegrifo ist eine außergewöhnliche Person und nebenbei gesagt ein bißchen in dich verliebt, aber das tut jetzt nichts zur Sache. Wichtig ist, dieser mutige und äußerst geschickte Mann wird dich nie hintergehen.»

«Wie kannst du dir da so sicher sein? Wenn er einmal das Bild in der Hand hat, war's das. Für ein Aquarell würde der doch seine eigene Mutter verkaufen.»

«Stimmt. Aber dich kann er nicht verkaufen. Zum einen weil Demetrius Ziegler und ich ihn eine Vielzahl von Dokumenten haben unterschreiben lassen, die zwar nicht rechtsgültig sind, wohl aber hinlänglich beweisen, daß du mit der Sache nichts zu tun hast. Ihn aber würden sie belasten, sollte er plaudern oder uns hinters Licht führen wollen. Dann wäre Interpol hinter ihm her, und er könnte sein Lebtag nicht mehr frei atmen... Na ja, und dann weiß ich Dinge, die seinen Ruf ruinieren würden und ihn in große juristische Schwierigkeiten brächten. So hat er mindestens zwei Nachlässe ins Ausland verschoben und dort veräußert, Objekte, die in meine Hände gelangten und die ich an ihn als Mittelsmann weitergegeben habe – ein Retabel aus dem fünfzehnten Jahrhundert, Pere Oller zugeschrieben, das 1978 in Santa Maria de Cascalls gestohlen wurde, und dann das berühmte flämische Gemälde, das vor vier Jahren aus der Sammlung Olivares verschwand, weißt du noch?»

César verzog gleichgültig das Gesicht.

«So ist das Leben, Prinzessin. In meinem Geschäft, wie in anderen, verhungert man am ehesten, wenn man ehrlich ist. Aber wir sprachen ja nicht von mir, sondern von Montegrifo. Natürlich wird er versuchen, möglichst viel Geld für sich zu behalten, das läßt sich nicht vermeiden, aber seine Forderungen werden sich in Grenzen halten und den Gewinn aus deiner panamaischen Gesellschaft nicht entscheidend dezimieren. Da paßt Ziegler auf wie ein Dobermann. Sobald das Geschäft erledigt ist, überweist Ziegler das Geld vom Konto der Firma auf ein Privatkonto mit geheimer Nummer, das dir gehört. Er löscht die Firma und vernichtet alle Unterlagen, ausgenommen jene Dokumente, die Montegrifos düstere Vergangenheit belegen. Das garantiert dir die Verschwiegenheit unseres Freundes, des Auktionators. Obwohl ich sicher bin, daß solche Vorkehrungen eigentlich sogar überflüssig sind... Allerdings: Mein guter Freund Ziegler hat Order, ein Drittel deiner Gewinnanteile in diverse sichere und rentable Geschäfte anzulegen. So wird das Geld gewaschen, und du wirst für den Rest deines Erdendaseins flüssig sein, selbst wenn du dich einem fröhlichen Lotterleben hingeben willst. Folge Zieglers Ratschlägen uneingeschränkt. Ich kenne ihn seit über zwanzig Jahren, er ist ein guter Mensch und ein ehrbarer Kalvinist, außerdem übrigens auch schwul. Er wird dir natürlich peinlichst genau seine Provision und seine Spesen abziehen.»

Julia, die aufmerksam und starr zugehört hatte, überlief ein Schauer. Alles paßte perfekt zusammen, wie Puzzlestückchen. César hatte wirklich an alles gedacht. Sie musterte ihn lange, lief ein paar Schritte durch das Zimmer, versuchte, dies alles zu begreifen. Es war alles zuviel für eine einzige Nacht, überlegte sie und blieb vor Muñoz stehen, der sie gefaßt betrachtete, die fast aufgerauchte Zigarette zwischen den Lippen; vielleicht war es sogar zuviel für ein ganzes Leben.

«Ich habe den Eindruck, du hast wirklich an alles gedacht», sagte Julia zu César. «Oder an fast alles. Aber was ist mit Don Manuel Belmonte? Vielleicht hältst du es ja nur für eine Nebensache, aber immerhin ist er der Eigentümer des Bildes.»

«Auch das habe ich bedacht. Natürlich steht es dir frei, Skrupel zu haben und zu entscheiden, daß du meinen Plan nicht akzeptieren wirst. Dann mußt du nur Ziegler Bescheid sagen, und das Bild kommt wieder an seinen angestammten Platz. Für Montegrifo wäre das ein harter Schlag, aber da muß er dann durch. Letztendlich bleiben die Dinge dann wie sie waren: Das Bild wird aufgewertet durch den Skandal, Claymore hat weiterhin das Anrecht, es zu versteigern... Solltest du die Dinge aber pragmatischer sehen wollen, hast du genügend Argumente, mit denen du dein Gewissen beruhigen kannst: Belmonte trennt sich aus Geldgründen vom Bild; er hängt nicht daran, es geht also nur um finanzielle Verluste. Und die trägt die Versicherung. Außerdem hindert dich nichts, ihm anonym eine Entschädigungssumme zukommen zu lassen. Geld wirst du ja reichlich haben. Und was Muñoz betrifft...»

«O ja», rief der Schachspieler, «jetzt bin ich aber wirklich gespannt, was mit mir geschieht.»

César musterte ihn und lächelte spöttisch.

«Sie, mein Bester, haben das große Los gezogen.»

«Was Sie nicht sagen!»

«Aber ja! Ich bin davon ausgegangen, daß der zweite weiße Springer die Partie überleben wird, und war so frei, Sie in die Firma fest einzubeziehen, mit einem Gewinnanteil von fünfundzwanzig Prozent. Wenn Sie wollen, können Sie sich jetzt also saubere Hemden kaufen und von mir aus auch auf die Bahamas fahren, um Schach zu spielen.»

Muñoz nahm die erloschene Kippe aus dem Mund. Er betrachtete sie und ließ sie dann wohlüberlegt auf den Teppich fallen.

«Äußerst großzügig von Ihnen», sagte er.

César schaute auf die Kippe und wandte den Blick dann zum Schachspieler.

«Das ist doch das mindeste. Irgendwie muß man Ihr Schweigen ja erkaufen. Außerdem haben Sie es sich reichlich verdient... Sagen wir, es ist meine Art, den Schelmenstreich mit dem Computer wiedergutzumachen.»

«Und Ihnen ist nicht der Gedanke gekommen, daß ich vielleicht nein sagen könnte?»

«O doch. Das ist es. Sie sind ja in der Tat ein merkwürdiger Typ. Aber das soll schon nicht mehr meine Sache sein. Sie und Julia sind ab jetzt Geschäftspartner, also einigen Sie sich. Ich habe andere Sorgen.»

«Jetzt bist nur noch du übrig, César», sagte Julia.

«Ich?» César lächelte. Es war ein schmerzliches Lächeln, fand Julia. «Meine liebe Prinzessin, ich habe mich von vielen Sünden zu reinigen, und ich habe nur noch sehr wenig Zeit dazu.» Er zeigte auf den versiegelten Umschlag. «Da drin ist auch noch ein ausführliches Geständnis, in der die Geschichte von Anfang bis Ende erzählt ist, ausgenommen natürlich die Vereinbarung mit der Schweiz. Du, Muñoz und im Augenblick auch Montegrifo, ihr werdet in der ganzen Sache so sauber bleiben wie ein Hostienteller. Was aber das Gemälde betrifft, so erkläre ich in allen Einzelheiten, wie ich es aus persönlichen und emotionalen Gründen vernichtet habe. Ich bin sicher, daß mich die Psychologen der Polizei, wenn sie das gelesen haben, offiziell als hochgradig schizophren erklären.»

«Willst du dich ins Ausland absetzen?»

«Auf keinen Fall. Der einzige Grund, an einen anderen Ort zu fahren, ist, eine Reise zu machen. Aber dazu bin ich zu alt. Das Gefängnis oder das Irrenhaus reizen mich ebensowenig. Es ist sicher eher ungemütlich, sich von feisten, kräftigen Pflegern kalte Duschen verabreichen zu lassen und ähnliches... Besser nicht, meine Lieben. Ich bin schon weit in den Fünfzigern und nicht mehr stark genug für solche Emotionen. Und dann ist da noch etwas.»

Julia musterte ihn finster.

«Was denn?»

César schaute sie spöttisch an. «Ich habe eine gewisse Krankheit, die auf groteske Weise in Mode zu sein scheint... Nun, ich bin ein hoffnungsloser Fall. So ist das.»

«Du lügst.»

«Keineswegs. Ich schwöre dir, es ist wahr.»

Julia schloß die Augen. Plötzlich schien rings um sie alles wegzusacken, sie hörte in sich einen dumpfen Knall, wie wenn ein Stein mitten in einen Tümpel fällt. Als sie die Augen wieder aufschlug, hingen ihre Wimpern voller Tränen.

«Das ist nicht wahr, César. Du nicht. Sage mir, daß es nicht wahr ist!»

«Das würde ich nur zu gern, Prinzessin. Nichts täte ich lieber, als dir zu gestehen, daß es ein übler Scherz war. Aber das Leben schlägt einem nun mal solche Schnippchen.»

«Seit wann weißt du es?»

Der Antiquitätenhändler winkte ab, als wollte er sagen, daß diese Frage eh müßig sei.

«Seit zwei Monaten ungefähr. Zuerst war es eine kleine Geschwulst am Mastdarm. Eine recht unangenehme Sache.»

«Du hast mir nie etwas davon gesagt.»

«Warum auch... Entschuldige, vielleicht findest du es ja etepetete, aber ich fand, mein Mastdarm ging nur mich etwas an.»

«Wieviel Zeit bleibt dir?»

«Nicht viel. Sechs oder sieben Monate. Und es heißt, man magert entsetzlich ab.»

«Dann kommst du in ein Krankenhaus. Nicht ins Gefängnis, und schon gar nicht ins Irrenhaus, wie du sagtest.»

César schüttelte gefaßt lächelnd den Kopf.

«Nein, keiner von diesen drei Orten, meine Liebe. Stell dir vor, wie entsetzlich, ein so banaler Tod. Nein, bloß nicht! Ich weigere mich. Alle legen es darauf an, auf die gleiche Weise zu sterben, aber ich will das Recht haben, der Sache etwas Persönliches zu geben. Es muß einfach furchtbar sein, den Anblick einer über dem Kopf hängenden Infusionsflasche als letztes Bild von dieser Welt mitzunehmen, während die Besucher dir auf den Sauerstoffschlauch treten oder ähnliches...» Er ließ den Blick über die Möbel, die Wandteppiche und die Bilder im Raum schweifen. «Ich ziehe ein florentinisches Ende vor, zwischen den Dingen, die ich liebe. Ein so diskreter, sanfter Abschied ist meinem Naturell und Geschmack angemessener.»

«Und wann?»

«Jetzt gleich. Sobald ihr die Güte habt, mich allein zu lassen.»

Muñoz wartete auf der Straße, gegen die Mauer gelehnt und den Kragen seines Mantels bis zu den Ohren hochgeschlagen; er schien in geheimen Überlegungen versunken zu sein. Dann trat Julia aus der Haustür, stellte sich neben ihn und hielt den Blick lange gesenkt.

«Wie will er es tun?» fragte Muñoz.

«Mit Blausäure. Seit Jahren hält er schon eine Ampulle bereit.» Sie lächelte bitter. «Er sagt, ein Pistolenschuß ist heldenhafter, aber dann verzerrt sich das Gesicht zu einer häßlichen, entsetzten Grimasse. Er will lieber schön aussehen!»

«Verstehe.»

Julia zündete sich bedächtig eine Zigarette an.

«Hier in der Nähe ist eine Telefonzelle, da hinter der Ecke...» Sie betrachtete Muñoz mit abwesendem Blick. «Er hat gesagt, wir sollen noch zehn Minuten warten und dann die Polizei verständigen.»

Sie liefen auf dem Bürgersteig nebeneinander, unter dem gelblichen Licht der Laternen. Am Ende der menschenleeren Straße wechselte eine Ampel von Grün auf Gelb, dann auf Rot und wieder zurück. Das letzte Aufblitzen warf unwirkliche, tiefe Schatten in Julias Gesicht.

«Was werden Sie unternehmen?» fragte Muñoz, ohne Julia anzuschauen, den Blick fest auf den Boden geheftet. Sie zuckte die Achseln.

«Hängt von Ihnen ab.»

Da, zum erstenmal hörte Julia Muñoz lachen. Es war ein sonores, sanftes Lachen, ein bißchen nasal, als käme es von tief innen. Für den Bruchteil einer Sekunde wollte ihr scheinen, es sei nicht Muñoz, der da lachte, sondern eine Figur des Gemäldes.

«Ihr Freund César hat recht, ich brauche saubere Hemden», sagte er.

Julias Finger strichen liebevoll über die drei Porzellanfiguren, die sie mitsamt dem versiegelten Kuvert in der Manteltasche trug: Octavio, Lucinda und Scaramouche. Die Kälte der Nacht schnitt in ihre Lippen, kühlte die Tränen in ihren Augen.

«Hat er sonst noch etwas gesagt, bevor Sie ihn allein ließen?» fragte Muñoz.

Sie zuckte mit den Schultern. ‹*Nec sum adeo informis*... Ich bin nicht gar so häßlich... Ich betrachtete mich neulich am Strand, bei Meeresstille...› Typisch für César, daß er Vergil zitierte, als sich Julia auf der Schwelle ein letztes Mal umgewandt hatte, um mit einem einzigen Blick den schummerigen Salon zu erfassen, die dunklen Farben der alten Gemälde an den Wänden, den matten Widerschein der pergamentartigen Oberfläche der Möbel, das gelbliche Elfenbein, das Gold der Bücherrücken. César stand im Gegenlicht da, aufrecht, die Konturen seines Gesichts schon nicht mehr zu erkennen, eine schlanke Silhouette im Profil, wie auf einer Medaille oder einer antiken Gemme. Und sein Schatten, auf die roten und ockerfarbenen Arabesken des Teppichs geworfen, berührte fast Julias Füße. Das Glockenspiel der Uhr tönte im selben Augenblick, als sie die Tür hinter sich schloß wie eine Grabplatte. Man hätte meinen können, alles sei nach einem festen Plan abgelaufen und jeder hätte die ihm vorgegebene Rolle gewissenhaft gespielt, in einem Werk, das auf dem Spielbrett just in dieser Stunde zu Ende ging, fünf Jahrhunderte nach dem ersten Akt, mathematisch präzis mit dem letzten Zug der schwarzen Dame.

«Nein, weiter hat er nichts gesagt», murmelte Julia und

fühlte, wie das Bild sacht entschwand, forttauchte in die Tiefe ihrer Erinnerung. «Eigentlich hat er nichts gesagt.»

Muñoz hob den Blick, schnüffelte wie ein schlottriger Köter in den dunklen Himmel über sich. Er lächelte gefühlvoll, fast.

«Schade», sagte er. «Er wäre ein vorzüglicher Schachspieler gewesen.»

In dem leeren Kloster, unter den schon etwas düsteren Gewölben, hallen ihre Schritte. Die letzten Strahlen der untergehenden Sonne fallen fast waagerecht ein, gedämpft vom Gitter aus Stein, und hüllen alles in einen rötlichen Schimmer: die Mauern, die leeren bogenförmigen Nischen, das herbstgelbe Efeu, das sich um die von Monstren, Kriegern, Heiligen und Fabeltieren gezierten Kapitelle windet – unter den schweren gotischen Arkaden, die den von Gestrüpp überwucherten Garten umschließen. Draußen heult der dem Winter vorauseilende und nördliche Kälteschauer ankündigende Wind, er fegt den Hang herauf, bewegt die Baumkronen, entringt den mit Wasserspeiern und Traufen gezierten Dächern Laute von hundertjährigem Stein, bringt die Bronzeglocke des Turms zum Schwingen, auf dessen Spitze eine knarrende rostige Wetterfahne starr in vielleicht hellere südliche Gefilde weist.

Die in Trauer gekleidete Frau bleibt an einem durch die Feuchtigkeit schon abblätternden alten Wandbildnis stehen. Die ursprünglichen Farben sind kaum noch zu erkennen, ob das Blau der Tunika oder das Ocker der Striche. Eine verstümmelte Hand, deren Zeigefinger in einen nicht vorhandenen Himmel weist, ein Christus, dessen Gesichtszüge sich mit dem bröselnden Gipsmörtel der Wand mengen, ein Strahl der Sonne, oder von göttlichem Licht, ohne Ursprung und Ziel, ist zwischen Himmel und Erde gespannt, ein Bruchstück aus gelber Helligkeit, absurd geronnen in Zeit und Raum, von den Jahren und den Gezeiten ausgebleicht, so daß er beinahe aussieht wie gelöscht oder fortgewischt, als habe es ihn nie gegeben. Und dann ist da ein mundloser Engel mit grimmiger Braue, wie die eines Richters oder Henkers, von dem man zwischen den Farbresten lediglich noch kalkbefleckte Flügel errät, einen Fetzen Tunika und die verschwommenen Umrisse eines Schwertes.

Die in Trauer gekleidete Frau drückt die schwarzen Flügel ihrer Haube beiseite, die ihr den oberen Teil des Gesichtes verdeckten, und starrt eine Weile auf die Augen des Engels. Seit achtzehn Jahren bleibt sie hier tagtäglich um dieselbe Stunde stehen und betrachtet die Verwüstungen, die die Zeit auf diesem Gemälde hinterläßt. So sah sie das Bild allmählich verlöschen, es ist wie Lepra, die stückchenweise das Fleisch frißt, die Umrisse des Engels tilgt, sich mit dem schmutzigen Mörtel des Mauerwerks mischt, mit den Feuchtigkeitsflecken, die da die Farben blähen, zerreißen, sie vom Untergrund lösen. Hier, wo sie lebt, gibt es keine Spiegel. Das bestimmt die Ordensregel. Sie mußte ein entsprechendes Gelübde ablegen, und in ihrer Erinnerung sind nun immer mehr weiße Flecken, wie auf jenem Wandbild. Seit achtzehn Jahren hat sie das eigene Antlitz nicht mehr gesehen, und für sie ist es gleichsam jener Engel, der einst sicherlich schöne Züge hatte. Aber davon zeugen abgeblätterte Farbe statt Falten, verblaßte Striche statt welker Haut. Zuweilen, in lichten Augenblicken, die sie überkommen wie Wellen den Ufersand, klammert sie sich verzweifelt daran, von Gespenstern gepeinigt, forscht sie in ihrer wirren Erinnerung und meint, sich zu entsinnen, daß sie vierundfünfzig Jahre alt ist.

In der Kapelle hallen, gedämpft von den dicken Mauern, die Stimmen des Chors, die Gott preisen, bevor sie dem Refektorium zustreben. Die in Trauer gekleidete Frau ist von einigen Diensten befreit, zu dieser Stunde wandelt sie allein durch das einsame Kloster, als dunkler stummer Schatten. An ihrem Gürtel hängt ein langer Rosenkranz aus schwarzen Holzperlen, aber sie hat ihn lange nicht mehr gebetet. Der ferne geistliche Gesang mischt sich mit dem Pfeifen des Windes.

Als sie ihren Weg fortsetzt und zum Fenster gelangt, ist die ersterbende Sonne ein rötlicher heller Fleck, massig unter den von Norden herbeiziehenden bleifarbenen Wolken. Am Fuß des Hügels ist ein weiter grauer Teich, wie ein stählerner Spiegel. Die Frau stützt die trockenen, knochigen Hände auf das

Fensterbrett – das eines Spitzbogenfensters. Einmal mehr, wie jeden Nachmittag, kehren gnadenlos die Erinnerungen wieder – und sie spürt, wie die Kälte des Steins ihre Arme hinaufkriecht und sich langsam und gefährlich dem verbrauchten Herzen nähert. Es überkommt sie ein wilder Husten, ihr zerbrechlicher Körper bebt, von so vielen Wintern verbraucht, vom Eingesperrtsein, von der Einsamkeit und von den aufflackernden Erinnerungen gepeinigt. Den Gesang in der Kapelle und das Fauchen des Windes hört sie schon nicht mehr. Nun sind es die monotonen und traurigen Klänge einer Mandoline, sie kommen aus den Nebeln der Zeit, und der feindliche und herbstliche Horizont zerfließt vor ihren Augen, es fügt sich vor ihren Augen eine andere Landschaft, als wäre es ein Gemälde: eine Feldflur in sanften Wellungen, in der sich, wie mit einem Pinsel gezeichnet, vor dem blauen Himmel die feine Silhouette eines fernen Glockenturms abhebt. Und unvermittelt meint sie Geräusche zweier Männer zu vernehmen, die da an einem Tisch sitzen, und das Echo eines Lachens. Sie ist sicher, würde sie sich umdrehen, sie sähe sich selbst auf einem Schemel sitzen, mit einem Buch im Schoß, und höbe sie den Blick, blendete sie ein stählerner Halskragen und ein Goldenes Vlies. Und ein graubärtiger Alter würde ihr zulächeln, der einen Pinsel in der Hand hielte und, mit der Kargheit und dem Wissen seines Kunsthandwerks, auf eine Eichentafel das ewig währende Bildnis dieser Szene bannte.

Für einen Augenblick reißt der Wind den Wolkenmantel auseinander; ein letzter Widerschein von Licht spiegelt sich im Wasser des Teiches und erhellt das gealterte Antlitz der Frau, blendet ganz kurz ihre hellen, kalten, fast erloschenen Augen. Dann scheint der Wind noch stärker zu fauchen, er fächelt die Flügel der schwarzen Haube, die sich wie die Schwingen eines Raben bewegen. Da spürt sie wieder jenen stechenden Schmerz, der ihr im Innersten nagt, nah dem Herzen. Es ist ein Schmerz, der den Körper fast lähmt und den kein Mittel zu stillen vermag. Ein Schmerz, der ihr die Glieder vereist und den Atem.

Der Teich ist nur noch ein dunkler Fleck unter den Schatten.

Und die Frau in Trauerschwarz, die in der Welt Beatrix von Burgund hieß, sie weiß, daß dieser Winter, der von Norden kommt, ihr letzter sein wird. Und sie fragt, ob der düstere Ort, dem sie sich zuwendet, Erbarmen haben wird und die letzten Fetzen an Erinnerung in ihr auslöscht.

La Navata
April 1990

ANTONIO MUÑOZ MOLINA

Deckname Beltenebros

Roman
Deutsch von Willi Zurbrüggen
256 Seiten. Gebunden

«Deckname Beltenebros» ist ein Roman wie ein *Film noir*: Sequenzen aus Vergangenheit und Gegenwart fügen sich zu einem romantischen Krimi, zu einem Politthriller, der mit der Macht abrechnet, die um so bedrohlicher ist, wenn sie sich unsichtbar machen will.

«Antonio Muñoz Molina ist kein literarisches Leichtgewicht. Er ist der wohl interessanteste spanische Autor seiner Generation.»

Süddeutsche Zeitung

Der Winter in Lissabon

Roman
Deutsch von Heidrun Adler
288 Seiten. Gebunden

Ein Krimi, eine Liebesgeschichte, eine Hommage an den Jazz. Antonio Muñoz Molina inszeniert seinen Stoff als Musikstück und als Film: Ein Mann, der Erzähler, sitzt in einer Bar in Madrid und glaubt, in dem Mann am Klavier einen alten Bekannten zu erkennen. Einst hieß der Pianist Biralbo, jetzt nennt er sich Giacomo Dolphin. In langen, alkoholgetränkten Nächten setzt sich für den Erzähler nach und nach die Geschichte Biralbos zusammen, vor der er seit Jahren auf der Flucht ist und die geprägt ist von Liebe, Eifersucht und Tod ...

»Der Winter in Lissabon« wurde mit dem Staatspreis für Literatur und dem spanischen Kritikerpreis ausgezeichnet. Das Buch wurde mit Dizzy Gillespie in einer Hauptrolle verfilmt.

ANTONIO MUÑOZ MOLINA

Die anderen Leben

Erzählungen
Deutsch von Willi Zurbrüggen
130 Seiten. Broschiert

«Mit der Zeit wird nahezu alles, was einmal offenkundig schien, als trügerisch entlarvt: man liest die unvorstellbaren Lügen, die man sich vor Jahren ausgedacht hat, und stellt fest, wie schamlos man die Wahrheit erzählt hat.»

Beatus ille oder Tod und Leben eines Dichters

Roman
Deutsch von Heidrun Adler
rororo Band 13009

Ein gleichermaßen brisant-politischer wie kriminalistischer und poetischer Roman, der Aufsehen erregte. Ein Doktorand macht sich auf die Suche nach Spuren eines Schriftstellers, der noch immer als republikanischer Held des Spanischen Bürgerkriegs verehrt wird.

«Wer diesen Roman liest, wird in der Zeit der Lektüre ein intensiveres Leben führen, das einem nur die Literatur bescheren kann, wenn auch selten – immer seltener.» *Nürnberger Nachrichten*